현대 일본 문학논쟁사

지은이 /정 인 문

제이앤씨
Publishing Company

문학에 관한 중대한 과제에 대한 해답이 미래에도 계속될 것이다. 문학이 이러한 본질을 가지고 있는 한, 문학논쟁은 계속 이어질 것이다. 대결적인 자세와 실천적으로 대결하는 행동 속에서 생동감 있는 문학이 탄생한다는 것은 당연히 각각의 時空에서의 생생한 의식을 지향해 간다는 것을 의미한다.

이러한 의미에서 필자는 순차적으로 일본 근대문학에 관한 論爭史를 정리하고 있다. 말하자면 지난번은 일본 明治期 문학논쟁사, 대정기 문학논쟁사를 우선 정리하였고, 다시 일본 소화기 문학논쟁사 중에서도 전기 부분을 정리하였다. 소화기 시대 자체가 너무 광대한 시기이고, 내용도 너무 방대하여 먼저 前期 부분을 정리하였고 이번에는 후기 부분 즉, 현대를 정리하려고 한다. 즉 일본의 패전, 1945년 8월을 기점으로 해서 전기와 후기로 나누는 것이 일반론적이지만, 그러나 이것은 편의상 시기구분에 해당하는 것이고, 실제로는 반드시 꼭 그렇게만 되지 않는 어려움이 있다 할 수 있다. 예를 들면 전기 부분의 「근대의 超克」논쟁의 경우도 사실 전기와 후기에 양쪽에 걸치고 있는 것이 현실이지만, 필자는 편의상 전기 부분에 넣어서 처리하였다.

본 저서를 정리함에 있어서 미리 밝혀두고자 하는 것은 일본 근대문학 논쟁사에 관하여 정리하는 수준에 그치고 있다는 것을 먼저 밝혀둔다. 일본 근대문학 논쟁사에 관한 것 자체가 별로 언급이 된 적이 없고, 자료자체도 별로 없는 상태에서 진행하다보니까 여러 가지 어려움이 따랐던 것도 사실이었다. 그래서 내용이 많이 부족하다는 것을 느끼고 있었고, 이것을 과연 책으로 낼 만한 것인가에 대해 회의감도 있었다. 그러나 부족하지만 후진들의 일본 근대문학의 학문 발전에 조금이나마 도움이 된다면 하는 입장에서 낯 두껍게 내놓게 되었다. 내용이 미비한 부분은 앞으로 보완해 갈 예정이다. 동학 선후배 여러분들의 지도편달을 바라마지 않는다. 끝으로 변함없는 제이앤씨 관계자 여러분께 감사의 말씀을 드린다.

2010년 4월

저자 정 인 문 삼가 적음

목 차

현대 일본 문학논쟁사

1. 主体性 論争

소위 「主体性 논쟁」은 철학의 좁은 의미에서는 「유물론의 객관주의적 편향 때문에 소외된 주체의 영역(중략)을 올바르게 유물론의 地盤으로 되돌리는」(梅本克己) 것으로 볼 수 있기 때문에 梅本克己와 전후의 일본 共産党 공인 이론가였던 松村一人 사이에 행해진 논쟁을 가리킨다. 그러나 그 외에도 전후 마르크스주의에서의 주체성론에 한정해 보면 技術論에 있어서는 武谷三男, 「자연 辨証法」 그 밖에 있어서의 田中吉六, 혹은 梯明秀 등의 사람들을 들 수 있다. 이들 주체성론은 여러 변화를 거치면서 루카치의 『역사와 계급의식』—특히 그 속의 「物象化와 프롤레타리아트의 의식」—에서의 물상화론(소외론)을 근거로 하면서도 초기 마르크스에 있어서의 인간주의=자연주의를 복권시키려고 企図한 것이었다.

말할 것도 없이 이것은 제2차 세계대전 이후에 있어서 사르트르, 카뭐 등의 프랑스 실존주의의 융성과도 관련이 있는 것으로 이전에는 등한시되고 있던 마르크스주의에서의 인간 문제를 討究하려는 것이었다. 그것은 당시 세계적 경향과도 상통하고 있는 것이지만 일본 주체성론에서의 특징은 거기에 西田幾太郎, 田辺元들의 소위 京都学派系 철학이 유입되고 있다는 것, 그리고 주체성의 문제를 토론할 때 필수가 되고 있던 「無」의 주제에서 불교를 매개로 하여 논해지는 것 등을 들 수 있다. 예를 들면 梅本克己는 親鸞을 받아들여 주체(정신)와 객체(물질)의 변증법으로 다음과 같이 서술한다―「운동하는 물질은 일정한 조건 하에 정신으로 転化한다. 거기서 물질은 자기를 의식하게 되고, 그 자기의식과 함께 물질은 자기를 초월하게 된다. 물질의 질서 밖으로 나오게 되는 것이다. 그리고 그것이 밖으로 나옴으로 해서 비로소 물질은 그 자기의식에서 물질을 넘어서게 되면서 스스로로 하여금 즉 물질에 대해서 절대적인 타자가 되는 것이다. 정신이 된다는 것이다」(「인간적 자유의 한계」,『展望』소화22년 2월)고 하였다.

여기서 말해지고 있는 것은 바로 헤겔적 정신을 물질로 바꾸는 곳에서의 유물론적인 顚倒라 할 수 있는데, 그 기저에는 레닌의『철학 노트』의 일절(물질의 최고 단계에서의 인간 두뇌)이 있는 것이다. 그리고 梅本克己뿐만 아니라, 전후의 주체적 유물론자들은 여러 변화에 따르면서 대략 이와 같은 공통인식에 서서 당시의 소위 객관주의적 마르크스주의와 대립해 갔던 것이다.

이와 같은 주체적 유물론이 스탈린 비판 등에 의한 러시아 마르크스주의의 권위 실추에 따라 더욱 그 영향력을 실천적으로 또는 이론적으로도 더해 간 것은 이미 알려진 사실이다. 그리고 이와 같은 유물론에

대한 공산당계 이외로부터 최초의 비판을 받았던 것은 일본에서는 広
松渉의 「마르크스주의와 자기 소외론」(소화38년 9월)에 의해 개시되었
다고 할 수 있다.

그러나 여기서 주의해야 할 것은 마르크스주의 철학에 있어서 「주체
성론」이 어쨌든 広松渉나 레이·알튜셀 등에 의해 문헌학적 기초가 자
리 잡게 되면서 비판을 받았었음에도 불구하고, 문학 수준에서의 주체
성론에 대한 비판이 오늘날까지 주제가 되지 못하고 있다는 것이다.

「戦後派」라 불려지는 『近代文学』 同人들에 의해—어떤 의미에서는
철학자들이 제기한 것보다 빨리—제출된 「主体性論」은 「정치와 문학」
이론 등보다도 훨씬 강하게 그 문학을 지탱해 온 것으로 생각된다. 문
학적 수준에서의 「주체성론」은 물론 철학적인 것과 서로 연계하면서도
「문학자의 전쟁 책임」 논쟁, 「정치와 문학」 논쟁이나 「世代」 논쟁 등
과도 직접적으로 交錯하고 있기도 해서, 극론적으로 말하면 전후에 있
어서 대부분의 논쟁은 「주체성론」 테두리 내에서 행해져 왔다고 볼 수
있다.

잡지 『近代文学』 창간호 권두의 本多秋五의 「예술 역사 인간」은 本
多 그 개인이라기보다는 『近代文学』의 출발점에서의 매뉴펙스트와 같
은 것이었다. 거기서 本多는 이전의 좌익 체험, 파시즘 체험을 회상하
면서 톨스토이 등을 예로 들어 자아 배후에 내재해 있는 허무의 광야에
대해 서술한다. 그리고 자신 내부에 있는 허무나 에고이즘을 피해서는
이제부터의 예술(문학)은 성립될 수 없다는 인식에 의해 프롤레타리아
문학관의 결함을 드러내려고 하였다.

本多의 이와 같은 立論은 『近代文学』 제2호에 掲載되어 주체성론을

포함해서 그 이후의 여러 논쟁의 출발점이 되고 있는 荒正人의 「제2의 청춘」과도 공통적인 면이 존재하는데, 그『近代文学』이 역시 창간호에 게재하고 있던『近代文学』同人(荒正人, 佐々木基一, 埴谷雄高, 平野謙, 本多秋五)과 蔵原惟人와의 좌담회에서 蔵原가『近代文学』동인들에 대해서 「神과 같은」(本多의 발언) 위치에 있었음에도 불구하고, 한편으로는 프롤레타리아 문학 비판에 대한 공통항을 갖고 있던 그들에게 있어서 필연적으로 논쟁적인 성격을 띠지 않을 수 없었다.

거기서 「객관적 진실 속에서의 인간성 문제」(佐々木基一)가 문제가 되어 「문학 자체는 시간적으로도 공간적으로도 보다 폭이 넓게 되고, 정치 자체의 요구보다도 더욱 본질적인 것을 요구하고 있었다」(埴谷雄高)는 문학적 주체성론이 주장되어지게 되었다. 또한 平野謙은 「사회적인 것을 지향하면서 자연주의 문학운동에서도 프롤레타리아 문학운동에서도 결국은 私的인 문제에로 나아가게 된 것은 私流로 말하면, 문학의 숙명이 아니었던가 하고 생각한다」는 일종의 독특한 뉘앙스를 가진 발언을 하고 있었다. 이것에 대해 蔵原는 旧来의 소위 蔵原 이론의 테두리 안에서 응답하고 있었다.

그러나 문학적 주체성론에 대한 蔵原의 생각만 보더라도 그것은『近代文学』同人들이 가령 세스토프적(荒正人), 또는 슈르테르나적(埴谷雄高)인 것을 무시하고 있었던 것은 아니었다. 그러니까 그 差는 결국 주관(주체)―객관(객체)의 어디에 웨이트를 두는가 하는 차이 정도에 불과한 것이었다. 이것은 「코메디·리텔」이라 제목이 붙은『近代文学』제2호에서 小林秀雄를 둘러싼 同人들과의 좌담회(여기에는 새로이 小田切秀雄가 참가하고 있다)에서 그들 同人들이 小林秀雄에 대해 대략

蔵原惟人的으로 행동하지 않으면 안 되었던 것에 의해서도 이해할 수 있는 것이었다. 「蔵原惟人와 小林秀雄를 함께 止揚한다」는 『近代文学』 同人들의 당초의 지향은 사실은 蔵原에 대해 小林의 얼굴이 아니었던 가 하고 생각한 것은 지나친 독단일까.

그런데 『近代文学』派들이 제기한 主体性論에 있어서 오늘날 거의 논해지고 있지 않다는 것은 일본에서의 주체 성립에 대한 기독교 역할의 문제가 있다고 본 것이다. 「제2의 청춘」에서 荒正人는 그 자신의 기독교 체험에 대해 말하고 있지만, 荒正人 자신 「제2의 청춘」에서 말하고 있는 휴머니즘은 오늘날 읽어보면 이 기독교적 휴머니즘의 연장선 상에 있다고는 말할 수 없다. 이것은 또한 오늘날 江藤淳이 말하고 있는 白樺派 후예로서의 戦後派라는 지적과 중복되는 것인지도 모르는 것이고 또한 완전히 겹치고 있는지도 모른다. 단순히 일반적인 휴머니즘 운운의 문제 이상으로 일본 자연주의 성립에서의 기독교 역할을 검토하는 것을 포함해서 거기에 있어서의 문학적 주체의 성립과 그 전후적 형태를 고찰하지 않으면 일본에 있어서의 주체성론은 적어도 문학적 레벨에 있어서는 영원히 살아남을 수 없을 것이다.

西欧에 있어서 주체의 성립이 기독교의 「牧人=司祭型 권력」의 성립과 相即的이라 하는 것은 푸코의 최근 저술에서 서술되고 있는데, 물론이 푸코의 권력=주체성 비판을 無媒介的으로 일본에 도입할 수는 없다하더라도 자연주의에서의 주체로부터 전후파적 주체에 이르기까지 기독교가 중요한 역할을 연출하고 있었던 것은 확실하다. 그것을 등한시해서는 일본에서의 문학 운동을 충분히 이해할 수 없을 것이라는 것은 확실하다.

그리고 또 하나 주체성론을 논할 때에 근거로 삼아야 할 것을 들어보면, 그것은 철학적 수준과 문학적 수준의 交錯에 있어서 梯明秀의 역할이라 할 수 있다. 平野謙은 精緻하게 野間宏의 『어두운 그림』의 배경을 해석한 一文(新潮文庫版 『暗い絵・崩壊感覚』 解説)에서 野間가 「西田 철학으로부터 唯物論에의 길을 열어준 사람으로서 梯明秀를 들었다」는 것을 지적하고 있다. 野間만이 아니라 埴谷雄高의 『死霊』에 있어서 칸트 読解의 공통성을 포함해서―더욱 논의되어져야 할 것이다. 梯明秀의 『물질의 철학적 개념』이라는 저작이 간행된 것은 소화8년이었는데, 戦前・戦中에 있어서 梯明秀 등의 작업이 어떻게 전후에로 접속되어 갔는가를 고찰하는 것이야말로 오늘날의 전후―특히 일본에 있어서 주체의 전후적 성립―을 고찰함에 있어서 불가결한 것이다.

그런데 이와 같은 전후의 주체성론은 그 어떤 것도 마르크스주의 철학이나 『近代文学』派만의 고유한 것은 아니었고, 전후라는 한 시기에서의 丸山真男의 정치학, 大塚久雄의 史学, 川島武宜의 법학, 또는 에토스론 등을 배경으로 하면서 각각의 전후적―主体性論的―환경을 형성해 갔던 것이다.

여기서 그것에 대해 예를 들면 松村一人나 甘粕石介들의 日共系 이론가들의 비판은 대략 近代主義 비판(小부르주아 비판)이라는 형태를 취하고 있었다. 말할 나위도 없이 오늘날로부터 보면 주체성론은 근대주의라고 말할 수 있기도 하고, 또는 日共의 문화 이데올로그였던 伊豆公夫(赤木健介)가 말한 바와 같이, 「전후에 있어서 철학의 장면 또는 일반 사상계에는 여러 근대주의가 나타났다. 그 무엇보다도 論壇을 떠들썩하게 만든 것은 주체성 확립에 관한 논의였다. 이것은 문학에 있어서 근대주의(『近代文学』派)와 동일한 사상적 기반에 서 있다」(「근대주의와 근대정신」 소화24년)고 말하는 것도 어떻게 보면 정확한 지적이라고 할 수 있다. 전후에서의 주체성론적 근대주의―그것은 당시는 일본에서 최초로 근대적 자아를 확립하려는 것으로 생각되고 있었다―그러나 후에 竹內好의 「근대의 超克」論的 반작용을 야기하였던 것도 어쩌면 당연할지도 모르겠다. (武村健三, 主体性 論爭(松本健一 편, 詳解 現代論爭事典, 流動出版株式会社, 1980.1 참조))

2. 文学者의 戰争 責任 論争

戰後文学의 일체를 규정할 수 있는 것은 전쟁 체험이라 볼 수 있다. 적어도 「内向의 세대」까지는 짙게 전쟁 체험이 그 문학적 이념에 투영되고 있었다. 性, 가족이라는 純 個人的인 테마로부터 혁명의 문제에 이르기까지 그것을 매개로 하지 않는 한 문학이 성립될 수 없다는 것이 전후문학의 고유한 특질과 질 높음을 말해주는 까닭이다. 전쟁 체험의 문제가 戰無派 세대도 깊게 속박받고 있다는 것은 전쟁기와 전후기의 단층을 사상적으로 허용하지 않던 전후문학자의 윤리적인 결의에 의한 바가 크다고 할 수 있다. 그것은 태평양 전쟁기와 프롤레타리아 문학운동의 패배를 하나의 흐름으로 파악하려는 곳으로부터 생겨난다. 프롤레타리아 문학운동의 패배와 전향의 구조가 그대로 15년 전쟁을 안으로부터 지탱하고 있었다는 시점에 의해 정치 절대 우위에서의 문학이라는 정신적인 시체와 전사자의 시체 위에 서서 전후 문학은 출발한 것이었다.

그것은 이 마이너스의 재산이 문학의 지하도를 만들었고, 예리한 빛을 전후문학에 照射시키고 있다는 것을 의미하는 것이다. 그리고 이 빛을 裁斷이나 선악의 차원에로 몰아가지 않는다는 윤리적인 결의에 의해 한 개인의 삶을 그대로 지하로부터 비추어내고 있는 것이다. 이러한 자각은 전쟁 책임에 대한 무게를 전후 책임의 문제로 받아들이게 만들었다. 여기에 이르러 혁명을 말하는 문학이 정치의 속박으로부터 해방될 수 있게 되고, 한 사람의 인간으로서의 자유에 대한 욕구를 문학 테마로 삼을 수 있다는 문학 자율이라는 본래의 모습을 획득할 수 있게 되었다. 그것은 吉本隆明의 營爲에 의한 힘에 큰 영향을 받았지만, 그것으로 이르는 굴절은 「정치와 문학」 논쟁을 사이에 두고 전후 2회에 걸친 문학자의 전쟁 책임론이라는 10년의 세월이 필요하게 되었다.

문학자의 전쟁 책임에 대한 추급을 일찍부터 문제로 삼은 것은 『近代文学』派와 新日本文学会이다. 敗戰 다음 해에 「帝国主義 전쟁에 협력하지 않고 이것에 저항한 문학자」들이 발기인이 되어 창간한 『新日本文学』에 小田切秀雄 서명으로 「문학에서의 전쟁 책임의 追及」(소화 20년 6월)이 발표되었는데, 거기에는 전쟁협력자로서 文学 公職 追放者 25명의 리스트가 공표되었다. 거기에 있던 자격자, 범죄자라는 전쟁 책임에 관한 구분은 민주주의 문학자와 反動 문학자라는 프로 芸 이래의 정치와 조직을 전제로 한 발상을 답습한 것이었다. 그것을 지탱하고 있는 것은 「문학자는 공직 이외의 아무것도 아니다」라는 협의적인 현실 유효론에 출발하고 있는 것만은 아니다. 그것에 대해 平野謙은 「하나의 反措定」(『新生活』 소화21년 5월)에서 전쟁에 협력하지 않았던 者의 例로써 奧田嘉子와 러시아에로 도망간 좌익 연극인이었던 杉本良吉를 들고 있는데, 이상과 현실 사이의 간극 때문에 한 여성을 희생시켰다고 비판하면서 다음과 같은 시점을 제기하고 있다. 「小林多喜二와 火野葦平를 表裏一体로 바라보는 성숙한 문학적 肉眼이야말로 혼돈한 현재의 문학에 필요한 것이다」. 이 『新日本文学』과 『近代文学』의 대립은 전시하에서 탄압받고 고통 받았던 원한을 현실에서 풀려고 하는 者와 전쟁 책임을 역사적으로 다시 되물으려는 者의 차이라 할 수 있다.

이러한 대립은 「정치와 문학」 논쟁에로 이어갔는데, 『近代文学』派의 비평가들은 그 후 「기준의 확립」 「정치와 문학(一)」(平野), 「제2의 청춘」 「민중은 누구인가」 「종말의 날」(荒正人)에로 계속되면서 논문이 발표된다. 그것에 대해 中野重治는 「비평의 인간성」(一)(二)(三)을 써서 그들과 정면으로부터 응전하게 된다. 여기서 中野의 좌익 정통의식으로부터 나오는 문학적 반동에 대한 비판 논리도 平野, 荒의 자기성찰로부터 출발하는 인간의 취약함과 싸우는 절대적 현실로부터 전쟁을 자리 매김하려 했던 시도도 한계에 봉착했다는 것은 전쟁과 전후 사이에 존재하는 에포크(획기적인 것)에 대해 분명히 하려는 것이었다. 여기서는 혁명 측이 패배하고 반동 파시스트가 승리한 결과로 인해 전쟁을 촉구했던 中野도 戰時를 「스스로의 청춘을 내던짐과 동시에 인간에 절망하고」 패전 후를 「행복에로 여행 떠나려는 우리들 30대여, 제2의 청춘」 (「제2의 청춘」 『近代文学』 소화21년 2월)이여 하고 환희하는 것이 함께 존재하고 있던 戰時下는 공백이라 할 수 있다. 戰後는 희망에 가득차 있었다고 함께 기쁜 마음으로 바라보는 시점에서는 같은 것이라 할 수 있다.

이와 같은 仮構의 해방감을 전제로 한 사상적 기만에 대해 냉철하게 현실을 버리고 예리하게 비판한 것은 「현대는 황무지이다」는 인식으로부터 출발한 『荒地』派 시인들이었다. 그들의 눈으로부터 이 논쟁을 포함해서 패전 후의 소동이 「종이의 홍수와 잡음의 교류. 밝은 문화적 커피점과 돌계단에 비추는 여윈 그림자」(詩壇時評·北村太郎, 『純粋詩』 소화22년 2월)에 비춰지는 것이었는데, 이 시인들은 「우리들은 이 수년간을 가혹, 냉엄하게 무상한 시간 속에 보냈다」고 쓴다. 결국 타협했음에도 불구하고 아름다운 後退戰만을 戰果처럼 자랑하면서 전후에 민주주의 관료가 되었다. 해방의 밝은 빛 아래에서 종이에 혁명지도를 그리고 있는 것에 지나지 않던 中野重治도 스스로의 청춘을 전쟁에 빼앗겼다는 망상의 원한에 의해 패전 후의 시점으로만 전쟁을 이해하려 하였다.

『近代文学』派의 「전쟁 책임 논쟁」이 가지고 있는 공허한 饒舌을 충분히 분쇄할 수 있는 논리가 다음의 표현에 있다.

그대들은 戰場에 갔다. 그리고 20년 여름에 돌아왔다. 그 십수 년 사이에 그대의 詩는, 그대의 존재는, 그대의 정신은 공백이었다. 공백은 있었지만 아마 젊은 시인이었던 諸君에게는 공백이라는 바보스러운 관념은 약으로 삼고 싶지 않았음에 틀림없다. 그런 안이한 공백이라는 것이 만일 있었다고 믿는 시인이 있다고 한다면 이미 그 사람은 시인 실격이라 할 수 있다. (고독에의 유혹·北村太郎)

高野庸一는 광의의 의미에서 「문학자의 전쟁 책임」 논쟁의 과정에서 무엇보다 중요한 논문은 「詩壇時評·고독에의 유혹·투영의 의미」(北村太郎), 「시인의 운명」(黒田三郎), 「losk generation의 고백」(中桐雅

夫), 「현대시는 무엇인가」(鶴川信夫)라는 昭和22년부터 소화24년 사이에 씌어졌던 『荒地』派 시인들이었다고 보았다.

그것은 첫째, 전쟁 책임에 대한 의미를 戰後的 시점으로부터가 아니라 전사자 측에 두었다. 둘째, 전쟁 책임에 대한 문제를 전쟁에 협력했는가, 반항했는가 하는 정치적인 価値軸에 두지 않고, 전쟁체험을 전후 문학적 삶의 한 방식으로서 위치지었다. 셋째, 그 때문에 戰争期와 戰後期, 혹은 8월 15일이라는 구분에 의해 문학 위상이 변하는 것이 아니라, 스스로의 구체적인 전쟁체험에 照射되는 것에 의해 문학적인 출발을 시작했다고 보았다. 넷째, 민주주의라든가, 혁명이라든가, 「정치와 사회」라는 가시적인 현실에로 환원하는 문학을 거부하고, 개인의 내면 문제와 그 삶에로 문학 가치를 환원시켰던 것이다. 다섯째, 전쟁을 체험한 것에 대해 전쟁책임을 추급할 수 있다는 것은 『新日本文学』의 발기인이 아니라 전사자만이라 할 수 있는데 전후가 되어 저항 시인을 仮構해서 전쟁 책임을 추급하는 者야말로 추급되어야 할 대상이라는 시점의 획득이다. 여섯째, 전쟁이나 혁명이라는 어떠한 大義보다도 전쟁 체험에 의해 받은 상처와 한 사람의 친구 죽음이야말로 문학이라 할 수 있고, 그러한 것으로만 전쟁 책임을 말할 수 있다는 인식이다.

이와 같은 인식은 프롤레타리아 문학운동의 残滓를 말하고 있었다고 볼 수 있다. 『新日本文学』系나 『近代文学』派의 문학자에 대해 대상을 형성하는 것이다. 그들과 『荒地』派 시인들이 세대적인 차이에 의해 전쟁 체험과 그 상처의 방법이 달랐다하더라도 여기서 『荒地』派의 이와 같은 감수성은 「제1차 전후파」의 작가와 함께 곧 전후 문학의 방향성을 결정지었던 것이다. 『荒地』派의 이러한 논리는 「전쟁 책임 논쟁」을 가지고 싸우고 있던 中野・福田恒存(「한 마리와 열 아홉 마리와」『人間』 소화22년), 小田切秀雄・平野謙・荒正人라는 작가의 감수성으로부터 되풀이되는 전쟁 책임에 대한 추급에의 강렬한 안티테제임과 동시에, 기성세대 그 자체에 대한 전후적 감수성에 대한 痛憤의 고발(되돌아온 전쟁 책임론)일 수밖에 없었다.

10년 후 이 문제를 정면으로 예리하게 論難한 것은 吉本隆明이다. 그는 『荒地』派 시인들이 제출한 위에 서서 그것을 논리화시켜 갔다. 그것은 이미 전쟁에 대한 책임 추궁의 차원이 전시 하와 어떤 관련을 맺고 있는지에 두기보다는 전후와 관련해서 전쟁 책임은 어디에 더 큰 비중을 두는가에 따라 복귀하였던 민주주의 시인들의 戰時 때의 기만성을 파헤칠 수 있다는 것에 중점을 두고 있었다. 그것은 지금까지의 대립 구조를 근저로부터 전환시키는 것이었다. 그는 문학의 정통적인 대립, 사상적인 당파성 대립, 문학방법론의 대립 등이라는 대중에 대한 가시화(현실의 가치에로 환원되는 것으로서의 문학)와는 완전히 다른 곳으로부터 전쟁 책임의 문제를 제출하였던 것이다.

그는 전시 저항, 전후 민주주의 시인들에 대해 다음과 같이 쓰고 있다.

전후 이들 현대시인들이 자신의 상처를, 죄의 汚辱을 응시하고 그곳으로부터 탈출하려는 자신 내부의 싸움에 의해 詩意識을 심화시켜가는 길을 선택하지 않고, 또는 다른 전쟁 책임을 추급하는 것에 의해 자신의 좌절을 은폐하고, 혹은 일시적인 사건인 것처럼 못 본체 하거나, 다시 길들여진 職人的 기법과 안이한 생각을 가지게 될 때 그들은 스스로 일본 현대시의 汚辱의 역사를 되돌아보아야 할 역할을 포기한 것이라 할 수 있다.

(『高村光太郎』)

吉本가 이와 같이 비판함으로 해서 일어나는 대립 구조는 그들처럼 可視의 현실에 문학의 근거를 두든가, 아니면 그것을 거부하든가 하는 선택인 것이다. 吉本의 전쟁 책임론에 대한 인식은 프롤레타리아 문학자→좌익운동의 좌절→전쟁 협력자→민주주의 문학자라는 경로를 걸어 온 문학자들에 대해 그들이 자리잡은 문학적 근거 그 자체에 모순이 있다는 것을 의미하는 것이고, 그러한 곳에 위치하는 이상 민주주의자도 파시스트도 모두 같은 것이라 할 수 있는 것이다. 그러한 근거를 총괄하지 못하는 한, 왜 일본적 転向이 성립되었던가를 이해할 수 없을 것이라고 추급하고 있는 것이다. 吉本의 전쟁 책임론에 대한 구조는 戦争期를 대중의 原像을 기축으로 해서 그곳과 대치하고 있던 문학자가 무의식 중에 포장할 수밖에 없었던 대중성에 의해 얼마나 권력 앞에서 그들이 무력했던가를 증명하는 것이라고 그것은 추급하고 있는 것이다. 그렇게 하기 위해서는 그는 대중이 가지고 있는 내재성을 스스로의 내면 문제로 논리화시켜 갔던 것이고, 대중의 原基를 문학자 입장이 아니라 개인으로서의 자신을 위치지었던 것이다.

吉本는 이와 같은 것을 근거로 해서 그들에게 통렬한 비판을 되풀이한다. 이 可視的인 현실에 근거를 두던가, 아니면 不可視的인 현실에 근거를 두던가의 대비는 『荒地』派 시인들이 제출한 戦時를 하나의 공백으로 이해할 것인가, 아니면 한 사람 한 사람이 그 속에서 필사적으로 살아온 현실로서 이해할 것인가의 차이라 할 수 있다. 또한 전후를 민주주의 혁명의 到来로 위치짓는가, 황폐의 지속으로서 위치짓는가의 차이인 것이다.

「前世代의 시인들―壺井, 岡本의 평가에 대해서」(『詩学』 소화30년 11월), 「『민주주의 문학』 비판―2단계 전향론」(『荒地詩集1956』 소화 31년 4월), 「문학자의 전쟁 책임」(『文学者の戦争責任』 소화31년 9월) 으로 계속되는 吉本의 문학자 전쟁 책임론은 이 대립의 구조를 어디까 지나 고수하는 것에 의해 전개된 것이다. 그것에 대해 岡本潤은 「시인 의 대립」(『詩学』 소화31년 2월)에서 자기비판 비슷한 자기변호를 써서 반론했다. 이 논쟁은 花田・吉本 논쟁으로 흘러들어가게 되는데, 花田 는 「영・제네레이션(젊은 세대)」(『文学』 소화32년 7월), 「프롤레타리 아 문학 비판을 둘러싸고」(『文学』 소화34년 1월) 등을, 吉本는 「민주 주의 문학자의 謬見」(『東京大学新聞』 소화31년 10월) 등을 쓰게 된다.

이와 같이 드러난 증오에 가득 찬 서로 이전투구 같은 진흙싸움은 현 실세계에 발을 두고 있던 花田와 대중의 내측에, 혹은 스스로의 내면에 발을 두고 있던 吉本와의 사이에 発語에 대한 근거의 차이가 대립적으 로 노출된 결과일 수밖에 없었다. 그것은 60년 안보투쟁으로 돌입하면 서 全学連 主流派(共産 同系)와 全学連 反主流派(反共産 同系)의 각축 에도 큰 영향을 주게 되었다. (高野庸一, 문학자의 전쟁 책임 논쟁(松本 健一 편, 詳解 現代論争事典, 流動出版株式会社, 1980.1 참조))

3. 「第2 芸術」 論争

1) 발단

소위 제2 예술론—더 나아가 그것을 둘러싼 논쟁의 직접적인 분화구가 된 것은 桑原武夫의 「제2 예술—현대적 俳句에 대해서—」(『世界』 소화21년 11월)라는 에세이였다. 그는 「제2 예술」에서 표제를 내걸고 있는데, 그 표제에서 「제2 예술론」이라고는 말하지 않았다. 또한 旁題는 분명히 「현대 俳句」를 대상으로 삼고 있었고, 그 내용을 읽어보면 명치 이후의 소설에서 시시한 것이 더한 정도, 즉 작가의 사상적, 사회적 무자각에 의한 「안이한 창작 태도의 유력한 하나의 모델로」 俳句를 들었던 것에 불과했다. 그것은 桑原 자신의 이러한 문장을 수록하고 있던 自著에 『현대 일본문화의 반성』(소화22년 5월 自由書院)이라는 제목을 붙이고 있었기도 하고, 또한 河出文庫 출판의 『제2 예술론—현대

일본문화의 반성—』(소화29년 7월)이라는 저서의 跋文에서 「이 책의 일관된 태도는 俳句뿐만 아니라, 일반론의 제2 예술적인 봉건적 문화에 대한 비판에 있었기 때문에 운운」(「再刊에 즈음해서」)이라고 서술하고 있는 것으로부터 봐도 명백하다고 말해도 좋다. 그러나 이러한 레텔을 붙인 題名과 서브 타이틀이 연관되는 곳으로부터 이것은 論壇에 충격을 불러오게 되었고, 「제2 예술」은 다시 「제2 예술론」으로서 일반화하여 정착이 되었고 일종의 유행어가 되었다. 즉 俳句, 短歌와 같은 전통적인 短詩形 문학에 대한 부정적 비판으로 사용 되었는데, 「제2 예술론에의 반격」이라 旁題를 붙인 『현대 俳句를 위해』(孝橋謙二 編, 소화22년 11월 刊, ふもと社)라는 책도 나오게 되었다.

그러나 이 문제의 초점은 일본문화에 대한 반성 내지는 근대소설에 대한 비판이라는 곳에로 반드시 연결되는 것은 아니었다. 俳句나 短歌는 「제2 봉쇄」에 지나지 않았고, 근대문학의 가해자로 고발당하면서 소설이나 詩는 「제1 봉쇄」에도 이르지 못하였다. 그것은 단지 새로운 돈이 통용되는 것처럼 착각을 주었다. 무엇보다도 이러한 현상이 일어나게 된 것은 桑原의 언론적인 논법이나—예를 들면 퀴즈같은 것을 제시하기도 하고, 諸惡의 근원이 마치 俳句 그 자체에 있는 것 같은—또한 俳人(혹은 歌人) 측의 피해자 의식으로부터 나오고 있는 초조함 같은 것이 그 원인이 되고 있었던 것이다. 그러니까 短歌·俳句 마저 부정해 버리면 일본 문학은 간단히 근대화가 될 것이라는 기묘한 착각마저 드는 것이었다. 당사자는 물론이고 옆에서 보면 俳句나 短歌는 水無月大祓의 위로용 같은 것이었다.

臼井吉見는 1억 総懺悔의 노래만 부르면 모든 것이 해결될 것 같았던 歌人의 태도를 비판하고 있었는데, 그것과 비슷한 정신구조가 제2 예술론에 대한 일반인들의 수용태세에도 있었던 것이다. 단 소설가라 하여도 高見順의 「일본문학에 있어서 写生정신의 검토」(『文学会議』제1집, 소화22년 4월)와 같은 것은 그것을 제대로 받아들이고 있었던 부분이 있었다.

> 短歌 俳句 抹殺論이 나오면서 歌壇 俳壇이 활기를 띠게 되었다. 나는 그때 이렇게 중얼거렸다. 短歌 俳句를 말살하는 것도 좋지만 일본 문학으로부터 그것을 말살시킨다면 과연 무엇이 남을 것인가. 없는 것과 같지 않을까. 그렇게 허세를 부려보면 재미있을 것 같다고 나는 생각했다.
>
> 일본 소설은 결국 2류라고 小田作之助는 일종의 허세를 부리면서 죽어갔다. 이것이 정말이라는 것을 자각하기까지에는 죽어보지 않고서는 안 될 것이라고 생각되어질 정도로 이것은 정말이었다.
>
> 소설은 2류이다. 그런데 일본의 短歌 俳句는 문학으로서 1류인지 어떤지 그것은 나는 잘 알지 못한다. 그러나 세계에 예가 없는 문학인 것은 확실하다. 세계의 1류 문학의 2류적인 모조품이 아닌 것은 확실하다. 일본만의 독특한 것이라는 것 때문에 1류 2류 운운으로 말하는 것으로부터 초월해 있다. 歌人 俳人에게 허세를 부린다고 한다면 어떻게 되는 것이지 하고 말하고 싶은 것은 이러한 점에서이다. 나는 생각한다. 그러한 短歌 俳句는 그러한 의미에서 일본에 있어서 1류 문학이라 할 수 있다.

물론 高見는 여기서 俳句나 短歌의 획득을 의도하는 것은 아니다. 일본 소설이 세계에 대해서 「短歌 俳句에 있어서도 2류의 위치에 서 있다」는 사실을 작가로서 확인하는 것이었고, 短歌的 写生 정신과 사소설과의 유착에 대해 경고를 보내고 있는 것이다.

그러나 활기를 띠게 된 歌壇 俳壇이었지만 高見가 말하는 것과 같은 허세를 부리는 일은 없었다. 오히려 처음부터 무시해버리든가 비판적 동조의 형태를 취하든가, 혹은 局外者의 論으로 반박을 가하여 歌壇, 俳壇의 세계에 負荷에 견딜 수 있는 범위에서 수렴되어 갔던 것이다. 무엇보다도 거기에는 그만한 이유도 있었을 것이다. 사태의 윤곽이 분명해지면 歌壇은 근대문학의 가해자로서 피고석에 앉게 될 것이지만, 그 배후에는 일본문화의 현상과 관련되는 큰 문제가 가로놓여 있었다. 그리고 이것은 원래부터 歌人이나 俳人들의 손으로만 정리될 수 있는 것은 아니었다. 그러니까 제2 예술 논쟁이라 하여도 현상은 短歌 俳句의 옹호를 둘러싼 약간의 응수가 있었을 정도여서, 본질적인 의미에서의 논쟁다운 논쟁은 이루어지지 못했다고 봐야 할 것이다.

2) 경과

그런데 本林勝夫는 桑原의 「제2 예술」이 직접적인 의미에 있어서 부정론의 분화구가 되었다고 말한 것은 저널리스틱한 반향이나 명칭의 유래에 근거하고 있기 때문에 이것 이전에는 이와 같은 취지의 발언이 전혀 없었던 것은 아니었다고 하였다. 그렇다고 하기 보다는 桑原의 文明批評的 발상은 臼井吉見의 「短歌에의 결별」(『展望』 소화21년 5월)에 이미 제기되었던 견해였고, 그리고 견해에 따라서는 더욱 그것은 小田切秀雄의 「歌의 조건」(『人民日報』 소화21년 2월)에까지 거슬러 올라 갈 수 있던 것이었다. 그리고 久保田正文가 이전에 이것을 小田切·臼井·桑原의 3개로 구분하여 이해하려 하였던 것(좌담회 「短歌 이론의 新次元」, 『短歌主潮』제2집, 소화23년 9월)은 유명한 이야기이다.

그런데 小田切의 論은 『人民短歌』의 창간에 즈음해서 발표된 것인데, 「자유로웠기 때문이기는 하나, 어쨌든 자유롭게 힘껏 예술다운 예술을 만들자」는 발상에 서 있는 것이라 할 수 있다. 그 요점은 다음과 같은 것이다.

첫째로 「歌壇이라는 테두리가 실로 바보스러운 테두리라는 것」을 명확히 정하자. 그리고 이전에 歌가 「시대의 문학정신 그 자체의 불가결의 한 부분을 형성하고 있던」 명치 말부터 대정 초기의 상태가 오랜만에 사라졌다는 사실을 생각해 볼 필요가 있다. 둘째로 歌를 「消閑의 도구인 취미와 같은 것」을 이 때 어떻게 하든 일소시켜 「정말로 歌를 만들지 못하는 者, 歌를 만들기 위해 자신의 일생을 다 바치려는 者」만으로 한정하고 싶다. 그것을 위해 작가가 만일 줄어든다면 「줄어드는 만큼 줄어도 좋다」. 참다운 예술이 된다는 마음만 있으면 독자도 자연스레 생겨날 것이다. 셋째로 그 위에 「자신의 歌를, 일거에 예술을 어지러울 정도의 높이에까지 끌어올리려는 노력에로 경주해야 한다」. 이것이 당면한 제일의 과제이다. 그러나 그런 조건 위에 우선 「독자적인 주체로서의 주정적 내용이 약동」하게 되고, 더욱 그 「주체 내용의 역사적인 높이 여하」에 따라 충실한 정도를 결정한다는 사실을 잊어서는 안 된다는 것이다. 그리고 그 결과로 나타난 것이 歌가 「31문자의 테두리나 3行 4行의 新短歌 詩型의 테두리를 스스로 벗어나」는 것도 큰 문제가 되지는 않을 것이라고 하였다. 그런 의미에서 短歌에 고집할 필요는 어디에도 없는 것이고, 다른 「문학 여러 장르로부터 배척당한다면 가는 곳까지 가보지 않겠는가」 하는 것이었다. 그러나 이러한 제언은 주체가 얼마나 충실하느냐에 따라 短歌 형식에 구애받지 않는다는 것을 말하는 것이고, 또한 그것은 패전이 가져온 해방감을 창조적인 에너지에로 轉化시킬 수 있다고 주창한 것이 된다. 따라서 이것은 반드시 短歌의 부정을 의미하는 것은 아니다. 즉 久保田가 추구하는 일종의 격려형이라 할 수 있는 것인데, 齋藤正二·上田三四二 등이 이것을 제2 예술론 테두리 밖에 두는 것도 수긍할 수 있을 것이다.(共同研究「戰後 短歌史」『短歌』 소화43년 2월)

그러나 이것과 비교하여 臼井의 「短歌의 결별」은 桑原의 발상을 선취한 것이라 할 수 있는데, 이것은 제2 예술론으로서 결정적인 무게가 있었다. 가식이 없는 그의 論은 항복의 눈과 선전 포고의 눈을 가진 歌를 「시도하기에는 바로 눈앞에 있는 短歌 잡지」로부터 끌어와서 「이때와 그 때의 감동의 실체에는 분명히 큰 차이가 있어야 할 것」임에도 불구하고, 歌는 그러한 것을 표현하고 있지 못하다. 더구나 문제는 오늘날의 복잡한 현실에 맞추어야 할 때의 결정적인 부분이라 할 수 있는 短歌의 표현적 無力感에만 있는 것은 아니었다. 더 중요한 것은 「항상 短歌 형식을 내걸면서 현실에 맞선다고 하는 것은 항상 자신을 短歌的으로 형성시키지 않을 수 없다는 사실」이 아니면 안 된다는 것이다.

이렇게 해서 短歌 형식에 익숙해지게 되면 합리적인 것, 또는 비판적인 것을 싹을 내리는 것은 항상 힘들게 될 것이다. 短歌的 형식이 움직이는 장소, 그곳은 「1억 総懺悔」가 솔직히 받아들여지는 장소라 할 수 있는데,

항상 과거의 회상에 울 수 있는 장소인 것이다. 그것은 베트고프에 수록된 「전몰 학생의 편지」 등이 전혀 생겨날 여지가 없는 장소, 자신을 죽음으로 몰아넣은 것에 대한 애정을 담은 辞世의 句가 만들어질 수 있는 장소, 宣戰의 감격도, 항복의 감격도 동일 동질인 장소, 애련의 장소인 것이다.

이렇게 해서 臼井는 지금이야말로 短歌와의 단절이 어려운 때가 아닌가 하고 말하고 있는데, 단순히 短歌나 문학의 문제에 그치는 것이 아니라, 「민족의 지성 변혁의 문제이다」고 말하고 있다. 요컨대 그는 복잡한 표현에 대한 短歌의 표현능력을 포기하고 있는데, 그러한 근대성을 부정하고 이것과 결별한다는 것은 「민족의 지성 변혁의 문제」라고 말하는 것이다.

여기에 분명히 桑原의 「제2 예술」의 논점이 대략 포함되어 있다고 말할 수 있는데, 언어 외부에 俳句를 포함하고 있다는 것은 「일본 민족적 성격에서의 短歌 俳諧的 형성」이라든가, 「俳諧 나름의 短歌의 성격과 운명」 등이라는 말에 비추어 보아도 분명할 것이다.

그리고 臼井가 短歌에 비중을 두었다는 사실에 대해, 桑原는 俳句를 직접적인 대상으로 그 論을 전개해 간다. 또한 前者가 전쟁을 사이에 둔 前後의 作例를 인용하고 있는 것에 대해, 유명 무명의 俳人의 작품 15句를 그 이름을 숨겨서 나열하고서는 독자에게 구별이 가능한지 어떤지를 퀴즈 비슷한 설문을 제출하였다. 그리고 그는 이것을 보면서 중학시절 「목장 저편에 국화를 보러 갔을 때의 인상이 기억난다」고 말하고 있는데, 개개의 大家의 실명을 밝혀가면서 근대 예술로서의 俳句명맥에 대해 문제로 삼고 있었기 때문이다. 만약 예술작품 자체에서 그 작자의 지위가 결정될 수 없다고 한다면, 「예술가의 지위는 예술 이외의 곳」, 또는 「속세계에 있어서 지위」와 같은 것으로 결정되어질 수밖에 없다는 것이다. 즉 거기에는 結社의 세력 관계나 당파성이 얽혀있다고 볼 수 있는데, 그곳에는 「중세 職人 조합적」 세계가 성립하고 있는 것이고, 현재도 또한 지배하고 있다고 말하는 것이다.

결국 俳句는 지금의 현실적 인생을 표현하고 있지 못하다. 만일 그것을 현대인의 심혼을 울리기에 가치가 있는 예술 등이라 생각한다면 그것은 말의 남용이라 할 수 있고, 그것을 말한다면 「芸」, 혹은 「제2 예술」이라 부르는 것이 옳다는 것이다.

근대 예술은 전인격을 걸고 하나의 작품을 만드는 것이 그 작자를 성장시키는지 타락시키는지 그 어떤 것이 될 것인지와 같은 어려운 일이라는 관념이 없는 곳에서는 예술적인 그 무엇도 생겨나지 않는다. 또한 俳句를 조금 만들었다는 것만으로 창작 체험이 있는 것으로 착각하는 예술에 대한 안이한 태도를 가지고 있는 한, 유럽의 위대한 근대예술과 같은 것을 아무리 시간이 흘러도 그것을 제대로 이해하기는 어려울 것이다.

그런데 桑原는 이것보다 앞서 「일본 현대소설의 약점」(『人間』 소화 21년 2월)에서 일본 소설 등에 구애받지 말고, 오직 서양의 근대소설에 몰두하는 편이 좋을 것이다. 「소설을 和歌나 俳句를 만드는 기분으로 쓸 수 없는 것처럼 생각하는 것이 좋다」고 말하고 있다. 中野好夫와의 대담(「文学・人生・社会」, 『新潮』 소화21년 9월)에서도 일본문학의 봉건성에 언급하면서 이러한 발언을 하고 있다. 「和歌라든가 俳諧라는 전통적인 것을 하지 않으면 마치 이것이 해결이 되지 않는 것처럼 생각한다」. 「일본 초등학교에서 데모크라시 교육이라든가, 토론 시스템 교육이라는 것을 말하면서 내가 있는 소학교에서 어린이에게 俳句를 만들게 했다. 그래서 『추적추적 비 내리는 밤은 어슴푸레하다』고 쓰니까 불합격을 받았다」. 「어린이에게 和歌, 俳句 등을 알게 하는 편이 좋다고 생각해요」. ―그러니까 「제2 예술」은 갑자기 씌어진 것은 아니었다. 그러나 그 과정에서 당연히 臼井의 訣別論도 읽고 있었음에 틀림없었을 것이다. 단지 양자의 다른 점은 桑原의 규범은 「유럽의 위대한 근대 예술」이었고, 또한 「서양의 근대소설」이었다. 그 만큼 이 근대주의자는 臼井 論의 배후에 있는 무게―「短歌에 대해 벗어나기 어려운 애착을 결연히 단절시킨다」는 자세를 가진 그것―를 가볍게 받아들이고 있었을 것이다. 그러한 의미에서 훨씬 비정하다고 할 수 있다.

따라서 그의 친구인 三好達治가 河盛好蔵와의 대담(「詩歌一夕話」 『新潮』 소화22년 1월)에서 화제가 「제2 예술」에 이르렀을 때 「소설의 발전을 위해 俳句는 사라지지 않으면 안 된다」는 식의 이야기가 「조금 난폭하다」고 말하든가, 소설가라면 「인연을 끊어도 좋겠지요」라고 말하는 것은 당연하다 할 것이다. 三好에서의 소설은 소설, 詩歌는 詩歌였다. 또한 歌에 다소의 애착을 보이고 있던 桑原의 「短歌의 운명」(『八雲』 소화22년 5월)과 같은 号에 실렸던 臼井와 折口信夫와의 대담 「短歌와 문학」을 비교해 보아도, 양자의 미묘한 차이는 추찰할 수 있다고 생각된다.

그러나 桑原의 「제2 예술」은 俳句로부터 거리를 둔 입장에 있었던 까닭으로 저널리스틱한 효과를 최대한 발휘하기도 했다. 소위 제2 예술 논쟁이라고 말하면 말하는 만큼의 반향이 일어나게 된 것도 이러한 것이 계기가 되었다고 말해도 좋을 것이다. 俳壇·歌壇은 갑자기 騷然한 분위기에 사로잡히게 되었다. 예를 들면 山口誓子가 일찍부터 「俳句는 회고하는 데에 있어서는 별 의미가 없다」(『大阪毎日』소화22년 1월 6일)는 제목이 붙은 문장에서 「대중에게 선례를 보이고 그 선례를 가지고 스스로의 손으로 俳句의 논법을 바꾸어 가려는 者는 극히 소수자」이다 보니까, 그 「소수자가 만드는 俳句가 제2 예술인지」 어떤지라는 식으로 우선 문제를 한정해서 하지 않으면 안 된다고 말하고 있다. 작품이나 大家에게 실망하는 부분이 있다 하더라도 「俳句 그 자체에 실망하고 있다는 것은 아니다」는 것, 俳句는 과거에 살았던 것만이 아닌 것, 마침 선택된 作例가 좋지 않다는 것, 독자적인 생략법을 구사하는 俳句에서는 註釈의 문제도 다른 관점으로부터 생각할 필요가 있다는 등등, 実作者의 입장으로부터 자신의 의견을 개진했다.

또한 中村草田男는 「교수병」(『現代俳句』소화22년 6월)에서 抹殺論을 묵과하기 어렵다고 말하고 있다. 그것은 論者에게 俳句 평가에 필요한 감상력이 전무하다는 것, 또는 그것은 그러한 論을 실은 일종의 「敵本主義」로부터 설정된 것이어서 순수한 비판이 될 수 없었다는 것을 들면서 「자의에 의한 校壇的 言説」로써 정의를 내렸다. 또한 誓子는 「俳句의 명맥」(『現代俳句』소화22년 4월)에서 그것에 대해 재론하고 있는데, 「양식이 다른 문학 사이에서는 그 문학적 깊이만이 상호 비교의 準尺이 되기 때문에 俳句도 또한 그 깊이에서는 처음으로 다른 문학과 拮抗할 수 있다」는 것, 즉 非作家는 머리로부터 俳句의 한계를 안고 있다는 것이다. 그러나 実作으로 다가서는 작가는 그 정도의 한계는 별 것이 아닌 것이고, 항상 유동적이라고 서술하고 있는 것이다.

어쨌든 「제2 예술」에의 논박은 약 반년 후에는 「五十数誌」에 달하였다고 하였다(草田男, 「가까이의 더욱 가까운 문제」『かすみ』소화22년 7월). 그러나 본질적으로 봐서 제2 예술론은 歌壇에서 더 현저한 반향으로 나타난 것이 아닌가. 그렇다고 말하는 것은 短歌는 명치 이래(『新体詩抄』의 출현 이래) 몇 번이나 이와 같은 종류의 부정론에 대한 파도를 극복해 왔던 것이고, 그것 자체가 근대 短歌史에 있어서 일종의 곡선을 이루고 있다는 것이다. 또한 동시에 부정론에 비판적 동조를 취했던 短歌 잡지『八雲』(소화21년 12월~23년 3월)이 창간되면서 久保田正文의 뛰어난 편집에 의해 평론활동의 場이 제공되었던 것, 더욱 말하면 원래부터 短歌에 애착을 가졌던 臼井의 訣別論이 제3자적인 桑原보다도 충분한 설득력을 가지고 歌人에게 호소하고 있었다는 것 등을 생각할 수 있기 때문이다. 筆子는 다시 앞의 「短歌의 명맥」에서 이렇게 말하고 있었다. 「『八雲』신년호는 歌壇에 선풍을 불러일으켰다. 俳壇에 직접 불러 일으켰다고 할 수 있다면 강한 풍력이 되었을 것이다」. 「이상의 논문으로부터 『短歌의 운명에 대해서』의 좌담회에 이르게 되면 숨도 못 쉬게 하는 強風이었다」고 지적하였다.

그러나 이『八雲』도 소화23년 3월 14호로 終刊이 되게 되는데, 이것은 동시에 제2 예술론 시대의 일단락을 고하는 것이기도 했다. 그러나 上田三四二도 말하고 있는 것처럼, 이 잡지가 겨냥한 「제2 예술론이 가진 부정적 계기로 해서 더욱 유효하게 短歌 부활의 영양제로 삼고 싶다」(「戦後短歌史」)는 목적은 확실히 다했다고 말할 수 있을 것이다. 전후 歌壇이 활황을 띠게 되었다는 것은 同誌 終刊 前後로부터 라고 봐도 좋을 것이다.

3) 평가

　제2 예술론에 관해서 참다운 의미에서의 논쟁은 일어나지 못했다. 약간 그러한 것에 가까운 것이 있기는 하였지만, 그것은 요컨대 *局外者 対 実作者* 간의 응수의 영역을 벗어나지 못하였고, *論*의 본질적인 부분에서 논쟁을 벌인 것은 아니었다고 봐도 좋다. 그렇다고 말하는 것은 원래부터 부정론의 성격이 일종의 문명비평이라 할 수 있는 것이었는데, 거기에는 당초부터 *歌人 俳人* 측 입장에서는 극히 곤란한 문제가 포함되어 있었기 때문이다.

　왕년의 *論争家*였던 *茂吉*는 이미 너무 나이가 들어버렸고, *土屋文明*도 약간의 응수는 나타내기는 하였지만 그 시니컬한 자세가 결국 정면으로 논쟁하는 자세는 끝내 보이지 못했다. 단지 *文明*는 그러한 자세를 취하면서도 결코 제2 예술론을 무시하고 있었던 것은 아니었다. 그의 반응은 자신의 *実作*이나 「アララギ」誌上에서의 *選歌* 태도에서 감상하는 사람의 마음을 이어주는 것으로 말에 대한 신뢰가 있었다. 또한 제2 예술론 그 자체는 소화23년 부근 *論壇*으로부터 모습이 사라져 갔지만, *歌壇·俳壇*과 함께 자신의 장르 내에 영향력을 발휘하면서 그 근대적 가능성을 둘러싼 논평에 대한 응수가 계속되었기 때문에 그것은 깊은 영향을 남겼다고 말할 수 있다. 그러한 점에서 전후의 *歌俳史*는 제2 예술론의 충격을 무시해서는 생각할 수 없는 것이고, *論*의 *当否*는 어쨌든 거시적인 관점으로부터 보면 중요한 의미를 던지고 있는 것임에 틀림없다. (*本林勝夫*, 「제2 예술론」 논쟁,(国文学 *解釈と鑑賞*436, 近代日本文学論争の系譜, 至文堂, 1970년 6월 참조)

4. 太宰治―志賀直哉 論争

志賀直哉의 太宰治 문학에 대한 비판 앞에 志賀는 전 해인 소화22년에『文学行動』좌담회 속에서「太宰는 어떻습니까」라는 질문에「젊은 사람들은 좋아할 지도 모르겠지만 나는 싫다고 의뭉을 때렸다. 그 포즈가 좋아지지 않는다」고 대답한 적이 있다. 또한 그 이후에도 언급한 적이 있기는 하지만 志賀가 太宰 문학에 대해 공공연하게 말한 것은 이 2회뿐이었다.

太宰는 1회째를 읽고 이미 志賀에 대해 공격 자세를 취하고 있었다. 그리고『新潮』소화23년 3월호부터「如是我聞」이라 제목이 붙여 4회 (3, 5, 6, 7월호) 志賀 비판에 응수하게 된다. 최초의 志賀의 太宰 비판 (『文学行動』)에 대한 太宰의 반격은 다음과 같은 것이었다.

어떤「老大家」는 나의 작품을 의뭉을 때리고 있어서 싫다고 말한 것 같은데, 그「노대가」의 작품은 어떠하냐. 정직을 자랑하고 있는가. 무엇을 자랑하고 있는가. 그「노대가」는 대단히 남자인 체 자랑스럽게 생각하고 있는 모양인데, 언젠가 그 사람의 選集을 펴보았더니 훌륭하게 옆얼굴의 사진, 더구나 그것도 조금도 쑥스러워하지도 않는다. 마치 무신경의 사람이라 생각했다.

太宰의 志賀에 대한 응수는 회를 거듭함에 따라 그 격렬함이 더해 갔다. 그 극함은 절필이 된 4회째의「如是我聞」에 이르러 최고조에 달했다. 계속해서 후반 부분을 서술해 보면 다음과 같다.

「暗夜行路」

허풍 같은 제목을 붙인 것이다. 그는 자주 다른 사람의 작품을 허세다, 무어다 하고 말하고 있는 것 같은데, 자신의 허세를 제대로 알아차리는 것이 중요할 것이다. 그 작품 대부분이 허세인 것이다. 詰将棋라는 것이 그것을 말해주고 있다. 도대체 이 작품 어디에 暗夜가 있다는 것인가. 단지 자기긍정만이 흘러넘칠 뿐이다.

어디가 뛰어나다는 것인가. 단지 그는 우쭐해 있을 뿐 아닌가. 감기에 걸리거나, 중이염을 앓았거나 하는 그러한 것이 暗夜인가. 실로 이상한 것이다. 마치 이것은 例의 綴方 교실, 즉 소년문학이 아닌가. 그것이 어느 사이엔가 행랑방을 빌려서는 茅屋에다가 無学인 주제에 의젓함은 숨기고서는 태연하게 앉아있는 것이다.

…그는 소위 좋은 家庭人이고, 또한 적당히 재산이 있기도 하고, 그의 곁에는 좋은 처가 있고, 자식들은 건강하고, 아버지를 존경하고 있음에 틀림없기도 하고, 자신은 경치 좋은 곳에 살고 있고, 戰災를 만났다는 이야기도 듣지 못했기 때문에 세련된 옷도 입고 있는 것이다. 더구나 자신이 겁쟁이라든가 또 다른 불길한 병을 가지고 있는 것도 아니어서 방문객은 모두 上流, 선생님, 선생님하면서 그의 말 한 마디에도 감복하고 따라서 부드러

운 분위기로 가득차고….

太宰의 비판은 신랄하다. 고소할 정도로 신랄하다. 그것은 비판이 아니라 응수인 것이다. 오는 말에 가는 말의 형태로 진행되는 논쟁의 형태가 아닌 단지 싸움인 것이다. 太宰는 그러한 것에 필사적이었다. 그러한 점 志賀는 老大家여서 그러한 것인지, 太宰와 비교하면 너무나도 여유가 넘쳐난다. 이러한 여유는 여유가 있으면 있는 만큼 오만하게 보이기도 한다. 志賀는 太宰에 대해 거의 아는 것이 없었고, 단순히 공격해 오니까 무서운 것이었다. 太宰는 志賀에 의해 어린애가 목을 비틀리는 형상이었다 할 수 있다.

志賀 자신 太宰의 死後 말하고 있는 것처럼, 「太宰君의 소설은 8년 정도 전에 한번 읽었던 적이 있지만 지금은 제목도 내용도 모두 잊어버렸다. 読後의 인상은 좋지 않았다. 작가의 의뭉스런 포즈가 싫었다. 그것도 뻔뻔스러움으로부터 오는 사람을 잡아먹을 기세라서 일종의 재미를 느낄 수는 있었지만, 그것은 약함의 의식으로부터 그 약함을 숨기려는 하나의 포즈로 보기 때문에 젊은 사람으로서는 바람직한 모습은 아니라고 생각했다」. 「그 후 읽었던 『人間失格』의 제2회째에서는 나는 조금도 나쁘다고 생각하지 않았기 때문에 더 많이 읽어보면 太宰君의 좋은 점도 발견될 수 있을지도 모른다고 생각했다」(『文芸』 소화23년 10월호)는 것이기 때문에 좋은 기분도 있었다. 이와 같은 인용은 「太宰의 죽음」이라 제목이 붙었던 곳에 씌어졌던 것인데, 志賀는 同誌 8월호의 中野好夫에 의한 「志賀直哉와 太宰治」라는 文芸時評을 「中野君의 문장에는 대단히 과장된 곳이 있다. 재미가 있다고 해서 이러한 과

장이 그대로 전설이 되어서는 곤란하다고 생각했기 때문에 이것을 쓰기로 했다」고 변명했다. 이러한 사실은 처음부터 志賀에게는 太宰의 작품은커녕, 太宰의 志賀에 대한 대답이라 할 수 있는 「如是我聞」조차 읽었던 적이 없었던 것을 말해준다.

太宰 문학의 실상은 「자신 속에 있는 악을 철저하게 드러내고, 자신을 고백하고, 더욱 愚劣한 형태로 자신을 찾아가게 만든다는 것, 그러한 것들이 자신에게 주어진 사명인 것이다. 그러한 것에 의해서만이 오늘날 사회 속에 내재되어 있는 위선을, 악을, 치사함을, 추한 에고이즘을 제대로 파헤칠 수 있을 것이다. 즉 자신의 문학은 예수에 대한 유다와 같은, 즉 그것은 反효法일 수밖에 없다는 것이다. 내일의 아침 해를 만드는 저녁 구름이 되고 싶다. 그리고 자신의 문학에 의해 세상의 마음 약한 사람들을 조금이라도 위로해 주고 싶다. 그것이 太宰의 일관된 문학의, 인생에 대한 자세였다」(奧野建男)는 것이다.

더구나 이 무렵 太宰는 인생의 벼랑에 몰리고 있었다. 「20세기 旗手」 등 인기도 일정 부분 있었기도 하지만, 사생활에 있어서는 정신적으로 육체적으로도 피로의 극에 달하고 있었다. 이러한 자신에게 太宰는 조용히 敬畏하는 斯界의 선배들로부터 친절한 위로의 말 하나라도 받았으면 하는 바람이 있었는지 모른다. 확실하게 문장화되지 않았어도 단지 따뜻하게 지켜 보아주기만 해도 좋을 텐데, 무심하게 무시하는 듯한 비평을 받고 있는 것에 나쁜 기분이 진정될 리가 없었다. 거기다가 사생활의 초조함 등과 겹쳐지면서 太宰의 憤懣은 志賀 공격에로 집요할 정도로 달라붙게 만들었다.

40살의 작가가 과장 없이 피를 토하면서도 本流의 소설을 쓰려고 노력

하였고 그러한 노력이 도리어 모두에게 미움을 받게 되었다. 허약한 세 幼
兒를 안고 부부는 마음속으로 서로 환하게 웃었던 적도 없었고, 미닫이문
도 거실의 골대도 다 깨트려진 50엔의 셋방에 살면서 戰災를 2번이나 겪은
탓으로 원래는 좋은 옷을 입고 싶어 했던 사내가 짧은 바지에 게다의 모습
으로 아이들 돌보기에 지쳐있는 처 대신에 반찬을 사러가는 것이다. 이 志
賀直哉 등에 항의한 덕에 이제까지 교제해 왔던 선배 친구들과 전부 어색
해지게 되었던 것이다. 그래도 나는 말하지 않으면 안 된다. 이리인지 늑대
의 가짜가 나타나 나의 勞作에 대해 할 말이 없다고 하는 등으로 말하고
있는데 좋은 기분이 들 리가 있겠는가.

太宰는 벌써 완전히 새롭게 변해 있었다. 혈투에 도전하려 하고 있었
다. 志賀는 스쳐가는 정도로 이해하고 있었는데 반해, 太宰는 완전히
志賀에 대해 몸 전체로 대항하려 하고 있었다. 두 사람의 논쟁이 예를
들면 제3자 입회 하에 무릎을 맞대고 이성적으로 예민하게 또는 인정이
통하는 속에 행하여 졌다면 이렇게까지는 不毛로는 시종하지 않았을
것이다. 이와 같은 장소에서 실로 보다 좋은 성과를 추구하려고 노력하
기는커녕, 그러한 장소에 어울리는 화려한 싸움을 어떻게 이끌어내는가
에 신경이 집중이 되다보니까 志賀가 아무 생각없이 지껄인 인쇄판 같
은 것을 이미 잡지 발간 이전에 太宰에게 보이거나 하여 기름을 붓는
愚行조차 일어나고 있었다.

이와 같은 저널리즘의 빈곤이 織田作之助에 이어 太宰도 志賀라는
철벽과 부딪치게 만들었고 玉碎시켜 憤死시켜 갔던 것이라 봐야 한다.
그러나 그 철벽은 그렇게 간단하지 않을 정도로 반석이어서 織田만 보
더라도 太宰를 봐도 혼자 스모하는 것처럼 志賀에게는 상대가 되지 못

했다.

「좋은 해를 맞이하여 부끄럽군요. 太宰 따위 죽어? 오는 말이 고와야 가는 말, 뭐라 쓸 예정.」이라고 결연한 모습을 보이던 太宰였지만, 그 절필이 되고서는 승부가 될 수 없었던 것이다. 「뭐라 쓸 예정」이라고 강한 체를 하던 太宰였지만 막상 예민한 그는 필사적이었던 것이다.

太宰가 그야말로 필사적이었던 것에 비해, 志賀 쪽은 의젓하였다. 이 의젓함은 뻔뻔하게 비추어지기도 하였다. 志賀는 太宰 문학을 거의 읽었던 적도 없었고, 太宰를 죽게 만들었다는 생각 때문에 성립될 여지도 없었던 것이다. 「太宰君의 소설은 8년 정도 전에 한번 읽은 적이 있었지만 지금은 제목도 내용도 다 잊어버렸다. 読後의 인상은 별로 좋지 않았다. 작가의 연기하는 포즈가 특히 싫었다. 그것도 뻔뻔스러움으로부터 오는 듯한, 사람을 잡아먹을 듯한 일종의 재미를 느낄 수 있는 부분은 있었지만 그의 나약함 때문에 그 나약함을 감추기 위한 포즈가 나타났다고 보기 때문에, 젊은 사람으로 취할 자세는 아니라고 생각했다. 그 후 다시 한번 『伊太利亜館』이라는 것을 읽었다」. 志賀는 그리고 나서 『斜陽』과 『犯人』을 처음 부분을 읽은 정도였다.

志賀의 대단한 여유와 비교해 보면, 太宰는 필사적으로 이것에만 매달려 공격에 이성을 잃을 정도로 격렬하였지만 整然함은 결여되어 있었다고 할 수 있다. 예를 들면 다음과 같은 것을 들 수 있다.

「『暗夜行路』라는 과장된 제목을 붙이기는 하였지만, 그는 자주 다른 사람의 작품을 허세라는 식으로 말하곤 했었는데, 자신의 허세를 전혀 모르는 것은 이상하다. 그의 작품 대부분이 허세이다. 詰将棋라는 것은 이런 것을 두고 말하는 것이다. 도대체 이 작품의 어디에 暗夜가 있다는 말인가. 단지 자기긍정만이 가득 찬 자만심만이 넘칠 뿐이다」라든가, 또는「……君은 代議士라도 했으면 좋았었다. 그 뻔뻔스러운 얼굴, 자기긍정, 문자 그대로 代議士들이 흔히 써먹고 있는 그대로인 것이다」고도 하였다. 또는 志賀의 전쟁문학인『싱가폴 함락』을 논하면서 자신의『12월 8일의 기록』이나『고향』『新郎』『佳日』등을 제켜놓고 있다는 것은 논쟁으로서는 빈틈투성이인 자세라고 할 수 있는 것이다. 그러니까 太宰가 志賀의 전쟁문학에 대해 공격해도 志賀는 일고도 돌아보지 않고, 딸에게 읽게 해서「알았어.」를 연발할 뿐이었다.

이 논쟁의 분화구역이 되고 기름을 부은 것은 저널리즘이었다는 것은 이미 언급이 되었지만 太宰 사후에 이르기까지의 저널리즘의 잔혹함은 많은 후유증을 낳았던 것이다. 中野好夫는 이것에 대해서「역시 이것도 전쟁의 빈틈에 의한 것이겠지만, 젊은 저널리스트 諸君이 입사하자마자 제대로 된 훈련도 없이 応召하게 된다. 패전 후 돌아와 보니까 선배는 점점 빠져나가게 되었고 자기와 같은 젊은 동료만 남아 갑자기 중심이 되어 紙面을 만들게 된다. 이렇게 해서는 제대로 된 신문이 될 리가 없다고 老新聞人이 말한 것이기도 하지만 확실히 그러한 부분이 있었다.

저널리스트가 직접으로 職業人的 본능에 충실하여 행동하는 것이어서 사회적 양심에 따라 일하고 있겠지만, 그렇다 하더라도 직업적으로 움직이면서 더구나 무의식중에 반응하는 사회적 의식이라는 것이 최초의 훈련에 따라 달라질 수 있다는 것을 알았으면 한다. 有島, 芥川의 죽음은 이번 太宰의 죽음보다 훨씬 깊고 또한 큰 사회적 의의를 지니고 있었다고 단언할 수 있는데, 그래도 報道陣은 이번만큼 야비하고 비속

한 태도는 그 전례가 없었다고 생각한다」. 中野의 저널리즘에 대한 주
문은 현재에 있어서도 시사적이라 할 수 있는 것이다. (金容權, 太宰 ·
志賀 論争(松本健一 편, 詳解 現代論争事典, 流動出版株式会社, 1980.1
참조))

5. 「世代」 論争

世代 혹은 世代論을 둘러싼 논쟁이 일어난 것은 패전으로부터 얼마 지나지 않아서이다. 이 論争의 불쏘시개의 역할을 했던 荒正人의 말을 들어 보면, 「세대가 문제가 된 것은 역사의 격동 뒤이다」는 것이다. 荒는 「제2의 青春」(『近代文学』소화21년 2월), 「30대의 擡頭」(『朝日評論』소화22년 1월), 「20대의 不信」(『中央公論』소화22년 2월) 등에서 소화6년에 시작된 침략전쟁이 역사의 「어두운 계곡」을 만들었고, 그것을 통과해 온 자세로부터 사라질 수 없는 세대간의 간격이 생겼다고 주장하였다.

荒가 말하는 것처럼 「世代論」도 또한 전쟁과 패전의 산물이었다. 세대 논쟁은 그런 까닭으로 「전쟁 책임」, 「전향」, 「평화」 등의 전후 사상의 주요한 테마와도 밀접한 관련을 맺고 있다. 世代論은 사람들의 삶이나 사상에 시간의 흐름, 역사라는 축을 도입하고 있는 것이다. 그리고 연속하는 시간, 역사가 아니라 오히려 단절된 것이다. 그것은 사람들이 단지 어느 시대에 살았던가 하는 것만이 아니라, 청춘을 하나의 기초로 하는 個体史와의 관련에 있어서 어떻게 살았는가 하는 물음이기도 하고, 인류사로서의 역사와 個体史 사이의 물음이라 해도 좋다. 그리고 그 개체사의 집합으로서의 세대라는 것을 선명하게 만든 것이 전쟁 체험에서의 차이이고, 그것을 대상화하는 것이 소위 世代論이었다.

　제1기의 世代 論争은 荒正人에 의해 개시되었다. 荒正人 자신이기도 한 「30대의 마음에 있는 것」은 40대에 대해 「경멸하고, 증오하고 그리고 절망을 느꼈다」. 40대의 사람들은 파시즘과 전쟁의 십수 년 속에서 「소극적 저항인 침묵이라는 수단조차 망각의 늪에 빠져서」 거기에 편승해 왔다고 荒는 단언한다. 대정 末期부터 소화 初期에 걸쳐 자유주의와 마르크스주의 속에 청춘을 살아온 그들 40대에 대해서 「소화10년 전후, 즉 좌익 패퇴, 자유주의 붕괴, 그리고 파시즘 공세 속에 청춘을 보내온 사람들, 오늘날 30대의 사람들은 그것에 편승하기에는 그러한 날개조차 없었다」. 그리고 그것은 지금 「수난의 聖痕」 「상처입은 마음」을 가진 특이한 세대로서의 30대가 대두했다고 말하는 荒 자신의 선언인 것이고, 同世代人에 대한 호소이기도 했다. 그러나 이것은 40대로 바뀌어 30대가 시대의 리더로 등장한다는 것은 아니었다. 荒는 그러한 「지도자 근성을 완전히 버릴 것」을 「40대가 소수의 예외자를 제외하고 30대의 지도자가 될 수 없었다는 것은 그들이 40대로서의 마지막 한계까지 오지 않았다는 것을 말하는 것이고, 더구나 30대, 20대를 지도하고 싶어하는 근성 때문」이라는 비판 위에 서서 제창된 것이다. 「극언하면 20대 등은 아무래도 상관없든가, 남의 일인 것이다」. 이와 같은 주정적 결의가 荒의 「제2의 청춘」이 된 것이었다.

世代論 또는 그 하나의 상징으로서의 30대론이 여러 논의가 이루어지는 속에서 같은 30대의 논객이었던 小田切秀雄는 『日本評論』의 좌담회 「『世代』에 대해서」(소화22년 10, 11월 합병호)에서 荒를 비판한다. 小田切는 「30대에 세대의 특색이 있다는 식으로 생각하는 것은 우리들 30대만인지 모른다」고 전제한 위에서 「일본 국민을 세대에 의해 분열 대립시키는 것은 대단히 잘못되었다」. 그러한 「세대를 분열 대립시키는 방식과 싸우지 않으면 안 된다」고 강조하고 있는데, 세대론에 「부화뇌동하는 무리가 있다」고까지 말하고 있다. 이 좌담회의 결론에 40대인 高島善哉의 「세대를 연결하는 것은 결국 무언가」하는 물음에 대해 小田切는 「각 세대를 각각의 방법으로 갈고 정립해 온 하나의 것에 대해 각 세대가 손을 잡은 싸움 이외는 없다」고 대답하면서, 그것을 40대인 松村一人와 50대인 出降이 「맞다. 그렇다. 그것을 오늘 이 좌담회의 결론으로 하면 좋겠다」고 긍정하였던 것이다.

世代論의 제2기는 아이러니하게도 이 小田切秀雄에 의해 막이 올랐다고 할 수 있다. 그것은 桑原武夫의 「평화에 대한 架空 좌담회」(『平和』소화29년 1월)를 비판한 「세대의 갈라진 틈」(『世界』소화29년 2월)이었다. 冒頭에서 小田切는 「오늘날의 젊고 새로운 세대와 年長의 여러 세대 사이에 미묘한 틈이 발생하기 시작하고 있는 것으로 생각된다」고 서술하고 있는데, 이 틈은 「신세대의 실질적인 성장에 의해 생기는 것이기 때문에 旧世代는 이것들과 대결을 피하고서는 어떻게 할 수가 없는 것이다. 이러한 틈의 하나의 구체적인 표출은 終戰 前의 소위 전향 문제에 이르는 양자의 사고방식에서의 현저한 차이로써 나타나는 것이다」고 이어간다.

桑原가 架空 좌담회 속에서 쓴 평화 강연이 있은 후, 대학교수로서의 출석자의 한 사람이 「어디까지나 평화를 위해 굴복하지 않는다」는 서약을 요구받은 것에 대해, 이 교수가 「우리들과 같은 凡人에게 어째서 서약 등을 강요하려 합니까」라고 마치 서약을 부정하려는 모습에 대해 小田切는 문제로 삼게 된다. 교수의 의견이 「그대로 桑原의 의견으로 읽혀지고 있는 것은 문장 발표상의 책임으로서 어쩔 수 없는 부분일 것이다」는 전제한 위에 小田切는 「청년(또는 桑原의 내부에서의 대화자의 한 사람)의 요구에 대해 약간 성급하지만 정당한 요구라고 생각한다」, 교수(桑原)의 말은 「오늘날 일부 平和論者 사이에서의 미묘함에도 불구하고 조성되는 분위기」 즉, 「평화에 대한 자신의 발언에 책임을 지지 않으려는 자유를 현명하게 유보하는 것」에 대해 서로 겹치고 있다고 판단한 것이다. 이런 분위기는 「나를 포함해서 우리들 세대 및 우리들보다 年長 세대 중에는 전쟁하의 자신의 저항에 대해 자신을 너무 안이하게 인식하고 있었다는 평가가 의식적 · 무의식적으로 고정되고 있었다」는 것과 관계가 없는 것은 아니다. 그러나 「오늘날의 젊고 새로운 세대는 우리들에게 주어졌던 전시하의 상황에 대해 격렬하게 비판을 가하기 시작했다」. 小田切는 이들 젊은 세대의 비판에 대해 그런 까닭으로 桑原가 그린 교수에 대한 청년의 비판을 정당한 것으로 받아들였던 것이고, 「다시 평화로부터는 전향하지 않을 것을 온몸으로 보여주는 것 이외에는 젊은 세대와의 참다운 연결고리는 만들어낼 수 없다」고 결론지었다.

荒正人의 주장이 스스로의 世代를 근거로 한 前世代에 대한 비판이었던 것에 비해, 小田切는 스스로의 세대가 비판을 받는 측에 두었다. 이러한 사실은 小田切가 말하는 新世代의 성장이라기보다 小田切를 포함한 旧世代 전후 9년간에 있어서 성장의 결여 즉, 再転向의 危懼를 배경으로 한 전환이라 할 수 있었던 것이다.

小田切의 「세대의 틈」에는 당시의 桑原는 물론이고, 中野重治, 平野謙, 阿部知二, 堀田善衛 등이 이것과 관련된 문장을 발표했다. 桑原는 「평화운동과 서약」(『世界』 소화29년 5월)에서 小田切 논고의 방식에 대해 「창작에 대한 문예비평으로서는 検事的에 지나지 않는 것이지만 이래 나는 小田切 씨를 무서워하고 있다」고 서술하면서 小田切에 의해 「전향문제와 평화운동과 세대의 단절이라는 3 제목 분리가 성립되었다」고 얼버무리고 있다. 「이것들은 각각 별도로 논의되어지는 쪽이 평화운동에는 플러스가 될 것이라고 생각된다」고 小田切의 世代論에 대해 반대하고 있다. 中野重治는 「우리들 자신 속의 하나를 버릴 수 없는 상태에 대해서」(『新日本文学』 소화29년 3월)에서 桑原가 그린 청년에 의한 평화에 대한 맹세는 小田切가 정당성 있는 요구로 내세우는 것에 대해 「순수할지 모르겠지만 바보스럽다」 「부모의 신세를 짐 · 이데올로기」로 생각하고 있는데, 「그런 맹세가 무엇이 됩니까?」고 되받아 치고 있는 것이라 하였다. 교수가 「演壇에서 말하니까 책임은 확정되는 것이다. 거기에 배반한다면 거기에는 사기, 배임이 확정된다」고 하였다.

小田切는 「전향과 세대의 문제」(『群像』 소화29년 7월)에서 中野의 문장은 「전체로서는 전향 문제를 피해 간과해 버리는 결과가 되고 있는 것이고, 그 틈을 분명히 하는 것을 바라면서도 그것을 취소케 하여 봉합하게 만드는 방법에만 관심을 기울이고 있는 것이다」고 서술한다. 「세대와 세대는 그렇게 간단히 조화해 가는 것이 아니다」. 「새로이 상호간의 차이에 파고들어 비판에 의해 서로간에 만일 상처를 입혀야 할 부분이 있다면 충분히 서로 상처를 입히면서 나아갈 필요가 있는 것이다」. 그렇게 하지 않으면 20대의 武井昭夫들이 戰前의 나프에 대해 그 문학운동을 멋대로 평가하거나, 나프의 중심인물이었던 50대의 中野들이 그 武井들의 진행방식에 대해 「어쩌면 따라 갈 수도 있을 것이라는 서로간의 의지밖에 생겨나지 않는다」고 비판한다.

小田切를 축으로 전개된 이 논쟁은 전후 사상사 속에서 보았을 때, 패전 직후에『近代文学』이 설정한 테마가 다시 분출한 것이라 봐도 좋을 것이다. 이것을 小田切는 「지금 나는 패전 이후 곧 잡지『近代文学』이 제기한 여러 문제는 世代論을 포함해서 거의 모든 것을 재검토에 들어가야 한다고 생각하고 있다」고 서술하고 있다. 더욱 小田切의 世代論은 이후의 「思想의 科学研究会」에 의한 転向論을 둘러싼 논쟁의 先駆가 되기도 했다.

이상과 같이, 제1기의 世代論을 대표하는 荒는 戰前 자유주의나 마르크스주의를 몸에 익히면서 전향하였는데, 굴복한 40대에 대신하여 스스로의 30대를 대치시켜 비판하였다. 제2기의 小田切는 결코 공산주의자만의 것이 아니었던 전향을 스스로를 안이하게 처리하는 것에 의해 변명하고 있던 자신을 포함한 年長의 여러 세대에게 전향을 비난함으로 해서 전향하지 않았던 조건을 내세우는 젊은 세대와 대치시켰다. 小田切가 말하는 젊은 세대는 이 단계에서 戰前 세대라는 용어를 가지고 스스로의 사회적 발언과 행위를 전쟁에 의해서가 아니라 戰後史의 한 과정에서 내세우는 세대로서의 검토의 대상이 되어 갔다. 그런 까닭으로 이후의 世代論을 荒, 小田切 등과 비해, 제3기와 구별이 가능하다.

전후 세대의 등장과 함께 주목을 받았던 것이 소위 戰中派의 발언이었다. 戰中派라는 용어를 처음으로 저널리즘에 등장시켜 확립하게 한 것은 『中央公論』의 좌담회 「戰中派는 생각한다」(소화31년 3월)에서였다. 이것이 계기가 되어 원래 군인이었던 村上兵衛가 화려한 발언을 개시하였다. 村上는 「戰中派는 이렇게 생각한다」(『中央公論』 소화31년 4월)에서 국가에 대한 충성의 의무에 따른 행동은 허용되기도 하고, 또한 世代層으로서도 스스로 책임을 느껴야 하는 지위는 아니었다고 주장하였다. 이것에 대해 荒正人, 大熊信行, 浅田光輝, 猪狩正男가 반론을 개시했다.

예를 들면, 日高六高는 『世界』의 「전쟁 체험과 전후 체험」(소화31년 8월)에서 「전쟁의 기억이 없는 세대, 전쟁에 의해 마음의 상처가 없었던 世代가 오히려 늘어나고 있다」고 서술하고 있다. 그 보다 더욱 젊은 세대는 「전쟁체험이 아니라, 전후 체험의 실감에 근거해서」 해방에 대해 요구하고 있다고 서술한다. 그러나 현재는 전후 세대보다 더욱 젊은 세대가 등장하고 있고, 그러한 세대는 戰爭과도 전후와도 동떨어진 표현으로 부르고 있는 것이다. 전쟁이 끝나고 세월이 흐른 후도 전쟁은 과연 끝난 것일까. 荒가 말한 「世代라는 것이 문제가 된 것은 역사의 격동이 끝난 후」라는 것이 정확하다고 한다면, 전후의 종료와 함께 世代論도 終焉했다고 말할 수 있을 것이다. (和田圭一, 「세대」 논쟁, (松本健一 편, 詳解 現代論争事典, 流動出版株式会社, 1980.1 참조))

6. 「政治와 文学」 論争

　하나의 개별적인 논쟁이라는 의미로부터 보면 「정치와 문학」 논쟁은 전후의 한 시기에 시작하여 곧 끝났다. 그러나 이 논쟁을 전후문학 전체의 테두리 속에서 생각해 본다면, 「정치와 문학」이라는 대비의 도식은 논쟁으로부터 세월이 많이 흐른 현재에도 여러 형태로 여전히 底流하고 있다고 할 수 있다. 그것은 三好行雄가 말하는 것처럼 논쟁 자체가 애매하고, 불철저(「戰後 政治와 文学論争·解題」『戰後文学論争·上』)하기 때문만은 아니다. 문제 그 자체가 하나의 개별적인 논쟁으로서는 논쟁이 다 끝나지 않을 정도의 너무나도 많은 깊이와 내용을 가지고 있기 때문이다.

　논쟁은 中野重治들의 『新日本文学』(소화21년 3월 창간) 측과 平野謙, 荒正人를 중심으로 한 『近代文学』(소화21년 1월 창간) 측 사이에서 행해지게 되었다. 알려져 있는 사실은 두 개의 잡지가 완전히 별개의 것이 아니라, 「近代文学」의 초기의 구성 멤버, 즉 「7인의 사무라이」 (平野謙, 本多秋五, 山室静, 埴谷雄高, 荒正人, 佐々木基一, 小田切秀雄) 전원이 동시에 『新日本文学』의 회원이기도 했다는 것이다. 그런 것도 있어서 논쟁에는 컵 속의 태풍과 같은 기운이 시종 따라 다녔다.

「정치와 문학」 논쟁은 中野重治의 「비평의 인간(一)」에 의해 개시되었다는 것이 정설이 되고 있다. 「平野謙・荒正人에 대해서」라는 부제가 붙었던 이 논문은 平野, 荒들의 反革命性, 反動性을 비판한 것인데, 작가에 의해 씌어진 비평문의 결점만이 부각이 되어 있어서 지금으로부터 보면 거의 볼만한 내용은 없었다. 「中野의 처음부터 이러한 거만한 말은 당시에도 이례적인 느낌을 가지게 했다…」(『近代文学論争・下』)와, 또는 臼井吉見가 쓰고 있는 것처럼 中野 논문은 그의 허세가 되돌아 온 것이었다고 볼 수 있다. 따라서 그 때의 열광은 전혀 연관이 없는 곳에 있던 者로부터 보면, 中野가 말하려고 했던 것이 쉽게 이해가 되는 곳도 있을 수도 있고, 또한 어려운 곳이 있기도 하다.

그럼에도 불구하고 이 논문이 論争文으로서 오늘날 문학사적 의의를 가지지 못한다는 것은 당시 中野重治가 가지고 있던 무게감 때문이었다. 『近代文学』 창간호에는 「문학과 현실」이라는 제목을 붙여 蔵原惟人를 초대한 좌담회가 실렸던 적이 있었다. 그 속에서 本多秋五가 「蔵原惟人의 이름은 나에 대해 —그리고 또한 우리들에게 있어서 신과 같은 존재였습니다」고 말하고 있었던 것은 너무나 잘 알려진 사실이었다.

「신과 같은…」이라는 말은 지금 되돌아보면 꽤 결단을 요한 발언이었다고 할 수 있는데, 거짓이나 농담으로 本多는 그렇게 말한 것은 아니었다. 蔵原가 神이었다는 사실은 천황이 神이었던 것과 서로 대칭을 이루면서 어울리는 것이었다. 중요한 것은 여기서 蔵原는 中野重治와도 교환 가능한 기호라고 보았던 것이다. 蔵原가 神이라면 中野도 神이었던 것이다. 「정치와 문학」 논쟁에서의 여러 가지의 난해함, 불투명함은 神과 같은 者와 어디까지나 인간 측에 선 者의 논쟁이었던 것에 하나의 원인이 있었지 않았나 하고 생각해 보는 것이다.

이 논쟁 속에서 中野가 주장하고 있는 것은 문학상에서의 논쟁 장소라기보다도 정치의 장소였던 것이다. 더구나 여기서 정치라고 말하는 것은 반드시 反体制 左翼의 입장으로부터 본 정치였던 것이다. 지금으로부터 보면 상상하기도 어려운 것이었지만, 中野는 정말로 혁명을 생각하고 있었던 적이 있었다. 平野, 荒 양씨를 反革命의 대상으로 직접적인 말로 규정하고 있던 中野에게는 전후의 열광 속에서의 그의 기세를 엿볼 수 있는 것이다.

平野, 荒(특히 平野)가 약간 엉거주춤하는 자세이면서도 끈기 있게 강하게 주장하였던 것은 그 中野의 강렬한 기세에 대한 위화감을 기점으로 출발하고 있었던 것이다. 戦前의 프롤레타리아 문학을 그대로 긍정하려는 中野 입장에서는 프롤레타리아 문학에의 귀결이라 할 수 있다. 그러한 위에 전후 문학을 생각하려는 시점은 갖고 있지도 않았던 것이다. 「정치와 문학」 논쟁에 앞서는 「문학자의 전쟁 책임 논쟁」 이래, 平野가 일관되게 주장한 것은 프롤레타리아 문학이 패퇴하게 된 것은 戦時下의 군국주의에 의한 압박이라는 外圧的 요인만이 있었던 것은 아니라는 것이었다. 프롤레타리아 문학 내부에도 패퇴의 원인은 있었고, 그것과 아울러 군국주의의 압력이 연계된 것이 아닌가 하는 것이 平野들의 『近代文学』派의 논점이었다고 할 수 있다.

平野는 「정치의 우위성」 속에 戰前의 프롤레타리아 문학의 귀결을 예견하고 있었던 것이다. 여러 논쟁이 있었고 역사가 있었지만, 프롤레타리아 문학이 최후에 도달한 끝은 정치를 至上으로 하는 것이었는데, 그것은 小林多喜二의 죽음에 의해 잘 보여주고 있는 것이라고 平野는 말하고 있는 것이다. 그러한 平野의 입장을 잘 나타내어 보이고 있는 것은 「문학자의 전쟁 책임 논쟁」 속에 씌어진 「하나의 反措定」(소화21년 5월)이었다. 덧붙여 中野의 「비평의 인간성(一)」은 平野의 이 논문에 대한 반론을 목적으로 삼고 있었다.

「하나의 反措定」이 平野의 입장과 특징을 무엇보다도 잘 나타내고 있는 것은 岡田嘉子라는 한 사람의 女優에 초점을 맞추고 있었기 때문이다. 그 岡田嘉子가 杉本良吉라는 연극인과 함께 삿포로로부터 越境했다는 사건(소화13년 1월 3일)의 전말이 그 사건에 平野가 초점을 맞춘 것은 거기에 내재해 있는 비인간적인 부분에 관해서였다.

어떤 言舌로 杉本가 岡田를 유혹했는지에 생각이 미치게 되면, 아마 남성적 情事와 좌익적 言辭에 얽혀있는 그 口說의 내용이 얼마나 건전한 인간성을 무시한 그 奇怪가 극에 달해 있었던가를 상상하기 어렵지 않다. (중략) 물론 나는 杉本良吉가 어떠한 理想에 사로잡혀 혹은 막다른 곳에 처해져서 어쩔 수 없이 소비에트 잠입을 결의하기에 이르렀던가를 자세히는 알지 못한다. 단지 내가 확실하게 말할 수 있는 것은 杉本가 그러한 목적 달성을 위해 한 사람의 자그맣고 귀엽고 나이든 女優를 이용했다는 한 사건에 지나지 않는다는 것이다. 그러나 이 조그만한 사실이 중요하다는 것이다. (「하나의 反措定」 소화21년 5월)

이것과 가장 가까운 무렵의 岡田嘉子의 발언에 의하면, 사건은 平野가 생각하는 것처럼 그렇게 비인간적이지 않다는 것이다. 그렇다기 보다는 오히려 岡田嘉子에 시선이 집중이 되다보니까 그것이 하나의 사건이었는지조차도 의심이 간다고 볼 수 있다는 것이다. 그러나 여기서 중요한 것은 이 사건을 비인간적으로 보고 그것을 戰前의 프롤레타리아 문학운동 그 자체에 내재되어 있는 것으로 보고 있는 平野의 시점 쪽이다. 거기서 平野가 반발한 것은 이론이나 사상의 내용이었다기보다는 자신 내부에 있는 윤리감각에 비추어서 당시 프롤레타리아 문학과 그 주변에 「건전한 人性을 무시한 기괴하기 짝이 없는 것」으로 느껴 받아들이는 것에 대해 주의를 기울여 볼 필요가 있다. 「정치와 문학」 논쟁이 남긴 것들이 현재에도 새롭다고 하는 것은 이러한 이유 때문이다.

그것과 비교하면 中野重治나 岩上順一들 『新日本文学』 측의 논자들은 항상 정치의 문맥 속에 서 있었던 것이다. 당시 情勢論의 테두리로부터 中野는 자유로울 수 없었다. 『新日本文学』 측의 논문을 오늘날 읽어 보면 굉장히 낡았다는 것은 『近代文学』派의 예를 들면 平野謙이 남긴 여러 논문의 신선함과 좋은 대조를 이루는 것을 알 수 있다.

생각해 보면 戰前의 프롤레타리아 문학이 정치 전략의 일환의 의미밖에 가지지 못했던 것 이상으로 「정치의 우위성」은 예상된 결말이었다. 정치냐 문학이냐 하는 문제의 방식을 파고들어 가면, 문학이 정치에 종속될 수밖에 없는 너무도 당연한 것이었다고 말하지 않으면 안 된다. 그러한 戰前의 프롤레타리아 문학에 대한 방법을 청산하지 않는 이상, 戰後의 中野를 비롯한 『新日本文学』이 다시 「정치의 우위성」에로 가려하는 것도 당연히 예상되는 것이었다. 그것을 平野들이 비인간적이라

비판하는 것을 反革命이라 주장하는 것도 中野들 측으로부터 보면 너무도 당연한 것이었다.

論争은 소화23년에 들어서서 『近代文学』派의 정치적 굴복이라는 모양으로 우선 그것은 끝났다. 戦後라는 시대의 열광 속에서 그것이 타탕하였다고도 할 수 있겠지만, 전후 세월이 흐른 이후의 테두리 내에서 생각한다면, 전후문학의 골격은 오히려 『近代文学』派가 주장하는 방향에 따라 형성되었다는 것이 지금은 명백해 졌다. 『近代文学』의 終刊号 (소화39년 8월)에서 中野가 논쟁 당시를 회고하면서 자기비판을 하고 있다는 것은 그 상징적인 방증이었다고 할 수 있는지도 모른다. 프롤레타리아 문학 속의 右派 혹은 芸術派라고도 해야 할 『近代文学』派가 전후문학의 기축에 서면서 현재에 이르고 있다는 것은 戦後 현실에 그것이 무엇보다도 적합했기 때문이었다고 보는 것이다. 그것은 戦後의 새로움을 선취했기 때문인데, 戦前의 프롤레타리아 문학의 부활이라는 이름으로 되살아 난 『新日本文学』主流의 낡음과 좋은 대조를 이루고 있는 것이다. 사실 『新日本文学』의 상부 단체라고도 해야 할 일본 공산당의 혁명 노선도 패퇴하였고, 그것에 동반해서 『新日本文学』도 변질해 갔다. 불행한 것은 그런 흐름의 추세가 어디까지나 정치에 종속하는 형태로서 시종했다는 것이다. 거기에도 「정치의 우위성」은 살아남아 있었던 것이다.

좁은 의미에서의 「정치와 문학」 논쟁은 끝났다고 볼 수 있는데, 広義의 과제는 그 후도 顕在化하게 되었다. 戦後派 문학의 평가를 둘러싸고 소화37년부터 38년에 걸쳐 행해졌던 「전후문학 논쟁」은 「정치와 문학」 논쟁에로 직접 연속되는 것이었다. 거기서는 『近代文学』 측이 이전의

中野重治들의 입장이 되었고, 전후파 문학=『近代文学』派에 비판적인 입장에 섰던 奥野健男, 礒田光一들이 이전 平野, 荒의 역할을 맡았던 것이었다. 이 때『近代文学』측을 대표한 것은 平野가 아니라 本多秋五였는데,『新日本文学』논객들이 本多들 측으로 돌리고 있다는 것은 戦後 20년 가까운 시간의 추이를 드러내는 것을 보면 알 것이다. 덧붙여 말하면 이 시점에서 일본 공산당과 그 주변에 부분적으로 존재하였던 사실만을 가지고 논쟁에 참가한다는 내실은 이미 없어졌다는 것이다.

「政治와 文学」論争이 남긴 것은 戦後 혹은 戦後派 문학의 평가는 금후도 이어질 것이다. 현재「전후문학 논쟁」이후도 즉, 소화49년의 中野孝次와 入江隆則 사이에서 행해졌던「제2차 전후문학 논쟁」이나, 같은 해에 埴谷雄高와 柄谷行人 사이에 이루어졌던「전후문학의 당파성 논쟁」, 더욱 소화53년에 本多秋五와 江藤淳 사이에서 교환된「무조건 항복 논쟁」등으로 그것은 계속해 이어졌다. 어느 쪽의 논쟁도 前者가『近代文学』=전후파 문학의 측을, 後者가 그 재평가를 재촉하는 측을 대표하고 있다고 보면 된다.

論争이 戦後의 혼란기에 행해진 것도 있었고 논쟁 그 자체의 성격상 도리가 없었다 하더라도 平野謙, 荒正人 사이에도 큰 차이가 있었던 것도 부정할 수 없는 것이다. 그 동안의 사정은「문학자의 責務」(소화21년 4월)라 제목이 붙었던 좌담회에서 그 대립을 드러내고 있었는데, 논쟁의 논객으로서 논쟁 상호간의 대립이 심각하게 드러난 결과, 平野・荒와 거의 대등하다고 할 수 있는 차이는 간과되어버렸다. 그것과 동시에 주목하고 싶은 것은『近代文学』과는 완전히 다른 발상으로부터 논

쟁에 참가한 福田恒存의 「1마리와 99마리와」(소화22년 3월)였다. 정치
와 문학을 준별해서 이원론적으로 사고하자는 이 독특한 입장은 지금
도 역시 신선함을 잃지 않고 있는 것이다. 松原新一와 같이 그것을 관
념적으로 한 편의 비판으로 그것을 전부 정리할 수 없는 문제를 내포하
고 있다는 것을 첨가해 두고 싶다. (菊田均, 「정치와 문학」 논쟁(松本
健一 편, 詳解 現代論争事典, 流動出版株式会社, 1980.1 참조))

7. 風俗小說 論爭

1) 발단

그 발달은 丹羽文雄가 소화24년 문예잡지『風雪』8월호의 井上友一郎·林芙美子와의「小説鼎談」에서 다음과 같이 말한 것에서 출발하고 있다.

二葉亭四迷의 입장에서는 이것은 그다지 알려져 있지 않은 것 같지만, 소설을 폐지하고 나서 軍의 촉탁인가 뭔가의 일로 러시아에 가서 일본인의 창녀집을 경영하려고 했다. 이것은 결국 불발로 끝났지만 가령 거기에 어떠한 동기가 있든, 과거에 작가를 하고 있던 者가 돈 때문인지 뭔지 잘 모르겠지만 외지에서 창녀집을 열려고 하는 것은 지금까지 알려져 있는 二葉亭라는 관념과 맞지 않은 것이다. 그러한 것을 알고 있었기 때문에 中村光夫君은 二葉亭에 대해 쓰고 있는지 어떤지 모르겠다.

이것에 대한 반박문을 中村가 「二葉亭와 창녀집—丹羽文雄 씨에게—」라는 題名으로 같은 해 『改造文芸』 10월호에 게재하면서 소위 풍속소설 논쟁이 전개되기에 이르렀다.

中村·丹羽가 「小説鼎談」에서 말한 것에 대한 반박문의 내용은 표면적으로는 丹羽의 二葉亭観의 착오에 대해 지적하면서도 결론적으로는 丹羽가 쓰고 있던 풍속소설의 창작태도에 대해 비판하는 것이었다. 그 때문에 이번에는 丹羽가 同年 10월 9일부터 11일까지 3회에 걸쳐 『東京新聞』에 「소설가와 비평가의 마찰」이라는 제목으로 中村에의 도전을 시도한 것이었다. 여기에 양자 사이에 논쟁이 일어나게 되었는데, 中村는 소화24年 10월 27·28일에, 『東京新聞』의 그것에 대해 丹羽가 대답하게 되고, 더욱 나아가 이 문제를 둘러싸고 同年 『文学界』 11월호에 「비평가와 작가의 빈틈」이라는 좌담회 기사(출석자, 丹羽, 井上友一郎, 中村, 福田恒存, 河盛好蔵, 今日出海)가 실렸다. 이것에 의해 풍속소설 논쟁은 클라이맥스에 도달하게 된다.

여기서 우선 최초의 中村의 반박문의 내용을 소개해 보면 다음과 같다. 中村의 주장은 다음과 같다.

(一) 丹羽의 무지인지 악의인지는 모르지만 전체적으로 거의 비방에 가까운 왜곡이 二葉亭의 事蹟에 대해 이루어지고 있다는 것.

(二) 二葉亭의 창녀집론은 그의 憂国의 至情이 궁여지책으로 그러한 생각이 도달한 것이기 때문에 몽상에 가까운 약간 희극적인 한 예이지만, 그 심정은 충분히 이해가 되고 동감할 수 있을 뿐만 아니라 어떤 의미에서는 존경할 만한 가치가 있다는 것.

(三) 丹羽의 二葉亭観은 先人에 대한 非礼라 할 수 있는데, 그러한 감정

적 惡罵는 丹羽의 소설 수법에 대한 분장을 단적으로 말해주는 것
으로 二葉亭를 이 정도의 인간밖에 되지 않는다는 것으로 보는 즉,
二葉亭를 丹羽化하고 있는 것으로 그러한 신경의 소유자가 현대인
의 실상에 대해 어느 정도로 표현할 수 있는가가 의문인 것이다.
자신이 이전부터 품고 있던 丹羽의 풍속소설에 대한 의문이 이 一
文으로 더욱 심화되었다는 것.

이상과 같은 것 속에 (三)에 해당되는 부분이 丹羽를 자극하고 있는
데, 이것은 작가 측으로부터 비평가에 대한 提言이라는 형태를 취하고
있는 것이다.

2) 전개

「소설가와 비평가의 마찰」에서 丹羽는 「비평이라는 것은 情報局이
하는 방법, 경찰청의 검열, 軍報道部의 정신과 같이 磨滅的이고, 청소하
는 식이 되어서는 안 된다」고 주장하고 있는데, 그러한 경향은 사소설
이나 풍속소설의 박멸을 선언하고 있던 中村光夫나 臼井吉見의 展望
이데올로기와 같이 느껴진다는 것을 강조하는 것이었다. 이러한 비유는
丹羽 자신이 戰時中에 뒤덮고 있던 저주스러운 체험에서 출발하는 것
이겠지만, 문학자가 어두운 계절 때문에 공통적으로 맛보는 악몽의 원
흉을 展望 이데올로기와 결부시켜 버리는 지나친 비약이라 보던 어떻
든 간에 中村 입장에서는 풍속작가에 대한 부정적인 痛憤의 표출이라

할 수 있다. 이것에 대해 中村는「丹羽 씨에게 응답한다」에서 비평가 입장으로부터의 발언을 한다. 즉 소설가가 소설 속에서 인간을 비평하는 것에 의해 자신의 이상을 드러내는 것처럼, 비평가도 비평작품 속에서 작가를 소재로 하여 자신의 이상을 서술할 권리가 있다고 주장하고 있다. 이러한 대립에 착목한『文学界』편집자가「비평가와 작가의 빈틈」좌담회를 기획하게 되고, 6명의 출석자가 각각의 입장으로부터 활발한 의견을 전개하게 된다.

우선 丹羽 측의 도움 역으로서 井上友一郎가 대기하고 있었고, 中村 측에는 福田恒存가 참가하였고, 심판역으로서 河盛好蔵·今日出海의 両氏가 列席했다. 개정하자마자 갑자기 파란이 일어나게 되는데, 우선 中村가「도대체 비평을 문학으로 丹羽 씨는 인정해주는가」하고 공격하니까, 丹羽는「小林秀雄는 훌륭한 문학이다」고 응대한다. 또한『改造文芸』에 쓴 中村 君의 문장 표현은 생리적으로 싫었다고 비난한다. 井上는 자주 中村는 너무 신랄하다고 丹羽에게 동조하는 듯한 말을 되풀이하고 있었고, 이것에 대응해서 福田는「丹羽 씨라든가 井上 씨의 소설은 현대에 상당한 영향력을 가지고 있는 것도 사실이다. 또한 독자를 가지고 있다. 그러한 전제 위에 서면 그 밖의 것을 논할 경우, 그 이상으로 신랄하게 된다는 것도 있을 수 있지 않는가」고 야유하고 있다. 그것은 차츰 더 나아가 풍속소설의 존재의의와 그 비판의 방향으로 나아가게 된다. 河盛의 발언은 심판역도 중재의 위치도 적당히 유지하면서 中村를 설득해가는 것에도 가시가 있었던, 결국 丹羽나 井上를 모방하여 비판하는 말을 슬쩍 끼워본다거나, 혹은 그것은 비평가의 습성으로 돌려야 한다거나, 또는 애매한 태도로 핵심에서 벗어나고 있는 모습이 눈에 띠었다. 거기에 이르게 되면 福田는 中村의 대변자로서 풍속소설에 대해 부정적으로 정의하고 있었고, 이것에 대해 丹羽가 자신의 입장을 顯示하게 된다. 이렇게 되면 中村를 옆에 둔 채 형성되는 福田·丹羽의 논쟁이 되는 것이다. 그 사이를 틈타 井上도 발언을 하게 되지만, 이것은 자신의 주장이라기보다는 丹羽에 대한 追隨와 같은 인상밖에 없다는 것을 의미한다.

福田는 말한다. 「나는 부정하는 것입니다. 풍속소설 일반에 대해. …예를 들면 현대의 풍속이라든가, 일반세태, 인정, 그러한 것을 소설가가 쓰는 경우 완전한 긍정 위에 서 있어야 한다고 생각합니다. 작품을 읽어 본들 회의감이 들지도 않기도 하고, 인간의 이상, 이상적인 인간상, 인간관계의 꿈, 사회상태가 이렇게 되었으면 하는 꿈, 인간인 이상은 여러 이상이 있을 수 있겠지요. …거기에 따라 움직여지는 것이 풍속소설 속에는 전혀 발견되지 않는다는 것이다. 인간이라는 것은 이러하고 싶다는 기분도 전혀 들지 않는다는 것을 말하고 싶다. 전혀 없든가, 혹은 너무나 적다는 것이다」.

이 福田의 발언에 대해 中村가 理想 즉 비평정신이라고 補足한 위에 丹羽가 다음과 같이 자신을 지칭한다고 하기보다는 작가 전반에 관한 존재 의의에 대해 그 나름의 답변을 피력하고 있는 것이다.

「관념소설이다, 그렇지 않으면 …. 아무래도 그곳에 가겠지요. 나는 어디까지나 현실주의자이다. 자연주의로부터는 취재의 대담함과 냉정한 관찰을 계승하고 있다. 그러나 자연주의와 다른 것은 모럴리스트라는 점이다. 작가의 비평정신의 일체가 그곳으로부터 나온다. 君(中村)이 말하는 비평정신은 썩 다가오지 않는다. 実作者는 어디까지나 생산자이기 때문이니까」.

이 丹羽의 발언은 너무나도 풍속작가답게 장황한 논리라 말할 수 있는데, 이것은 文学史家나 문예비평가의 입장에서 보면 너무나 소박하고 또한 유치하기조차 느껴지는 부분이 적지 않아 있다는 것이다. 그러나 입장에 따라서는 일본 근대작가가 걸어온 궤도의 운명을 대타내고 있는 듯한 경향도 없지 않아 있는 것이다. 보통 관념소설이라 하면 文学史家가 아니어도 적어도 근대문학사를 배운 者라면 명치20년대 후기에 川上眉山나 泉鏡花에 의해 씌어진 일종의 테마 소설을 연상하게 되는데, 그 史的 의의는 중요한 것이고 史家들 사이에서는 반드시 네거티브로서만 취급하지 않는다는 것이다.

그런데 丹羽가 여기서 말하는 관념소설은 역사상의 그것을 지적하고자 할 의도는 없었다는 것을 말하고 있는데, 관념이 앞서서 내용이 부실한 소설, 현실성이 떨어진 작품이라고 모욕적으로 부르고 있는 것 같다. 「어떻든 거기에 간다」라는 것은 비평가가 비평정신 운운을 요구하게 되면, 작가는 관념적인 작품으로 대응하는 수밖에 없다는 것을 보이는 것이겠지만 그렇게 해서는 소설의 생명을 잃어버린다는 의미인 것이다. 그리고 작가의 비평정신은 実作者로서의 생산의 윤리에 따른 것이고, 자연주의가 배양한 리얼리즘에 뿌리내린 곳에서의 모럴리스트로서의 입장이라는 것이 그의 문학이념이었던 것 같다.

약간 냉소적인 말투로 말하면, 여기서 丹羽가 스스로의 치부를 드러낸 것 같은 모양새가 되어 버렸고, 이것이 이윽고 中村로 하여금 「풍속소설론」을 쓰게 만든 계기가 된 것이다. 여기서 中村의 「풍속소설론」은 근대문학사의 입문으로서는 기본적으로는 유용한 것임에는 틀림없지만, 戦前에 「전쟁까지」를 쓴 적이 있던 그의 원시적인 센스는 捨象되

어버리는 경향이 있었다는 것을 말하고 싶다. 이것은 프랑스 문학계의
學究라면 참고하지 않으면 안 되는 참고서풍의 책이었다. 전후 비평가
가 되고 나서 中村의 그것과 小林秀雄의 문장으로부터 받은 것을 이야
기한다면 각각 다른 인상을 받았다는 것이다. 小林가 자신의 詩情에 생
명을 걸고 평론을 쓰는 것에 비해, 中村는 지식을 이용하여 그 대상을
분석해 가는 것이다. 더구나 어느 쪽이 더 문학적이냐 하면, 의외로 中
村 쪽에 문학적 깊이가 더 있었지 않나 하고 생각된다. 小林는 본래
과학자풍의 명석한 두뇌의 소유자였는데, 그래서 문학에 대한 동경이
강렬했기 때문에 그러한 것이 매력이 되어 독자를, 예를 들면 그다지
평론을 읽을 기회도 없었던 丹羽 등을 감복시킨다. 그런 반면에 中村
쪽은 본래 문학자이면서도 소설가가 희곡가의 소질을 가진 사람이 어
쩐 일인지 비평의 길로 들어서서는 批評語를 사용하고, 그 감정적인 부
분을 보였기 때문에 작가의 기분을 상하게 만든 것이다. 小林의 논리에
는 들꽃의 향기가 난다. 中村의 문장은 분필 냄새가 코를 찌른다.

　좌담회는 福田 발언이 「아무리 읽어 봐도 丹羽 씨가 생애를 걸고 추
구하고 있는 주제가 도대체 뭔지를 알지 못하겠다. 어느 것도 그 재료
가 너무나도 잘 정리되어 씌어져 있어서 과연 세상이다, 일본의 한 시
기의 모습이라 생각될 수 있는데, 그것에 대해 丹羽 씨가 어떤 반응을
보였는지 하는 것은 언급이 없었다. 그것은 어느 것도 관념적이어서 작
품 속에서 뭔가를 떠올리는 것이 되겠지만, 지금까지 어떤 작가도 자신
의 생애를 통해서 하나 밖에 추구하지 못한다고 생각하는 것이다. 인간
한 사람이 생애를 통해서 아는 것은 하나 밖에 없다는 것이다. 그렇게
한꺼번에 모든 것을 알지 못한다는 것이야. 그것을 아무리 읽어보아도

제대로 된 것 하나도 발견하지 못한다면, 우리들 비평가로서 굉장히 곤란한 것이지요.」고 발언하고 있다. 이것에 대해 井上가 외국의 이미 쓸모없는 것만을 남겼던 작가와 이제부터 몇 십 년을 쓸지도 모르는 丹羽를 同列에 논해서는 안 된다고 경고하고 있다. 丹羽는 「무엇을 써도 丹羽文雄의 소설이라고 생각한다. 그 이외 무엇이 있을 수 있는가」하고 위압적인 태도로 말하고 있었는데, 今日出海가 사이를 두고 「비평가가 한 세기에 한 사람인가 두 사람 정도의 의지를 지향하는 것은 좋아요. 그러나 그렇다면 비평가 자신도 그것에 합당한 인물이 되지 않으면 안 된다고 생각한다」고 말한다. 대략 풍속소설 세계로부터 멀어진 방향으로 화제가 전환해 가서 丹羽가 「작가가 살아있는 인간 그 자체가 문제인 것이다」고 너무도 당연한 것을 다시 강조하니까 福田가 「작가도 우리들 비평가와 같이 인생이나 문학의 理想을 추구해야」 하는 것이라고 극히 교훈적인 요구를 하는 곳으로부터 이 좌담회는 끝나고 있었다.

3) 수확

이 좌담회가 풍속소설 논쟁의 클라이맥스를 형성하였는데, 이윽고 이것을 계기로 해서 中村는 그 다음 해의 『文芸』 2~5월호에 「風俗小說論」을 연재였다. 이것은 6월에 河出書房으로부터 간행되었는데, 이 책의 「後書」에서 中村는 다음과 같이 서술하고 있다. 그것은 前記 좌담회 등에서의 체험을 반영하고 있었다.

일본 근대소설의 특이한 성격에 대해 정리된 형태로 써 보고 싶다고 이전부터 생각하고 있었습니다만 작년 가을 때마침 丹羽文雄와 논쟁한 것이 계기가 되어 이것을 실행할 수 있는 기회가 찾아왔습니다. 丹羽와의 논쟁에서 가장 통감한 것은 서로의 이야기가 통하지 않는다는 것입니다.『小說』또는『리얼리즘』이라는 극히 초보적인 개념조차 차이가 생기는 것에서 정당한 논쟁이 성립될 리가 없다고 느꼈습니다.

그러나 거기서 취급된 문제는 현대소설의 근간에 대해 언급한 것이어서 그대로 두어서는 안 된다고 생각하였기 때문에 문제의 소재를 분명히 짚어 나가기 위해서라도 우선 자신의 생각을 확실히 정리해 써보기로 생각한 것이 이 소설 집필의 직접적인 동기가 되었습니다.

그러니까 여기서 시도한 것은 문제의 해결이 아니라 제출일 뿐입니다. 제출 방식도 불충분할지도 모르겠습니다. 그러나 그래도 감히 해 보고 싶다고 생각한 것은 이전부터 일본 근대소설에 막연히 느끼고 있던 어떤 불만에 대해 명료한 형태를 지적해 주는 것이 우선 내 자신에 대해 丹羽와의 논쟁에서 책임을 느낀다는 의미로부터도 필요하다고 생각했기 때문에 그것을 포함한 일본의 이상한 근대소설에 대해서도 이러한 개념이 틀린 것은 아닌지를 実地에 가서 부딪혀 실험해보고 싶었기 때문입니다.

그 결과에 대해서는 독자의 판단에 맡기는 수밖에 없겠습니다만, 적어도 내 자신은 될 수 있는 대로의 것은 했다고 생각합니다.

이상의 그의 서술에서도 알 수 있는 바와 같이, 中村는 丹羽와의 논쟁에 의해 소설이라든가, 리얼리즘의 개념이 丹羽들의 풍속소설 작가들이 생각하고 있던 것과 다르다는 것을 통감했기 때문에 이러한 것을 확실히 하고 싶었던 것이라고 한다. 그것이 本論文을 쓰게 된 직접적인 동기였던 것 같다. 그러한 점에서는 이것은 바로 逍遙의『小說神髓』이래의 획기적 소설론이라 할 수 있다. 그러나 또한 大正 年間으로부터 소화 초기에 걸쳐서 많은 작가들 사이에서 교환되어 온 「私小説」 논쟁이나 「純粹小説」 논쟁의 총결산적 의미를 가지고 있는데, 平野謙이 『新生』論이나 伊藤整의 『逃亡奴隷』론을 답습·부연하고 있다는 것도 잘 알 수 있다. 즉 일종의 문학사적 평론이어서 일본 근대소설이 결락하고 있던 네거티브적인 면을 탄핵하면서 오늘날 풍속소설에서의 나쁜 점이나 비문학성에 대해 지적하고 있는데, 私小説의 전통이라 할 수 있는 감각적 리얼리즘에 기대어 사회를 재조명하려고 해도 결국 풍속 묘사의 부분만이 부각이 되면서 특색이 되어버리는, 곧 낡은 것이 되어버리는 통속작가에로 丹羽도 빠져갈 수밖에 없었다고 결론을 내리고 있다.

渡辺一夫는 이와 같은 「風俗小説論」을 읽은 그 감상으로써 「근대일본의 뼈대를 배움과 동시에, 일본 현대소설에 대해서 中村 씨가 품고 있었던 불만 때문이 아닌가 하고 본 것이다. 그것은 일본문화나 사회의 특수성과 결부되고 있는 것이 아닌가 하는 새삼스런 생각이 들었다」고 서술하면서 本書가 근대일본 문화에 대한 비판의 書라고 추천하는 것이다.

단지 이러한 감상에 대해 村松定孝는 풍속소설 논쟁(『근대일본문학논쟁의 계보』, 至文堂, 1970.6)에서 다음과 같은 곳을 덧붙이고 있는 것이다.

　　본래 문학이라는 것은 文壇도 포함되는 것이어서 문단 이외의 작가라는 사고방식은 어쩌면 이상한 것이 아닌가 하고 생각하고 있습니다. 그러한 점에서 中村 씨는 근대 일본문학의 숙제를 풀어가야 하는 경우 어디까지나 문단적인 입장에 서서 문단적인 것에만 스포트라이트를 맞추고 있는 것은 아닌가 하고 생각이 듭니다. 예를 들면 漱石나 鴎外나 有島武郎나 武者小路実篤나 芥川竜之介… 등은 완전히 무시해도 좋을 사람이라고는 생각하지 않습니다만 혹은 문단적이지 않다하더라도 어느 쪽도 명치 대정의 문학자로서 屈指의 사람인 것만은 틀림없습니다. 나는 中村 씨가 이들 사람들의 위치나 역할에 좀더 상세하게 언급하여 씨의 所論이 변경되었을 경우 즉시 새로운 系譜가 발견될 것이라고 말하는 것은 아닙니다. 그러나 이들 문학자들의 숙명에 좀더 상세하게 언급함으로 해서 근대 일본문학에서의 문단이라는 것이 어떠한 수순을 밟아 힘을 얻어 갔던가를 생각해 달라는 것입니다. 따라서 문단 밖이라는 것도 있을 수 있다는 것을 논의해 달라는 것인데, 그러한 원인에 대해 그곳으로부터 파고들어 감으로 해서 일본적 근대 리얼리즘의 전개에 더욱 준열한 비판을 가할 수 있을 것이라고 생각하는 것입니다.

일본에서 근대 리얼리즘의 전개를 조감한다는 것은 渡辺一夫가 말하는 것과 같이, 문단 외의 작가에도 언급하면서 문단 권위주의의 문제나 그러한 것이 차츰 무너져가는 프로세스도 검토할 필요도 있다는 것이다. 그렇게 하는 것이야말로 中村流가 완성된다는 것이다. 筑摩『現代日本文学史』의 明治編의 집필은 그것에 일보 가까이 간 것이다. 그리고 나서 十返肇의 「文壇崩壊論」이나 平野謙의 純文学変質論 등도 中村의 「風俗小說論」의 연장선상에 서서 다른 관점으로부터 일본 근대문학의 命数를 점치는 것이라 할 수 있다.

다음에 논쟁의 적대의 입장에 서 있었던 丹羽文雄도 이 「風俗小説論」의 영향을 받았던 모습이 엿보인다. 그렇다고 하는 것은 中村가 「風俗小說論」의 마지막 편에서 丹羽에게 경고하였던 것에 대한 반응이 그 이후 丹羽의 작업 속에 실제 나타나고 있었기 때문이다.

中村는 丹羽가 풍속소설에 멈추고 있는 한, 그 성공은 결코 그의 마음에 있는 벽을 해소할 수 없는, 그러한 것을 丹羽 자신도 의식의 한쪽

구석에서 느끼고 있었던 것이 아닌가 하는 의미를 진술하고 있다. 「그를 괴롭히고 있었던 문제는 결국 그의 기법과 당시의 시대가 문학에서 추구하려 했던 새로운 인간상과의 차이였던 것이라 할 수 있는데, 이것은 그에게 있어서의 장벽이라는 것이 이러한 모순의 상징으로서 그의 자아의 전면을 가로막고 있었기 때문입니다. 따라서 만일 그가 이 장벽을 정면으로 통과할 수 있었다면 그것은 이제까지의 職人과는 다른 예술가인 丹羽文雄의 제2의 탄생을 의미합니다. 그러나 동시에 그것은 이제까지 반생 동안 쌓아온 기술과 업적을 그 스스로가 차버리는 결과였던 것도 의심하지 않습니다. 양자 사이에서 선택을 해야 할 때가 50살에 가까운 丹羽文雄에게 다가왔던 것입니다」고 꽤 가식 없이 주문을 내고 있었다. 이것은 적어도 中村가 「二葉亭와 창녀집」에서 丹羽에게 보인 히스테릭한 말투와 비교해 보면, 엄격한 속에 그 나름의 심정이 담겨있는 점을 엿볼 수 있어서 이것은 「文学界」 좌담회에서 丹羽가 「내가 만일 당한다고 한다면 과연 그럴까 하는 생각이 들 정도로 소리도 낼 수 없을 만큼 처절하게 당하고 싶었다」고 말한 것에 대해, 中村가 「만일 다음에 하는 경우에는 그렇게 하겠습니다」고 응답했던 약속을 다한 감이 있었다.

당시 39살이었던 中村가 자신보다 7살이 많은 丹羽에게 향해서 이런 발언을 당당히 할 수 있었던 용기와 理智의 승리는 높게 평가해도 좋을 것이다.

그런데 이것을 어떠한 기분으로 丹羽가 읽었던가는 추측하기 어렵지만, 꽤 쇼크를 받았을 것이라는 것은 충분히 짐작된다.

소화26년 10월 丹羽가 『群像』에 발표한 「행복에의 거리」에서 그는 그의 지금까지의 소설 형태로부터 변화를 꾀하고 있었는데, 실험적인 새로운 수법으로 바꾸고 있었다. 作中 15살의 소년이 어른을 관찰하는 수법으로 진행하고 있었는데, 이 작품은 단순한 写実이 아니라 소년을 표현하기 위한 하나의 시점으로 지금까지의 방법을 바꾸었다. 그리고 이 주인공이 어른을 바라보는 시각을 통해서 인간의 고독을 말하려고 했다. 소년의 생각은 일반적인 회화의 괄호와 구별된 이중 괄호로 되어 있는데, 이것은 사르트르가 「자유에의 길」에서 작중인물의 내적 독백에로 사용되었던 수법과 같이 생각된다. 영화의 커트 백을 응용한 동시성의 적용이나, 객관묘사와 내부 의식의 흐름과 교차하면서 장면을 전환시켜가는 것도 사르트르 風이라 할 수 있다. 이것은 결국 中村가 말하는 벽을 피해서 통하지 말아야 한다는 것과 같은 것이 아닌가. 職人으로부터 예술가에의 의욕이 느껴지지 것과 같은 것이다.

이어서 丹羽는 소화27년의 「뱀과 비둘기」(『週刊朝日』 4월~11월)나 「遮断機」(11월, 『新潮』)를 쓰면서 신흥종교 문제나 인간 죄의식의 자각을 강조하였고, 나아가 소화30년의 「菩提樹」에 도달하게 된다.

그 후 丹羽의 작업을 보면 「有情」(소화37년), 「一路」(소화37년), 「親鸞」(소화40~44년) 등과 같은 私小説, 母子 2대에 걸친 여성의 일생을 취급한 객관소설, 역사소설로 여러 다방면에 걸치고 있었는데, 뭔가 통일된 하나의 것을 추구해야 할 것이라고 말한 福田恒存의 발언에 점차적으로 부응하면서 한 줄기의 彼岸을 겨냥하고 있었다. (村松定孝, 風俗小説 論争(国文学 解釈と鑑賞436, 近代日本文学論争の系譜, 至文堂, 1970년 6월 참조)

8. 技術論 論争

전후 技術論 論争의 출발점은 1946년 『新生』誌上에 발표된 武谷三男의 「技術論―박해와 싸운 지식인에 바친다―」라 할 수 있는데, 그 비판의 주요한 대상은 30년대의 唯研 技術論이었다. 相川春喜, 岡邦雄, 戸坂潤 등에 의한 내부 논쟁을 거쳐 확립되고 있었던 것은 기술이란 노동수단의 체계라는 소위 「労動手段 体系説」이었는데, 이것은 브하린의 『史的 唯物論』으로부터 영향을 받은 것이었다. 천황제 지배하의 이데올로기적인 유물사관주의 풍조 속에서 그들이 강조한 것은 기술을 객체로서의 노동수단으로 해석하였다는 것이다. 그들의 논의가 마르크스의 労動過程論의 해석을 문제로 삼고 있었다는 것이다. 또한 戸坂 입장에서는 기술의 객관적 존재양식과 주관적 존재양식을 구분하여 본래 기술이 가지고 있던 노동수단 이외의 지능이나 관념적인 기술도 「노동수단 체계에의 주관적인 반영」이라는 형태로 기술 총체 속에로 넣으려는 시각이 있었다는 것도 유의해야 할 필요가 있는 것 같다.

한편 武谷 이론의 원형이 된 것은 三木淸의 「構想力―행위의 형태」라는 기술론이었는데, 中井正一의 「위원회의 논리」에 나타나고 있는 기능 개념으로서의 기술이었다. 武谷는 三木나 中井를 관념론으로 비판하면서 그들이 가지고 있던 인간 주체의 입장에 선 시각에서 바라보는 기술을 이해하려고 했다. 시대적인 敎条로부터가 아니라, 이들 非마르크스주의자의 문제의식과 과학자 武谷가 원자핵 이론을 탐구해가는 과정에서 부딪친 문제의식이 만나는 곳에 전후 기술론 논쟁이 마르크스 解釈学의 수준을 초월한 국면이 활짝 개화된 것이다.

「唯硏 동료」를 논리적으로 유치하다고 본 武谷 説의 주요한 내용은 첫째, 기술은 실체 개념이 아니라 실체 개념과 기능 개념을 止揚한 본질 개념이라는 것이다. 둘째, 그것에 대한 인식의 支柱로서 現象的 단계―실체론적 단계―본질적 단계로부터 형성되는 「武谷 3단계론」을 세웠다. 셋째, 「노동수단 체계설」은 매뉴펙추어(수공업)의 기술이나 천문학적 지식, 품종 개량 등을 다룬 것이 아니라, 기술이 자본주의적으로 소외시킨 단계에서의 現象論的으로 본 것이라고 비판하였다. 넷째, 기술의 개념은 全技術史를 취급해야 하는 것이고, 또한 실천적으로 유효해야만 한다고 강조하였다. 다섯째, 이렇게 해서 기술의 정의를 「기술이라는 것은 인간실천(생산적 실천)에서의 객관적 법칙성을 가진 의식적 적용인 것이다」는 유명한 테제를 제창했다.

武谷는 소논문 「일본 민주주의 혁명과 기술자」의 서문에서 기술자와 호응한다는 취지를 밝혔다. 기술의 실천성·과학성에 대한 강조는 그대로 기술자의 사회적 역할을 강조한 것이었다.

여기로부터의 논쟁은 「의식 적용설」 対 「노동수단 체계설」이라는 형태로 전개되었는데, 「의식 적용설」은 星野芳郎・大谷省三 등에로 계승되어 갔고, 「노동수단 체계설」은 岡邦雄・山田坂仁 등에 의해 옹호되었다. 이 논쟁의 錯綜은 근본적으로 武谷 説의 논리적 내용과 현실적 내용의 차이에 그 원인이 있었다.

武谷 説의 논리적 방침은 主—客의 상호작용이 이루어지는 相 아래의 기술로 이해하려 하였던 것이었는데, 이것은 狹隘한 객체주의인 「노동수단 체계설」의 한계를 넘어서려 한 것이었다. 또한 戰前의 기술론이 마르크스의 「労働過程論」 테두리 내에서의 해석—나쁘게 말하면 굴절에 始終하고 있는 것에 대한 논리적인 기초를 「가치 형태론」으로부터 더 나아가 헤겔의 개념론에까지 추구했다는 것은 획기적인 것이었다. 이것은 객관주의의 논리성의 수준을 크게 넘어서고 있다고 해도 좋을 것이다.

그러나 武谷가 主—客의 상호작용을 주체의 실천에로 끌어들여 강조하게 된 것은 武谷도 자주 인용하는 「자유라는 것은 필연성에 대한 통찰이다」는 成句로 상징되는 헤겔의 목적론—労働論이었다. 合目的性은 단순한 주관이 아니라, 자연적인 객관적 구조에로 매개시킨 의식에서였다. 이러한 발상은 「意識 適用説」의 論者들에게도 계승되어 구체적으로 규정되어 갔는데, 이것이 만일 과학・기술이 가지고 있는 힘의 일방적인 강조라는 식으로 주장된다면 武谷들의 주장은 마르크스주의의 成層 속에 잠겨있는 과학주의 혹은 制御史観이라 불러야 할 19세기가 지니고 있는 낙천적인 확대라 할 수 있다. 그것은 인간의 의식성을 초월하여 자연과 사회에 대한 操作 가능성이라 보고 있었는데, 이 조작가능성의 증대가 그대로 이성적 동물인 인간 보편성에 대한 확대라고 하는 이상이었다.

武谷의 사상은 원래 당초부터 하나의 굴절—문제를 내포하고 있었다고 할 수 있다. 제2차 대전의 시스템과 그곳으로부터 획득된 군사기술이 세계적으로 전후의 지배체제와 기술내용의 출발점이 된 것은 주지의 사실이지만, 武谷 사상의 근저를 형성하는 것은 「일본의 뛰어난 기술 발달을 중요한 순간에, 중요한 군사기술의 수행으로부터 멀리 떨어진 유치장에 숨어서」 지냈던 파쇼의 비합리성에 대해 기술과 기술자의 합리성을 대치시킨 것이었다. 武谷가 원자폭탄을 개발한 미국 기술자들의 조직력에 대해 순수하게 찬미하였다는 것으로부터도 알 수 있는 바와 같이, 이와 같은 기술이 가지는 합리성과 그 중성적이고 진보적인 힘을 강조하였던 것이다.

기술의 합리성이 동시에 지배에 대한 합리성이라고 생각하는 것, 이것은 전시하의 기술원을 비롯한 기술자의 조직과정 역시 기술자의 우위를 주장하고 있었던 것이다. 이들에 대해 武谷가 간과하고 있었던 것은 이미 전후 기술에 대한 논쟁의 명운도 미리 결정되어 있었다는 것이다.

이러한 武谷 기술론의 성격이 바로 시대의 각광을 받게 된 것은 전후의 「합리적인 민주주의」에 대한 기대에 부응하여 「생산부흥 투쟁」에서의 「지식인(기술자)과 노동자의 통일전선」을 논리적으로 그 기초를 만드는 것이었는데, 국제적으로 보면 스탈린 사회주의 건설을 강조하고 있었던 것이다.

한편, 「労動手段 体系説」의 측으로부터 반론은 武谷 기술론의 논리

성격에 대해 충분히 이해하고 있었다고는 보기 어렵다. 山田・岡 등은 「意識 適用説」에 대해 관념론적이라고 비난을 퍼붓고 있었는데, 그것은 생산관계를 무시한 것이라고 비판했다. 그러나 山田・岡 등의 주장은 노동수단 개념의 의의를 강조한 것에 그치고 있었는데, 適用説이 제기한 문제는 노동수단 개념을 확장하여 그것에 부응한 것에 지나지 않았다. 결국 「労動手段 体系説」은 카테고리의 해석학 수준을 벗어나지 못한 것이었지만, 그러나 武谷 이론의 과학주의적 성격, 생산력 이론적 성격을 부상시킨 공적은 있었다.

이렇게 해서 기술론 논쟁은 生産力 이론과 生産関係至上主義—階級至上主義의 대립의 성격을 띠면서도 「労動手段 体系説」 측으로부터 반론다운 반론이 없었던 채로, 戦前 이데올로기의 유물론이 膠着하였던 객관주의가 지니고 있던 두터운 층을 돌파하여 이후 여러 논쟁에 새로운 국면을 개척했다고 할 수 있다.

武谷 説의 계승은 2개의 방향으로 이루어졌다. 하나는 武谷 説의 정통의 계승자라 주목을 받았던 星野芳郎에 의한 기술론과 기술사에의 적용이고, 자본제 생산 하에서 기술이 가지는 자기소외의 문제를 풀려고 한 大谷省三, 또한 「기술은 실현을 위한 실천적 방법이다」고 규정하면서 기술과 생산력의 관련에 대해 문제 제기한 高島善哉 등이 계속해서 이어갔다.

星野 기술론과 武谷 説과의 차이는 첫째, 3段階論을 계승하지 않고 본질—現象 형태의 3段階論을 취하고 있다는 것, 둘째, 기술을 인간적 실천에 대한 일반이 아니라, 정치적 실천과는 구별하여 생산적 실천으로 본 것, 셋째, 생산적 실천의 주요한 계기를 노동력으로 보고, 武谷의

기술자—노동자의 구별을 다시 *労動過程論*에로 다시 되돌리려 한 것 등이다. *星野*의 노동력에 대한 개념은 인류사를 관통하는 「생산적 실천 에서의 *労動的* 법칙성에 의식적으로 적용되는 주체성」으로 이해한 것 이다. 그것은 자본제 *生産樣式*에 있어서 「노동력의 자기 소외」를 버리 려는 것으로 스타하노프 운동(소련의 생산증강 운동으로서 과대한 노 르마와 보수를 시스템으로 했다)을 그 예로 들 수 있다.

星野 기술론은 한편으로는 논쟁을 *労動過程論*이라는 공통적인 무대 로 돌렸지만, 다른 한편으로는 *武谷*의 자본론 논리에 대한 착목으로부 터 「*経哲的 疎外論*」에의 무자각적인 퇴행이라 할 수 있다. 그것은 현재 의 입장에서 보면 스탈리니즘의 과혹한 노르마制에 의한 노동자 지배 와 기술가 사회를 이상상으로 생각한 것으로 노동력의 주체성의 회복 을 꾀한다는 그로데스크한 이론이었다. 결국 기술론이 가지는 고유의 과제는 한편에서는 *武谷*가 주장한 실천의 방법이라 할 수 있지만, 다른 한편으로는 기술에 내재하고 있는 모순을 적출한다는 작업은 그들이 이상으로 생각했던 사회주의 사회를 전제로 한 근대주의적인 환상과 카테고리의 저쪽에 있었던 것이다.

이와 같은 기술론 논쟁의 한계를 작지만 초월할 수 있었던 것은 자본 제 생산에서의 기술의 현황을 「본래 노동 그 자체에 봉사해야 하는 것 이지만, 노동 그 자체로부터 벗어나서 노동 그 자체에 대해 반역한다. 이렇게 해서 이것은 기술 그 자체는 그 *全存在*에 있어서 사회의 모순을 드러내는 것이다」고 하여 노동력의 자기소외→기술이 자본 주체에로의 *転化*라는 노동 소외론을 가지고 이해하려고 한 *大谷省三*의 생각이라 할 수 있다. 그 연장선상에 60년대 이후의 *中岡哲郎*의 작업—*工程*이품은 모순을 직시하려고 한다—이 자리잡고 있었다.

武谷 기술론 계승에서의 제2의 방향은 田中吉六나 黑田寛一의 「주체적 유물론」이었다. 「주체적 유물론」은 그들이 武谷에게 받아들였던 것은 객관(自然)과 매개된 주체의 실천성=의식성이었다. 梅本克己에 의해 「필연성의 통찰」과 「주체의 결의」 사이의 공간이라는 형태로 제기된 문제를 田中—黑田는 「대상적 인식은 실천 주체 자체를 대상으로 하여 인식 속에 포함시킨다」(田中)는 논리에 의해 객관 구조가 매개된 주체의 의식성=실천성이라는 武谷 기술론의 논리구조 속에로 속박되어 갔던 것이다. 이것은 자각의 논리이다. 헤겔 개념론과 그 레닌적 顚倒, 헤겔 노동론과 사적 유물론, 헤겔 목적론과 기술론이라는 章別 구성을 가지고 기술론 서설이라는 副題에서 黑田의 「헤겔과 마르크스」는 武谷 기술론이 가지는 논리적 내용에 대한 바른 해답을 제출하였다. 그것은 한계 내에 「자각된 의식의 왕국」이라는 그로데스크한 그림자를 끌고 있는 것이었다.

논쟁의 顚末에 대해서도 알아보면, 기술 혁신·에네르기 혁명의 이데올로그가 되었고, 1961년에 『마이·카』를 출판해서 「꽃 피는 마이카 시대!」를 찬가한 星野芳郎가 60년대 말부터 反公害主義者로 転身하게 되었다. 논쟁의 또 한쪽의 旗頭였던 山田坂仁이 문화대혁명, 自力更生의 예찬자에로 갑자기 변신한 것이 전후 기술론 논쟁의 한계를 무엇보다도 잘 드러낸 것으로 볼 수 있다. 기술론 논쟁에 대한 현실적 해답은 바로 고도성장이 가져온 현실이었고, 武谷 기술론에 의해 고무된 기술자들의 성실함이 고도성장을 지탱해 온 것이다. 武谷가 중시한 工程의 문제는 경영 관리의 사상으로 확대되어 갔는데, 그것은 고도성장의 사상적 用具의 하나가 되었다. 전후 지배체제가 마르크스주의의 생산력 이론적 측면을 가장 잘 소화해내고 실천 해 온 것이었다. 최근의 構改論者들도 포함하여 이들의 小이데올로그들이 전후 지배체제의 이상이 될 수 없었던 것에는 전후 기술론이 가지는 사상적 패배와 무참함을 보이는 것이었다. (小坂修平, 技術論 論爭(松本健一 편, 詳解 現代論爭 事典, 流動出版株式会社, 1980.1 참조))

9. 志賀義雄—神山茂夫 論爭

소화21년부터 다음 22년에 걸쳐서 공산당 내부에서 志賀義雄와 神
山茂夫의 논쟁이 일어났다. 이「志賀義雄—神山茂夫 論爭」은 양자 공
히 중앙위원이었고 대표적 이론가였던것에 주목할 만 하다. 더욱 그 논
문이『赤旗』『前衛』에 발표되었기 때문에 黨 내외에 큰 영향을 주게
되었다. 각각의 주장에는 각각의 파벌의 이론가가 붙게 되었고, 그 논쟁
의 테두리는 크게 확대되는 것처럼 보였는데, 그 확대가 가져올 문제를
두려워 한 공산당 중앙에 의해 이 논쟁은 갑자기 종지부를 찍게 되었다.

宮本顯治, 袴田里見들의 체포에 의해 공산당 중앙 지도부가 완전히
붕괴된 후, 32년 테제를 기초로 제국주의하의 일본 상황을 이론적으로
재구성하려고 한 것이 神山茂夫였다. 神山茂夫는『일본 자본주의 분석
의 기본문제』『군주제에 관한 이론적 여러 문제』등에서 천황제를 문
제로 삼고 있었는데, 전후 그는 전시중 이들의 저작을 차례로 출판함과

동시에, 「이중의 제국주의」라 불려지는 神山 이론을 전개하고 있었다.

그 제1작이 『人民評論』 소화21년 12월호에 揭載되었던 「『군사적·봉건적 제국주의』라는 것은 무엇인가」이다. 이 논문은 信夫清三郎의 「일본 제국주의의 종언」(『経済評論』 소화21년 4월호)에 대한 비판으로서 씌어진 것이었다.

信夫가 일본 제국주의를 군사적·봉건적 제국주의라고 규정하면서, 그것을 레닌의 인용으로부터 「근대적 자본주의적 제국주의가, 즉 前資本的 관계에서의 특히 촘촘한 그물망으로 뒤덮여진 제국주의」는 「특히 군사적·봉건적 제국주의라고 불러야 하는 것이다」고 주장한 것에 대해, 神山가 이것에 비판을 가하게 된다.

神山의 주장을 순차적으로 정리하면, 첫째, 레닌은 각각의 사회구성에 있어서 제국주의 단계가 있었던 것을 지적하고 있다. 둘째, 그러나 오늘날까지의 일본의 합법적 마르크스주의자, 일반적으로 공산당을 지지하는 者도 포함하여 제국주의라는 것은 자본주의 발전 최후의 단계, 즉 자본주의만의 고유한 것이라고 믿고 있다. 셋째, 그러니까 「군사적·봉건적 제국주의」라는 말은 뒤떨어진 자본주의에 대한 단순한 형용사, 혹은 뒤떨어진 자본주의국 성격에 대한 규정이라고 이들 사람들은 잘못 이해하고 있다. 넷째, 하지만 노예제 하에는 노예제적 제국주의가, 봉건제하에는 「군사적·봉건적 제국주의」가, 그리고 최후에 자본제의 최고의 발전단계에서는 근대적인 제국주의가 있는데, 레닌이 「제국주의론」에서 취급한 것은 제3의 것에 대한 특질이었다고 하였다. 다섯째, 그런 까닭으로 「군사적·봉건적 제국주의」라는 것은 信夫가 말하는 뒤떨어진 자본주의국 특징을 나타내는 말이 아니라, 자본주의와 대립하고 있는 의미에서 보다「낡은 사회」, 즉 보다「역사적 권력」그 자체를 의미하는 것이다. 여섯째, 그리고 이「군사적·봉건적 제국주의」의 개념에 대해 일본에서 적용된 것이 절대주의적 천황 권력인 것이다.

더욱 일곱째, 이 절대주의적 천황제(명치20년대 이후)는 계속되는 대외 침략전쟁에 의해 성장하여 갔고 강화하여 갔다. 여덟째, 이것이 일본 자본주의의 비약적 성장과 굳게 연결되고 있는 것이고, 그 침략성을 대행하고 배가해 갔던 것이다. 아홉째, 즉 일본 제국주의는 근대적인 제국주의에서의 한 종류의 제국주의가 아니라, 역사적으로도 본질적으로도 다른 것, 말하자면 대립과 갈등을 지닌 2종류의 제국주의로 성립되고 있었다는 것이다.

이것이 神山 이론으로 하여금「이중의 제국주의론」이라 불려지는 까닭이다.「이 논문은 同志 神山의 천황제론의 핵심을 형성하고 있다」고 지적하면서, 이것을 비판한 것이 志賀義雄의「군사적·봉건적『제국주의』에 대해서」(『赤旗』소화22년 6월호 4, 7, 10, 13, 19, 22일)였다.

志賀는 우선 神山의 방법론의 잘못에 대해 지적한다.「同志 神山와 같이 개념으로부터 출발하여 그것을 일본에 억지로 맞추려고 한다면, 그것은 아무래도 역사적 유추에 빠질 수밖에 없다」. 그것에 의해 천황제를 해석할 수는 있지만「전략·전술은 개념으로부터 출발해야 하는 것은 아니다.…그것을 개념으로부터 추구하려는 것은 웃을 일이다」고 말하고 있는데, 神山에게는「우선 군사적·봉건적 제국주의라는 개념으로부터 출발하여 그 개념에 끼워 맞추는 식으로 천황제를 정의를 내리려는 점이 눈에 띤다」.「레닌이 차리즘을 군사적·봉건적 제국주의라고 한 것은 러시아의 경제적·정치적 및 사회적 여러 관계와 그 역사적 발전과의 바른 분석에 의해 내리는 구체적인 것이었다」. 그리고 「레닌은 러시아와 비교하여 일본 자본주의의 발전이 열배나 빠르다고 말한 적이 있다」. 그러니까 「러시아에서 차리즘과 자본주의적 제국주의의 비중은 일본에서의 천황제와 자본주의적 제국주의의 비중을 같은 것으로 간주해서는 안 된다」. 특히 「일본 제국주의는 제1차 대전 이후의 20년간, 그 발전 속도가 자본주의 국가 중에서도 가장 빨랐다」는 것이니까 神山와 같이 「1917년까지의 레닌 차리즘에 대한 평가를 그대로 유추하여 32년 테제를 해석해서는」 중대한 오차가 생길 수밖에 없다는 것이었다.

志賀는 神山와 같은 천황제와 독점 자본주의의 이중의 제국주의를 주장하는 것은 아니다. 「일본 금융자본의 발달과 세계경제 공황에 의한 그 모순의 절정은 1931년~45년 사이에 급속히 파시즘을 성장하여 나갔다는 것에 대해 간과해서는 안 된다. 同志 神山는 군사적·봉건적 제국주의와 파시즘의 본질적 차이를 관념적으로 또는 공식적으로 설명하는 입장에 서 있었기 때문에, 천황제와 파시즘의 관계를 확실히 정리할 수가 있었다」고 志賀는 서술한다. 志賀는 일본 및 러시아에서 근대적 금융자본의 독점이 군사적 세력에 의해 일부는 補足이나 代位된다는 레닌의 말을 인용하면서, 「러시아에서 군사력을 독점하고 있었던 것은 다름 아닌 차리즘이다. 러시아의 금융자본이 스스로의 부족, 불충분함을 일부 補足하고 代位하는 군사적·봉건적인 차리즘으로 규정하면서 제국주의적으로 되어 간 것이다」고 한다. 이와 같은 의미에서의 제국주의는 본래의 제국주의 즉 금융자본의 제국주의와는 구별된다.

「그러면 일본 천황제는 언제부터 제국주의적으로 변하였는가?」. 神

山가 말하는 명치20년대가 아니고 러일전쟁(1904~5년)을 경계선으로 하여 志賀는 들고 있다. 왜냐하면 이 때 자본주의 최고의 단계로서의 제국주의가 일본에서도 성숙되고 있었는데, 「천황제는 일본 자본주의가 국내적 또는 국제적으로 제국주의 단계에 들어섰을 때 제국주의적인 권력이 되었다」. 그리고 더욱 이후에 「절대주의적인 천황제가 제국주의 권력으로 그대로 파시스트적 역할을 할 수밖에 없게 되었다」고 주장하였다.

이 志賀—神山 논쟁, 즉 군사적·봉건적 제국주의를 둘러싼 「천황제 파시즘」처 「이중의 제국주의론」을 중심으로 하는 논쟁의 배경에는 일본 공산당의 파벌적 대립이 있었는데, 그것은 전후 혁명의 전략문제와도 밀접한 관련을 맺고 있었다. 그리고 이 논쟁이 중단된 근거를 간단히 말하면 천황제 독립성을 강조하는 神山 說도 부르주아지의 지도성을 강조하는 志賀 說도 모두 日共 中央으로부터 안 좋은 것으로 평가받았기 때문이다.

神山의 「이중의 제국주의론」을 그대로 전후의 일본에 바꿔 넣으면 절대주의적 천황제 즉 「군사적·봉건적 제국주의」는 패전에 의해 소멸하게 되고, 또 하나의 제국주의 즉 근대적 제국주의가 강조되는 경향을 띠게 된다. 神山가 32년 테제를 되풀이 평가하고, 2단계 혁명론의 테두리에로 스스로를 제한시켰다고는 하나, 日共이 싫어하는 「사회주의 혁명론」 「2단계 혁명의 부정」을 이끄는 재료가 되어준 것만은 틀림없는 사실이다. 이 정도의 修正도 黨 중앙으로부터 보면 위험한 일탈이라고 본 것이었다.

그러나 한편의 志賀도 천황제 절대주의설을 옹호하는 것에 더욱 박

차를 가하면서도 神山와의 차이를 강조하는 곳에 부르주아지의 지도성을 명확히 해 갔다. 志賀의 생각을 一步 더 나아가면 「천황제의 부르주아化」로부터 「부르주아 국가」에로, 즉 神山와는 다른 길로부터의 사회주의 혁명, 즉 2단계 혁명의 부정에로 逸脱하는 것이 어려운 일은 아니었다.

党 주류의 대표자로서 이론적 분파인 「神山이즘」에 대항하였던 志賀조차도 차츰 党 중앙으로부터 멀어지고 있다는 경향을 느꼈을 때에 이 志賀—神山 논쟁은 강제적으로 중단하게 된다. 후에 이 志賀, 神山 모두 「修正主義者」로부터 제명되었고, 「일본의 소리」에로 합류해 갔다는 것은 하나의 아이러니였다.

이 志賀—神山 논쟁은 志賀의 비판에 대해 神山의 반비판, 더욱 志賀, 神山, 志賀의 주장이 연속적으로 계속되어졌는데, 「同志 志賀」에게는 『赤旗』의 紙面이 제공되었음에 비해, 반론 게재를 요구하였음에도 불구하고 「同志 神山」에게는 『赤旗』가 紙面을 할당해 주지 않았다. 神山는 宮本顯治가 주간으로 있던 『前衛』에 그것을 집필하게 되는데, 이미 다 완성이 된 神山의 제4 논문은 끝내 공개를 党으로부터 거부당했다. 그것과 관련해서 志賀의 논문에는 당내 사정의 우위성을 배경으로 하고 있는 것이 많은데, 이것은 이론과는 다른 것에 대한 중상이나 야유에 의해 상대를 굴복시키는 것에 의해 당원이나 党 지지자를 「神山이즘」으로부터 분리시키려는 의도로 보여졌다.

志賀는 「神山 君은 당 생활이 짧은 탓으로 그것에 대해 전혀 자각하지 못하고 그것에 빠져있는 잘못이 전면적으로 나타나고 있다」. 「神山 君은 작년 봄 큰 병을 앓고 나서 오늘날까지 계속하여 요양중이어서 그 자신의 실천이 당장 비판의 대상이 될 정도는 아니었다」고 하여 옥중 18년의 자신과 비교하여 神山가 얼마나 당 생활이 짧고, 얼마나 실천력이 없는가를 강조하고 있었는데, 그것을 정치적으로 자신의 정당화의 근거로 삼거나, 또한 이것과 비슷한 발언을 몇 개나 하고 있었다.

한편 神山는 양자의 공공연한 논쟁에 대해 「나를 위해서라기보다 당과 일본의 혁명운동을 위해 마음으로부터 기뻐하였다」고 서술하고 있다. 왜냐하면 「오늘날 우리 黨은 일본에서 당내에 분파나 파벌을 만들지 않고, 더구나 당의 의지와 행동 통일을 위해 공적으로 토론하고 자기비판할 수 있는 유일한 黨이기 때문이다」. 그리고 그 公然한 논쟁은 그만큼 당과 혁명운동이 크게 성숙되었다는 것을 증명하는 것이라고 神山는 말한다. 이것은 분명히 민주 집중제라는 이름 하에 소수파의 말살을 경계한 당 비주류 측의 神山의 주류파에 대한 견제였을 것이다.

이후에 이 논쟁을 되돌아보면서 神山는 다음과 같이 술회하고 있다. 「이 논쟁 그 자체는 주지하는 바와 같이, 나의 제4 계급 논문의 발표를 제지하고, 나의 전략문제에 관한 집필을 제한한다는 형태로 중단되었다. 이들 조치가 해제된 것은 1950년의 전략 논쟁 때의 일이었다. 이러한 사실이 보이는 바와 같이, 이 논쟁 그 자체, 그 배후에 있던 실천적·조직적 투쟁이 의미하는 것은 실로 심각한 것이었다. …무엇보다 중요한 것은 이 논쟁은 일부의 사람들이 말하는 바와 같은, 후퇴의 논쟁이 아니라 당시 일본혁명의 전략과 관련되는 실천적 문제였던 것을 인정하는 것이다」. (和田圭一, 志賀―神山 論争(松本健一 편, 詳解 現代論争事典, 流動出版株式会社, 1980.1 참조))

10. 『異邦人』 論争

1) 広津和郎의 발언

알페르・카뮈의 『異邦人』의 일본어 訳은 『新潮』 소화26년 6월호에 일거에 게재되었다. 이 작품에 대해 장・폴・사르트르의 해설(『시추에이션』에 수록된 것의 抄訳)과 함께, 阿部知二・三島由紀夫의 독후감도 併載되었다. 이것은 감상이라기보다는 賞讃이라고 봐야 할 것이다. 신문의 時評에서도 이 번역소설에 대해 언급한 것이 많았는데, 어느 쪽도 전부 호평뿐이었다. 그 중에서도 阿部知二의 그것은 「그러한 것을 읽으면 우리들 소설이 왜 그렇게 뒤떨어졌을까 하는 것을 알 수 있다. 50년인지 100년이 될지도 모른다…」고 말할 정도였다.

부분적으로는 감동이 느껴지지 않는 부분도 있다는 조건부로 인정하고 있었던 것은 福田恒存 정도였다.

広津和郎의『카뮈의 異邦人』은 소화26년 6월 12일부터 3일간에 걸쳐『東京新聞』에 발표되었다. 번역소설『異邦人』에 대한 이 부정적 발언은 해외의 신작에 대한 무비판적인 賞讚에 대한 반발에 근거한 것이었다.「아무래도 나에게는 読後 납득이 가지 않는 부분이 있었다」는 실감에서 이 문장은 시작되고 있었다.「부분적으로 보면 잘 그리고 있는 부분도 있고, 뛰어난 작자라고 생각이 들지만 그러나 읽고 난 뒤 의문이 남고, 앙금이 남고, 뒷맛이 좋지 않았다. 그러한 의문에 대해 뒷맛이 좋지 않는 것에 대해 나는 여기서 생각해 보고 싶은 것입니다」는 것이었다.

이 소설은 물소오라는 청년의 수기의 형식으로 되어 있는데, 그는 제1부에서 평범한 회사원으로 그려지고 있다. 이 청년이 살인을 범하기까지의 사실을 말하고 있는데, 이것에 대한 재판이 제2부에 그려지고 있다. 즉 작자는 제1부에서 문제를 제기하고, 제2부에서 그것에 대해 풀이하고 있는 것이다.

広津和郎에 의하면 제1부의 범행에 이르기까지의 사실에 대한 기술 속에「군데군데 묘하게 신경에 거슬리는 것」이 있다는 것이다. 거기서 広津가 지적하고 있는 個所는 이렇다. ―모친이 양노원에서 죽었다는 소식을 듣고 물소오가 달려간다. 모친의 얼굴을 보고 싶지 않은가 하는 말을 원장으로부터 듣자, 보고 싶지 않다고 말한다. 사람들에게 모친의 연령이 어떻게 되느냐는 질문을 받고「잘 모른다. 60살 정도이다」고 대답한다. 모친이 죽었는데도 희극 영화를 보거나, 여자와 아파트에서 장난치거나 한다. 그와 같은 사무소에 근무한 적이 있던 마리·카르두나로부터 나를 사랑하고 있습니까 라는 질문을 받자, 그런 것이 왜 중요하냐, 아마 사랑하고 있지 않을 거라고 대답한다. 또한 그녀로부터 결혼해 달라는 말을 듣자, 그런 것이 그렇게 중요한 것은 아니지만 너가 그걸 원한다면 함께 살아도 좋다고 대답한다.

　이러한 인간이 살인을 하게 되는데, 그 동기라는 것이 또한 제멋대로이다. 아파트에서 지인의 여자를 첩으로 삼고 있던 사내에게 情婦를 부르는 편지의 대필을 부탁받는다. 여자가 바람을 피웠기 때문에 복수를 위해 부르는 것이었는데 그것을 승낙하고 받아들인다. 여자가 와서 첩으로부터 폭력을 당하게 되는데, 물소오는 단지 방관할 뿐이다. 그 여자의 동생이 아랍인인데, 누나의 원수를 갚으려고 첩을 노려 칼을 서로 건네는 장면도 있다. 물소오는 첩으로부터 건네받은 피스톨을 가지고 해안으로 나간다. 거기서 例의 아랍인이 모래 위에 자고 있는 것을 보고 그는 물소오를 첩 편이라고 생각하였기 때문에 칼을 내민다. 그것에 향해서 물소오는 네 번이나 방아쇠를 당긴다. 후에 재판이 시작되어 살인의 이유에 대해 질문을 받자「그것은 태양 탓이다」고 대답한다.

　—이런 식으로 작자는 군데군데 독자가 부담을 느끼도록 쓰고 있다. 이러한 個所는 클로스·워즈·퍼즐에서 정확한 열쇠가 부여될 수 있도록 작자가 일부러 스토리의 여러 군데에 흩어놓고 있는 것과 같다. 이들 열쇠를 맞춰두고 그것에 의해 검사나 배심원이「냉혹무비한 흉악인」이라는 결론에 도달하는 것을 보고「조금 기다려 줘. 그것은 다른 거야」하고 작자는 미소를 짓는 것이다. 그러한 것에 반박하기 위해 몇 개의 열쇠를 흩트려 놓고 있는 것이다. 이러한 것에 부조리라는 것이 추정된다. 이것은 이 작품에 대해「심리 실험실의 유희」같은 것을 느낄 수 있

는 부분이다. 이러한 실험실적인 사고방식에 의해 부조리라는 것이 추정되고 있는 것이다.

*広津*에 의하면 이런 곳은 납득이 가지 않을 뿐더러, **不明朗**하고, 난해하다. 그러나 이 실험실적 사고방식으로부터 도대체 무엇이 생겨나는 것일까. 단지 말초적이고 독선적인 작자의 인간해석이 만들어지는 것 외는 아마 아무것도 없을 것이다. 그리고 이렇게 단정한다.

검사나 배심관이나 재판장처럼 이 인간이 냉혹무비하다 해서 사형에 처하는 것에는 찬성하지 않아도 이 인간을 격리하는 일에는 찬성하지 않을 수 없다. 아무리 알제리아의 태양에 비춘다 해도 한 사람의 아랍인을 죽여 「태양 탓이다」고 허풍을 떠는 것은 정신이 이상하다고 말하지 않으면 안 된다. 확실히 이것은 우리들에 대해 「이방인」이다. 이런 곳에 카뮈의 독자성에 대한 추구가 있다면, 그런 독자성은 우리들과는 관계가 없는 것이다.

더욱 그는 계속하여 말한다.

해설자의 한 사람은 오늘날 우리들 사회생활의 *迷夢*을 지적하기 위해 「이방인」이 붙여진 것이라고 말하고 있는데, 그러한 엄숙한 것이 이 소설 속에 있는가. 「그런 것에 의미는 없지만 아마 사랑하고 있지 않을 것이다」고 말하거나, 생각하거나, 어떤 인간인지도 모르는 인간을 위해 *情婦*를 호출하는 편지를 대필하여 아무런 반성을 하지 않거나—그것은 사회의 허위를 고백하려는 *興隆期*의 추구심 등과는 상관없는 것이고, 오히려 아무래도 좋다고 내던지듯 하는, 자포자기식 *末期*의 정신쇠약의 현상이 아닌가.

2) 中村光夫의 반박

中村光夫의『広津 씨의「異邦人」論에 대해서』가 같은『東京新聞』
에 발표된 것은 1개월 뒤 7월 21일부터 3일간이었다.

中村光夫는 미리 자신은 広津和郎의 所論 전면에 대해 반대하는 것
은 아니라고 양해를 구하고 있다.

그 문장은 広津 씨의 작가적 신념과 대상에 대한 평가가 확실히 나와 있
다는 점에서 요즘 드물게 보는 뛰어난 비평문이고, 특히 서양의 새로운 소
설이라 하면 무조건적으로 칭송하는 전후의 저널리즘의 풍조와 그것에 안
이하게 동조하는 일부의 작가나 비평가의 무책임한 言説에 대한 씨의 憤激
에는 완전히 동감하는 바입니다.

이상과 같이 말하고 있는데, 즉『異邦人』에 대해 広津가 확실히 부
정적인 태도를 표명한 것은「일본의 전통적인 문학정신이 이 이질적인
작품과 접했을 때 일어나지 않으면 안 되는 생활반응이었고, 그 반응에
대한 선명함은 씨의 정신의 건강하고 탄력을 보이는 것」이어서 그 완고
한 비난은「씨의 반생의 문학적 신념에 의해 뒷받침된 설득력」이 있다
는 것을 바르게 평가하고 있는 것이다. 그러나 中村의 所論은 여기서
一轉하여 갑자기 다음과 같은 단정을 하고 만다.

여기에 나타난 씨가 가지고 있는 정신의 아름다움은 불행하게도 씨가
「異邦人」을 완전히 이해하지 못하고, 또한 이해하려고 욕심내지 않는다는
사실과 모순하지 않습니다.

씨의 이 소설에 대한 비난은 우선 주인공의 이상이나 행동이 씨의 마음에 들지 않는 것, 씨의 말을 빌리자면「군데군데 묘하게 신경이 거슬리는」것으로부터 시작됩니다만, 씨가 말하는 물소오에 대한 공격은 완전히 기성도덕대로 一遍의 상식에서 벗어나지 못하고 있고, 그러한 완고한 부모가 자식에 향해서「요즘 젊은 놈은」하고 설교하는 것까지도 판박이 입니다.

이전「神経病時代」의 작자였던 그의 神経이라는 단어만 해도 지금에서는 이러한 상식도덕의 대변자라고 한다면 그러한 나이는 먹고 싶지도 않습니다. 카뮈가 이 소설을 쓴 이유가 바로 이러한 기성세대가 가지고 있는 인간관계 테두리에 대한 반역 때문인 것이고, 그것은 바로 젊은 무렵의 広津씨가「神経病時代」나「性格破産」에 괴로워하는 청년들을 그려서 어른들이 가지고 있는 세계의 허위에 대한 의문과 같은 것이 아닙니까.

中村光夫에 의하면『異邦人』에 대해서 広津和郎가「신경에 거슬린다」고 말한 個所에 대해 그것과는 반대로 마음에 담아두었다고 한다. 広津가 비난한 個所야말로 이제까지 의식하지 않고 지내왔던 심리의 암소에 조명을 비추어 자기 자신에 대한 이제까지의 생각을 바꾸는 힘을 가지고 있다는 것을 말한다. 거기서 広津가 비난한 個所에서 中村에 의해 적극적인 의미가 부여되고 있다고 하는 것은 구체적으로는 어떤 것을 말한 것일까. 中村는 여기서 이렇게 말하고 있다.

단지 여자에게 적극적인 호의를 가졌을 때, 그것을 향해서 너는 좋아하지 않는다고 말할 수 있는 남자가 정직한 善人이 아닌가. 이「자신 속에 틀어박혔다」. 에고이스트가 죄를 반복한다는 것은 수치와 무기교로부터 나온 것이지만 그것을 알 수 없을 정도로「神経病時代」의 작자는 훌륭한 어른이 다 되어버린 것일까.

이상에 의해서도 이 소설을 「심리 실험실에서의 유희」 정도로밖에 볼 수 없었던 広津의 비난이 얼마나 상식에 벗어나 있는가 하는 것은 분명하다는 것이다. 일부로 독자의 신경에 거슬리는 것처럼 「클로스워즈의 열쇠」를 흩어놓고 독자가 그것에 걸려들면, 그것은 틀린 것이라 하면서 작자는 미소를 흘리는 장치와 같은 것이어서 결국은 이 소설은 유희에 지나지 않는 것이기 때문에 「비평의 짐작만으로 해 버린다면 보통 일이 아닙니다」는 것이 된다.

中村에 의하면 어느 국가 어느 시대의 문학을 돌아보더라도 이 『異邦人』만큼 유희적이었던 소설은 그 유례가 없었다. 全篇을 통해서 꿈쩍도 않는 작자의 성실함은 거의 이 소설의 결점이라고 봐야 할 것이다. 따라서 이 흰 것을 검은 것으로 바꿔치기 한 広津의 비평은 대정기 리얼리즘에 근거한 편견으로부터 오는 것이라고 생각하는 것이다. 아마 『異邦人』이 사실에 근거해서 씌어지지 않았다는 것이 広津의 마음에 들지 않았을 것이다. 지적으로 구성된 실험이지만 생활과 관계가 없는 유희정도로 생각했던 것임에 틀림없다. 소설의 진실성을 생활 이외, 사실 이외에 추구하지 않는다면, 広津와 같은 세대의 작가들에게는 편견인 것이다. 『異邦人』이 하나의 실험보고라 볼 수 있고, 지적으로 구성된 것은 広津가 말한 그대로이다. 그러나 실험이 곧 유희의 대명사가 되는 것은 아니다. 물소오가 가공의 인물이라는 것은 그에게 구현된 부조리의 감수성이 현대에도 실재할 수 있다는 작자의 신념과 모순하지 않을 뿐만 아니라, 이와 같은 주인공을 만들기 위해 소설 형식을 과감히 여기까지 파괴한 작자의 모험은 「이 정신의 병」을 자신의 독창적인 모체라고 믿었던 작자의 고백에 의해 뒷받침되고 있다. 이와 같은 허위의 고백이 왜 구석부터 구석까지 동시대의 작가들의 고백보다 일본 독자를 폭넓게 사로잡았을까? 본 적도 없는 알제리아의 사막이나 거리가 가까운 문학자의 生態보다 더 현대의 독자에게 절실하게 다가왔을까? 여기에 우리들이 正視하지 않으면 안 되는 슬픈 사실이 있는 것이고, 단순한 「내일에의」 스노히즘(속물 근성)이나 그것에 대한 반발만으로는 풀 수 없는 문학의 과제가 있는 것이다. 이상이 中村의 결론인 것이다.

3) 広津和郎의 「수수께끼 풀이」

広津가 이 소설의 구체적인 서술에 입각해서 자주 문제로 삼고 있던 個所가 있다. 그것은 주인공 물소오가 원래 같은 사무소에 근무하고 있던 타이피스트와 재회하게 되고, 그래서 자연스레 그녀와 관계가 생기게 되고, 지금 역시 그것이 계속되고 있을 때 나를 사랑하고 있는가 하는 그녀의 물음에 대해 그런 것은 아무런 의미도 없지만 아마 사랑하고 있지 않을 것이라는 물소오의 대답을 예로서 들고 있다. 広津에 의하면 「신경이 거슬린다」는 個所인 것이고, 이 소설의 수수께끼를 푸는 「클로스워즈의 열쇠」의 하나라고 할 수 있다. 이것에 대해 中村에게 여자들이 호의를 가졌을 때 너는 좋아하지 않는다고 말할 수 있는 남자가 진짜로 정직한 善人이 아닐까? 이 젊은 「자신 속에만 틀어박힌」 에고이스트가 죄를 범한다는 것은 수치와 순진함 때문이라는 것을 알 수 없을 정도로 『神経病時代』의 작자는 과연 훌륭한 어른이 되어버린 것일까 하고 반문하고 있는 것인데, 그 個所에 대해 中村의 이와 같은 해석을 한 것만으로 広津의 의문을 풀 수 없다는 것은 당연할 것이다. 번역소설 『異邦人』에 관한 한, 이러한 회화가 広津가 말하는 것처럼 특별히 의미가 있는 것처럼 취급되기 때문이다. 물소오가 정직한 善人인 것처럼 보이게 하는 것은 납득하기 어렵다.

『群像』 소화26년 10월호에 広津는 『다시 「異邦人」에 대해서』를 발표하여 中村를 반박하고 있는데, 그 속에서 이상과 같은 個所에 대해 中村의 해석을 집요하게 문제로 삼았던 이유가 이런 것이었다. 물소오가 레몬을 위해 그 情婦를 호출하는 편지 대필이 계기가 되어 아랍인을 죽이기까지의 카뮈의 「부조리」 사상을 검토한다는 것은 이 소설의 무엇보다도 중요한 個所라 할 수 있다. 그런 대충 안이하게 해석한다고 해서 「『정직한 善人』『수치와 순진함』 등으로 포장하여 아테츠포의 변호를 하는 곳을 보면 中村 씨 자신 이 『異邦人』이라는 소설을 정말로 읽은 것일까 하는 의문이 든다. 그리고 그것을 설사 읽었다 하더라도 정말로 이 소설에 대해 진지하게 생각해 본 적이 있을까」하고 비난하고 있는 것이다.

広津는 그 후 이 소설을 다시 읽고 中村 앞으로 이 個所에 대해서 자신의 新解釈을 다시 들고 나온다. 미워하지 않는 여자로부터 「나를 사랑하고 있어」라는 말을 듣게 되자 「그런 것은 별 의미도 없지만 아마 사랑하고 있지 않을 것이다」고 대답하였다는 것은 여자는 단순히 보통의 한 사람으로서 묻고 있는 데에도 불구하고, 물소오는 자신의 철학적인 대답을 원하고 있었다는 것을 의미한다. 이렇게 생각해 보면 「클로스워즈의 열쇠」는 슬슬 풀리게 된다.

즉 부조리를 시시각각 바라보면서 미래를 믿지 않고, 내일을 믿지 않는 그의 철학에 대해 사랑을 배우라는 것은 별 의미가 없다는 것이다. 즉 그것은 25세의 부조리 철학자가 가지는 철학적 대답인 것이다. ―나는 이전에 여기서 납득이 가지 않음에 대해 불유쾌함을 느꼈지만 이렇게 풀어보면 지금은 여자의 물음에 대해 차원을 달리 한 대답을 하고 있는 이 청년에게 약간 의뭉스러운 유머를 느끼게 된다.

이 *新解釈*을 제출한 *広津*는 *中村*에 향해서 다시 힐문한다.

그렇다 해도 여자에게 인기가 있어서 그 여자를 좋아하지 않는다고 말할 수 있는 사내는 「정직한 *善人*이다」고 하는 것은 *中村* 씨도 시원찮은 것을 이 소설로부터 읽고 감심하고 있는 것을 의미한다.―이 *一例*를 들어 보더라도 (지금은 이것저것 *中村* 씨에 향해서 이쪽으로부터 이런 일을 말하지 않으면 안 된다는 것도 골계이지만)*中村* 씨가 *躍起*가 되어 흥분하여 변명하고 있는 물소오라는 인물에 대해, 또한 카뮈가 이 실험적 인물에 의해 무엇을 표현하려고 한 것인가에 대해 과연 씨가 정말로 생각해 본 적이 있는지 어떤지가 의문스럽다는 것이다.

하나의 의문을 풀면 클로스워즈는 차례로 풀리게 된다. 이와 같이 이것은 물소오와 타이피스트인 마리의 회화 부분인데, 결혼해 달라는 마리의 요구에 대해 「그런 일은 아무런 중요성도 없는 일이지만 너 쪽에서 그렇게 원한다면 결혼해도 상관없다」는 물소오의 *例*의 대답 중에 「아무런 중요성도 없는 일이지만」도 신경에 그슬리는 한 곳이기도 하지만 이것도 또한 철학적 대답이라는 것을 알아차린다면 *広津*로서는 여기에 의뭉스러운 유머를 느껴 미소 짓고 싶어진다는 것이다.

「미워하지 않는다」고 하여도 사랑을 맹세한다는 것은 무의미하기도 하고, 기꺼이 승낙하면서도 그 결혼의 중요성에 대해 인정하지 않는것이다. 이것이 모든 인간에게 부여된 조건이 가지는 근원적인 애매함, 즉 부조리의 철학적 인식으로부터 오는 것이다. 물소오에 대해서는 모든 것에 부조리가 따라 붙는다. 그는 부조리를 생각하지 않고서는 이 소설을 직시할 수가 없는 것이다. ―「이렇게 보면 이 소설의 스토리도 점점 풀려지게 된다」.

그러나 *広津*로서 이 소설의 무엇보다 중요하다고 생각되어지는 것은 레몬을 위해 그의 *情婦*를 불러들이는 편지를 쓰는 곳으로부터 아랍인을 살인하기까지의 심리의 추이라고 한다. 이 편지의 대필이 살인사건으로까지 발전하게 되는 것이지만 왜 그런 편지의 대필을 물소오는 승낙했는지. 그것을 승낙하지 않으면 안 되었던 이유는 어디에도 발견할 수 없다. 여기서 편지의 대필을 하지 않았다면 사건도 아무것도 일어나지 않았을 것이다. 그렇게 되면 이 소설은 성립되지 않는다. 그렇게 해서 보면 이것을 구성상의 무리로 볼 수 있는가. 「어쨌든 이러한 곳은 대단히 안이하다고 느껴진다. 이러한 무리수가 독자의 머리에 최후까지 남아 이 소설 전체의 무리수를 가져오게 만든 것은 아닌가 하고 느껴진다」고 *広津*는 말한다.

더욱 물소오는 레몬에게 맡겨놓았던 피스톨을 포켓에 넣은 채 사막에서 자고 있는 아랍인에게 다가간다. 물소오는 「자신이 따돌림 당했다면 그것은 아무것도 일어나지 않고 끝날 수 있다」고 생각하지만 따돌림을 당한 것은 아니었다. 그러나 아랍인을 사살한다는 사건이 일어나게 된다. 왜 「자신이 따돌림 당했다면 그것으로 아무것도 일어나지 않고 끝날 수 있다」고 생각하면서도 따돌림 당하지 않았을까. 이러한 자신의 행위에 대한 냉담함도 부조리 때문이었을까. 실험소설의 구상은 애초부터 무리였을까. 이 소설이 가지고 있는 수수께끼의 하나 둘은 풀려가도 이러한 것은 아무래도 납득이 가지 않고 큰 의문으로 남는다는 것이었다.

『異邦人』에 대한 広津和郎의 수수께끼 풀이도 생각해보면 꽤 기묘한 것이라 해야 할 것이다. 広津 자신이 말하고 있듯이 소설이라는 것이 클로스워즈・퍼즐 형식으로 만든 것이니까 문제는 없다. 그러나 이것은 일본의 문학 독자가 프랑스 현대소설의 좋은 견본으로 주목하고 있는 것이기 때문에 클로스워즈・퍼즐 형식은 아니다. 회화의 一節에 대해서는 事案을 長考하고, 어쩌면 납득이 가는 감상방법일 수도 있지만 소설 감상에 이러한 것을 있을 리가 없다. 가령 그런 감상이 요구된다 하더라도 소설에서는 있을 리가 없다. 현재 広津가 中村에게 자랑하고 있는 것이 『異邦人』에만 있는 것이라면 그런 것은 소설도 아닌 것이다. 「그런 일은 의미가 없는 일이지만」 이라든가, 「그런 일은 아무런 중요성도 없는 일이지만」 이라고 하는 것과 같은 회화의 끝에 부조리의 철학의 断片을 나타내는 것은 소설일 수가 없다. 아무리 유희로 했다한들, 愚劣이라는 것이 있다. 広津가 말하는 것처럼 의뭉스러운 유머를 발견하는 정도에서 납득한다는 것은 바보스러운 것이다.

広津의 반론에 응답하여 中村가 『群像』 12월에 발표한 『카뮈의 「異邦人」에 대해서—広津和郎 씨에게 대답한다—』 속에서 「広津 씨는 『異

邦人』을 몇 번이나 다시 읽어보았지만, 거기에 생생한 감흥을 느낀 적이 한번이나 있었던가 하고 묻고 싶습니다. 재미있지도 않는 소설을 되풀이해서 읽고, 그것을 이런저런 이유로 해석해 본다 한들, 그러한 이해는 반드시 曲解를 바로 잡는다고 할 수 있을까요. 그러한 것을 새삼스레 広津 씨에게 지적할 필요가 있을까?」하고 반문하고 있는 것은 올바른 지적이다.

그러면 中村光夫는 이 소설의 어디에 어떤 것에 흥미를 느꼈을까.

4) 中村光夫의 『異邦人』평가

재미있지도 않는 소설을 되풀이해서 읽고, 그것을 이런저런 이유를 달아 해석해 본들, 어떻게 되는 것일까 하는 것이 広津和郎의 『異邦人』 観에 대한 中村光夫의 의문이었다. 그러면 中村光夫는 이 소설의 어디에, 어떤 흥미를 느꼈다는 것일까. 논쟁의 근본은 여기에 있다. 中村光夫에 의하면 카뮈의 「부조리」에 대한 広津和郎의 오해의 근본은 이것이 무슨 사상 또는 관념이라고 처음부터 결정해 두고 있었던 것에 있다는 것이다. 거기서 中村光夫는 카뮈의 평론 『시지프스의 神話』의 序에서의 제1행─「이하의 문장은 이 시대 여기저기에 흩어져 있는 부조리의 감각이어서 우리 시대가 정확히 말하면 알지 못했던 철학은 아니다」.─를 인용해서 이렇게 말하고 있다.

즉 그에게 있어 부조리라는 것은 시대 현실 속에 실제 살아오면서 발견되는 감각, 또는 감정인 것이고, 철학이기 이전에 시대의 생활감각 속에 그 자신이 직접 육안으로 발견한 것입니다.

카뮈에 있어서 생생한 감각에서 벗어나 부조리의 사상은 무의미한 것이고, 따라서 부조리는 사상임과 동시에 감정이라는 사실을 놓쳐서는 안 된다. 더구나 「이 시대 속에 흩어져 있는 부조리의 감각」에 근거하는 것은 広津가 말하는 바와 같이, 독일군이 파리를 점령하는 것과 같은 일시적인 사태가 아니라 「현대 기계주의에 의한 생활의 획일화와 되풀이」에 의한 것이다. 「현대인이라면 누구라도 기억이 있는 생활감각」으로부터 출발하는 것이기 때문에 여기에 카뮈의 부조리의 현대성 내지 국제성이 존재한다는 것이다.

카뮈가 『시지프스의 神話』에서 논하는 「기상, 전차, 사무소 및 공장에서의 4시간」이라는 생활은 알제리아나 프랑스에 한정되는 것은 아니다. 영국에서도 미국에서도 소련에서도 또한 일본에서도 근대의 기계문명의 세례를 받은 도시가 있는 곳이라면 반드시 있는 생활양식인 것이다. 『異邦人』이 일본에서 많은 독자를 확보하였다는 것은 외국소설에 대한 천박한 호기심에 근거하는 것만은 아니다. 그러한 경박한 공기가 문단의 일부에 있었다는 것은 부정할 수 없지만 무엇보다 거기에는 절실한 동기가 있었을 것이다. 中村光夫는 거기서 다음과 같이 추론한다.

아마 그들의 본능은 이 다른 외국소설이 결국 그들과 같은 생활 지반 위에 씌어지고 있다는 것을 느끼는 것입니다. 부조리라는 익숙하지 않는 말도 그 실질은 그들 자신과 공통적인 감정을 호흡하고 있는 것입니다.

여기서 中村光夫는 젊은 사법에 관계하는 사람들과 이야기하는 기회
가 있었을 때, 이들 법률의 전문가들로부터 들었다는 화제에 대해 소개
하고 있다. 그것에 의하면 요즘은 조사해 보면 확실한 범죄가 많아졌다
는 것이다. 심리 세계에 있어서 因果律의 상실, 그 결과로서의 범죄에
대한 특정의 동기가 불분명한 사건이 많아지게 된 것을 의미한다. 즉
현대의 사회는 부조리 감각을 대량 생산하는 모태가 되고 있는 것이다.
그러니까 中村光夫에 의하면『異邦人』을 애독한 일본 독자는 부조리의
철학에 대해서 아무것도 몰라도「그들 자신도 출구가 없는 감정으로 어
떤 감각을 사상적 명쾌함과 사상적 자신감으로 끝까지 전개해 나간 이
소설에, 예를 들면 뛰어난 스포츠 선수를 만났을 때와 비슷한 경험을
했다」는 것과 별 차이가 없다는 것이다.

그리고 그는 이렇게 단정한다.

아마 이 소설 독자의 대부분은 일본 소설의 어떤 것도 도달하지 못했던
혹은 주의를 기울이지 않았던 마음의 깊은 속에 있는 것을 깊은 손으로 그
가려움을 해결해 준 쾌감 같은 것을 잊지 못할 것입니다. 이러한 쾌감은 현
실적임과 동시에, 현실을 넘어서는 것입니다. 그 전에는 広津 씨의 도덕적
憤激도 힘을 잃은 수밖에는 없을 것입니다. 지금부터 2천 3백년 이전의 아
테네 시민도 플라톤 선생의 찌푸린 얼굴에서 카타르시스를 추구하여 극장
에 모였던 것입니다.

이렇게 해서『異邦人』의 어디에, 어떤 재미를 발견하였는가 하는 문
제는 中村光夫에 의하면 이상과 같은 것이었다. 즉 부조리 철학이 현대
사회의 혼란에 허둥대는 우리들 자신의 감각일 수밖에 없다는 것이다.

『異邦人』은 우리들이 공통적으로 느끼는 이 감각을, 즉 「사상적 명쾌함과 사상적 자신감으로 끝까지 전개한」 소설이라는 것이다. 이것을 읽는 것에 의해 우리들 가슴이 시원하게 되는 것 같은 카타르시스를 느낀다는 것이다. 中村光夫의 주장은 多岐에 걸쳐 있는데, 중요한 것은 이상의 3점으로 요약할 수 있다.

5) 리얼리티를 무시한 쓸데없는 논쟁

이것과 비교하면 広津和郎는 이 소설을 어디까지나 자신에게 있어서 이질적인 것, 인연이 없는 것, 동감하기 어려운 것, 따라서 이것에 대한 근본을 이해하려고 했다.

『다시 「異邦人」에 대해서』에는 다음과 같은 一節이 있다.

카뮈의 부조리 사상은 특별히 새로운 것은 없다. 그러나 제1차 세계대전, 그것에 이어 계속되는 제2차 세계대전, 그리고 독일의 수도 점령, 그러한 불안한 혼란 속에 젊은 마음을 WHAT IS LIFE이라는 것을 자신의 머리로 진지하게 생각을 다시 한다는 것은 상상은 할 수 있다. 그리고 그 젊은 마음에 가장 강하게 다가온 것은 神에 대한 의혹, 神에 대한 존재의 부정이었다. 아마 神 없이 살아온 우리들 일본인에게는 도저히 생각도 할 수 없는 것과 같은 격렬함으로 이 神과의 대결이 이루어진 것임에 틀림없다. (중략) 그리고 神과 대결하고, 神을 부정하고 발견해 나간 것이 부조리라는 관념이었던 것이다.

中村光夫에 의하면 부조리의 사상이 神에 대한 의혹으로부터 생겨났다고 하는 것은 생각이 일면적이라는 것에서 벗어날 수 없는 것이다. 神에 대한 의혹은 합리주의이든 비합리주의이든 불문하고 근대철학의 근본일 수밖에 없다. 근대문학의 역사도 같이 神에 대한 의혹을 중심으로 주저 없이 전개되었던 것이다. 따라서 카뮈의 부조리 사상이 「神과의 대결」 또는 「그 존재의 부정」 등으로부터 생겨났다고 하는 것은 그 자신 잘못되고 있든 아니든, 그것만을 말하였다는 사실은 그의 사상의 본질을 밝히는 것에는 도움되지 못한다. 그러나 그 발생의 구체적인 배경을 밝힌 것이라고는 할 수 있다. 그러한 곳으로부터 부조리라는 것은 사상이라기보다 그 이전에 감각이라 할 수 있다. 그것은 「현대 기계주의에 의한 생활의 획일화」라는 사회적 지반으로부터 발생하는 것이다. 일본도 그 例에 벗어나지 못한 부조리 감각은 우리들 자신의 감각이기도 하다는 것을 지적한 것에 대해서는 이미 전술한 대로이다.

그러나 카뮈의 부조리의 감각을 「생활의 획일화」에 의해 생겨난 것으로 일반화하는 것은 역시 일면적인 생각에서 벗어나지 못한 것이 아닐까. 그러한 면도 있음에는 틀림없다. 그러나 카뮈의 부조리 감각은 역시 神에 대한 의혹을 제대로 파악하지 않고서는 생각할 수 없는 것이 아닌가. 부조리 일반에 대해서는 별도로 치더라도 그 감각이 구체적으로 결정되어 만들어진 소설 『異邦人』이 「독일군의 수도 점령, 그러한 불안 혼란」과 완전히 인연이 없다는 것은 생각할 수 없는 것이다.

臼井吉見는 소화26년 10월 26일의 『信濃每日新聞』에 『「異邦人」 논쟁의 문제』라고 제목을 붙여 時評 같은 小文을 쓰고 있었다. 이것은 中村光夫의 再反駁이 나타나기 전에 발표된 것이었다. 그 속에 이렇게 쓰여 있는 것이 있다.

　도대체 『異邦人』을 배척하는 広津만 보더라도 이것을 지지하는 中村를 위한다는 이유로써 한다는 것은 너무나도 무의미하다. 『異邦人』이라는 一個의 작품이 가진 리얼리티라는 중요한 핵심을 빼고서 거론되는 것에 불과하다. 神에 대한 거부, 따라서 일체의 기성윤리의 거부라는 카뮈의 사상에 의해 만들어진 이 소설은 그것이 소설인 이상, 사상의 이유로서 납득이 가는가, 가지 않는가 하는 것만에는 별 의미가 없다. 그 이론이나 이유를 초월하여 얼마나 강하게 이 소설 세계에 공감하고 있는지 어떤지를 벗어나서는 애초부터 이 논쟁은 성립될 수 없다. 작품의 리얼리티는 그것에만 존재하지 않기 때문이다.

　따라서 이 작품은 1942년 가을, 독일군에 의해 유린된 파리에 잠입하여 抗独 지하운동에 종사 중에 씌어진 작품이라는 것, 세계의 중심인 유럽이 멸망해 간다는 실감, 문화가 야만 때문에 패퇴해 간다는 절망감, 그러한 속에 어떻게 살아갈 것인가 하는 절실한 의욕, 카뮈의 부조리 사상을 떠받치고 있는 이와 같은 실감에 불평 없이 공감할 수 있다는 것은 독자의 마음속에 이 작품의 리얼리티가 존재한다는 것을 의미한다. 이 막연한 사실을 빼고서는 『異邦人』을 아무리 논할 들, 이야기가 되지 않을 것이라는 것이다. 東条 軍閥에 무조건 굴복하고, 연합군에게 무조건 항복한 우리들이 피투성이의 抗独 지하운동 속에서 생겨난 이 소설에 대해서 알 수 있다는 등, 알 수 없다는 등의 말을 해보았자 결국은 50보 100보가 아닌가.

　이것은 中村光夫의 再反駁이 나오기 이전에 씌어진 것이다. 그것이 나온 지금까지도 臼井는 이러한 생각을 訂正하려고 하지 않는다. 그러나 中村光夫가 알든 모르든 그런 한계를 넘어서서 이 소설에 일본인의 탈출구가 없는 감정의 끝을 발견하고 있다는 것이다. 그렇게 되면 한층

더 그 의문이 남게 되는 것이다.

6) 「개인 책임」의 문제

*広津*가 제출하고 있는 문제가 별도로 또 하나 있다. 「개인 책임」이라는 문제이다. 『다시 「異邦人」에 대해서』의 후반은 오직 이 문제를 중심으로 『異邦人』에 대한 부정적인 평가를 강조하고 있는 것이다.

인간을 책임을 지고 있는 神을 부인한 물소오는 神 대신에 인간의 책임을 지고 있다는 것을 다른 곳으로부터 발견한 것이다. 즉 부조리를 말이다. 그의 살인행위는 부조리가 내재하고 있다는 것이다. 그의 부담을 들어주기 위해 神을 설파하고, 司祭를 매도하고 추방한 그에게는 神은 필요없었을 것이다. 왜냐하면 그에게 부담은 이미 없었던 것이다. 그것은 벌써부터 부조리가 따라다녔던 것이다. 神과 부조리는 이 경우 같은 역할을 한 것이다. (중략)돌아가든 가지 않든, 오른손을 들어올리든 들어올리지 않든, 그것은 자신의 의지라기보다는 그것은 부조리가 시킨 것이라는 것이다. 이것은 놀랄만한 소박한 숙명론인 것이다.

그런데 이와 같은 묘한 논리의 회전이 왜 일어났을까. 말하자면 다음과 같다는 것이다.

그것은 물소오가 생각하고 있는 것이 WHAT IS LIFE에 그치고 있고, HOW TO LIVE라는 사념이 머리에 들어오지 않았기 때문이라는 것이다. 이 WHAT IS LIFE라는 추상적인 사상에는 개인 책임이라는 관념은 없는 것이었다. 왜냐하면 개인 책임이라는 관념은 HOW TO LIVE를 생각하지 않으면 생겨날 수 없는 것이기 때문이다.

이와 같이 해서 추적해 봤을 때 최초에 『東京新聞』에 쓴 『카뮈의 「異邦人」』에서 서술한 의문은 이 WHAT IS LIFE를 취급한 소설에 HOW TO LIFE의 입장으로부터 쓴 것이었다는 것을 알 수 있다는 것이다. HOW TO LIFE에 의해 개인의 책임 관념이 확실해 지면, 물소오가 레몬으로부터 情婦를 불러내는 편지를 부탁받았다 하더라도 그런 애매함으로 그것을 받아들였을 리가 없다는 것이다. 「여기서 그것을 되돌릴 수가 있었다면 사건은 일어났었을 리도 없었고, 끝났을 것이다」는 마음이 결정되었다면 이후로 되돌려야 했을 것이다. 그렇게 했다면 그 소설은 발전하지 못한다. 발전할 리가 없는 소설이 발전해 간다면 납득이 가지 않을 것이다. 「즉 성립되지도 않는 소설이 실험소설이라는 이름 하에 성립되고 있다는 것이 우리들로서는 납득이 가지 않는다」는 것이다.

이러한 *広津*의 사고방식은 너무나도 명료하다. 中村가 WHAT IS LIFE?라는 의문을 떠나서 HOW TO LIFE?라는 문제를 설정할 수 있도록 하고 있는 것에 의문을 제출하고 있는데, 양자는 표리일체가 되고 있다는 설명의 지적은 올바르다. 양자를 떨어트려 작자의 관심을 한 쪽에만 한정시키고 그러한 것에 문학의 중심 제목을 보인다는 것은 「자연주의의 추종자」에 지나지 않는다는 지적도 올바른 것이다. 그리고 이러한 것에 이 논쟁의 하나의 목표가 있었다고 생각한다.

그런데 『다시 「異邦人」에 대해서』의 최후를 *広津*는 이렇게 맺고 있다.

여기에 나는 附記하는 것이지만 中村 씨는 「異邦人」과 「神経病時代」를 같은 목적을 가진 작품이라고 말하고 있는데, 나는 「神経病時代」는 HOW TO LIVE를 생각해서 출발한 작품이라고 생각한다.

이런 것을 일부러 附記한 것은 나름의 이유가 있다. 中村가 『東京新聞』에 쓴 최초의 반론 속에서 「이전에 『神経病時代』를 쓴 작자의 『神経』도 지금에서 보면 이러한 상식도덕의 대변자와 같은 그런 추태를 부리는 나이는 먹고 싶지 않습니다. 카뮈가 이 소설을 쓴 이유가 바로 이러한 기성의 인간관계에서 생겨나는 반역 때문이었다. 그것은 바로 젊은 무렵의 広津 씨가 『神経病』이나 『性格破産』에 괴로워하는 청년들을 그려 어른 세계가 가지고 있는 허위에 대한 의문의 시선을 던졌던 것과 같은 것이 아닙니까」 등으로 쓰고 있었기 때문이다.

広津에 의하면 『異邦人』은 WHAT IS LIFE?를 생각한 작품이지, 아직 HOW TO LIFE?에까지 발전한 것은 아니었다. 『神経病時代』가 HOW TO LIFE?를 생각한 작품이라고 구별 짓는 것에는 나름대로 흥미가 있다. 바로 그가 말한 그대로일 것이다. 거기에 카뮈와 広津의 근본적인 차이가 느껴지는 것이라고 臼井는 지적한다.

広津에 한정하지 않고 또 白樺派는 말할 것도 없이 대정기 문학자에 대해 WHAT IS LIFE?와 같은 추상적 관념은 본래 염두에 없었다고 해도 좋다. 그런 것은 華厳의 폭포에 몸을 던진 藤村操 풍의 로맨틱한 철학청년과 같은 고민으로서 일고의 가치도 없었던 것이다. 그들에게 있어서 HOW TO LIFE?야말로 문제였던 것이다. 살아가기에 가치가 있는 것으로서의 인생이 그들 앞에 전면적인 모습을 보이고 있었던 것이다. 제1차 대전은 이러한 인생의 幻影을 파괴하고 사라졌지만 戰火를 벗어난 일본 문학에는 깊은 회의나 강한 부정은 없었다. 오히려 대정 말기에 대두한 프롤레타리아 문학의 급속한 진전과 그것에 촉발된 분위기는 WHAT IS LIFE?와 같은 有閑的 사고를 허용할 리가 없었던 것이다. 오직 숨막히는 HOW TO LIFE?의 문학이었다는 것은 말할 나위도 없었다. WHAT IS LIFE?가 이제까지와는 다른 차원에서 새로운 문제가 된 것은 일본에서는 패전 이후라 해도 좋을 것이다. 그 중에서도 전후파 작가에게 있어서는 이것이 최대의 관심사라 해도 과언이 아니었을 것이다. 그러한 의미로부터도 『異邦人』은 일본 전후문학의 분위기에 공통적으로 친근함을 가지고 있었다고 볼 수 있다.

7) 작품의 완성도에 언급하지 않는 논쟁

어쨌든 세계나 인생을 어떻게 인식하는가를 테마로 정하고 있는 소설에 「개인 책임」 등이 들어갈 리가 없는 것이다. 中村가 「그가 원래 책임이라는 관념은 없는 것입니다」고 말하고 있는 것은 정확하다. 또한 「인간에게 부여된 조건의 애매함 때문에 인간이 움직이고 있다는 것에 의해 개인 책임이 무시되고 있다는 사상은 실행 세계에서는 넌센스이다」는 広津의 비난은 中村에 의해 「문학표현의 세계와 실생활을 완전히 순진하게 혼동하고 있다」고 비난받아도 어쩔 수 없는 것이라고 하였다.

레몬의 情婦 호출의 편지 대필이든, 아랍인 살해이든 그 이유나 동기가 확실히 씌어져 있지 않다는 것은 물소오의 도덕적 무책임이든가, 작자의 구성상의 무리라든가 하는 広津가 문제로 삼아 책망하고 있다는 점에 대해 「우선 이상한 것은 씨가 인간이 무언가 행위를 할 경우에는 확실한 의식적인 동기가 없으면 안 된다고 독단적으로 결정하고 있다는 점입니다」고 中村는 응수하면서 다음과 같이 이어간다.

「그 때는 이러한 까닭으로 이렇게 말했다」는 설명이 감상적인 허위에 지나지 않는다는 것을 카뮈는 잘 알고 있을 것입니다. 그리고 이와 같은 인간 내면의 因果律을 적용하는 것에 대한 단호한 거부가 물소오가 나타내는 성실한 한 형식인 것입니다. 그는 마리와의 연애가 우연이고, 살인이 우연이라는 것을 알고 있습니다. 그것들은 실제로 일어나지 않고 끝났던 것입니다. 그러나 동시에 그는 이 일어나지 않아도 될 것을 일어난 것으로 간주해 버리는 一点에 이미 일어날 것이 배태된 우연과 가능성을 필연적으로 차질이 생기는 一瞬에, 인간 무서운 본질이 있다는 것을 알고 있습니다.

이것은 広津가 최후까지 구애받았던 個所에 대한 비교적 명쾌한 해석이라 할 수 있을 것 같다. 그러나 문제의 이 個所가 이와 같이 해석된다 하더라도, 이 소설에 의해 中村가 말하는 것처럼 「일본 소설의 어떤 것도 미치지 못했던 혹은 주의를 기울이지 못했던 마음 깊숙한 것을 구석구석까지 미치는 손으로 가려움을 긁어내는 상쾌함」을 기억할지는 명확하지 않다.

中村의 재반박을 읽고 臼井는 11월 29일의 『信濃毎日新聞』의 文芸時評에서 재차 이 논쟁에 대해 작은 감상을 썼다.

広津가 자신 반생의 문학적 업적에 서서 출발한 이래로 일관되게 주장하고 있는 문학적 신념으로 카뮈의 처녀작『異邦人』을 부정하였을 때 그것을 변호하는 측에 섰던 中村는 불리한 입장에 서 있다는 것을 나는 예상했다.

왜냐하면 中村가 잘못하면 카뮈가 원하지도 않은 한갓 대변인으로 끝날 우려가 있다고 생각했기 때문이다.『異邦人』의 해석이나 이해는 나이도 젊고, 프랑스 문학 전문가인 中村에게 승산이 있다는 것은 애초부터 알려진 것이었고, 잘 해 봐야 알기 좋은 해설자 정도일 수밖에 없다는 것이 보여졌기 때문이다. 그러니까 나의 관심은 中村가『異邦人』을 어느 정도로 자기 자신의 문제로 승화시켜갈 수 있을까 하는 점에 있었던 것이다.

과연 中村는『異邦人』의 올바른 이해 바탕 위에 서서, 끝내 자연주의의 고정된 시각으로부터 탈피할 수 없었던 広津의 이해를 초월했던 점을 해명했지만 이것은 아까도 말한 바와 같이 너무나도 당연한 것이어서 그것은 中村의 수법도 아무것도 아닌 것이었다. 그러나 中村는 그와 같은 해설자에 그치는 것이 아니라, 그것을 곧 자신의 문제로 바꿔버렸던 것이다.『異邦人』의 입장으로부터 말하는 것이 아니라,『異邦人』을 재료로 해서 자신의 입장으로부터 広津에게 대답하고 또한 묻고 있었던 것이다.

『異邦人』을 프랑스 및 프랑스 문학의 문제가 아니라, 현대 일본문학의 문제로 삼아버렸던 것이다. 해설자에서 주장자, 항의자 입장에까지 서고 있었던 것이다. 연령에 20년 차이가 있었던 양쪽은 理想家는 소설가와 비평가가 把持하는 소설개념에 대한 차이가 확실하다는 것을 알게 된 것은 큰 수확이었다고 생각한다. 단지 중요한 것은『異邦人』은 같은 작자의『페스트』와 비교해 보면 질이 떨어지는 작품일 뿐만 아니라, 유럽 현대소설 중에서도 반드시 秀作이 아니었다는 것은 유감이었다.

이 감상도 지금도 변함이 없다.『異邦人』이 논쟁의 가치가 있을 정도로 뛰어난 소설이라는 것에 대해서는 臼井는 그렇게 생각한 것은 아니었지만, 거기에 가장 문제가 있었던 것이 아닐까. 결국 広津 입장에서는 재미없었을 것이다.

그리고 中村는 이러한 것에 대해서, 「마음 깊숙한 가려운 곳을 잘 긁어준 쾌감」으로 기억했을까. 이것은 일본의 『異邦人』 독자에 대한 中村의 추량으로 씌어진 것이지만, 中村 자신이 똑같은 생각을 한 것이라고는 볼 수 없다. 과연 어떻게 되었을까. 中村로서는 논쟁의 경과로부터 이 소설에서의 작자 의도를 파악하는 것에 열렬한 노력을 기울였다는 것은 당연한 것이었겠지만, 이 소설에 감동한 것은 아니었다. 작자가 의도하는 것과 작품의 성과와는 원래부터 다른 것이다. 中村는 작자 의도를 추량하고, 釈明하는 것이 면밀하였지만 한 마디도 그 성과에는 언급하고 있지 않았다. 오히려 그것을 회피하고 있는 것처럼 보였다. 따라서 이 논쟁에서의 핵심은 어쩌면 이런 곳에 있었다고 해도 과언이 아닐 것이다.

8) 사라지기 어려운 *広津和郎*의 의문

일본의 『異邦人』 논쟁에 대해서는 작자 카뮈가 『朝日新聞』의 특파원과 대담 속에 다음과 같은 말을 하고 있는 것이 눈에 띤다.

　　나의 목적이 반 재미의 유희가 아니라는 것을 단언합니다. 그렇기는커녕 『異邦人』의 비극은 자신에게 정직하려고 한 나머지 일어나는 비극인 것입니다. 물소오가 모친의 얼굴을 보고 싶다고 하는 것은 몰소오가 죽은 사람의 얼굴을 보고, 결별하는 하나의 사회 상식 내지는 주관에 따를 필요성을 느끼지 못하였기 때문에, 또 자신이 느낀 이외의 것은 말하지도 않았고, 하지도 않았기 때문에 물소오가 그렇게 모친을 사랑하고 있지 않았다고는 할 수 없다. 그는 그 나름의 방식으로 그가 생각하는 그대로 자유로이 그 모친을 사랑하고 있었던 것이다. 그런데 인간 사회에서는 그러한 습관에 따르지 않는 것에 대해 터부시하였고 끝내는 사회라는 이름 하에 공공연히 살해하는 것입니다. 나는 『異邦人』을 2부로 나누어 그 제1부에서는 물소오의 견지를 쓰고 있었고, 제2부에서는 같은 행위에 대한 사회의 견지를 쓰고 있었다. 마지막에 하나의 비극까지 가지고 온 것입니다. 이 작품에서 내가 말하려는 것은 거짓말을 해서는 안 된다. 그러나 진실한 봉사는 위험한 봉사이고, 때로는 죽음을 불사한 봉사라는 것입니다. 물소오의 경우는 말하자면 크리스트의 경우와 같은 것이라고 생각합니다. 물소오는 市井의 한 관리로 크리스트와 같이 이상도 설교하지 않았고, 기적도 행하지 않았지만 그러나 자신에게 정직하였고, 그 때문에 일체의 행위를 설명하지 않았던 것이고, 사회라는 이름 하에서 살해당했다는 것은 똑같은 것입니다. 즉 물소오는 우리들이 될 수 있었던 크리스트의 모습이라고도 말할 수 있을 것이다. 물소오에게 진실성이 없었다고 한다면 크리스트에게도 진실성이 없었다고 할 수 있는 것이 아닐까. (『카뮈会見記』 『朝日新聞』 소화27년 1월 15일)

다름 아닌 작자 자신의 말이었기 때문에 소설 『異邦人』에서의 작자의 의도는 이상에 의해서 확실히 하는 정도였다고 할 수 있을 것이다. 그러나 실제의 표현에서는 이러한 의도가 어느 정도로 실현된 것이었을까. 이상의 의도에 근거한 자세한 계산이나 사리에 맞추어 보아야만 좋은 작품인 것처럼 생각이 들 것이다.

広津和郎가 카뮈에 대해 『아직 납득할 수 없다』는 一文을 『朝日新聞』에 발표하고 있었던 것도 결국은 작자 의도와 표현의 차이에 있었던 것처럼 생각된다. 広津和郎에 의하면 아랍인 살해 부분은 아무래도

애매모호하여 해석에 힘들었던 것 같다.『페스트』를 읽어 봐도 소설이
무언가 비유 위에 성립하고 있다는 느낌이 들었기 때문에『異邦人』에
서의 아랍인 살해 부분도 결국은 비유적인 기분이 든다는 것이었다.「당
신이 취급하고 있는 테마가 지나친 관념적인 곳이 있음에도 불구하고 왠
지 뻔뻔스러움이 느껴지는 원인은 그러한 곳에 있는 것이 아닌가 하고
생각합니다」는 広津和郎의 의문은 끝내 해소하기 어려웠던 것이었다.
(臼井吉見「근대문학논쟁 上」筑摩書房, 소화31년 10월, 참고)

11. 「講和」論争

　1950년에 들어서면 일본 국내에서의 미국 군사기지 건설 속도는 급속도로 빠르게 진행되었다. 맥아더는 새해 年頭에서 中華人民共和国의 성립은 일본에 대해 위협이 된다고 해서 일본인을 협박하고 있었는데, 일본국 헌법에서의 전쟁 포기의 규정은 타국으로부터의 공격에 대한 자위권을 조금이라도 부정하는 것은 아니라고 묘하게 강조했다. 여기에 부응해서 23일 吉田 수상은 의회에서 자위권은 포기하지 않는다고 발언했다.

　미국이 중국·소련 등의 일본과 전쟁한 나라들의 의향, 더 나아가서는 평화를 지향하는 일본국민의 양심의 소리를 무시하고 対日 講和를 片面 강화방식에 의해 진행하는 정책을 결정하게 된 직접적인 동기는 새삼스레 말할 것도 없이 동서 냉전의 격화였는데, 그 중에서도 6월 25일 한반도에 있어서 熱戰이 결정적 요인이 되었다.

5월 3일 吉田茂는 自由党의 両院 의원 비밀 총회에서 南原繁 東京大学 총장의 전면 강화론에 대해 그것은 空論이라 하면서, 학자인 南原가 정치 영역에 들어선 것은 「曲学阿世」의 무리이기 때문이라고 비난했다. 마침 일즈 旋風이 불어대는 중에 이것을 전해 들었던 南原는 6일 기자회견을 자청하여, 「국민 누구라도 욕심내는 전면 강화에 이론을 부여하는 것은 정치학자의 임무이고, 현실과 이상을 융합시키기 위해 英智와 노력을 기울이는 것은 정치가의 사명이다. 전면 강화와 영세 중립을 空論으로 봉쇄하려는 것은 일본 민주정치의 위기라 할 수 있다」고 응수했다. 여기에 片面 강화를 주장하는 与党 自由党과 全面 강화를 추구하는 교수·지식인 그룹의 沸騰点이 일어나게 되었다.

對日 講和 문제가 처음으로 현실적인 정치상의 문제로서 등장하게 된 것은 1947년 일이었다. 그 해 3월 17일 맥아더 元帥는 점령 장기화가 일본국민의 심리 특히 對美 감정에 악영향을 끼치는 것을 두려워해 조기 강화를 제창했다. 당초 미국 측의 對日 講和는 맥아더의 회견과 또한 그곳에 첨가해야 할 것은 일본의 비무장과 비군사화가 달성되고, 「민주주의의 쇼윈도」에 일본이 내세우는 기초가 다져지면 對日 講和의 조건은 자연히 정비된다는 정치색이 옅은 평화론에 따른 것이었다. 따라서 미국은 당시 對日 講和에는 당시가 냉전 시기였기 때문에 상대적으로 강력한 것이 아니었다고 할 수 있다. 그러나 1949년 후반에 들어서 강화 문제는 재차 취급되어지게 되면서, 이 단계에서는 미국 정부의 강화에 대한 기본방침은 일본을 서측의 자유진영에 편입시켜 넣으려는 것이었다.

패전을 종전으로 맞이한, 그리고 위로부터 강제적으로 내려온 일본은 평화를 자신의 문제로 따질 수 있는 기회가 원천적으로 봉쇄된 채로 전후를 맞이하게 된다. 그러나 점령 하의 전후로부터 해방되고 싶다는 것은 누구라도 가지는 희망이었고, 독립 달성은 하나의 컨센스였다. 일본은 전쟁을 일으켰기 때문에 점령당하였다고 한다면, 만일 일본이 독립하려는 마음이 있다면 전쟁의 반대인 평화를 추구하지 않으면 안 된다는 것은 소박한 민중의 감정이었다. 따라서 당시 정부가 헌법 9조를 제창하고 평화국가를 고창한 것은 미국의 경계를 약화시켜 점령기간을 단축함과 동시에 국민통합을 기하기 위한 것이었는데, 이 정부의 의사는 이러한 것을 잘 보여주고 있었다. 그러나 역사의 수레바퀴는 솔직히 이론대로는 진행되지 않았다. 즉 전술의 냉전이다. 1941년 중간 마셜 플랜의 발표와 코민포름 설치는 냉전을 현실적인 것으로 되돌려 놓았다. 그리고 여기에 평화도, 전쟁의 위기도 현실적인 것이 되었다.

1948년 가을 G・W・올포트들은 유네스코를 통해서 평화 옹호를 과학자들과 제휴를 위해 호소했다. 이것을 받아서 일본 과학자 55명은 1949년 3월호의 『世界』에 「전쟁과 평화에 관한 일본 과학자의 성명」을 발표했다. 이 성명에 참가한 과학자는 전 해의 1948년 12월에 행해진 安倍能成・仁科芳雄・大内兵衛들의 평화문제를 위한 토의를 근거로 해서 平和問題談話会를 조직했다. 학자・大学人은 전쟁 책임을 지기 위해서라도 평화를 자신의 문제로 받아들이려는 자세를 취했다. 1949년 10월 학술회의는 「연구기관에서의 人事는 정치적 이유에 의해 좌우되어서는 안 된다」고 결의했다. 그 달 全国大学教授聯合会도 「학문 자유와 대학교수의 지위」에 대해 성명을 내었다. 앞의 平和問題談話会는 1950년 1월에, 그리고 성명은 『世界』 3월호에 「강화문제로서의 성명」이라는 이름으로 게재되었다. 전면 강화・중립 불가침・国聯 가입・군사기지 반대·경제적 자립을 주장했다. 이 성명은『世界』만이 아니라 동시에『日本評論』『世界評論』『評論』『人間』의 各誌에 揭載되었다. 성명은 많은 사람들의 지지·성원을 받게 되었는데 점령군 및 정부는 별로 편치 않는 마음으로 분명히 불만을 표시하고 있었다. 平和問題談話会는 1950년 12월호『世界』에「세 번 평화에 대해서」를 발표하고 있었는데, 이 보고 속에서「두 번의 세계」에서 평화적 공존의 가능성을 논하였다.「비무장 정책을 취하는 일본」으로서는 중립 불가침을 기조로 하여「전면 강화」「군사기지 設地 반대」「국제연합 가입」을 새삼스레 역설하고 있었는데,「중립주의」의 이념과 그 적극적 의의에 대해 상세하게 논했다.

『世界』에 결집한 지식인은 1950년을 전후하여 평화 희구의 여러 논문을 차례로 발표했다. 그 주요한 것을 들어보면, 1949년 1월호에 新村猛는「평화를 위한 싸움」을, 同 4월호에 田中美知太郎은「자유와 독립」, 小椋広勝 그 외는「평화의 危懼는 어디에 있는가」를, 同 5월호에 恒藤恭와 桑原武夫는 각각「전쟁 포기」와「평화의 발견」을 발표했다. 더욱 同 7월호에 高島善哉는「평화의 사회과학적 구조」를, 同 11월호에 久野收는「평화 논리와 전쟁의 논리」를, 同 12월호에 杉捷夫는「평화문제는 중요하기 때문에 원리 문제에 있다는 것에 대해서」를 각각 실었다. 이 기세는 1950년에 들어가면 더욱 탄력을 받게 된다.

이상에서 알 수 있듯이『世界』에 결집한 전면 강화론자는 좌익뿐만 아니라 田中美知太郎 외에 安倍能成도 天野貞祐도 田中耕太郎도 高木八尺도 鈴木大拙도 津田左右도 참가하고 있었다.

학자·대학인들의 활동과 나란히, 노동자·시민의 대중 활동도 차츰 확대해 가고 있었다. 1950년 2월 평화를 지키는 모임이 발족하였고, 그것은 8월에는 平和擁護日本委員会로 바뀌어 세계적 평화 옹호운동의 일환을 담당해야 할 체제를 정비하였다. 같은 해 말에는 全面講和促進大会를 개최하였고, 1950년에 들어가서는 민족문제를 당면의 가장 중요한 과제로서 내걸고 전면 강화로 民主民族戦線의 총결집을·꾀하려고 하였다. 거기에 운동으로 개최된 것이「평화와 독립을 위한 강화 투표」였다. 그러나 대중운동을 지도하고, 이끌어가야 할 前衛党인 공산당과 사회당의 정세 인식에는 상당한 간격이 있었다. 공산당은「영구 중립」을, 즉 평화 3원칙의 1항으로 한 사회당의 인식에 대해 미온적이라고 보고 있었다. 양자의 인식 차이는 각각 党内 대립의 반영이라 볼 수 있다. 특히 사회당 내부는 결집력이 떨어져 있었는데, 右派는 점령군과 정부의 언동을 항상 의식하면서 행동했다. 특히 델레스 국무장관의「문단속」론과 이것에 호응한 吉田 수상의「힘의 진공」에 대한 위험성,「화해와 신뢰의 강화」라는 제창의 영향력은 무시할 수 없는 것이었다.

한편 냉전의 극한은 한반도에 있어서 1950년 6월 25일 熱戦에로 転化하였고, 일본은 경제적 特需만이 아니라 정치적 방향도 미국의 의사에 의해 반은 결정되었다. 6·25 동란의 발발은 유럽에서는 북대서양 조약이라는 군사동맹, 미·소의 핵 경쟁, 대륙에서는 중국 공산당의 승리 등을 배경으로 하고 있었는데, 그 연장선의 종점이기도 했다. 그리고 미국 정부의 강화에 대한 기본방침이었다. 일본을「자유 진영」으로 편입시키는 것, 즉 국내 정치의「역 코스」는 한층 명확하게 되면서 기세를 더해 갔다. 더 나아가 미국은 아시아 반공 정책의 한 날개를 담당하려고 했다. 7월에 들어서서「렛트퍼지」가 개시되었고, 8월에는「경찰 예비대」가 포츠담 政令으로서 공포되었다. 한편 10월에는「전범 추방자」1만 90명이

해제되었다. 이와 같은 정치 조류에 대해서 「…실로 終戰 이래 단 하나의 희망으로 민주주의에 대한 국민 결의가 어딘지 모르게 느슨해지면서 다시 원래대로 되돌아가는 것이 아닌가 하는 실감이 불안에 떨게 만들었다. 이것이 중대한 문제가 아니고 무엇인가」(『朝日新聞』 사설 8월 27일)라는 분위기도 실감 있게 자리잡고 있었다. 새해가 되어 1951년 맥아더의 연두사는 「집단 안전보장과 강화」를 강조하였다. 5월에는 점령에 관한 여러 법령을 재검토하기 위한 政令諮問委員会가 吉田 수상의 사적 기관으로서 발족하였는데, 행정기구・교육제도・독점 금지법・사업자 단체법・노동관계 법령・경찰제도 등의 재검토・수정이 시작되었다. 9월 8일 対日 평화조약 및 日美 安全保障条約은 가까이 다가오고 있었다.

이와 같은 권력을 가진 측의 현실정치에서의 여러 即成 사실화는 일부 지식인뿐만 아니라, 국민 사이에 적지 않게 충격을 주었다.

이러한 사실은 11월 강화・안보 両 条約의 국회 비준 때에 사회당 右派가 찬성한 사실로부터 잘 보이고 있다. 신문・라디오를 주로 하는 매스 미디어는 北海道新聞의 주체적 자세를 제외하고는 전부 권력 측의 여론 조작에 가담하고 있었다. 권력의 시녀라고 불리어진 이들 의견의 집약으로 小泉信三는 『文芸春秋』 1952년 1월호에 「평화론」을 발표했다. 그것은 한 마디로 말해서 비무장 중립은 空論이고, 중립을 유지할 재군비를 하는 것이 필수적인 것이기 때문에 일본의 재군비를 적극적으로 지지했다. 이것에 대해 都留重人, 杉捷夫, 中野好夫, 丸山真男들은 小泉 논문의 위험성에 경종을 울렸다. 丸山의 경종은 「『現実』主義의 함정」이라 제목을 붙여 『世界』 1952년 5월호에 발표되었다.

거기에는 제1로 현실의 所与性으로서 어떤 作為의 「기성 사실」이 참다운 현실로 等値되는 위험성, 제2로 그 「기성 사실」을 현실로서 취급하지 않고 절대화시켜버리는 권력의 操作, 제3으로 그 결과로써 사람들은 作爲의 「기성 사실」을 현실로서 받아들이게 되고 권위주의·사대주의에 빠질 위험성에 대해 호소한 것이었다.

그 외에 三好十郎의 「절대적 반전론이냐 조건부의 반전론」이냐 하는 물음이나, 竹內好의 일본인의 전쟁 책임이라는 단순한 학자·지식인 개인의 입각점이 아니라, 민족적 견지로부터 출발한 일본의 평화운동·전면 강화의 주장도 있었다.

이와 같은 전면 강화에 대한 요망에도 불구하고 「対日 평화조약」, 「日美 安全保障条約」의 조인→비준에 의해 전면 강화파가 지향하는 평화주의·중립 불가침·재군비 반대·군국주의 부활 반대, 더욱 대외적으로는 조선·중국을 비롯한 아시아 諸国에 대한 침략을 반성하고, 도의적 또는 경제적 보상을 해야 한다는 입장은 편파적으로만 존재하였다. 이러한 편향성은 중국에 대해서는 21년 후의 1972년 어쨌든 보상을 하였지만, 한국에 대해서는 보상은커녕, 편향에 편향을 더하여 문제를 호도해갔다. 즉 1965년 조인된 「韓日 조약」이 그것이다. 한국만을 한반도에 있어서 유일 합법의 국가로 인정한 픽션에 의해 이 조약은 성립되었다. 북부의 조선민주주의 인민공화국의 존재는 이것에 의해 부정되었고 片面 강화의 침략 의도가 강화·관철되면서 냉전이 한반도에만 극단적으로 집중되게 되었다. (金容権, 「講和」論争(松本健一 편, 詳解 現代論争事典, 流動出版株式会社, 1980.1 참조))

12. 国民文学 論争

1) 발단

그 발단은 竹内好・伊藤整 왕복서간인 「새로운 国民文学에의 길」 (소화27년 5월 14일 『日本読書新聞』)에서이다.

2) 전개

소위 国民文学 논쟁이 널리 관심을 불러일으켜 문단의 표면으로 나온 것은 竹内・伊藤의 왕복서간 때문이다. 그러나 그 이전에 그 국민문학론을 배태시킨 지반이라는 것은 이미 존재하고 있었다.

즉 역사 상황으로서는 소화25년 6월의 6 · 25 동란, 소화26년 9월의 샌프란시스코 강화 회의 · 강화 조약 및 미일 안전보장조약 조인 등에 의해 일본 내지는 아시아의 내셔널리즘에 대해 자각이 고조된 시기였다. 그 一端으로 나타난 것이 소화25년 가을 인도의 라쿠노에서 열려진 太平洋問題調査会(Ⅰ · Ｐ · Ｒ)의 의제 「아시아에 있어서 내셔널리즘과 코미니즘」이었다. 따라서 일본 국내의 사조도 갑자기 내셔널리즘에 대한 관심이 高揚되어갔다. 즉 소화25년 9월『文学』특집호 「일본문학에 있어서 민족의 문제」, 소화26년 1월『中央公論』의 특집 「아시아의 내셔널리즘」(丸山真男 「일본에 있어서 내셔널리즘」) 등 그 표출이 있었다. 더욱 소화26년 6월에 日本文学協会가 대회의 의제로서 「문학에서의 민족의 문제」가 취급되기에 이르면서 문학에서의 내셔널리즘 검토에 대한 기운이 더욱 고조되었던 것이다.

竹内好도 「망국의 노래」(소화26년 6월『世界』)에서 그와 같은 「일본민족의 멸망」 때에 「문학을 생각하는 사고방식」의 편협함에 대해 지적하고 있었다. 더욱 그는 「내셔널리즘과 사회혁명」(소화26년 9월『文学』) 등에서 중국과 일본의 경우, 근대에서의 내셔널리즘을 비교해 검토하면서 결국 「혁명과 결부된」(「내셔널리즘과 사회혁명」) 내셔널리즘이야말로 올바른 것이라고 규정하고 있는데, 그 내셔널리즘의 방향과 흐름은 근대일본에서의 透谷 · 独歩들에게 그것을 강하게 엿볼 수 있다. 자연주의 말기 내지는 白樺派 이후에 이르러 그 영향이 완전히 소멸해버렸지만 더욱 그 전통을 계승하고 있던 프롤레타리아 문학조차 끝내 啄木는 내셔널리즘의 측면을 버렸다고 서술하고 있다. 또한 다른 면으로 보면, 소위 근대주의의 「민족 존재를 捨象한 形」(「근대주의와 민족의 문제」)에서 그 사고방법에 대해 의문을 던지고 있었는데, 「마르크스주의자를 포함해서 근대주의자들은 피투성이의 민족주의를 피해온 자신을 피해자로 규정하면서, 내셔널리즘의 축소를 자신의 책임이 아니라는 식으로 하였다」(「근대주의와 민족의 문제」)고 서술하였다. 더욱 日本浪曼派의 재평가에 대해 따지고 있었는데, 즉 그것은 「국민문학은 계급과 동시에 민족을 포함한 全人間性의 완전한 실현 없이는 달성되지 않는다」(「근대주의와 민족의 문제」)는 것을 강조했다.

또한 丸山静는 「민족문학에의 길—민주주의 문학의 자기비판」(소화 26년 9월 『文学』)에서 프티부르(소시민) 문학으로서 근대문학을 비판하고 있는데, 더욱 「新日本文学」派의 소위 민주주의 문학도 비판하면서 「일본 역사」의 긴박성을 설명한 것이었다. 그러면서 사실 丸山 논문의 근저에는 『人民文学』(소화25년 5월 창간) 내지 일본공산당 주류파 (所感派)의 사고방식이라는 것이 자리잡고 있었다. 그 사고방식 또는 정책이라는 것은 同党이 코민포름으로부터 그 평화혁명 노선이 비판 (소화25년 1월)받고나서 전환한 방침—일종의 극좌주의라고 불러야 할 것이었기 때문에 공산당에서의 그 전환은 당 자체의 혼란과 분열을 불러일으키게 되었다. 더욱 「新日本文学」(国際派)과 「人民文学」(주류파) 의 대립이나 항쟁이 되었다. 그리고 공산당 26년의 新綱領 草案에서 인민이라는 말이 국민이라는 이름으로 바뀌어 지게 되면서 「人民文学」派가 문학상을 제창하는 국민문학이 되었던 것이다. 무엇보다도 竹内가 주창한 국민문학론에 그들—日本文学協会나 「人民文学」派의 사람들이 편승한 것인지도 모르겠지만 국민문학론은 이것보다 더욱 정책적인 냄새가 강했던 것이다. 그런데 竹内好의 국민문학론에 대해 河盛好蔵는

「국민문학의 흥륭」(소화26년 9월 10일 『朝日新聞』)에서 일찍부터 동감을 보이고 있었고, 猪野謙二는 「일본문학 연구의 현상과 과제」(소화26년 12월 『文学』)에서 竹内의 논지에 찬의를 보이고 있던 소위 근대주의자들의 전통을 무시한 문학평가의 방법 내지는 그 척도에 대해서 의혹의 눈길을 보내고 있었다. 그러나 그것은 더욱 다음의 永積安明의 「문학적 유산의 계승에 대해서―일본고전과 현대」(소화27년 3월 『文学』)에 이르게 되면, 「일본 근대 문학자들이 전통문학, 일본 문학 고전을 말살하는 것으로, 즉 일본인으로서의 자기 자신의 정체성을 말살시키는 방향으로 나아가고 있었다」고 정당하게 지적하고 있었다. 그러면서도 그 비판 방법 내지는 결론에서 「그 때문에 민족을 위한 문학, 국민을 위한 문학이 근대적 자아의 확립을 위한 문학, 소시민적인 자기형성의 문학으로 바뀌지 않으면 안 된다」는 성급한 판단을 보였다. 이어서 그것은 島田政男의 「국민 해방의 문학」(소화27년 4월 『人民文学』)에 이르게 되자 「프티부르(소시민)·인텔리의 불건전한 생활이나 심리를 도려내는」 문학작품을 확실히 부정하면서 국민해방을 위한 문학과 그 운동을 강조하여 문학 통일전선을 위한 문예 工作者가 될 것을 제안했는데, 극히 정책적인 냄새가 강한 것이었다.

　그런데 이상과 같은 국민문학론을 한데 모으기 힘든 정세 속에서 앞의 竹内好·伊藤整의 「往復 書簡」이 발표되었다. 무엇보다도 국민문학론의 제창자이고 또한 내셔널리스틱한 문명사관을 가지고 있던 竹内가 양식 있는 무엇보다도 전형적인 근대주의의 문학자로 주목받고 있던 伊藤整에 향해서 국민문학에 대한 질문장을 내던졌다는 것은 오히려 너무도 당연한 帰趨였을 지도 모른다. 이 서간 속에서 竹内는 처음으로 문단문학의 타도를 부르짖고 있었는데, 일찍부터 국민문학이라는 이름을 사용하였던 다카쿠라 텔의 『新文学入門』(소화25년 5월 岩波書店) 등에 있어서 문단문학 불신의 所説을 들었다. 이어서 국민문학 제창의 흥륭을 역사적으로 3단계의 시기 즉 「제1은 근대문학의 초기, 二葉亭로부터 透谷를 거쳐 啄木에 이르는 것」, 「제2는 전쟁 중의 『일본 로망파』의 주장을 중심으로 하는 것」, 「제3은 당면 과제인 전후」라는 식으로 분류했는데, 이 제3의 시기에 대해 그는 이렇게 서술했다.

이 제3의 시기에 대한 특징을 나의 판단으로 말하면 패전의 체험과 아시아의 내셔널리즘의 영향을 받아 左 이데올로기에의 요소가 증가하고 있다는 것입니다. 나는 일본 프롤레타리아 문학 주류는 여기까지는 근대주의적 경향이 있었다고 생각합니다만 전후가 되어 반근대주의적인, 말하자면 인민적인 경향이 나타나고 있습니다. (무엇보다 잡지 『人民文学』은 다카쿠라 씨를 포함해서 근대주의적인 인민파에 지나지 않는다고 생각합니다) 이 사람들은 민족을 열심히 주장하였고, 지금 당장은 분명히 국민문학을 주창하지 않아도 아마 차츰 그러한 방향에로 간다는 것은 예를 들면 永積安明 씨의 『문학적 유산의 취급에 대해서』(『文学』3월호)에 보이는 용어의 예로부터도 판단할 수 있습니다.

이 발언 내용은 「人民文学」派와 국민문학론의 결부에 약간 경계를 보이면서, 국민문학에 대한 문제를 오직 문학 테두리로 좁히려는 竹内 자신의 입장도 설명하고 있는 것이었다. 이 뒤부터는 국민문학론의 제창자를 「桑原 씨와 같은 근대주의적인 입장과 그 반대의 입장」이라는 식으로 나누어 「두 개의 派가 国民文学에 대해 규정하는 것이었기 때문에 이 대립을 명확히 하는 것은 문제를 실천적 해결에로 향해 진행하는 데에 있어서 매우 유익하다고 할 수 있습니다. 적어도 이데올로기만으로 정리하는 것보다는 생산적이지 않을까요.」하고 伊藤整에 향해서 물었다. 이와 같은 질문에 대해서 伊藤整도 또한 대략 3항목으로 나누어 다시 대답했다. 즉 제1은 「우리들은 국민문학이라는 문제를 생각할 때, 전시의 군국주의적 민족주의와 문학을 결부시킨 풍조」가 있어서 그 기억이 지금도 생생하다는 것, 제2는 역시 日本浪曼派를 재검토할 필요가 있다는 것, 제3은 竹内가 말하는 「근대주의의 도식」에 막혔을 때와 너무 앞서나갔을 때가 충분히 고려되어야 한다는 것 등이었다.

그렇지만 제3의 항목에 대해서는 이하와 같은 것을 부가했다. 즉 永積의 「민족을 위한 문학, 국민을 위한 문학이 근대적인 자아 확립의 문학, 소시민적인 자기 형성의 문학으로 바뀌지 않으면 안 된다」는 説을 강하게 부정한다. 그 대신에 「『민족을 위한 문학』과 『근대적인 자아 확립의 문학』이 이질적이고, 대립하는 것으로 볼 필요는 없다」고 규정짓고 있다. 단지 한쪽의 빛이나 개념만으로는 미치지 못하는 부분과 민족적 발상의 부분이 있다는 것을 인정하면서, 이어서 그 부분을 남김없이 평가할 수 있는 「동일의 비판 기준」─露伴으로부터 子規, 啄木까지를 평가할 수 있는 비평의 척도가 성립되지 않으면 안 된다는 것을 강조하였다. 그것을 위해서는 동양사상, 특히 중국사상, 인도사상, 일본민족 특유의 발상법 등을 생각할 필요성을 서술하고 있었고, 더욱 「전후 현재의 문학작품에 대해서 말하면, 독립이라는 말을 계기로 하여 정치적으로 또는 정서적으로 일어난다는 의미에서의 국민문학적 사고방식은 小生은 그대로 받아들이기 어렵습니다」고 서술했다. 요컨대 伊藤는 문학론으로서의 국민문학론에 대해 소극적으로 찬동하면서도 그것이 政爭의 수단으로 변질되는 것에 대해서 암암리에 거부한 것이었다.

다른 한편, 『人民文学』의 국민문학론에 대해 지금까지 침묵을 지키고 있던 「新日本文学」측이 처음으로 蔵原惟人의 「예술에서의 계급성과 민족성」(소화27년 6월 『新日本文学』)에서 『人民文学』에 대한 반론의 형태로 국민문학에 관해 언급했다. 즉 국민문학은 민주주의적 문학의 넓은 입장에서 考究하지 않으면 안 된다는 문제였는데, 『人民文学』이나 島田政男, 더 나아가서는 그것들이 근거로 삼고 있던 다카쿠라 텔의 과거를 전적으로 부정하는 것에 대한 論点을 엄격하게 비판한 것이었다. 이 蔵原 논문에 대해서 赤木健介는 「국민문학의 통일전선에 대해서」(소화27년 7월 『人民文学』)에서 「민족 독립=국민 해방의 문학」을 더욱 강조하는 것에 의해 또 다시 반론하게 되고, 安部公房도 「문학 이론 확립을 위해」(소화27년 6월 『文学』)라는 논문을 발표하였다. 여기에 이르러 소위 국민문학론이 『人民文学』 対 『新日本文学』의 항쟁의 도구로 바뀌게 된다.

그러나 뭐라 해도 竹内・伊藤 왕복 서간을 정면으로 취급한 것은 臼井吉見였다. 즉 그는 「『国民文学』」(소화27년 7월 『群像』)에서 紅葉・露花・独歩・藤村・漱石들의 소설은 모두 국민문학이라 할 수 있다. 더구나 전체적으로 봐서 근대적인 자아 확립을 위한 문학일 수밖에 없는데 「이러한 것을 모두 부정하여 민족을 위한 문학, 국민을 위한 문학으로 이것을 바꾸지 않으면 안 된다고 하는 의견은 감상적이라 할 수밖에 없다」고 서술하고 있다. 더욱 「민족 독립이라는 것은 대체로 문화 창조와 관련하는 者라면 절대로 잊어서는 안 되는 오늘날 가장 중요한 문제라는 것은 약간의 의문도 있을 수 없다. 그러나 그렇다고 해서 좌익 정당의 어느 단계에 필요한 정치상의 프로그램을 곧 문학에 적용해서 그 때마다 문학평가 기준이 一変한다는 것은 나는 신용할 수 없다」.
그래서 최후에는 「민족적일 것이다, 국민적일 것이라고 하는 문학 나름으로 예술 나름으로의 해석만으로는 역시 도움이 되는 것은 아니다. 단 위대한 문학, 위대한 예술일수록 민족적이지 않다는 것, 국민적이지 않다는 것은 하나도 없다」고 맺었다.

이 臼井의 사고방식은 伊藤와 가까운 것이라 할 수 있는데, 문학의 場에 정치를 대입시키는 것에 대해 경계하는 점에서는 양자가 일치하고 있었다. 더욱 또한 국민문학을 待望하는 소리에 대해서 福田恒存는 「다시 풍자문학에 대해서」(소화27년 8월 23~25일 『東京新聞』)에서 「문제는 어떤 작품이 문학인가 아닌가 하는 것뿐이지, 문학이기만 하면 동물문학이든 해양문학이든 전혀 상관없다. 오늘날 문단문학이 침체되었기 때문에 동물문학을 쓴다고 해서 구원받을 수 있는 것도 아닌 것처럼, 『풍자문학이어라』『국민문학이어라』는 것만으로 구원을 받는 것은 아니다」고 냉소 기미로 서술하였다. 거기에 일말의 진실이 실려 있다고 보는 것도 또한 부정할 수 없다.

한편 또 좌담회(伊藤整·臼井吉見·折口信夫·竹内好)에서는 지금까지의 국민문학 문제를 총 정리한 느낌이 들 정도였는데, 다시 한번 천착한 국민문학 내지는 논쟁의 포인트나 그 현상을 추진한 것은 역시 竹内好였다. 즉 「국민문학의 문제점」(소화27년 9월 『改造』)에서 그는 「국민문학이라는 용어는 점점 보급되는 경향에 있지만, 그 개념 규정은 애매하다. 일본문학 현상에 대한 비판적 견해를 드러내는 사람이 각각의 입장·문학관 위에 서서 現狀을 부정하는 의미의 반대 개념으로서 국민문학이라는 말을 사용하고 있을 뿐이다. 따라서 정리가 필요하다는 것이다」고 서술하고 있다. 문단문학(純文学)과 대중문학의 괴리 및 그 素因을 「봉건적 신분제」에서 출발하고 있다고 보고 있는데, 그는 이어서 문단이라는 특수 지대에 대해 언급하고 있다. 더욱 전후에서의 「近代文学」派 사람들에 대한 비판—그들의 지적이 오직 문단문학 내지는 그 前近代性에만 초점을 맞추고 있어서 그 기초가 되고 있는 사회구조나 일본인의 문학생활에는 그 시각을 맞추고 있는 것이 아니라고 지적하고 있다. 그는 「국민문학은 특정의 문학양식이나 장르를 가리키는 것이 아니라, 나라 전체의 문학 존재형태를 가리킨다. 더구나 그것은 역사적 범주이다」는 식으로 규정하고 있고, 더욱 「개인의 독립은 국민적 연대의식에서 벗어나서는 실현될 수도 없고, 그 逆도 사실인 것이다」고 주창하고 있다. 猪野謙二에서의 근대주의 비판(「일본문학의 現狀과 문제」)이나 丸山静에서의 민주주의 문학 비판(「민족문학에의 길」) 등에 대해서도 동감의 뜻을 보이고 있는데, 「근대주의는 前近代的 사회, 즉 신분제가 아직 해방되지 못한 사회에 근대를 외부에서 가져오는 경우에 발생하는 의식 現象이다」고 했다. 이 시점에서의 竹内의 발언은 『人民文学』이나 학계(日文協)와 비교적 가까운 위치에 있었던 것이다.

더욱 『人民文学』 측의 한 사람인 神山彰一는 「민족 해방의 국민문학」(소화27년 9월 『理論』)에서 과거 전통이었던 全否定에 입각해서 전후에 비로소 국민의식이 생겼다고 설명했는데, 이것은 다카쿠라의 급진적인 좌익 이론에 기초를 둔 발언에 지나지 않았다. 오히려 同誌·同号에 게재된 山本健吉의 「국토·국어·국민」 쪽이 보다 주목해야 할 내용이많았다. 즉 그는 「일본 근대문학에 푸시킨이 나오지 않았다고 탄식」한 것에 대해서 말하면서, 「국민문학에 대한 요망은 문단 테두리를 벗어나 국토와 국어와 국민 시노님(同義語)의 위에 일본 문학을 좀더 넓게 생생하게 성립시키려는 것이었다」고 결론지었다. 그런데 野間宏는 「국민문학에 대해서」(소화27년 9월『人民文学』)에서 竹内의 국민문학론에 대해 반은 동조하면서도 竹内가 주장하는 문학 자율성이라는 것은 민족 해방혁명과 그 싸움을 떠나서 결코 있을 수 없는 것이고, 또한 그러한 것에서 국민문학이 성립되는 것이라 하면서, 그 밖의 「人民文学」과 같은 근대자아가 되는 것에 대해 부정했다.

또한 다른 한편 竹内에 의해 비판받았던 「近代文学」도 同誌(소화27년 9월)의 時評(竹内好『국민문학의 문제점』『국민문학의 방향』, 서명은 없지만 本多秋五의 것으로 생각된다)에서 「近代文学」은 일찍부터 「사회와 개인의 양자 사이에 기능을 대행하는 존재」인 家 및 그 구조적 기초를 문제로 삼고 있었다고 竹内에게 반론하고 있다. 그것은 「『국민문학』론은 크게 성과를 이루지도 못하고 잊혀질 우려가 있지만, 문제 발생이 남아 있는 한, 문제는 뭐라 해도 형태만 살짝 바꾸어 다시 살아날 것이다」고 서술했다. 또한 福田恒存는 「국민문학에 대해서」(소화27년 9월『文学界』)에서 竹内는 흥행의 명인이라는 식으로 말했는데, 이것은 단순히 竹内가 지니고 있는 「문제를 향해서 물고 늘어지고 있는 것에만」 한정하는 것이었다. 더욱 同年 9월호에는 그 밖의 蔵原惟人의 「국민문학의 문제에 기울여」(『世界』), 小田切秀雄의 「일본 국민문학의 전망」(『展望』), 좌담회(赤木健介·岡本潤·野間宏·窪川鶴次郎·壷井繁治) 「国民詩가 무엇인가」(『列島』) 등이 잇달아서 발표되었고, 더욱 이어서 그 다음 10월호에는 좌담회(安部公房·猪野謙二·西郷信綱·新島繁·梅崎春生)「일본문학의 중심과제는 무엇인가」(『人民文学』), 新島繁의 「국민문학의 발전 방향(上)—논의로부터 운동에로」(『人民文学』), 佐藤静夫의 「국민문학에 대해서」(『新日本文学』), 대담(野間宏·中村真一郎)의 「국민문학—작가의 입장으로부터」(10월 31일 『東大学生新聞』) 등의 여러 논문이 발표되었다.

그렇지만 특히 이 중에서도 좌담회에서의 梅崎의 순수한 발언—국민문학론을 위해 뛰어난 작품이나 작가가 필요하다고 말한 것 이외에는 이렇다 할 국민문학론을 추진하는 새로운 제안은 없었다. 그렇다고 하는 것은 이 국민문학론이 너무나 공산당에서의 분열과 항쟁의 수단으로서 사용되었기 때문이다. 다른 한편으로는 민족해방의 문학(국민문학)이라면 당연하면서도 필연적으로 민족해방의 길과 방법 내지는 혁명에의 길 등이 구체적으로 또한 진지하게 탐구되지 않으면 안 되었음에도 불구하고, 그러한 것도 없이 적어도 공산당의 新綱領이나 테제에 대한 검토도 없이 단지 쓸데없이 문학에서의 党派 끼리 싸움만 계속되었기 때문이었다. 그리고 이러한 경향은 다음 11월호나 그 다음 달의 12월호에도 계속되었다. 즉 11월호에는 竹内好의 「문학의 자율성」(『群像』), 杉浦民平의 「国民文学私論」(『人民文学』), 安部公房의 「국민문학 문제에 기울여서」(『文学』), 永積安明의 「국민문학을 위해」(『日本文学』), 水野明善의 「국민 이름으로 자각하는 것」(『新日本文学』), 荒正人의 「두 개의 논쟁」(『群像』) 등의 논문들이 잇달았는데, 이 중 竹内의 것은 野間에 대한 반론, 杉浦의 것은 長塚節의 『土』·藤村의 『家』 비판을 통한 국민문학론, 安部의 福田 비판에 대한 문장 등이었지만,

그중에서도 불과 荒의 「국민문학은 영웅만이 아니라『작은 일본인』혹
은 私小説의 본질과도 관련을 맺어야 한다」고 한 문장만이 조금 색다
를 뿐이었다.

또한 게다가 12월호에는 新島繁의 「국민문학의 발전 방향(下)」(『人
民文学』), 伊豆利彦의 「국민문학의 전진을 위해」(『文学評論』), 좌담회
(桑原武夫·野間宏·伊藤整·蔵原惟人·福田恒存) 「문학과 일본의
현실—국민문학을 둘러싸고」(『改造』), 猪野謙二의 「1952—국민문학」
(『文学』), 同 「근대 일본문학에의 눈(국민문학론 노트)」(『日本読書新
聞』) 등이 발표되었는데, 이 중 猪野 논문의 근대문학 연구에 근거한
발언이 주목할 가치가 있는 정도였다.

그런데 지금까지 서술한 바와 같이, 소화27년도(1952)는 무엇보다도
활발하게 국민문학 논쟁이 교환되었는데, 本多秋五도『物語 戦後文学
史·완결편』(소화40년 6월 新潮社)에서 말하고 있는 것처럼, 문단적으
로는 이 해 말로 해서 이 논쟁은 대략 퇴색되어 가는 느낌이 있었다.
그 이후가 되면 주로 학계 및 문학운동 상에서의 논쟁이 계속되었을 뿐
이다. 그것들 중 중요한 것만을 열거해 보면, 小田切秀雄의 「일본이 기
다리고 있는 말을—국민문학론」(소화28년 1월『新日本文学』), 좌담회
(野間宏·徳永直·岩上順一)에서의 「국민문학을 말한다」(소화28년 1
월 1일 이후 24호~25호『赤旗』), 中島健蔵·中野好夫·中村真一郎의
「세계문학과 국민문학」(소화28년 1월『新日本文学』), 좌담회(平野謙·
伊藤整·堀田善衛·花田清輝)의 「일본 근대와 국민문학」(소화28년 12
월『新日本文学』), 菊池章의 「국민문학론의 교훈」(소화29년 2월『新日
本文学』), 竹内好의 「문학에서의 독립이라는 것은 무엇인가」(소화29년

4월 岩波講座『文学』제3권) 등이었다. 이 중 竹内 논문은 지금까지의 국민문학론의 정리 내지는 총괄이라 할 수 있기도 하고, 祖父江のもと의 것은 국민문학론의 재검토를 통해서 적극적이고 현대적 의의를 인정하려는 것이었다. 또한 최근 국민문학론에 관한 것에는 田所泉의「문학 대중화와『민족』」(소화45년 3월『新日本文学』)이 있다.

3) 수확

이와 같이 해서 국민문학론은 소화25년(1950)의 민족 위기를 배경으로 해서 일어났는데, 바로 그 논의는「학계·문단·문학운동이라는 삼파전 구도」(本多秋五『物語 戦後文学史·완결편』) 속에서 성황리에 논의되어 갔던 것이다. 그렇다 하더라도 비율적으로 보면 실적은 적었던 논쟁이었다. 왜일까. 물론 근대주의 내지는 그 문학에서의 민족주의(전통)의 안티테제를 제기한 의의를 간과해서는 안 된다. 그 논쟁의 場 내지는 과정에서의 민족문화 내지는 문화의 특질에 대해서 진지한 토의가 더해지면서 가치 있는 여러 발언이 나왔기 때문이다. 그렇지만 과연 국민문학에서「문학의 국민적 해방」(菊池章一「국민문학론의 교훈」)과「국민 해방을 위한 문학」(菊池章一「국민문학론의 교훈」)이라는 양측면이 구체적이고도 또한 방법론적으로 충분히 토의된 것이었을까 하는 의문은 역시 남는다. 종종 이러한 논의는 추상적이기도 하고, 더구나 때로는 정책적이기도 하다. 그러나 혹은 그런 것도 좋다고 해야만 할지 모르겠다. 왜냐하면 국민문학에서 국민을 위한 문학이라는 것은 국민을 위한 정치라는 것과 완전히 不卽不離의 관계에 있기 때문에 국민문학론은 따져보면 정치와 문학의 명제에로 환원될 수 있기 때문이다. 그렇게 하면 그들은 그 문학을 위해 얼마나 현실적으로 정치를 생각하였을까. 물론 그들 거의 대부분이 문학자이기 때문에 정치는 專門外의 분야였는지도 모른다. 그러면서 소화25년 시점에서 민족 내지는 국민을 어떻게 해방시키고, 진짜로 독립시킬 수 있는가 하는 정치, 즉 혁명의 코스나 방법을 생각하지 않고서는 국민문학론의 성립도 불가능한 것이다. 과연 그들에게는 각각의 테제가 있기 때문에 문학이론은 가지고 있었다. 그러나 그것은 그 때의 공산당은 분열되고 혼란된 상태였기 때문에 결국은 민중 부재의 테제가 아니었던가. 따라서 그와 같은 곳에 국민문학론뿐 아니라, 참다운 문학이론이라는 것도 있을 수가 없었다. 논쟁은 추상적이 될 수밖에 없는 것이다.

다른 한편으로 竹內好에 대해서도 똑같은 것을 말할 수 있다. 문학의 자율성 운운하는 것도 당연한 것으로 애초부터 정치와 문학은 각각 다른 차원에 속하는 것인데, 그러니까 문학은 현실 정치를 지양할 수 없는 것이다. 그것 까닭으로 그도 국민을 위한 문학을 제창한다고 하면 국민을 위한 정치—구체적인 혁명 방식을 스스로 생각하여 공산당 테제 등에 대해 비판적이었다면 더 좋았지 않았을까. 그랬다면 그의 문학론도 더욱 가치가 있었을 것이다.

그렇다고 해서 물론 마치 아무런 수확도 없었다고 하는 것은 아니다. 그가 국민문학에 관한 시점을 도입함으로 해서 일본문학을 재검토할 수 있는, 즉 구체적으로는 日文協 등의 학문 분야에서 그런 경향이 나타나고 있는 것을 들 수 있다. 『일본문학의 유산』(소화27년 5월 福村書店), 『일본문예의 전통과 창조—日本文学協会』(소화28년 5월 岩波書店) 등의 논문 및 報告集, 더 나아가 『日本文学講座』 전7권(소화29년 11~30년 2월 東大出版会) 등은 모두 눈에 보이는 성과였다. 또한 「문학은 국민 전체의 것이 되어야 한다」는 취지 하에 간행되었던 岩波講座 『文学』 전8권(소화28년 11월~29년 6월)도 뛰어난 수확의 하나로 볼 수 있을 것이다. (久保田芳太郎, 国民文学論争(国文学 解釈と鑑賞436, 近代日本文学論争の系譜, 至文堂, 1970년 6월 참조)

13. 「太陽의 季節」論争

1) 발단

『文学界』新人賞 수상작으로 同誌 소화30년(1955) 7월호에 발표된 石原慎太郎의 소설『太陽의 季節』은 잇달아 同年 하반기에 芥川賞을 수상하면서 소화31년 3월호『文芸春秋』에 再録되었다. 이 작품에 대한 가치를 둘러싸고 비평가들 사이에 의견 대립이 있었는데, 이것으로 소위『太陽의 季節』논쟁이 전개되었다. 文学界 新人賞의 選者 사이에는 石原를 적극적으로 추천한 伊藤整로부터 마치 묵인이라도 하는 것처럼 平野謙까지 우선 그 폭이 넓었다고는 하나, 딱히 의견 대립이라 할 것도 없었지만 芥川賞 選考의 자리에는 확실히 그러한 것들이 있었다. 논쟁의 발단은 이러한 곳에 있었다고 말할 수 있다.

먼저 9인 選者들의 선후평에 대한 관계 부분을 요약해서 소개해 보자. 특히 佐藤와 船橋에 의한 評은 이후의 논쟁과 관계가 깊기 때문에 原文인 채로 한 부분을 인용한다. 또 人名의 앞에 ○ 표시는 적극적 추천을, △ 표시는 마지못해 찬성을, ×는 부정을 나타낸다.

　○ 石川達三 결점은 비록 많지만 너무나도 신인다운 신인 같은 느낌이어서 추천한다면 이러한 것이다.

　△ 井上靖 내가 좋아하는 것도 아니고 또한 문제점도 많지만, 그 뛰어남과 신선함은 무시할 수 없다.

　△ 中村光夫 허세에 신경 쓰지 않는 진지함이 넘치고 있다.

　× 丹羽文雄 재능은 충분히 있지만 왠지 알 수 있을 것 같다. 플러스 마이너스이지만 결국 추천할 기분은 들지 않는다.

　× 佐藤春夫 나는 「태양의 계절」에서의 반윤리적인 부분을 반드시 배격한다고는 생각하지 않지만, 그러한 풍속소설에 관한 일반을 문예로서 가장 저급한 것으로 보고 있는 위에, 이 작자의 예민한 시대감각도 저널리스트나 흥행자의 영역을 벗어나지 못하고 있다. 결코 문학자의 것으로 생각되는 것도 아니고, 또한 이 작품으로부터 작자의 미적 절도에 대한 결핍을 보고서는 가장 큰 혐오를 금치 못하겠다.

　△ 滝井孝作 너무 왜곡되어 있는 부분도 있지만 젊은 정열에 끌리는 면이 있었다.

　× 宇野浩二 의외로 상식가다운 이 작자가 독자에게 아부하며 써 내려간 것이 아닌가.

　△ 川端康成 다소의 주저는 있었지만 賞에 의해 금후 이 작자가 작가로서의 자신감을 가져 준다면 특히 젊은 사람을 선택한 보람이 있을 것이다.

　○ 船橋聖一 세계가 크게 변화하고 있는데, 쾌락에 대한 기본적인 관념

이 여전히 불모인 채로 있는 것은 틀린 것이다. 나는 젊은 石原가 세간을 두려워하지 않고 솔직하게, 생생하게 쾌락과 정면 대결하고, 그 실감을 가차 없이 그려내는 긍정적이고 적극적인 느낌이 좋다. 또한 그가 그리는 쾌락은 전후의 無頼와는 이질적인 데가 있다.

2) 전개

「태양의 계절」 논쟁은 첫째, 船橋聖一와 佐藤春夫와의 사이에 교환된 소위 향락 논쟁, 둘째, 中村光夫와 亀井勝一郎와의 사이에 교환된 소위 賭博性 논쟁, 이 두 개의 논쟁으로 정리될 수 있다. 이 양 논쟁은 시간적으로는 거의 평행하여 행해지게 되지만 여기서는 첫째에 대해서 알아보자.

芥川賞 選者의 한 사람이었던 佐藤春夫는『미풍양속과 예술가―불량소년적 문학을 배격한다―』(『読売新聞』 소화31년 2월 8일)를 발표하고 自説을 전개했다. 무엇보다도 佐藤春夫는 이후에 船橋聖一와의 대담(『群像』 소화31년 8월) 중에서 이상과 같은 불량소년 운운의 副題는 読売新聞이 붙인 것이어서, 집필에서 石原의 것은 안중에 두지 않고 일반론으로 서술한 것이라고 말하고 있는데,『太陽의 季節』을 문제로 삼고 있다는 것은 그 내용으로 봐도 분명하다. 이하 佐藤의 論을 인용하면, 미풍양속은 「사회 질서를 유지하기 위해 개인에게 부여된 사회적인 규범」이라 할 수 있지만 봉건사회의 붕괴기에 그러한 것이 개인의 자유를 무시하고, 인간 본성을 왜곡하고 있다는 것을 알아차린 예술가

는「감연히 미풍양속의 파괴를 위해」일어섰다.「미술가 본래의 사명이 인간성 옹호에 있다고 한다면, 이 경우 미풍양속 등을 버리는 것이」당연한 것인데, 그런 이유는「양식을 일탈하는 것이 아니라 예술가의 사명에 충실하였다」고 볼 수 있다. 그러나 佐藤는 이어 계속한다.「예술가는 언제나 무뢰한인 것처럼 미풍양속을 해치기만 하면 좋은 것처럼 생각하는 것은 미풍양속을 소중히 여기는 것과 같이 천박하고 어리석은 일일 것이다」. 미풍양속은「인간성을 무시하지 않는 한에서는」존중되어야 할 것이고, 예술가도 이것에 협력하지 않으면 안 된다. 지금「자유와 방종이 구별조차 되지 않는 이런 나라에서 미풍양속을 해칠 정도는」,「시정 불량소년이 밥이 식기 전에 이미 버리는 것과 같은」것이다. 그리고 이러한 불량소년적 문학이 퇴폐적 자녀를 독자로 상정한 것처럼 환영을 받고 있는 것 같은데, 결국 그러한 것은 건강한 상혼의 산물이라 할 수 있다. 그것을 신문학이라고 생각하고 있는「단순한 녀석이나 애들과 같은 문학을 승인하고 갈채를 보내기 위해서는」,「나는 문학의 경우는 나름대로 나이도 들었고 또한 양식을 가지고 있다」고 하였다.

이 佐藤의 論에 대해서 船橋는 재빨리『문학이냐 道学이냐—젊은 세대의 재능에 대해서—』(『読売新聞』소화31년 2월 13일)를 쓰고 이것에 부응했다. 이 논문은 동시에 亀井勝一郎에의 반론도 겸하고 있었다. 船橋에 의하면 大正시대에서의 佐藤야말로「미풍양속을 적으로 삼아 背徳性, 퇴폐성, 불량성, 반사회성 등등의 비난」에 항거하여 詩魂을 떨치고 있던 사람이다. 그 佐藤에게 새삼스레「불량소년적 문학을 배척한다」고 레텔을 붙이게 되면 기이한 느낌이 든다. 佐藤의 生活上의 데카

당스를 추적해 보면, 현재의 石原 쪽이 훨씬 더 건강하고 実直하고 양식있는 靑年的이라 할 수 있다. 우리들은「쾌락을 사악시하는 사상을 현대 미신의 대상으로 어디까지나 싸워가지 않으면」안 된다.「국가를 오랫동안 僞晩한 도덕주의는 앞으로 10년간에 얼마나 변종의 껍질을 깨고 벗어날 수 있는가. 독선적인 정치가나 그 어용적 道学者에게 매음의 書라고 불려졌던 문학이 얼마나 국민에게 순수한 쾌락과 행복을 가져오게 하였든가」. 그렇게 해서 거기에는 오늘날 수 백, 천의 평론보다 가령 미완성되고 미숙하더라도 하나의 実作品이 필요한 것이라고 하면서 船橋는 石原의 수상에 대한 정당성을 설명했다.

이것에 이어 더 나아가 佐藤의 반론『구도의 권유』(『読売新聞』소화 31년 2월 27일)가 발표되었는데, 결론적으로는 이미 언급한 양자의 대담『文学・倫理・享楽』(『群像』소화31년 8월)이 매개가 되어 촉발되었다. 이 대담에서도 양자는 자신의 주장을 양보하지 않았는데, 아마 무의식중에 문제를 문학사 속에 두고자 하는 경향이 생겨나고 있었기 때문에 그러한 점도 재미있는 것이다.

이하 전후의 맥락을 무시하고 발언의 斷片을 소개해 보자.

> 船橋「石原가 쓴 것이 센세이셔널주의를 겨냥해서 쓴 것이 아니라, 그것에 대단히 毒을 잔뜩 받은 것 같다고 말하고 있다. 예를 들면 田山花袋의 『布団』등도 지금이라면 텔레비전에 나왔을 것이다.」
>
> 佐藤「러일전쟁 뒤에 개인의 존엄을 유지하기 위해 때로는 불량적인 태도로 항쟁하지 않으면 안 되었다.」
>
> 船橋「수치심이라는 것은 실생활에서는 보다 중요한 의미를 가지겠지만, 적어도 문학이라든가 철학 상에서는 다시 한 번 더 껍질을 벗기는

　　　편이 더욱 진실에 가까운 것이 아닐까.」

佐藤「나는 센티멘탈도 수치심도 진실이라고 생각하고 있지만, 해부가
　　　필요하다 해도 아마추어 정도의 치료는 사양하겠다. 문학은 진실
　　　만을 추구한다는 것은 自然主義流의 유치한 사고방식이라고 생각
　　　한다. 문학은 진실 이상으로 미를 추구하고 있기 때문이다.」

船橋「나는 진실이라 해도 田山花袋라든가 그 밖의 일본 자연파의 흐름
　　　에 의해 자라난 것이 아니라, 谷崎·佐藤라는 흐름 속에서 공부해
　　　온 것입니다.」

이 대담은 이어 谷崎·佐藤의 전쟁 협력을 비난하는 발언으로 옮겨 가게 되었고 최후에는 船橋와 石原 사이에 자질 차이라는 곳으로 화제가 옮겨지면서 끝났다.

그럼 다음 둘째의 「賭博性 논쟁」으로 옮겨 가보자. 이것은 亀井勝一郎가 「賭博的 작품의 한 典型―『太陽의 季節』을 둘러싸고―」(『読売新聞』 소화31년 2월 9일)를 발표하였는데, 그것에 대해 選者의 한 사람인 中村光夫가 『도박성은 문학의 적인가』(『東京新聞』 소화31년 2월 21일~23일)를 발표하는 데까지 발전해 가게 된다. 亀井는 이상의 논문에서 우선 芥川賞 選後評에서 佐藤 説에 동감한다고 말하면서 다음과 같이 서술한다. 「전후 풍조에서의 하나의 특징은 無節度를 마치 새로움으로 착각하는 것으로 젊은 세대에 대해 신경질적인 어른이 이것에 잘 걸려든다. 사실은 무절도의 또 하나의 근저에는 전후만이 갖는 고유의 도박성을 인지해야 한다고 나는 생각한다. 즉 그것은 당첨될지 안 될지 모르는 도박성으로 스포츠와 性의 가장 큰 원인이 되고 있는 것이 아닌가. 이러한 도박성이야말로 문학의 적인 것이다」.「이것은 결코 이

작자만의 문제로 그치는 것이 아니라, 이것은 하나의 풍조여서 심사원 여러 분들도 이 풍조에 영합할 것이다」.

그런데 이 亀井 논문 속에서 비평안에 대해 지적당한 中村의 반론은 다음과 같았다. 「씨의 반대에 나는 모든 예술작품은 독창적이지 않으면 않을수록 도박의 성질을 가지는 것이라고 생각합니다. 도박성이야말로 예술을 예술답게 만드는 조건이고, 모방과 독창성을 나눌 수 있는 까닭입니다」.「예술가라는 (중략)인생의 위험을 누구보다도 잘 알고 있어서, 따라서 그런 까닭으로 이것에 애착을 보이는 사람들입니다. 도박 없이 근대 예술가의 독창은 있을 수 없는 것 입니다」.「나는 만일 이 청년의 습작에 대해 지적을 한다면, 오히려 도박성이 떨어진다고 말하고 싶습니다. (중략)그러나 그 도박성이 떨어져도 이 一作에 작자가 자기 스스로 키운 모티브에 적당하다고 믿는 표현을 가진 독창적인 도박이 있는 것이고, 어른의 邪推를 배척할 힘을 가지고 있습니다」. 이곳에서 中村가 이 도박성을 작가가 인생에 임할 때의 도박으로 바꿔서 표현한다면, 그것은 芸術原理的인 의미를 가진 것으로 표현되는 것이다. 그것은 亀井가 작가의 집필 태도나 발표 태도와 결부하여 도박성을 논한다는 것은 반드시 맞지 않을 수도 있다는 것이었다.

이 논쟁은 이후 같은『東京新聞』을 무대로 해서 계속되었지만 그 논점은 이윽고『太陽의 季節』을 떠나서 논쟁 그 자체의 방법론에로 옮겨가고 있었다. 따라서 여기서는 내용 소개는 생략하고 그 제목과 일시만을 사례를 들어보자. 게재는 모두『東京新聞』이다. 亀井의『비평가의 과대망상벽에 대해서』(2월 26~27일), 中村의『논쟁의 詐術에 대해서』(3월 19~28일), 亀井의『논쟁의 발전을 위해』(3월 23~24일) 등 이상이다.

그런데 이제까지 두 논쟁의 주류를 추적해 온 것인데, 이 밖에는『太陽의 季節』의 문제에 대해 직접 논한 비평가는 적었다. 山本健吉는『東京新聞』(소화31년 2월 3일)의 문예시평에서 石原의 최신작『빼앗기지 않는 것』을 취급하면서 잠시 前作『太陽의 季節』에 대해서 언급하고 있다. 그것은「너무나도 하드 보일드(사건이나 장면을 냉정하게 묘사하려는 문학이나 영화의 경향)라는 의식이 너무 노골적이고, 문체도 경박스러워 자기 멋대로 인물 행위에 대해 그 이유를 붙여 背德과 문학방법에서의 의식적인 무사상·무도덕을 무질서하게 드러낸 느낌이 들었다. 이러한 소설은 아무래도 젊은 혈기 탓으로 돌릴 수밖에 없는 것이지만, 동시에 그 才華가 장래를 기대하게 만드는 것도 사실이다」고 서술하고 있다. 더 나아가 山本는『독창과 도박의 의식』(『東京新聞』 소화31년 3월 4~6일)을 발표했다. 그 제목이나 掲載紙나 발표시기로부터 보면, 그것이 이상과 같은 도박성 논쟁과 관련되고 있다는 것은 말할 나위도 없다. 그 중에서도 山本는「작품과 생활의 직접적 대응이 존재한다」는 私小説에 대해 서술하고 있는데, 그와 같은 소설과 비교하여「石原 씨의 작품은 그러한 점이 완전히 없는 것은 아니지만 太宰에서 분명히 一步 발전한 문학인 것만은 확실하다」고 말하고 있다.

이와 같은 문학사적 평가는 佐藤·船橋 대담『문학·윤리·향락』과 관련해서 읽어 보면 그 의미가 정확하게 이해 될 것이다. 臼井吉見도『読売新聞』소화31년 2월 15일의「비평의 비평」欄에「『太陽의 季節』논쟁」이라는 一文을 쓰고 있다. 거기서 臼井는 佐藤의『미풍양속과 예술가』, 亀井의『도박적 작품의 한 전형』, 船橋의『문학이냐 道学이냐』의

3편을 인용 소개한 뒤, 다음과 같이 自説을 전개하고 있다. 즉 이 작품은 미숙한 데도 있지만 꽤 냉정하게 대상을 그리고 있다. 그러나 기성 도덕에의 저항은 있다 하지만 상당히 미약하다. 그렇다고 해서 龜井 説과 같이, 자신 세대에만 근거하여 적당하게 처리하고 있다고는 생각하지 않는다. 작중인물과 작자 자신의 구별은 있다. 이것을 진귀한 풍속소설이라 부르는 것은 아니다. 「그려져 있는 인물은 일선을 그으면서도 전체로서는 자기 주장이 강한 것이 이 작품의 특색」이다. 그러나 그것도 극히 미약하다. ─臼井는 더 나아가 石原의 신작 『빼앗기지 않는 것』에 대해 언급하고 있는데, 「이 정도로 諸家를 자극한 신인이 너무나도 조숙하고 才子여서 일찍 중간소설이라는 것을 증명했다」는 점에 불만을 표시하고 있다. 그리고 臼井는 「요컨대 이 신인에 대해 말하고 싶은 것은 좀더 지켜보고 나서 해도 늦지 않다」고 論을 맺고 있다.

그런데 이들의 화려한 논쟁 그 자체를 논평한 것에 大岡昇平의 문예시평(『東京新聞』 소화31년 2월 28일~3월 1일)이 있다. 大岡는 이 문제는 결국 수상자에 대한 대사건 뿐이지 그 이상도 이하도 아니라고 결정짓고 있는데, 「그것이 이 정도의 의견이 대립될 때에는 뭔가 지금 당장 문단에 울적한 문제 갈망증이라고도 해야 할 것, 혹은 따분한 표출이 나타난 것 같다」고 지적하고 있다.

확실히 『太陽의 季節』 一編이 이 정도로 소동을 일으킨 배경에는 그 때까지 수년에 걸쳐 논쟁다운 논쟁이 없었다는 사정도 있었다. 그것은 어쨌든 芥川賞 발표가 된 『文芸春秋』 3월호는 너무 많이 팔려서 다시 인쇄를 거듭하여 찍어도 맞출 수 없을 정도였다고 한다. 그렇게 해서 비평가의 발언과 나란히, 소위 독자 대중의 의견도 자주 신문을 떠들썩

하게 만들었다. 예를 들면『東京新聞』(소화31년 2월 19일)「あけくれ」
欄에 투서한 51세의 주부의 의견 중에「이것이 우리들이 사랑하는 자
식이나 딸의 생태라는 것입니까? (중략) 이 작품을 선택한 위원에게 말
할 수 없는 불만을 느낍니다」고 말한 것과 같이, 中高 年層의 독자에게
는 비판적 입장이 많았던 것은 자연스러운 일이였을 것이다. 젊은 사람
들의 의견 중에는 예를 들면 같은『東京新聞』소화31년 2월 25일의
「あけくれ」欄『젊은 사람은 이렇게 말한다』에 나타나는 것과 같은, 꽤
많은 비율이 긍정론이었다.『太陽의 季節』세계는 극히 일부 독자만의
것이어서 일반 청년과는 관련이 없다고 주장하는 입장도 적지 않았다.
『読売新聞』2월 21일호도 똑같이 이 소설을 둘러싼 독자의 소리를 특
집으로 내고 있었다.

3) 수확

수확의 제1은 문학은 도덕이라는 낡고 새로운 문제가 전후파가 사회
적으로 진출하기 시작한 이 즈음에 새롭게 논의되었다는 것을 들 수 있
다. 결착은 나지 않았지만 이 시점에서의 문단인 의식을 문학으로 정착
시킨 자료적 의의는 있었다고 생각한다. 이어서 말하면「채털레이 재판」
은 제2심이 끝나고, 다음 最高裁에 넘어가고 있었다. 수확의 제2는 당
시 오랫동안 논쟁이 없었던 그간의 사정도 있었겠지만, 비평가들이 여
기서 꽤 정성을 들여 논쟁을 전개했다는 것이다. 그것은 종종『太陽의

季節』이라는 것을 떠나서 문학 본질론에로 발전하게 되지만 그것만으로 또 다른 문제가 될 만한 것을 제공한 것이었다. 写実主義의 문제, 私小説의 문제 등 그 一例를 말할 수 있다. 수확의 제3은 논쟁의 수확이라기보다 石原 출현으로부터 오는 수확이라 할 수 있는데, 문단적 문학에 風穴이 열려졌다는 것이다. 작품 소재에 있어서도 또한 작자의 태도에 있어서도 문학이 뭔가 비문학적인 것과 새로운 관련을 맺어 갈 것이라는 것이다. 적어도 그러한 인상으로 문단을 동요시켰다는 것을 들 수 있다. (粂川光樹, 『太陽の季節』(国文学 解釈と鑑賞436, 近代日本文学論争の系譜, 至文堂, 1970년 6월 참조)

14. 「文学과 性과 道德」論争

1) 발단

伊藤整는 「인간 폭로와 도덕의식」(소화35년 1월 17일 『每日新聞』)
이라는 논문에서 문예 비평가들에게 의문을 제시했다. 「요즘 소설 속에
씌어지고 있는 인간의 대부분이 이상한 상황 속의 異常人의 모습이다.
더욱 정상적인 생활의식을 가진 인간을, 모럴에 입각해서 그리지 않으
면 소설이 왜곡된다는 의견을 최근 青野季吉도 쓰고 있고, 井上正蔵도
쓰고 있었다」.「대부분의 소설에 통상적인 생활감이 아닌 인간만이 나
타나기 때문에 安岡章太郎의 『해변의 광경』과 같은 것은 진귀하게도
제대로 된 인간을 그린 것이라고 平野謙은 쓰고 있다. 河上徹太郎도 젊
은 세대의 작가들에 향해서」 역시 같은 것을 말하고 있다. 그러니까 이

것이 지금 「문예비평의 통설」이라 말해도 좋을 것이다.

이상한 인간성, 또는 인간의 쇼킹한 면만을 그리는 작가가 많을 것이라 생각하여, 「타인 눈에는 나도 그러한 작가의 한 사람」으로서 비추어지고 있을지도 모른다고 생각하는 것이다. 「그러나 정상적인 인간의식이라는 것은 理想像이 제대로 되어 있을 때에만 나타나는 것이 아닌가」.

「우리들이 일반적으로 믿고 있는 휴머니즘이라는 것은 마르키시즘과 프로이데이즘에 의해 해체된 이후의 생명이 없는 허수아비와 같은 것에 지나지 않는다. 그것을 부정하는 것은 무서운 일이기 때문에 이 희미한 휴머니즘의 선의에 우리들은 매달리려는 것이다」는 것에 불과하다는 것이다.

생각해 보면, 「마르크스주의는 인간이 환경 조건에 지배당할 것이라는 진리를 백년 이전에 이미 증명하고 있다」는 것이기도 하고, 「인간성에 대한 의심을 만들어낸 큰 인자」이기도 한 것이다. 다른 한편 「자유주의 사회에 있어서도 프로이드 이후의 심리학은 우리들 일상생활 속에서 판단이나 도덕의식이 되고 있는 것을 기대할 수 없다는 것을 증명하고 있다」. 「소년이 이유 없이 사람을 죽여도 우리들은 사회의 왜곡이 그를 미치게 만들었기 때문에 非가 우리들에게 있는 것처럼 느끼게 하는 것이다. 이것은 인간성의 자주성과 존엄이 과학적으로 부정되는 것과 비슷하다」는 것이다.

19세기 초의 휴머니즘은 인간 사이의 가해자와 피해자를 구별하고 있다. 이것은 순진무구한 피해자 입장에서 악마적인 가해자를 공격하는 방법을 취하기도 하는데, 실제로 이것이 오랫동안 소설의 기본방법이 되었다. 그러나 「가해자와 피해자의 이미지는 차츰 애매하게 되어 갔는데, 지배자와 피지배자가 함께 희생자라는 케이스가 많아지게 되었다. 스탈린 정치가 그러했었다고 생각한다. 가해자도 피해자도 인간성 그 자체 속에 있는 것이고, 혹은 인간 내측과 외측에 있는 자연성 그 자체가 가해자가 아닌가 하고 생각하는 경우가 증대하고 있다. 인간은 자연에 보다 많은 피해를 입고 있어서, 스스로 자연을 정복하기 위해 만든 문화나 도덕에 의해 또 다시 피해를 입고 있는 것이다. 그것이 도스토옙스키적 세계, 또는 카프카적 세계에서의 인간 모습이라고 생각한다」. 즉 지금이야말로 「인간은 침투된 인간성의 비참함 앞에 방치되고 있는 것이다」는 것이다.

2) 전개

荒正人의 「文学과 性」(소화35년 1월 11일 『朝日新聞』)은 이러한 伊藤 논문과 직접적인 관련에 의해 씌어진 것은 아니지만, 이후에 이 荒 논문과 앞의 伊藤 논문을 상대로 해서 高橋義孝가 「文学과 性과 道德」(소화35년 2월 6~8일 『東京新聞 夕刊』)을 발표하고 나서 다시 이렇게 부르게 되었다.

그런데 「文学과 性」에서 荒는 伊藤의 소설 「泉」를 취급하여 그곳의 性 모럴은 北原武夫의 「고백적 여성론」 등과 같은 계열의 인식에서 나온 속된 말이다. 말하자면 「어떻게 하면 여자에게 인기가 있을까」라는 것을 전제로 한 것이기 때문에 깨끗함으로부터 거리가 먼 것이어서, 이러한 방법으로부터는 아무것도 생겨나지 않는다고 했다.

「일본의 경우 겉으로는 일부일처제이지만, 실제 안으로는 일부다처제이다. 이러한 이중성 때문에 性의 논리는 통일성을 잃게 되고 불결한 느낌을 받는다. 性은 수신 교과서적으로 취급되어도, 또는 人生相談風으로 취급되어도 반드시 불쾌감을 동반한다. 性을 일상적으로 흘려서는 안 된다. 더욱 강한 태도로 즉 논리적으로 처리하지 않으면 안 된다. 그렇게 하면 논리적으로 청결하게 될 것이다」. 이것이 荒가 가장 주장하고 싶었던 것이었던 것 같다.

그런데 高橋義孝는 앞의 논문에서 「伊藤 씨의 所説이 말하자면 마이너스의 방향으로 모럴을 강하게 구속받는 것이라면, 荒 씨의 所説은 말하자면 플러스의 방향으로 문화에 문학과 윤리의 인연으로 묶고 있다」고 지적하면서, 「문학은 문학일 때만이 모럴이 되는 것은 아니다. 문학은 모럴과 인연을 끊는 것이 좋다」고 단정했다. 그것으로부터 더욱 荒가 그 논문에서 반복해서 사용하고 있는 청결이든가, 불결이든가, 논리적이든가, 윤리적이든가 하는 말에 대해, 「청결이라든가, 논리적이라든가, 윤리라는 말은 막다른 골목에서, 말하자면 좋은 명분만으로는 그 앞이 보이지는 않는다. 즉 단순한 말이다」. 도대체 「청결이라는 것이 무엇인가. 불결이라는 것이 무엇인가. 性을 논리적으로 취급해서」 어떻게 된다는 것인가 하고 비난했다.

즉 荒 논문은 그런 말을 사용해서 「俗人的인 기분」을 내어서는 애매하게 될 뿐이고, 그것에 「문학=윤리」라는 방정식을 만들 뿐이라는 것을 강조하고 있다.

또한 高橋義孝는 伊藤의 「우주시대 등이라는 물리적인 것은 어떠한 해결을 가져오는 것이 아니다」는 말에 주목하여 「伊藤 씨는 이런 형태로 우주시대에 트집을 잡으려는 것인가, 그것을 모르는 것이 아닌가」하고 주장했다. 여기에 高橋 논문의 발상에 대한 재미가 나타나는데, 高橋는 이렇게 생각하는 것이다.

즉 「우주시대에 트집을 잡다」는 것은 바로 말하면 문명에로, 진보에로, 과학에로, 지성에로 트집을 잡는 것이 아닌가. 「문명이나 과학 진보와 비교하여 인간 德性의 걸음은 왜 이렇게도 늦어지는 것일까. 이제까지 몇 사람이 이렇게 묻고 이렇게 의심해 온 것일까. 그리고 지금 문명은 인간 덕성이라는 주자를 훨씬 뒤떨어지게 할 뿐만 아니라, 역으로 인간 존재 그 자체를 위협하고 있는 것처럼 생각된다. 그 가장 좋은 예가 핵병기이다. 아니 문명은 인간에 대해 새디스틱하게 행동하려 하고 있다 해도 과언이 아닐 것이다. 문명의 새디즘이라는 문제가 일정 수준에 올라가게 만드는 것이다. 오늘날 문명은 가해자이고 우리들은 피해자이다」. 따라서 이와 같은 문명의 새디즘에 대해 우리들은 단순한 피해자일 뿐만 아니라, 그 새디즘을 기뻐하는 마조히스트가 되는 것이 아닌가.

나는 작가도 비평가도 독자도 모두 문학=윤리라는 방정식을 당연한 전제로 삼는 것이 조금도 이상하지 않다는 오늘날의 사태는 문명의 그러한 새디즘이 초래한 우리들 마조히즘 체제의 하나로 해석하고 싶다. 적극적이든 소극적이든 문학이라는 것을 생각할 때 모럴이라는 한 인자를 제외하는 것은 절대로 불가능하다는 오늘날의 문학의식은 틀림없이 이와 같은 일반적인 마조히즘 체제의 하나의 発現인 것이다. 그러나 문명의 새디즘에 대해서 마조히즘으로 대응하지 않으면 안 된다고 생각하는 것은 이상한 거고,

또한 마조히즘으로 응하는 것은 분명히 병적인 것이다.

문학이나 예술의 기능에는 「첫째, 현실을 분석·해명하는 것. 둘째, 인간이 있어야 할 모습을 추구한다. 셋째, 넓은 의미에서의 쾌락 체험을 가능하게 만든다」고 하는 것이 있을 수 있는데, 「아마 이 제3번째의 기능이야말로 예술이나 문학의 본질적이고 결정적인 기능이라 할 수 있다」고 지적하였다. 왜냐하면 제1의 기능이나 제2의 기능에 걸쳐서 과학, 혹은 도덕·종교 쪽이 문학이나 예술보다 뛰어나기 때문이라는 것이다. 그런데 「오늘날 일반적인 마조히즘을 위해 사람들은 이 제3의 기능을 예술이나 문학이 가진 본래의 기능이라 간주하고 싶어 한다」. 「문학이여, 모럴과 손을 끊어라. 그렇게 하면 문학은 본래 모습으로 되돌아가기도 하고, 또한 그렇게 하는 것에 의해 문학은 오늘날의 倒錯的 인간 상황으로부터의 탈출에 큰 기여를 할 것이다」는 것이다.

高橋 논문 즉 「文学과 性과 道德」은 上·中·下의 3회 중 2회는 荒 논문, 1회는 伊藤 논문을 상대로 한 것이었는데, 다시 한번 荒 논문을 확인해 보자.

荒 논문은 우선 伊藤의 「泉」를 취급하여 거기에 있는 性의 모럴에 대해 「어떻게 하면 여자에게 인기가 있을까」라는 願望이 전제가 되고 있는 것인데, 北原武夫의 「고백적 여성론」과 같은 계열이어서 청결감으로부터는 거리가 멀다고 할 수 있다. 즉 性과 愛를 가진 것과 다른 형태로 결부시킬 필요성을 역설한 것이다. 그것으로부터 더욱 性을 即物的으로 취급하려 한 것이 森鴎外의 「ヰタ·セクスアリス」로 그것은 불결한 것으로써, 「一夫一婦 양성 관계에서의 윤리의식이 긍정이든 부

정이든 처음부터 문제시 하지 않았기 때문이 아닌가」하고 하면서 高橋
同名의 작품을 인용하여 性 문제는 「좀더 강한 태도로 즉 논리적으로
처리하지 않으면 안 된다고 하였다. 그렇게 하면 윤리적으로 청결하게
된다」고 서술하고 있는데, 이전에 谷崎潤一郎 문학에 대해 「性 사상」
과 가장 깊게 관련된 작품이라는 독창적 의견을 낸 伊藤까지도 性을 사
상적으로 취급하지 않고 풍속적으로 취급하였다고 비난한 적이 있었다.

그리고 이 때 荒가 염두에 두고 있었던 것은 卷正平의 「간통의 모럴」
이었던 것이다. 「그다지 주목받지는 못했지만 卷正平 君의 『간통의 모
럴』은 강하게 性에 관련한 労作이다. 倉田百三의 『사랑과 인식의 출발』
등과 함께 일본인이 性에 대해 진짜로 깊게 생각해 쓴 적지 않는 책의
하나이다. 그 결론은 倉田百三와는 달리, 연애와 결혼 중 후자는 시대
에 따라가고 있지만 전자는 불변이어서, 양자를 연결시키려 하면 모순
이 생기게 되어 두 개 다 잘못되게 된다. 결혼과 연애는 따로 취급해야
한다」. 「간통―그것이 연애로 이루어지는 한, 그것은 인정하지 않으면
안 된다. 이것은 나 개인적인 입장의 한 개의 관념론이다. 그러나 간통
의 긍정이라는 逆光線으로 一夫一婦 제도가 가진 약점을 비추어 내려
는 점을 높이 사고 싶다. 청결한 태도이다」고 지적하였다.

荒가 청결하다고 생각하는 「간통의 모럴」 저자는 東大 철학과 출신
의 저널리스트로서 문단 외부의 인간학 입장으로부터 연애론·결혼
론·섹스론을 쓰고 있던 사람이었다. 섹스론이라기 보다도 에로티시즘
론이라는 쪽이 올바를지도 모른다.

실제 荒가 염두에 둔 것은 섹스가 없는 에로티시즘이 아니었을까. 섹
스는 동물이라면 가능한 것이지만, 에로티시즘은 인간밖에 갖고 있지

않다는 것이다. 페타이유는 에로티시즘이라는 것은 「죽음을 불사하고 불러야 하는 생의 찬가」라고 말하고 있는데, 生殖하려는 者는 그것에 의해 작은 죽음을 체험하게 한다. 그러나 그 죽음에 의해 生이 더 빛나는 것이다. 동물에게는 섹스는 있지만 에로티시즘이 없다는 것은 동물이 분묘를 가지고 있지 않는 것을 보면 알 수 있다. 즉 죽음이라는 인식이 없다는 것이다. 죽음이라는 인식이 없다는 것은 에로티시즘이 없다는 것이다.

그런데 高橋 논문에 부응해서 荒는 「『文学과 性과 道德』의 문제」(소화35년 2월 16~18일 『東京新聞 夕刊』)를 쓴다. 高橋 논문은 「나의 문장에 대해서 당신은 암묵 중에 문학=윤리라는 방정식을 전제로 깔고 있어요」 하고 맺는다. 이것을 보면 전시하의 관리들의 논법이 연상된다. 결국 당신은 일본 공산당을 지지하는 것이고, 코민테른 활동을 도운 것이 된다—모두가 여기에로 귀착된다. 코민테른도 일본 공산당도 현재는 없다고 아무리 말해주어도 응답이 없다. 치안유지법을 걸기에는 아무래도 이러한 점을 인정하지 않으면 안 된다」. 荒로서는 청결성이라든가, 논리적이라든가, 윤리라는 말을 기묘하게 받아들였다고 생각하는 것이야말로 이러한 말을 하고 싶지 않았다는 것을 말해준다.

「물론 高橋 교수는 우매한 관리와는 다르다. 그러나 왜 이런 말을 했는지 수긍이 가지 않는다. 더 심한 것은 夏目漱石를 흉내 내어 『윤리적이 되어야 비로소 문학적인 것이 된다. 참다운 문학적이 된다는 것은 반드시 윤리적이 된다』고 허세를 부리고 싶어 했는지도 모른다. 그러나 나는」. 이렇게 해서는 鷗外에게도 漱石에게도 들어갈 수 없는 것이다. 鷗外의 「ヰタ・セクスアリス」야말로 性을 취급함에 있어서 「俗人的

정도」로 관철되고 있는데, 鷗外가 기독교에 조금이라도 관련하고 있었다면 그렇게는 쓰지 않았을 것이라고 서술하고 있다. 우리들 문학은 유감스럽게 性을 취급함에 있어서는 세계문학에 아무런 기여도 하고 있지 못하다고 말하고, 문학과 윤리는 「떨어져 있는 부분」, 「중복되고 있는 부분」이 존재하지만 그것은 결코 같다는 의미가 아니다. 타인이 性과 문학을 단지 느낌으로 논한다고 해서 문학=윤리 등으로 미리 생각하는 것은 곤란하다. 「性과 문학도 윤리를 넘어선 장소에서 뿌리를 내린다」. 그러나 「처음부터 넘어서야 할 윤리가 없을 경우는 어떻게 될까. 그것을 넘어섰다고 착각해서 수꽃을 피우는 것이 가능할까」 하고 반론하면서, 더욱 性을 자연에서 人爲로 바꾸기 시작하는 이 우주시대의 모럴을 갈망하는 것이다.

3) 수확

그 후 荒는 「性」(소화35년 2월『近代日本思想史講座·6』筑摩書房)이나 「性의 의식과 표현」(소화35년 12월『文学界』) 등을 쓰고 있는데, 이 「性의 의식과 표현」 중에서 이렇게 말하는 부분이 있다.

「현대문학의 성의식과 성적 표현은 많이 부족하다」. 「뒤돌아 봐서 명치 이후의 근대문학을 회고해 보아도 결코 풍요하다고는 말할 수 없다. 자연주의는 인생의 성욕적 요소를 강조하고 있는데, 성의식을 확립하였다는 점에서는 그 공적을 인정할 수 있지만 성적 표현에 있어서는 그 수확이 부족했다. 이러한 계열에서는 자연주의의 외측으로부터 이루어졌다」.

그렇게 서술하고 나서 그 업적의 제1로 「ヰタ・セクスアリス」로 대표되는 鷗外의 실적, 제2로 谷崎潤一郎의 일련의 실적, 제3으로 「新春」을 정점으로 하는 德富蘆花의 실적을 들고 있는데, 「전통의 斷片이라도 좋다」, 이러한 것을 지주로 하여 「내일을 꿈꾸는 이외는 방법이 없는지도 모른다」고 말하고 있다. 「新春」은 성적 콤플렉스의 승화라는 점에서 문제가 될 수 있는 좋은 작품이라는 것이다. 荒는 앞의 논쟁에서 性을 풍속적으로 밖에 취급하지 않았다고 비난하였지만 그러나 다시 생각해보면 田村泰次郎의 「육체의 문」에서 시작되는 육체문학은 문학사로서 기록될 만한 것이기도 하고, 「풍속소설도 性 풍속을 써서 남겼다는 점에서 평가받아야 할 것이기도 하다」는 것이다.

長谷川泉 編의 『近代文学論争事典』(소화37년 12월 至文堂)에서의 「文学과 性과 道德」 논쟁을 최초로 정리한 高橋新太郎는 이 논쟁의 수확으로서 다음을 들고 있다.

우주시대에 『문학과 性과 도덕』의 문제는 극히 현대적이면서 역동적인 과제임에도 불구하고, 의외로 이것에 정면으로 임한 論者는 적다. 그런 의미에서 문학과 性에 관해 각각 一家言을 가진 高橋・伊藤・荒 3자 논쟁의 그 성과를 기대하고 있었는데, 불과 그 입구에서 끝나버려 문제를 제대로 파고드는 과정은 금후에로 이월되었다. 논쟁의 전개가 切望된다.

「『태양의 계절』 논쟁」 때에 「문예비평은 필연적으로 문명비평의 성격을 띠지 않으면 안 된다」고 말한 것은 龜井勝一郎인데, 실제로 그는

그러한 경향에 있었다. 龜井는 또한 「『鍵』를 둘러싼 논쟁」 때에 臼井
吉見가 「性 안쪽으로부터 인간존재를 포착하려는 획기적 작품」으로 「로
렌스를 떠올린다」고 말한 것에 대해, 「로렌스風의 엄숙한 인간탐구 등
은 없었다」, 「죽음의 심연 혹은 죽음의 공포와 대결하지 않는 쾌락파라
는 것이 있을 수 있을까」 라고 말했다. 이러한 발언 속에 보이는 것은
섹스보다도 에로티시즘에 대해 생각하려는 자세이고, 원래부터 「『文学
과 性과 道徳』 논쟁」은 高橋義孝 논문의 제명에 유래하고 있다. 갈고랑
이 인용부호를 빼고서 크게 생각하면 「태양의 계절」을 둘러싼 논쟁도,
「鍵」를 둘러싼 논쟁도 역시 문학과 性과 도덕의 문제가 그 중심테마였
던 것이다. 「채털리 논쟁」 등도 역시 그렇게 맞추어서 생각했다고 보는
것이 좋을 것이다.

　채털리 재판 이후의 새드 재판에서는 埴谷雄高의 「새드 재판판결을
듣고서」(소화44년 10월 16일 『東京新聞 夕刊』)를 비롯해 많은 문학자
들이 13인 중에 5인의 재판관이 무죄를 표명했던 것에 대해 채털리 판
결보다도 一步 전진했다고 환영했다. 즉 적어도 채털리 판결과는 달리,
13인 중에 5인의 소수 의견이었다 하더라도 그 소수 의견은 예술성을
인정한 것이었기 때문에 不滿足하면서도 승리에의 제일보라고 생각한
것이다.

　그런데 奥野健男는 「인정되지 않는 월권행위」(소화44년 11월 6일
『東京新聞 夕刊』)라는 곳에서 조금 다른 견해를 제시했다. 즉 채털리
재판 때는 예술성·사상성이 없어도 외설인 것은 외설이라는 「예술성
과 외설성의 両立説」이 있었다. 그런데 이 양립설이 무너지기 시작하면
서 「예술성·사상성의 높이, 사회적 가치에 의해 외설성이 감소 완화될

수 있다고 재판관들이 생각하게 되었다」. 이것은 「문학자에 있어 기뻐할 일」이라는 것이다.

무죄를 주장한 재판관의 한 사람이었던 奧野 재판관은 실은 奧野健男의 아버지인데, 그 반대의견을 보면 「외설성에 의해 침해된 法益과 예술성·사상성 작품의 공익성을 비교 量較해서 후자를 희생해도 좋다고 인정될 때만 외설죄로서 처벌된다」는 것이었다. 이것은 「어떤 의미에서는 진보적 의견이라 할 수 있지만, 그 반면 재판관이 작품의 예술성·사상성을 그 위에다가 공익성—사회질서에 대해 유익한지 유해한지를 판정하게 된다. 이것은 재판소 만능사상이라 할 수 있는 것이고, 재판관의 월권행위가 아닌가」하고 지적하고 있다.

奧野健男는 「이것을 인정한다는 것은 문학작품이 가지는 예술성·사상성의 高低·当否까지를 재판소에 맡긴다」는 것이 되기 십상이라는 것이다.

그러나 재판관 중에 이러한 사고방식을 가진 者가 나타나도 「文学과 性과 道德」을 둘러싼 일반 여론이나 시대의 힘이 작용하는 것이기 때문에 무엇보다도 「문학작품이 가지는 예술성·사상성의 高低·当否까지」를 재판소가 결정한다는 것은 아니다.

그렇게 하려고 해서 그렇게 되는 경우와 그렇게 하지 않을 수 없어서 그렇게 되는 경우와 그것을 알아차렸을 때는 이미 그렇게 되어 있던 경우와는 결과는 같아 보이지만 그 과정은 다르다. 「文学과 性과 道德」을 둘러싼 여론이나 시대의 힘이 작용해서 외설 개념의 검토가 다시 필요하게 되었다는 것이야말로 「예술적·사상적 작품의 공익성」이라는 문제가 전면에 나타났다는 것을 의미하는 것은 아닐까. (赤塚行雄, 「文学

과 性과 道德」 논쟁(国文学 解釈と鑑賞436, 近代日本文学論争の系譜, 至文堂, 1970년 6월 참조)

15. 植民地—從属国 論争

일본이 미국과의 관계에서 식민지 또는 종속국인가 하는 논의의 발화점이 된 것은 1953년 『中央公論』 6월호의 특집 「일본은 미국의 식민지인가」였다. 愛知(自由党), 曾禰(右社), 勝間田(左社), 堀(労農)는 각각 자신의 党 입장에서 명확한 회답을 제출하고 있다.

愛知는 植民地説에 대한 근거를 첫째, 미군의 駐留, 둘째, 駐留軍의 형사재판 관할권, 셋째, 外資 도입이라는 이유로 그것에 반론을 더하였다. 「英仏 그 밖 자유주의 여러 나라도 미국과 서로 조약을 맺고 상호간에 군사적으로 서로 원조하는 체제」를 취하고 있고, 재판권도 「英仏에 駐留하는 미군도 같은 상태이고」, 외자 도입은 「경제의 자연스런 모습」으로 보는 것이다.

曾禰도 미국의 종속국에 대한 논의는 「법률적으로 넌센스인 것은 말할 나위도 없다」, 그것뿐인가 「이러한 생각에는 구식의 주권국 개념이 있어서 오늘날 국제 정세로부터 동떨어진 논의」로 식민지설, 従属国説을 부정한다. 그것뿐만 아니라 「오늘날도 후진국에 대한 공장 제품의 공급과 후진국으로부터 원료 공급을 기대하는 공업국」이어서 오히려 「잘못하면 시대 뒤떨어진 식민지 제국주의에로 떨어지는 나라」와는 완전히 다른 입장에 서 있는 것이다.

이것에 대해 勝間田는 「일본은 아시아, 아랍 등에 보이는 서구 帝国의 지배 하에 있던 본래 의미에서의 식민지는 아니」지만, 제1로 미국에 의한 경제 의존의 강제성, 제2로 「일본의 인적 자원 제공=재군비라는 중대한 희생이 요구되어」, 「재정 및 경제상의 対日 지배를 하고 있는 미국 정부는 직접적인 군사지배에 의해 더욱 결정적인 것으로 나타나고 있」는 것이어서 미국 종속국이 되어 있다고 주장한다.

堀는 「일본은 이전의 한국이나 괴뢰 만주국과 완전히 똑같이 식민지적 예속관계에 있다고 말해도 결코 지나친 말이 아니다」고 서술하고, 또한 「이전의 제국주의 시대를 긍지로 생각하여 극동에 군림하고 있던 일본도 패전과 함께 극히 소수 아니 거대한 미국 독점자본에 의해 식민지적 예속관계에 신음하고 있다」고 하여 「평화독립에 대한 민족 통일전선」의 결성을 호소하고 있다.

이 식민지, 종속국을 둘러싼 이 논의는 공산당의 『綱領—일본 공산당의 당면의 요구』(新綱領, 51년 綱領), 左派 사회당의 『일본 사회당(左派)의 綱領』(左社 綱領)을 둘러싼 논쟁과도 깊게 연관되어 소위 이것은 「식민지—종속국 논쟁」으로서 白熱化하여 갔고, 뒤의 「自立—종속 논쟁」으로 연결되어 간다.

1950년 1월의 「코민포름 비판」, 중국 공산당의 이 「비판」에 대한 支

持, 더 나아가서 中央委員의 공직 추방, 『赤旗』의 発禁 속에서 공산당은 혼란과 분파 투쟁에 휩싸여 갔다. 1951년 8월 중앙위원은 「新綱領」하에 방침을 변경했다. 이 1951년 綱領은 일본이 미국 제국주의자의 예속 하에서 자유와 독립을 잃게 되면서 기본적 인권마저 잃어갔는데, 「吉田 정부는 미국 제국주의자에 의한 일본의 민족적 노예화를 위한 정부였다」고 결정짓고는 「民族解放 民主 統一戰線」과 폭력혁명을 주장했다. 점령군은 해방군이 아니라, 미국 제국주의는 일본을 식민지 지배를 하고 있다는 것이었다.

한편 사회당은 1949년 1월 총선거에서 의석을 激減시켜 4월의 제4회 대회에서는 左派가 힘을 떨치고 있었고 「稲村—森戸 논쟁」에 보이는 근본문제를 가지고 당내 논쟁이 진행되고 있었다. 그리고 講和 3원칙을 둘러싸고 대립이 더욱 깊어갔던 左右의 両派는 1951년 10월 임시대회에서의 대혼란 끝에 드디어 분열해 갔다.

그 후 左派 사회당은 독자적인 강령을 만들 것을 결정하여 1953년 9월에 社会民主主義協会의 稲村順三의 起草에 의한 제1차 草案이 만들어졌는데, 그것에 대해 清水慎三가 対案 「제국주의 하의 행동강령」(清水 私案)을 공개했다. 原案은 다음 1954년 1월 대회에서 거의 그대로 左社 강령으로서 채택되었고, 거기에는 「미국은 그 군사, 경제, 기술 등의 원조에 의해 또는 직접적으로 駐兵하는 것에 의해 독점자본이 지배하는 일본을 종속국으로 만들었고」, 그 결과 「일본 노동자 계급은 지금은 사회주의 혁명이라는 본래의 역사적 사명과 함께, 민족독립에의 회복과 평화 유지라는 중대한 임무 앞에 서 있다」고 기록되어 있었던 것이다.

左社 강령을 둘러싼 논쟁은 『中央公論』을 중심적인 투고 논쟁으로서도 추천되어졌다. 우선 左社의 坪井正가 同誌 7월호에 「일본은 식민지인가 종속국인가」하는 反綱領的이라고도 해야 할 주장을 발표했다. 左社 방침에는 일본을 「미국의 정치적 종속국이고 군사적 식민지이다」고 규정하고 있음에도 불구하고, 그것을 식민지가 아니라 종속국이라고 말하는 것은 白馬는 말이 아니다는 식의 非論理的인 정치적 의미를 갖다 붙였던 것이다. 그것은 전략적인 목표에서의 민족독립 투쟁, 외국의 군사지배에 대한 국민 저항운동을 회피하는 것이고, 강화 안보조약의 파기 대신에 조약 개정이라는 개량주의의 길을 추진하는 것으로 보았다. 오늘날 일본은 식민지라고 坪井는 주장한다. 「그러나 공산당의 新綱領이 공식화하고 있는 것과 같은 자본주의의 미성숙한 후진 農業国型의 식민지는 아니다」. 「독점자본의 경제지배 체제인 채로 미국의 군사권력 지배에 굴복」당하고 있는 広義의 식민지라 주장하는 것이다.

계속해서 8월호에는 「清水 私案」의 清水慎三에 의한 「예속 일본의 독립과 사회주의 독립」이 실렸다. 清水 자신은 坪井를 평가하면서 일본을 미국의 「완전 예속국」으로 우선 칭하고 있는데, 「사상 최고의 독점자본의 나라 미국의 対日 지배는 진정한 제국주의 지배인 것이고, 조국 일본은 군사적, 정치적, 경제적으로 완전히 이것에 예속당하고 있다」고 주장하였다. 더 나아가 「식민지라는 용어를 극단적으로 배격한 것은」 労農派의 영향이라고 지적하면서, 그러나 「식민지로 규정하려고, 종속국으로 규정하려고」 「타국의 제국주의 지배에 대해 인정하고, 자국의 예속상태를 확인한 이상」 민족독립 투쟁을 인정하지 않는다는 것은 용서할 수 없는 것이라고 강조한다. 清水는 「민족독립이 사회주의 혁명과 직결」되는 것이라 하였지만, 「서둘러야 하는 것은 민족전선의 조직화이다」고 결론을 맺고 있다.

10월호에는 坪井에 대한 비판으로서 「식민지 문제의 견해에 대해서」를 공산당계의 久保田俊吾가 투고했다. 久保田에 의하면 坪井의 広義的인 식민지론은 「식민지 문제가 제국주의의 지배에 동반하는 민족적 모순으로부터가 아니라, 오직 그 권력 면에서만 포착하고 있다」, 그러나 문제는 민족적 모순에 있는 것이고, 미국 제국주의가 지배의 支柱로 삼고 있던 것은 坪井가 말하는 일본의 독점자본이 아니라, 「부르주아지 하나의 層인 買辨的 독점자본을 포함한 봉건적 지주, 군국주의자, 특권적 관료 등의」 국내 반동의 블록이라고 지적하고 있다. 미국 제국주의와 일본 자본가 계급 사이에는 「이해의 공통적인 면과 나란히 본질적 대립이 존재」하고 있다. 이것은 「만일 양자가 함께 독립국이라면 제국주의 전쟁에로 나아가야만 하는 성질」이고, 이 양자를 이해하려는 통일과 대립은 자본가 계급을 분해하고 일본의 민족자본은 「민족 통일전선에 참가할 가능성을 가지고 있다」고 久保田는 주장한다. 그런 까닭으로 「민족독립은 국내의 사회주의 혁명과 결합할 것이 아니라, 그 철저한 민주주의적 개혁과 결합되어야 한다」고 주장하는 것이다.

똑같이 1953년 10월 『前衛』에도 공산당 이론가였던 不破哲三의 논문 「민족해방 민주혁명의 이론적 기초」가 揭載되었다. 不破는 「일본에서도 제국주의 지배의 기초는 무엇보다 우선 봉건적 잔존물이라 할 수 있는데, 제국주의의 주요한 동맹자는 半封建的 세력의 사람들이라 할 수 있」는데, 「독점 부르주아지가 정치적으로도 일본 반동의 지도적 위치를 차지하고 있는 것」은 명료하다. 「일본 정세를 규정하는 하나의 근본적 사실—미국 제국주의가 그 민족적으로 지배하기에 즈음해서 일본의 독점 부르주아지를 그 주요한 동맹자로 삼아, 이것과 긴밀한 블록을 형성하고 있다는 사실을 과소평가해서는 안 된다」고 결론지었다.

이것은 분명히 공산당 1951년 강령으로부터의 일탈이었다. 당황한 공산당은 『前衛』 다음 月号에서 不破 논문 게재에 대해 자기비판하고 있는데, 「이론적으로도 실천적으로도 新綱領이라는 이름을 빌려 新綱領을 부정하는 것」이라 규정짓고, 더 나아가 다음 号에 일부러 不破를 비판한 논문을 두 편 게재하였던 것이다.

이 「식민지—종속국 논쟁」은 거기로부터 「人民民主主義 혁명 논쟁」이나 「민족자본 논쟁」으로 확장되어 가게 되는데, 1956년부터는 「일본 제국주의의 부활」을 둘러싼 논쟁에로 발전하였고, 1957년에는 이후의 「자립론」의 原型이라고 해야 할 문제를 탄생시키게 이른다.

「자립—종속 논쟁」은 또한 対美 종속의 평가를 둘러싸고 일어난 것이라 할 수 있지만, 동시에 그것은 극히 고도의 정치적 성격을 가지고 있었다. 말하자면 혁명에 대한 기본적 방향을 결정짓기 위한 전제라고도 할 수 있는 논쟁이었다. 그것은 1957년 9월 29일 발표된 공산당의 党章 草案을 둘러싼 강령 토의를 위한 논문은 『前衛』와 그 별책 『団結』과 『前進』을 비롯하여 많이 있었고 속속 발표되었다. 이와 같은 全党的 당내 논쟁은 1922년 공산당 結党 이래 획기적 現象이기도 했다.

党章 草案은 일본을 「고도의 독점 자본주의이면서 미국 제국주의에 반 점령된 사실상의 종속국이라 본다」고 규정하고 있다. 이것은 앞에 본 1952년 강령과는 일견 다른 것처럼 보이지만, 점령이 半占領으로 바뀌게 되고, 식민지가 종속국으로 바뀌는 것을 생각해 보면, 사고의 패턴

을 단지 그대로 옆으로 옮긴 것에 불과한 것이다.

이 논쟁은 더욱 1960년 구조개혁 논쟁에까지 확대되어 가는데, 1953년을 축으로 전개된 「식민지—종속국 논쟁」은 이와 같은 의미로부터도 일본 혁명 논쟁에서의 중요한 문제제기였다고 할 수 있다.

『中央公論』1954년 2월호의 특집 「대중은 좌파 사회당에게 요구한다」에서는 竹内好, 戒能通孝, 高野実 등의 의견이 서술되고 있는데, 그 중에서 清水幾太郎는 「사랑하는 좌파 사회당에 대해서」 속에서 사회당이 자금 면에서 자본가에게 의존하고 있다는 것, 의회 정당에 그치고 있다는 것 등의 약점을 지적한 위에 미군과의 정면 대결이 필요하다는 인식이 결여되어 있다고 비판했다. 이것에 대해 左社의 정책심의회가 「清水幾太郎 씨의 애정에 부응해서」(『中央公論』 소화29년 3월)라는 一文에서, 清水는 인텔리적 감상에서 탈피하여 정당의 戦列에 참가하여 조직 발전을 위해 싸워야 하는 것이 아닌가 하고 逆提言하고 있다. 그 밖에 神山茂夫의 「鈴木茂三郎 兄에게 호소한다」(『改造』 29년 4월)에서도 左社 강령이 미국 제국주의와의 투쟁을 회피하고 있다는 점을 비판적으로 서술하고 있다. (和田圭一, 植民地—従属国 論争(松本健一 편, 詳解 現代論争事典, 流動出版株式会社, 1980.1 참조))

16. 제1차 共同体 論争

共同体 논쟁은 이전에도 지금도 명확한 論点과 論者를 포함하여 일정한 필드를 가진 논쟁이라는 형태는 아니었다. 만약 있었다고 한다면 그것은 봉건 논쟁이나 아시아적 생산양식 논쟁 속에 끼워 넣어 잠깐 보는 것에 지나지 않았다. 단지 지금 공동체 논쟁의 형태에 구애받아 재구성해 본다면, 그 기축이 되어야 할 것은 어디까지나 공동체를 어떻게 받아들여야 할 것인가 하는 점에 收約할 수 있다. 따라서 개개의 논자에 따른 시각과 추출 방법의 차이에 의해 공동체론도 또한 여러 변화를 시대 속에 표현하게 된다.

그 발화점은 역시 패전 이후 일본 민주화의 모색 속에서 시작되었다. 전후를 긋는 이 시기에 둑이 터지듯이 나온 나쁜 잔존물로서의 공동체 부정론은 명치유신=절대주의 국가의 성립이라는 講座派的 규정선상에 있었던 것은 말할 나위도 없다. 그러니까 「농지 개혁」을 半封建的으로 이해하고, 일본의 마을 즉 공동체를 봉건 遺制로 이해하려는 것 때문에 그 해체야말로 일본의 근대화=민주화의 실현이 된다는 것이 주요한 논조였다. 우선 전후적 전개라는 외양의 형식을 취하면서도 그 내실은 구태의연한 것에 지나지 않는다는 이상, 시대 추이 속에 독자적인 의의를 상실하고 風化해 갔다고 해도 어쩔 수 없었을 것이다.

어쨌든 여기서 다시 한번 문제를 정리하면 다음과 같이 될 것이다. 즉 명치유신에서 「地租 改正」에 의해 봉건적 토지 소유에 근거한 생산관계는 기본적으로는 철폐되었다. 그것에 의해 「寄生 地主制」에 보이는 공동체 잔존이라 해도 그것은 새로운 생산양식과 생산관계 속에서의, 말하자면 근대적 장치 그 자체에 의한 재편이라는 것이다. 개관하면 주어진 세계사적 조건에 의해 규정된 일본 자본주의의 구조적 특질로서 해명되어야 할 과제였다. 결국 이 테마는 명치유신의 성격부여와 그것에 의해 성립된 근대 천황제의 본질을 어떻게 파악하는가 하는 一点에로 집중되는 것이다. 이미 소화32년 단계에서 大塚久雄와 나란히 공동체 연구의 중진이었던 中村吉治는 이 공동체=봉건 遺制論의 불모성에 대해 지적하고 있는데, 자신의 연구의 끝을 공동체론에서 共同体史에로 향해 간 것은 주목할 만한 것이었다.

그러나 구체적인 일본 공동체의 역사로 나누는 것에 의해 모두 해소될 정도로 공동체론은 그 뿌리가 얕지는 않다. 시대의 변모와 해결되지 않는 지식인 속에 누적된 감성과 의식은 생각지 않는 곳에서 공동체론이 재연이 되어 나타나고 있었다. 고도성장에 의한 왜곡된 농촌의 過疎化라는 위기적 상황에서 그 나름대로 대응하여 등장한 일련의 공동체 再評価論이 그것이다. 그 대부분이 柳田国男를 援用하면서 잃어버린

일본의 마을(むら)을 살려내고, 민중 속으로 들어감으로 해서 천황제의 멍에로부터의 탈출과 그 상대화를 企図하는 것이었다.

　이러한 공동체론이 전후기의 고전적 규정이 된 사상적 배경을 가지고 있다는 것은 인정할 필요가 있을 것이다. 특히 현저하게 나타나던 농본주의의 발굴과 평가는 折口信夫나 柳田을 멀리 초월하여 공동체론이 가진 양날의 칼과 같은 성격을 남김없이 드러내고 있다고 할 수 있다. 거기에는 천황제에 항상 붙어다니는 負의 荷性―촌락 공동체적 흡수에 일정한 클레임을 붙여 권력에 수탈되지 않는 마을 생활을 하는 것에 의해 마을적 연대와 생활양식 속에 천황제도 돌파할 수 있는 가능성을 발견해 내려는 것이었다. 이렇게 해서 공동체론은 철저히 사상적 수위 속에 다시 살아나게 된다. 공동체는 「일본 자본주의 논쟁」적 외관을 벗어던지고 이념과 환상을 몸에 걸치고 시대의 陰画的 양상을 띠게 된다. 이러한 공동체를 발견한 배경에는 일본적 근대에 대한 비판과 그 초극을 위한 원리적인 모색을 천황제에로 깊이 뛰어들면서 負를 正에로 전환시키려는 모티브가 숨쉬고 있었다. 그러나 이 점에서도 문제는 공동체론 그 자체의 플레임으로부터 크게 벗어난 論者가 지금도 무시할 수 없는 視座와 방법을 제기하고 있다는 것은 아이러니라고나 할까. 그 전형적인 표출의 하나는 역시 丸山 정치학이었다.

　丸山真男는 천황제 국가를 떠받치는 지배 원리는 무엇인가에 두는 서구류의 방법과 範型에 의해 그 심리적 메카니즘을 찾으려고 하였다. 그러나 丸山에 있어서 최대의 문제는 관료제 機構와 저변의 공동체적 심정을 연결시켜 超近代와 前近代를 대응시켜 가는 그 시스템론적 방법에로 帰着한다. 왜냐하면 천황제 국가에 의한 환상적 공동성을 창출하는 단순한 家族国家論이 아니라, 더 나아가 단순한 낡은 공동체적 질서에 의한 재편성에 그칠 것이 아니라, 일본 제국주의의 질적 변화에 따른 새로운 공동체적 질서의 형성에 있었기 때문이다. 환상성을 가진 국가, 따라서 그러한 것을 만들 수밖에 없는 인간 존재구조에 결코 당면한 적이 없었던 丸山真男의 분석은 시사를 던져 주는 것은 아니었지만, 궁극적으로는 천황제 국가의 시스템이나 심리에로 환원하는 것이었다.

이상과 같은 丸山真男의 천황제 국가에 대한 깊은 분석과 그 한계를 넘어서서 사상적 長征을 행하려고 한 것은 吉本隆明였다.「고전적 마르크스주의자」와「전후 프라그마티스트(실용주의자)」의 양자를 유지하기 위해 欠落시켜 온 국가라는 真空의 領野이야말로 吉本로서는 사실은 자신에게 남겨진 사상적 宝庫였는지도 모른다. 그러나 吉本에게 있어서 일반론적인 国家本質論의 해석이 우선 중요한 것이 아니라, 戰前에서의 그리고 지금 역시 종교성으로 힘을 떨치고 있는 일본 천황제 그 자체가 규명의 대상으로 가로 놓여있다는 점은 그에게 있어서 전쟁체험에 대한 의미를 보면 알 수 있다. 그러니까 吉本는 농본주의의 등장을 하나의 문제제기로 받아들이면서도 그 社稷(공동체)과 국가의 문제를 국가가 가지고 있는「사회적 국가」와「정치적 국가」의 이중성으로 변화시켜 가면서「정치적 국가」에 대한 본질을 종교—법—국가라는 환상적 공동체로 이해해야 한다고 주장하였다. 여기에 이르러 공동체에 관한 문제는「사회적 국가」에로 歸趨하게 되는데, 더 나아가 국가는 독자적인 사상 領野로서 자리잡게 되면서 共同幻想으로 이후 명료한 벡터(크기와 방향을 가진 量)를 부여받게 되었다. 그런데 이전에「대중의 울트라性」을 엿볼 수 있는 吉本의 共同幻想에는 결코 모든 것을 소진하지 않고 어디까지나 자신을 보존하는 가족=対 환상의 이미지로부터 이전의 공동체 残像이 남아있다는 기분이 드는 것은 왜일까. 또한 그 독자적인 환상론=疎外論이 가지는 구조적인 문제, 또는 정치적 소외, 종교적 소외에로의 옆자리 이동은 일종의 당혹스러움을 느끼게 한다.

그러나 공동체를 공동체 그 자체가 아니라, 공동체의 위상과 수준에서 분석하려고 한 吉本의 『共同幻想論』은 완전히 새로운 공동체론에 대한 転回論이 되었다. 모든 의미에서 공동체를 자신에게 부여된 과제로 삼았다고 하는 것은 이 『共同幻想論』으로부터 자유로울 수 없다. 왜냐하면 神話나 꿈이나 종교라는 공동체상, 공동 幻想과 그것을 만들어 가는 현실적인 공동체 연결 구조의 해명이야말로 참다운 공동체론을 형성할 수 있는 것이기 때문이다.

지금은 낡은 고전적 범주에서의 유일의 표지로 삼으면서도 일본 마을의 양상을 운운할 정도로 현대 자본주의와 전후 천황제는 안이하게 다룰 수 있는 문제가 아니다. 그렇다고 해서 현대의 정황이 마치 하나의 추세와 같이, 불가피하게 공동체에의 회귀를 공동체론의 요구로 받아들이는 것으로부터 벗어날 수가 없을 것이다. 무엇보다도 공동체를 논하는 곤란함은 그것이 인간의 직접적인 定在와 그곳에서의 결합형태=공동성을 가지고 있는 것과 연관하고 있다. 공동체라는 것은 무언가를 그 자체로 문제를 제기하는 한, 일거에 근원적인 존재의 기층에로 떨어지게 되어 버린다. 그런 까닭으로 공동체론은 그 의문의 제출방법, 즉 의문의 구조에 따라서는 그 전모를 드러낼 우려를 가지고 있다. 그렇기 때문에 일본적 근대를 초월하여 천황제에 대해 부정하고 싶은 충동이

時·空을 넘어 농본주의자들의 社稷 관념과 연결되면서 純化된 형태의 공동체로 재생하려는 하나의 징후로 나타날 危懼를 안고 있다는 것이다.

현실적인 역사적·사회적 제약을 捨象하고, 생활의 原基 형태(의식주)를 하나의 있어야 할 공동체로 推上하는 것에 의해서는 압도적인 힘이 붙게 되는 시민사회의 총체와 자본 원리에 손대는 것조차 불가능하게 만든다. 말하자면 근대국가의 사각을 파헤치려는 의미에서 이해한 마을이나 社稷의 관념은 어디까지나 대정 데모크라시를 빠져나오는 과정에서 형성된 것이고, 西欧型 근대주의 파산과 그 鬼子로서의 농본주의적 돌출은 진실로 일본에서의 사상 형성, 사상적 継起의 방법으로 다시 추구되어야 할 것이다. 그것은 말할 나위도 없이 일본 근대 그 자체의 소산인 것이고, 문제이다. 공동체를 어떻게 문제제기하든, 기존의 사회 속으로부터 오래된 공동성을 깨트리고 새로운 사회의 싹을 발견하는 것이고, 그것을 형성하는 주체는 어디까지나 이쪽에 있어야 하는 것이다.

이전에 꿈도 본래는 함께 하는 것이었다고 하여 공동 환각의 한 형태를 꿈에서 찾아낸 柳田는 「꿈과 문예」 속에서 「꿈은 뭔가 감추어진 원인 없이 뜬금없이 일어나는 인생의 現象이 아니라는 것을 古人들은 통절하게 인정하고 있었다」고 말하고 있다. 그러나 이 「민속학의 무의식적인 전승」은 이윽고 사라져갈 수밖에 없었다. 그것은 꿈으로부터 문예에로 이행해가는 것을 의미한다. 이 不可逆의 共同 表象의 転移 속에 이해해야 할 것은 무엇인가. 다음의 말 속에서 공동성과 공동체가 포함된 모든 것에 대한 암시에 가득찬 의문이 제기되고 있다는 기분이 든다.

무엇이 사라지는 그 대신으로 미래의 공간을 채우려 하는지를 우리들
은 통절하게 알고 싶다는 것이다. (山本ひろ子, 共同体 論争(松本健一
편, 詳解 現代論争事典, 流動出版株式会社, 1980.1 참조))

17. 昭和史 論争

「昭和史 論争」은 遠山茂樹, 今井清一, 藤原彰가「천황제와 일본 공산당과의 대극을 축」(遠山)으로 그린『昭和史』(岩波新書, 소화30년 11월 간행)에 대한 亀井勝一郎의 비판에 의해 출발하고 있다. 이 논쟁은 한편에는 체험해 온 역사, 즉 현대사를 어떻게 파악해야 좋을지, 혹은 그것을 어떻게 記述해야 할 것인가 하는 문제를 축으로 하고 있고, 다른 한편에는 역사를 파악하고, 記述하는 역사가의 존립의미에 대해 묻는 것을 축으로 해서 전개된다. 이 두 개 사이에는 역사학과 문학의 관계, 역사 서술의 문제, 사적 유물론의 문제, 지식인론, 前衛党 등이 내포되어 있다. 그것들은 스탈린 비판 이후에 있어서 마르크스주의의 느슨함에 따른, 또는 패전 일본의 자립화에 대한 의식 내용의 빈약함에 의해 팽창해 갔다고 말할 수 있다. 그러나 이렇다 할 구체적인 성과도 없이 두 개의 방향이 이 논쟁을 하나의 발단으로 해서 생겨난다. 이러한 의미에서 이 논쟁은 講座派 마르크스주의 史学을 해체해 가는 과정을 지시하는 것으로서의 의미가 있다고 할 수 있다.

논쟁의 발화점이 된 龜井의 「현대 역사가에 대한 의문—역사가에게 총합적 능력을 요구하는 것이 과연 무리였을까」(『文芸春秋』소화31년 3월호) 라는 4개의 章으로 되어 있다.

제1장 「역사의 욕구와 두 개의 史観」에서 龜井는 역사에로 향하는 두 개의 욕구에 대해 서술한다. 그 하나는 「자신의 생에 대한 원천을 민족성이나 시대의 흐름 속에 확인하고 싶다는 욕구」인데, 그 욕구의 근저에는 「일본인은 원래 무엇이었던가 하는 물음」이라고 생각된다. 또 하나의 욕구는 「史上에 있어서 전형적 인물이라 생각되는 사람과 해후하여 새로운 윤리적 배경을 형성해 가는 근거를 발견하려는 욕구」라 할 수 있다. 여기에는 「역사는 과거의 역사이지만, 과거의 시간은 여기에서 사라져버린다. 현재 살아있는 사람과 만나듯이 史上의 인물과 교류하지 않으면 안 된다. 교류는 생사와 관련되는 의문에서 출발하는 것이다」는 배경이 존재한다는 것이 된다. 그리고 龜井에 의하면 이와 같은 두 개의 욕구가 나타나는 시대는 위기의 시대이기 때문에 이 시대의 근저에는 「자신의 실태에 대한 가능성, 生의 근거에 대한 焦慮 등 말하자면 민족의 격렬한 동요」가 있었던 것이고, 역사가라는 존재는 무엇보다도 이것을 실감하지 않으면 안 된다는 것이 된다.

제2장 「역사가의 자격」에서는 『昭和史』에 대한 비판의 전제로서 3개가 서술되어 있다. 하나는 역사가의 표현력에 대해서이다. 龜井는 『昭和史』의 문장이 「어떤 재판과 같은 기록」과 비슷하다는 것인데, 「전형적인 관료문장이다」고 비판한 위에 「역사가는 문학자에게 뒤떨어지

는 것이 아니다…」는 리드로부터 인용한 문장을 기록하고 있다. 둘째에는 역사가가 가지는 진보관이나 한계론에 대한 비판이다. 龜井에 의하면 역사가는 認知나 斷定에 있어서 망설여지는 것은 당연하고, 그 망설이는 방식이 역사서술의 매력이 될 수도 있다는 것이다. 셋째에는 공평한 서술, 객관적 평가에 대한 의문이다. 여기서는 追体験이나 실감이 중시된다.

제3장에서는 『昭和史』에의 구체적 비판이 서술되고 있다. 하나, 『昭和史』는 「국민이라는 인간 부재의 역사」라 할 수 있다. 거기서는 「역사에 대한 열등감과도 연결된 일본 근대화의 비극」이 실제적으로 그려져 있지 않다. 둘, 개개의 인물은 개념의 통계로서 그려져 있을 뿐이어서 그 묘사력은 빈약하다. 또한 공산주의자의 취급방법에도 의문이 있다. 셋, 昭和史는 전쟁사임에도 불구하고 거기에 死者의 소리가 전연 들리지 않는다는 것이다. 넷, 소련 참전에 대한 비판이 결락되고 있다는 점이다. 그리고 마지막으로 이상 4개의 점을 예로 들은 위에 이러한 점은 「누구라도 평생 안고 있는 일상감각으로부터의 의문」에 지나지 않는 것이고, 「누구나 어쩔 수 없는 것」임에도 불구하고 「『昭和史』에는 그러한 망설임의 흔적조차 느껴지지 않는다. 사실은 이것이 전체를 통해서 가장 나를 놀라게 하고 있다」고 첨가하고 있다.

제4장은 「역사교육에 대해서」인데, 自己放棄나 인간 불안에 대해 龜井流로 서술되어 있다. 다음에 이 논쟁에서 의미가 있는 주요한 것은 비판문, 논문, 저작에 대해서 年譜的으로 기록해 보자.

1955(소화30)년 11월 遠山·今井·藤原 『昭和史』(岩波新書) 刊.

1956(소화31)년 2월 龜井의 「현대 역사가에 대한 의문—역사가에게 총
　　합적 능력을 요구하는 것이 과연 무리일까」(『文芸春秋』 3월호)

5월 竹山道雄 『昭和의 정신사』 刊. 『中央公論』이 「현대사 쓰는 방법을
　　둘러싸고」를 기획하였는데, 和歌森太郎 「역사의 견해와 인생—현
　　대사의 평가를 둘러싸고」, 遠山 「현대사 연구의 문제점—『昭和史』
　　의 비판과 관련해서」를 所載(6월호).

6월 龜井 「역사가의 주체성에 대해서」(『中央公論』 7월호)

7월 井上淸 「방관자와 희생자—『昭和의 정신사』 비판」. 龜井 「일본 근
　　대화의 비극」(『中央公論』 8월호).

8월 龜井 「擬似 종교집단」(『中央公論』 9월호).

9월 『역사학 연구』(200호)가 좌담회를 기획, 「역사와 인간—특히 현대
　　사 문제를 중심으로」(출석자 荒正人, 家永三郎, 上原專録, 木下順
　　二, 遠山茂樹, 野間宏, 松本新八郎, 松島栄一). 龜井의 「혁명의 움
　　직임을 둘러싸고」(『中央公論』 10월호).

10월 松田道雄 「전쟁과 인텔리겐차—현대사와 인간」(『思想』 11월호).
　　和歌森太郎 「역사과학과 인간성」(『中央公論』 11월호).

11월 『中央公論』(12월호)이 좌담회를 기획, 「현대사 쓰는 방법을 둘러
　　싸고」(출석자 中屋健一, 伊藤整, 桑原武夫, 江口朴郎, 加藤周一, 井
　　上光貞). 篠原一 「현대사의 깊이와 무게」(『世界』 12월호).

1957(소화32)년 4월 『思想』(5월호)이 특집 「歷史」를 기획, 林健太郎
　　「현대 역사학의 근본문제」, 井上淸 「현대사 연구방법의 문제점」
　　등, 龜井 「현대사의 과제」 刊.

6월 色川大吉 「역사서술과 문학」(『思想』 7월호).

　　1959(소화34)년 8월 遠山·今井·藤原 『昭和史(新版)』(岩波新書) 刊.

9월 『思想』(10월호)이 小特集 「현대사의 방법」을 기획, 篠原 「현대 정
　　치사의 방법」, 浅田光輝 「이데올로기 체계로서의 국가—『昭和史論』
　　에 실어」, 松沢弘陽 「書評·『昭和史』(新版)」 등 所載.

그런데 『昭和史』에 대한 龜井의 비판에 대해 和歌森太郎와 遠山茂樹에 의해 『中央公論』誌上에서 그 반론이 행해졌다. 여기서는 당사자인 遠山의 반론을 소개해 둔다. 우선 遠山는 「과학성을 부정하는 움직임」에 언급해서 그와 같은 동향의 하나에는 「결국 역사라는 것은 무엇이 진실인지 알지 못한다는 것이다」는 것처럼 「공식주의 비판」 속에 잘 나타나 있다.

이와 같은 동향 하에서 『昭和史』는 「집필자도 편집자도 예기할 수 없는 독자를 얻었다」고 한다. 왜 그럴까, 遠山는 다음과 같이 판단한다. 「독자가 나의 책에 추구하는 것은 왜 전쟁과 파쇼적 지배가 가능한 것인지, 왜 국민은 그것을 멈추게 할 수가 없었는지 하는 역사의 진실을 추궁하고 있고, 그리고 어떻게 하면 오늘날에는 이전 역사의 전철을 밟지 않으면서 평화를, 민주주의를 지키고 발전시켜 나갈 수 있는지를 분명히 하고 싶다는 것에 있었다고 생각한다」고 말한다.

역사가이고 학자이고, 지도자이기도 했던 遠山의 스타일에 우선 주목하고 싶다. 지식인들에 대해 행복한 시대의 스타일에 대해 주목해 보자. 그리고 다음과 같이 그는 문제를 제시한다. 「원래부터 개인 체험은 전체 중 극히 부분적인 견해와 관련되는 것이기도 하고, 각자의 주관과 멀어질 수 없기 때문에 전체적이고 객관적 역사와 그와 같은 개인적 체험 사이에는 원래부터 큰 거리가 있는 것이라고 할 수 있다」고 한다. 이 간격을 메우는 것이 龜井에 의해 비판받은 국민감정에 대해 설득력이 있는 것이라고 한다. 여기서 遠山는 이 괴리를 메우는 역사학의 방법에 대해 「역사의 객관적이고 내재적인 비판」을 추구하고 있는데, 어디까지나 「역사의 발전법칙을 내재적으로 추구해야 할」 것이라는 것이다. 이 추상적인 해답으로부터 드디어 遠山는 현실에로 하강하게 된다. 그것이 입장론이다. 즉 「역사발전은 기본적으로는 지배자와 피지배자와의 대립・투쟁에 근거하는 것이라고 생각한다면, 피지배자의 입장에선 비판일 수밖에 없다. 역사를 변혁시키려는 입장에서 역사가의 눈을 두고 역사의 움직임을 잡아가는 것이야말로 그 역사 비판은 내재적이면서, 더구나 객관성을 가질 수 있다」고 한다. 그리고 그러한 입장이야말로 前衛의 입장이라 할 수 있고, 더구나 있어야 할 前衛의 입장이라고 한다. 여기로부터 일거에 傾斜해 간다. 「나는 기본적으로는 27년 테제, 32년 테제 위에서 역사 비판의 입장을 추구하고자 한다」는 것이다.

이 논쟁의 전체상과 의의에 대해서는 堀米庸三의 『역사와 인간』이나 犬丸義一의 「『昭和史』 논쟁」에 그것을 언급하고 있다. 그런데 이 논쟁의 과정에서 주의해야 할 점을 들면 다음과 같은 것을 들 수 있다.

제1에는 遠山가 주장하는 입장론이다. 이것은 「스탈린 비판」 「六全協」이라는 배경을 가진 문제이다. 浅田光輝의 논문은 遠山的 입장에 대해 비판하고 있다. 제2에는 역사 연구에 대한 미국 정치학 도입의 문제이다. 정치과정(정책 결정)론, 퍼스낼리티 분석, 권력과 엘리트 등의 문제이다. 이것은 篠原一에 의해 방법론적으로 제기되었다. 제3에는 지식인론이다. 이것은 역사가의 문제와 관련하고 있다. 松田道雄의 언급은 몇 개의 힌트를 준다. 또한 『역사학 연구』 좌담회에서의 上原專録의 「낙서적 논문」의 추천, 즉 「지금까지 자신의 스타일을 깨트리는, 방법을 깨트리는, 이론을 넘어서는 것을, 정말로 하고 싶은 방식으로 일을 한다」는 제안은 의미가 있다는 것이다. 제4에는 역사 서술과 관련된다. 色川大吉의 민중사 구축의 제일보가 여기에 해당하는 것이다. 제5에는 논쟁 발단에 있는 「岩波新書」의 문제이다. 즉 문화(지식) 매체와 지식인의 관계를 말한다. 이 점에서의 자각적 발언은『中央公論』좌담회에서의 伊藤整뿐이다.

그런데 이 논쟁이 의미하는 것은 講座派型 마르크스주의 史学의 해체 과정을 들 수 있다. 여기서 講座派型 마르크스주의 史学이라고 이름 붙인 것은 역사의 경제 결정론적 이해, 역사학의 목적을 자연과학 일반적인 법칙을 추구하는 것에 두는 학문관, 개념분석을 중심으로 하는 역사 서술, 党 동반 혹은 강령 숭배에 자주 빠지기도 하는 이론이 강한 실천 지향성 및 실천 지향형의 라이프·스타일을 지닌 歷史像으로 특색지을 수 있다.

따라서 엄밀한 의미에서 講座派에 한정되는 것이 아니라, 단지 전형적으로 講座派로 대표되는 史学인 것이다. 이 해체과정은 한편에는 미국 정치학을 도입한 政治史型 방향과, 다른 한편에는 국민을 보다 생활 실체적으로 이해하려는 민중과 사실 구성적인 역사 서술이 합체하는 곳에 성립되는 民衆史型 방향이 分岐하는 과정이기도 하다. 그리고 또 이들 과정 자체를 위협하고 있는 것은 역사가가 지탱해 온 전후 지식인의 붕괴라 할 수 있다. (山泉進, 昭和史 論争(松本健一 편, 詳解 現代論争事典, 流動出版株式会社, 1980.1 참조))

18. 生態史観 論争

　1957년 2월호의 『中央公論』에 게재된 梅棹忠夫의 「문명의 생태사관 序說」은 방법론적으로 그 참신함과 스케일의 크기로 논단의 테두리를 넘어서 큰 충격을 가져왔다. 패전 이후 10년이 지나 갑자기 활발하게 된 일본문화론에서의 일련의 논문 중에서 加藤周一의 「雜種文化論」과 함께 갑자기 각광을 받게 된 논문이었다고 할 수 있다. 패전의 상처가 아직 아물지 않았던 이 나라의 문화적 부흥기에서 영국을 비롯한 서유럽과 일본을 同列에 제1 지역으로 분류하거나, 역사적 발전의 패턴에서의 공통성과 평행 現象에 대해 지적한 이 논문은 많은 誤読이 빈발하게 일어나면서 일본 내셔널리즘의 부흥으로까지 一役을 담당하게 되었다.

　논문은 冒頭에서부터 도발과 자극으로 전개된다. 「토인비라는 사람이 해 왔다. 역사가로서 대단히 훌륭한 사람이다. …나는 토인비 説에 감동하였지만 改宗은 하지 않았다」고 쓰기 시작하는 서문은 「도전과 응답」이라 제목이 붙어 있다.

일본을 「극동 문명의 한 分派」로서 하나의 독립된 문명권으로 받아들이는 토인비의 학설에 대해 梅棹는 스스로 아프카니스탄·파키스탄·인도 등에로의 답사 체험이 구세계에서의 문명상을 크게 2개로 구분할 수 있는 길을 열었다고 했다. 즉 영국, 프랑스, 독일 등과 극동의 일본을 제1지역, 그 중간에 광대하게 넓혀가는 소련 연방으로부터 중국, 인도, 파키스탄, 아프카니스탄, 유고슬라비아, 모로코에 이르는 부분을 제2 지역이라고 정의했다.

제1 지역은 모든 봉건제를 경험한 이후에 부르주아를 발생시켜 고도의 자본주의 사회를 형성했다. 이들 나라들은 어느 쪽도 대외 침략을 자행하였고, 또 혁명을 경험하였는데 전통은 보존되었다.

제2 지역은 거대한 전제 제국으로서 발달하였는데, 그 흥망 속에서 정체하고 있다. 이들 나라들은 제1 지역의 나라들로부터 압박을 받는 중에 독재적 관료에 의한 사회주의를 건설했다. 혁명은 전통을 파괴하고 일소하는 것이다.

더욱 논문은 제2 지역의 현상과 장래, 제1 지역의 과제—식민지 폐지에 수반되는 제2 지역 나라들과의 정당한 방법에 의한 상업하는 방법—에까지 설명에 이른다.

여기서 효論의 이론적 근거로 제시되고 있는 것이 생태학적 방법, 즉 식물 생태학에서 말하는 섹션의 이론이다. 제1 지역의 그것은 自成的 遷移=오트제닉·섹션이고, 제2 지역의 그것은 他成的 遷移=알로제닉·섹션이다.

제1 지역은 「혜택받은 지역」이라 할 수 있는데, 그것은 적당한 雨量,

토지의 높은 생산력, 삼림에 뒤덮인 中緯度 지역이다. 중앙아시아 유목민의 파괴적 폭력도 여기까지는 미치지 못했다. 제2 지역은 건조 지대인데, 제1 지대에 없는 고대문명을 주변의 사바나로 발달시켜 나갔는데, 끊임없는 파괴와 정복의 역사 속에서 생산력의 낭비를 할 수밖에 없게 되었다.

이후에 이 논문을 중심으로 해서 관련 여러 논문과 함께 단행본『문명의 생태사관』(中央公論社 소화42년)이 정리되는데, 同書의 帶에 小松左京이 쓰고 있는 것처럼 이 서설이야말로 전후의 가장 중요한「혁명적인 세계사 모델」로써 제시된 것이다.

반향도 비판・찬동을 포함해서 尨大한 것이었다. 같은『中央公論』(소화32년 3월호)에 일찍부터 加藤周一가「근대일본의 문명사적 위치」라고 제목을 붙여 다음의 2점으로부터 비판을 전개하고 있다.

「즉 제1로 일본의 지금의 문명을 전체로서 봐서 그 왜곡, 잘못에서 출발하는 것이 아니라, 고도의 문명국이라는 것에서 출발하고 있다는 점, 제2로 그렇게 된 이유를 설명하고 있는데, 서양화가 아니라 서양으로부터 독립적으로 병행해서 행해진 근대화 과정을 생각하고 있다는 점」이다.

또『総合』소화32년 6월호에서는 加藤周一, 梅棹忠夫, 堀田善江衛의 좌담회「문명의 계보와 현대적 질서」가 행해졌고, 잡지『心』에서도 竹山道雄, 鈴木成高, 唐木順三, 和辻哲郎, 安倍能成에 의한 좌담회「세계에 있어서 일본문화의 위치」가 행해졌다. 竹山道雄는 또『新潮』9월호에「일본문화를 논한다」를 쓰고, 찬의를 표명하고 있다. 그 밖에 荒正人, 梅棹忠夫, 永井道雄, 原田義人의 좌담회「문명론적 진단」(『中央公

論』소화32년 4월호), 竹山道雄, 林健太郎, 鈴木成高, 梅棹忠夫에 의한 좌담회「역사에 있어서 일본의 선진성」(『中央公論』소화32년 11월호), 竹内好의「두 개의 아시아史観」(『東京新聞』소화33년 8월 15~17일), 上山春平의「역사관의 모색」(『사상의 과학』소화35년 1월호), 上山春平의「마르크스 史観과 生態史観」(『京大新聞』소화36년 7월 3일), 神島二郎의「문명의 生態史観—梅棹 이론이 던진 충격」(『日本読書新聞』소화32년 12월 16일)이 있다.

마르크스 史観 측으로부터 다음 두 개의 논문이 제출되었다. 太田秀通의「生態史観이라는 것은 무언가」(『歴史批評』소화34년 3월호), 河音能平의「農奴制에 대한 覚書—소위『세계사의 기본원칙』의 비판의 시도」(『日本史研究』47・49호, 소화35년)가 있었다.

한편 梅棹忠夫는 前出의『문명의 生態史観』에 수록 간행된 各論으로서「新文明 世界 地図」(『日本読書新聞』소화32년 12월 16일),「生態史観으로부터 본 일본」(사상의 과학연구회에서의 보고),「동남아시아의 여행으로부터」(『中央公論』소화33년 8월호),「『中洋』의 나라들」(『세계의 여행』제2권의 해설, 中央公論社, 소화37년),「타이에서 네팔까지」(『朝日新聞』소화37년 2월 22~24일),「比較宗教学에 대한 방법론적 覚書」(『人民学報』제21호, 소화40년 12월)를 발표하게 된다.

그러나 이들 논문은 梅棹 자신이 단행본 上梓 때에 서술하고 있듯이 生態史観에 대한「詳説」혹은「各論」으로서 제출된 것이고, 반드시 무슨 논쟁으로서 응답한 것은 아니었다. 발단이 된「序説」그 자체가 梅棹 스스로 서술한 것에 편집부가 붙인 타이틀에 불과하고,「문명의 生態史観」까지가 본래의 타이틀이었다고 한다.

말하자면 梅棹 콘텍스트 속에는 一個가 완결된 논문이었던 것이다. 이것은 이 논쟁—즉「문명의 生態史観」논쟁이라는 것이 있었다고 仮定한 것에 불과하지만—을 이후까지 대단히 특수한 형태로 진행되게 되었다. 앞에 본 것처럼 대단한 반향과 찬동·비판 속에서 梅棹의 反批判이라는 소위 논쟁다운 논쟁의 형태를 취하게 된 것은 끝내 한번도 없었기 때문이다. 불과 좌담회 형식에서 梅棹의 육성을 들을 수는 있지만, 내용적으로 논문을 넘어서는 수준은 아니었다. 그러나 그럼에도 불구하고 이 논쟁이 전후의 수많은 논쟁 중에서도 중요한 논쟁일 수 있었던 것은 제기된 문제의 중대함과 학문적 실증에 의한 연구 논문으로 현재에 이르기까지 梅棹 자신, 혹은 今西錦司의 학맥에서의 연구보고가 제출되고 있기 때문이다. 梅棹 자신에 의한 이 계보의 작업을 추적해 보면, 다음과 같은 것이 있다. 梅棹忠夫·梅原猛 외 共著의『미래에의 대화』(雄渾社, 소화42년),『논집·일본문화』共編(엣소스탄다드 석유주식회사, 소화46년, 뒤의 講談社 現代新書),『비교 예능론』共編(平凡社, 소화46년),『수렵과 유목의 세계』(講談社文庫, 소화51년),『유럽 사회와 문화』(京大 人文研, 소화52년),『講座·비교문화』共編(研究社, 소화51~52년) 등이다.

이상 서술해 온 것처럼 이와 같은 형태를 가지는 것에 의해 모든 学的 논쟁이 그러 하듯이, 이 논쟁은 대립하고 있던 賛否의 논전을 넘어서 知의 체계와 세계관, 철학 영역에까지 무대를 넓히려는 요구에 의한 것이었다. 근년이 되어 梅棹의「生態史観」을 둘러싸고 적어도 두 개의 중요한 논고는 다음과 같은 것이 있다. 그 하나는 色川大吉의「여러 명치 백년」(『명치의 정신』筑摩書房 所収)에서의 梅棹의「生態史観」의 방법론적 비판과 또 하나는 다음에 서술하는 広松涉의 논문이었다.

広松涉는 「生態史観과 唯物史観」(『현대의 眼』 소화53년 4～12월 斷続 連載)이라 제목이 붙은 장대한 논고를 다음과 같이 쓰기 시작한다. 「前揭 논문만을 들어 보면, 生態史観이라는 것은 완전히 명목뿐이고, 실질적으로는 일종의 지리적 풍토 史観에 지나지 않는다는 인상조차 있었다. …그러면서 …生態史観과의 진지한 対質을 하지 않으려는 것은 혐오의 마음에서 벗어났다는 것이다. 梅棹 씨의 立論 내용을 요약하면서 더구나 史観으로서의『生態学的 史観』의 意想에 대해서는 이것을 唯物史観의 구조적 계기로 이해할 수 있는 것으로 생각한다」고 하였다.

生態史観을 둘러싼 논쟁은 개개의 분석적 細論의 是非를 둘러싼 논쟁을 넘어서서 그 방법과 視座를 둘러싼 문제에로 새로운 단계에 이르렀다고 말해야 할 것이다. (高沢晧司, 生態史観 論争(松本健一 편, 詳解 現代論争事典, 流動出版株式会社, 1980.1 참조))

19. 「大衆社会」論争

소화32년 일본 論壇은 大衆社会論을 하나의 중요한 테마로 전개되었다고 해도 과언이 아니다. 이 논쟁은 주요한 문제 제기자였던 松下圭一의 의도에 반해,「그 논점이 대중사회론 対 마르크스주의라는 형태로 진행되었고」「널리 주목받게 되었다」(松下). 널리라는 의미는 단순히 論者나 논문 수를 가리키는 것이 아니라 정치가, 경제학자, 역사학자, 사회학자들이 함께 서로 복잡하게 얽혀 있었고, 더 나아가 예술, 매스컴, 오락 등 여러 분야를 대상으로 하고 있었다. 사상 잡지, 총합 잡지는 물론이고 대중 오락잡지의 지면도 제공을 받아 硬軟의 양 측면으로부터 논해졌기 때문이다.

대중사회 논쟁의 출발점이 된 것은『思想』소화31년 11월호의「大衆社会論」의 특집이라 할 수 있는데, 그 중에서 특히 松下圭一의「대중 국가의 성립과 그 문제성」을 들지 않으면 안 된다. 松下는 이후 이 논쟁의 리더로서 활약했었는데, 「松下 이론」이 대중사회론을 대표하는 호칭으로까지 되어 갔다. 松下의 논문은 「대중국가라는 특수한 20세기 정치상황의 성립과 문제성에 대해 거의 1930년대까지 欧洲를 중심으로 추구되면서도 이제까지 충분히 시도된 적이 없었던 대중의 개념을 명확히 하는 것」을 과제로 한 것이었다. 「대중 내셔널리즘의 문제를 초점으로 하여 현재 欧美의 코뮤니즘이 어떠한 상황에 당면하고 있는가 하는 것에 대해 검토하고, 현대 코뮤니즘 이론에 대한 視座를 구축하고 싶다」고 하여 다음 해에는 문제작 「마르크스주의 이론의 20세기적 전환 —대중 내셔널리즘과 정치의 논리」를 『中央公論』 3월호에 발표하였다.

이 논문 冒頭에 松下는 「스탈린 비판, 더욱 그것이 내포하고 있는 정치적 중대성을 폭발시킨 東欧의 사태를 둘러싸고 코뮤니즘 이론은 새롭게 국가적 시련에 직면하게 되었다. 일본 코뮤니즘에 대해서는 이미 오랜 이전부터 그 이론적 혼미가 전달되고 있었다」고 지적하면서, 더 나아가 그 혼미의 이유로 「無謬 스탈린」이라는 국제적 신화에 倍加된 일본 공산당의 逆天皇制 의식에 대해 지적하고 있다. 그러나 松下가 주장하는 것은 일본 코뮤니즘의 사고방법에 대한 윤리적 심화 그 자체가 아니라, 그것이 이론적 전망에까지 転化되지 않으면 안 된다는 것을 지적하였다. 즉 코뮤니즘의 근본문제는 많은 지식인이 지적, 비판하는 대로 「마르크스주의의 이론적 나태에의 傾斜」뿐만 아니라, 또는 無謬性의 신화를 윤리적으로 극복하는 것에만 있는 것이 아니라, 20세기 오늘날의 사회에 即応해서 이론도 또한 20세기적으로 전환되지 않으면 안 된다는 것을 말하고 있다.

20세기에 이르러 자본주의의 산업 자본주의로부터 독점자본 단계에로의 이행은 고전적 시민 내셔널리즘 성립조건을 근저로부터 뒤흔들었다. 즉 「19세기적 시민사회로부터 20세기적 대중사회에로의 이행이라고 불려진다. 첫째, 新中間 단계의 출현을 포함한 압도적 인구량의 프롤레타리아化, 둘째, 사회 기술의 발달과 그것에 의한 대중문화의 성립, 셋, 정치적 평등화에 의한 사회형태의 변화가 그것이다」고 松下는 말한다.

「1848년 마르크스는 『공산당 선언』에서 노동자 계급은 조국이 없었다고 서술했다. 그러나 20세기에서는 노동자 계급은 조국을 가지게 되었다」. 노동자 계급은 19세기에서 국민국가로부터 소외된 존재가 아니라, 보통선거에 의해 정치적 주체로서 해방이 되면서 국민적 대중문화를 향수하고, 국가적으로 생활을 保障받으면서 국민적 충성심을 가진 대중이 되어 있었다. 그것은 「이미 완전한 인간성의 喪失態로서 아무것도 가지지 못하는 프롤레타리아트가 아니게」 되었다고 지적했다.

이러한 대중사회 상황은 또한 사회주의, 코뮤니즘도 변용시켜가지 않을 수 없었다. 「만국의 노동자여, 단결하라」는 마르크스의 말은 대중적 국민의식에 의해 배반되었다고 松下는 말한다. 대중적 국민의식을 단호히 거부하고, 프롤레타리아·인터내셔널리즘을 원칙으로 한 코민테른조차도 프랑스에서 反파시즘 인민전선의 성공에 의해 내셔널리즘을 재평가하지 않을 수 없게 되었고, 이제까지 코민테른이 거부해 온 조국의 관념은 노동자 계급의 조국 프랑스로서 부활했던 것이다.

「이러한 결정적 전술 전환은 이윽고 전략 전환에로 상승하게 된다」고 松下는 계속한다. 万国의 프롤레타리아트의 조국이었을 소련에서도 이완 雷帝를 포함한 기성의 민족영웅들이 부활하게 되었는데, 大祖国

전쟁(제2차 대전)의 승리, 東欧의 해방 속에서 스탈린을 정점으로 하는 소비에트·내셔널리즘의 自家 중독이 일어나게 되었다. 7개의 바다를 제패한 大英帝国에서조차 공산당은 1951년 강령에 「민족 독립」을 넣게 되었고, 스스로를 애국자로 표현하고 있다.

이러한 오래된 코민테른 型 코뮤니즘으로부터의 전환에 대해 코뮤니즘의 비판자들은 인식이 결락되고 「망령이 따라붙어 그 목을 따려고 한다」고 하였지만, 이것은 「전환을 충분히 소화하지 못한 일본 공산당에 책임이 있다」. 일본 공산당은 「코민테른 型 코뮤니즘으로부터의 전환을 충분히 파악하고 있지 못하였다」고 松下는 비판한다.

최후에 松下는 일본의 내셔널리즘의 現狀을 소극적인 反美로밖에 제기되고 있지 못하다고 우려하면서, 「대중으로서의 우리들은 무언가 적극적인 국민적 심벌—국민적 理想像에 의해 비로소 가능하게 되는 국민적 위신」을 가지기 위해서 필요한 「하나의 열쇠는 명치유신의 평가에 있다」고 맺고 있다.

이것에 대해 芝田進午는 「마르크스주의 학도의 입장으로부터」라는 副題의 「『大衆社会』 이론에의 의문」이라는 반론을 『中央公論』 소화32년 6월호에 발표한다. 「최근 마르크스주의에 대해 어떤 비판이 더해지고 있다. 『大衆社会』 이론으로부터의 비판이 그것이다」. 그리고 이 이론의 제창자는 「실존주의자로부터 실용주의자에 이르기까지 또한 정치적으로는 파시스트에 가까운 사람으로부터 사회주의자에 이르기까지 대단히 광범위하게 걸치고 있는데」, 「한 마디로 말하면 그것은 마르크스 계급투쟁의 이론을 부정하고 현대사회를 무력화시켜 無定形한 대중의 사회, 혹은 그와 같은 전능의 권력을 가진 엘리트의 사회로 간주한다. 대중에 대한 불신과 페시미즘, 엘리트의 물신화라는 점에서 궤를 같이 하고 있다」. 이와 같이 芝田는 대중사회론을 부정하고 있는데, 「『大衆社会』 이론의 치명적인 맹점은 그 주장자 자신은 엘리트인가, 대중인가 하는 것이다」고 비판한다. 「어쨌든 대중사회 論者는 정치를 심벌 操作으로 환원시켜, 좋은 심벌을 연구하면 수동적인 대중을 조작하여 정치를 움직일 수 있고 현실을 변혁시킬 수 있다고 상상한다. 이렇게 해서 몇 천만의 대중의 지그재그 여러 형태의 투쟁이 아니라, 심벌을 연구하는 정치학자의 두뇌활동이 되어 버렸다」. 이러한 대중사회론에 보이는 정치관은 새로운 것이 아니라, 백년 이상이나 옛날에 마르크스가 비판한 브루노·파워나 부르돈이 주장한 것과 같은 것이고, 「神聖 家族」이라고 芝田는 야유한다.

「중요한 것은 대중은 노동을 하면서 괴로운 생활을 영위하는 것, 그리고 생활 속으로부터 놀랄만한 지혜를 배우고 있는 것이다. 대중사회 論者의 최대의 결점은 바로 이러한 사실을 무시하는 것이다」. 즉 大衆社会論은 대중으로부터 배우려고 하지 않으면, 언어의 유희에 지나지 않는다고 芝田는 비판하고 있는데, 「오늘날 마르크스주의가 해결할 수 없는 이론 분야는 하나도 없는 것이다」고 주장한다.

이것에 대해 松下는 『中央公論』 同 8월호의 「일본에서의 大衆社会論의 의의」에서 우선 대중사회론과 마르크스주의의 대결로 받아들였고, 林健太郎는 「마르크스주의와 근대 정치학 대립의 극복」으로, 飯島良明는 「양자의 총합」으로, 鶴見良行는 「両者의 경쟁」으로 보는 것은 잘못이라는 것이다. 大衆社会論은 대중사회적 현실 상황에 대한 각각의 정치적 입장에서 형성되는 複数의 理論이라고 주장한다. 알기 쉽게 말하면 마르크스주의라는 정치적 입장으로부터 마르크스주의적 대중사회론도 있을 수 있다는 것이 松下가 말하려는 바였다. 그런데「마르크스주의의 일반적인 뒤떨어짐과 일본의 半封建性의 강조에 의해 일본 마르크스주의는 전후 일본에서 大衆社会化 現象을 단순히 종속화로밖에 파악할 수 없었다」. 더 나아가 松下는「대중사회를 만드는 독점자본은 이미 戰前에 성립하고 있었고」, 대중사회에로 이행하는 조건이었기 때문에「제국주의 전쟁이라 할 수 있는 태평양 전쟁을 이럭저럭 전체 전쟁으로 수행할 수 있었다」는 것이다.「이 전체 전쟁의 유산 위에 전후의 대중사회는 성립된다」고 새로운 자신의 주장을 제기했다.

松下, 芝田 외에는 丸山真男가 『현대정치의 사상과 행동』(未来社)에서 전후 일본의 정치상황에 대해 논하고 있고, 藤田省三는 헝가리 문제와의 관련으로부터 현대 마르크스주의가 가지는 내적 결함을 지적하고 있고, 林健太郎는 대중이 정치의 주체가 된 오늘날 마르크스주의는 이미 과거의 일이라고 주장하였다. 그런데 그는 오히려 松下나 藤田는 경제과정의 설명에 완전히 무비판적으로 마르크스주의를 援用하고 있다고 비판하고 있다. 대중사회론과의 관련으로부터 일본 정치구조의 변화를 실증적으로 분석을 한 연구자로서는 石田雄과 藤原弘達가 있다. 다른 한편 마르크스주의 측으로부터는 上田耕一郎, 井上清, 遠山茂樹, 嶋崎讓 등이 분석하고 있었다.

대중사회론은 新中間層의 등장을 하나의 지주로 해서 성립되어 있다. 그 때문에 중간층 문제가 대중사회론을 더욱 깊게 해 가는 형태로 전개되고 있었다. 黑川俊雄는 마르크스주의 입장으로부터「新中間層의 諸問題」중에서 밀스를 비판을 하면서「마르크스주의가 다하지 못하고

남겨진 문제」로서 「프롤레타리아트의 내부에서 각각 다른 層이 계급의
식을 가지기에 이른 객관적 가능성에 대해 특징을 지으려는 것」을 들고
있는데, 밀스의 풍부한 실증적 연구는 이용할 가치가 있다고 지적하고
있다.

　또한 田沼肇의 「일본에 있어서 中間層의 문제」는 대중사회론의 新
中間層의 등장이라는 인식에 근본적인 의문을 제출하고 있다. 그것은
일본 대중사회론에는 일본의 통계적 자료가 결락하고 있다는 사실을
들고 있다. 田沼는 스스로의 통계에 근거하여 「일본의 계급 구성은 旧
中間層의 비중이 무겁다는 점에서 특수성을 가지고 있다」는 것인데, 新
中間層의 비중은 미국과 비교하여 훨씬 가볍다는 것을 분명히 하고 있
다. 松下에 있어서 「노동자 계급과 新中間層 사이에서 일반적으로 균
일화나 접근할 수 있는 것처럼 주장하는 것은 잘못」이라고 비판한다.
(和田圭一, 「大衆社会」 論争(松本健一 편, 詳解 現代論争事典, 流動出
版株式会社, 1980.1 참조))

20. 構造改革 論爭

일본에서 構造改革 論爭은 일본 공산당의 현 綱領을 정하는 소화36년(1961) 제8회 党 대회에서의 강령 논쟁이라는 형태로 발생=전개했다. 때는 마치 이 党이 1951년 강령에 보이는 식민지 解放鬪爭的 反帝 独立民族解放 民主革命 路線이라는 「極左 모험주의」 자체 비판 하에 재출발해서 거의 5년이 지난, 소화30년(1955)을 기점으로 하는 고도성장의 제1단계가 본격적으로 전개되기 시작하던 때였다. 또한 선진국의 규정도 나오던 때였고, 1960년 安保鬪爭의 한가운데에 있었다.

이 構改(구조개혁 약자) 논쟁은 당 강령 논쟁의 형태를 취한다는 점에서 단순히 혁명론의 시비를 둘러싼 논쟁이 아니라, 일본의 現狀 규정을 둘러싼 논쟁으로 推移하고 있었다. 즉 일본을 미국 제국주의의 종속국으로 규정하여, 反帝의 과제를 안고 있던 反帝 반독점의 민주주의 혁명을 제1단계로 하였다. 그것으로부터 사회민주주의 혁명에로의 이행이라는 2단계 전략노선을 지향했던 당시 黨 중앙 주류=다수파와, 일본을 일정의 종속관계로 인정하면서도 기본적으로 자립된 제국주의로 규정하여, 반독점을 전략으로 하는 1단계 사회주의 혁명을 주장하고 있던 黨内 소수파와의 논쟁이었다. 일본 構改派는 이 후자의 부분으로부터 발생하고 있는데, 자신을 일개의 정치집단에로 형성시켜간다. 당시 黨 통제위원회 의장이었던 春日圧次郎나 内藤知周들 중앙위원 6인과 都위원회의 다수, 학생운동의 黨 활동가였던 다수파는 중심인물인 春日가 제8회 대회 직전에 「일본 공산당을 떠나기에 즈음한 성명」을 내고 離黨을 하게 되는 것을 계기로 해서 黨外 정치=이론 집단으로서 등장하게 된다.

이러한 형태로 발생=전개한 일본 構改派는 六全協, 스탈린 비판에 의한 기존 권위의 붕괴, 1960년 모스크바에서의 81개국 공산당 성명으로 인지된 평화혁명에의 가능성, 반독점 민주주의에의 가능성, 각국 독자적인 전략 설정 등을 사상적 토양으로 하여 전후 초기 中西功의 사회주의 혁명론과 연휴하고 있었다.

또한 反帝 민족해방주의의 所感에 반대한 国際派와 연대하고 있었고, 일본 자본주의 부활이라는 현실을 屈強의 論拠로 삼고 있었다. 그리고 이 정치집단 構改派의 등장은 또한 黨員 이론가 집단에서의 이론 활동과도 연계하고 있었다. 그것은 강좌 「현대 마르크스주의」를 비롯하여 제1차 『현대의 理論』誌, 강좌 「현대의 이데올로기」, 季刊 『日本経済分析』, 강좌 「전후 일본의 이데올로기」, 「중립 일본의 구조」 등을 무대로 하여 일본의 뛰어난 마르크스 이론가=연구자가 참가하고 있었다. 그들은 소화33년 간행된 『현대 마르크스주의』를 그 이론 활동의 출발점으로 삼고 있다는 점에서 「현대 마르크스 주류파」라고 호칭되었다.

이 전 3권의 강좌 『현대 마르크스주의』의 집필진은 자신의 진면목을 보인 것이었다. 그 제1권 『마르크스주의와 현대』에서는 「대중사회론과 마르크스」의 편을 上田耕一郎가, 제2권 『마르크스 경제학의 전개』에서는 「과도기에서의 현대 자본주의」의 편을 井汲卓一가, 「일본에서 사회주의의 諸条件」을 杉田正夫가, 궁핍화론 비판에 대해 浜川浩가, 제3권 『현대혁명의 諸問題』에서는 「현대 민주주의 구조」의 편을 村田陽一가, 「사회주의에의 민주주의적인 길」의 편을 不破哲三가 집필하고 있었다.

마르크스주의를 현대에 발을 붙여야 할 때에 그들의 教条化된 종래 마르크스에 대한 비판과 현실적이고 창조적 입장으로부터 파고들려는 의욕을 보고 판단해야 함과 동시에, 각각의 과제와 그 자체에 그들의 문제의식을 되돌아보아야 하는 것이 필요하였다. 이들은 長洲一二, 森田桐郎 등을 포함하여 井汲卓一를 중심으로 결집하였고, 이후에는 그 참가자 上田·不破로부터 그룹주의가 되어가고 있던 사람들에게 자기비판을 내리도록 「井汲 塾」이라 불려지는 一団을 형성하고 있었다. 그리고 그들은 혁명론에 대해서는 不破·鶴田三千代 등이, 국가독점 자본주의론에 대해서는 上田·長洲·井汲·今井則義가, 現状 분석에 대해서는 上田·小野義彦 등이 중심이 되어 전개하고 있었다.

이러한 이론 집단은 선진국 혁명=구조개혁론, 국제정책=중립론, 당 조직론=대중적 전위 정당론의 3점에 있어서 큰 줄기를 형성하고 있었다. 강령 책정에로 향한 일본의 현상 규정을 둘러싼 2대 정치조류의 형성과 관련하고 있었는데, 말하자면 構改 이론 집단에서의 2분해라는 사태를 나타내고 있었다. 일본 構改 이론 집단의 2분해라는 現象은 무엇

이냐 하면, 그것은 일본 제국주의 자립=반독점 사회주의 혁명=構改論
이라는 등식을 주장하던 사람들과 종속=反帝 독점 2단계 혁명=構改論
이라는 등식을 주장하던 사람들의 2潮流를 의미하고 있었다.

전자는 이 집단의 대다수였지만 党外에로 이탈하여 갔고, 후자는 不
破·上田 등의 극소수였지만 당내에 잔류하는 방향에로 나아갔다. 후
자의 構改論이 잔존할 수 있었던 것은 構改論과 2단계 전략이 병존=결
합할 수 있는 이론적 조건을 구비하고 있었던 것에 있었다. 그러니까
오늘날 「혁신을 지배한 構改論」이라는 조건은 이미 소화36년 단계에서
존재하고 있었다고 할 수 있는 것이다.

그리고 八大会 강령은 構改論을 부정하는 내용을 애초부터 가진 것
은 아니었지만 構改論을 가능하게 만드는 강령이었다고도 할 수 있다.
단지 반독점 사회주의 혁명은 명확히 부정하고 있는 것은 아니었지만
그것을 가능하게 만들었다.

構改論의 初発은 자립=종속 논쟁이었다. 일본을 자립한 제국주의라
고 규정한 주장자는 小野義彦였고, 처美 종속국이라 규정한 것은 上林
貞次郎, 豊田四郎 등의 중앙 지지파의 모든 사람이었다. 이후에 小野와
같은 構改派였던 不破·上田 형제가 중요한 論者로써 등장하게 된다.
小野가 종속론자 비판자로 등장하게 되었다는 것은 上林 등이 속해 있
던 식민지 종속론적 생각, 즉 자본 속에 민족자본을 형성하는 동맹자를
찾아내는 그 德田 民族解放 民主革命 路線論에 대한 비판임과 동시에,
八大会 강령 노선에서의 宮本顕治와 나란히 春日正一의 일본권력=日
美 블록 권력론에의 비판으로 일정한 유효성을 가지고 있다고 봐야 한
다. 그러나 日美 제국주의 사이의 모순을 주요한 日美관계로 이해해야

한다는 주장은 그 레닌 불균등 발전=자립 제국주의 사이에서의 투쟁이
라는 직접적 적용이어서 전후 세계의 일체를 규정짓는 냉전에 의해 등
장한 냉전 제국주의라는 신단계의 등장, 그것에 의한 경쟁=대항으로부
터 통합=지배의 型에로의 제국주의가 이행하는 것에 대한 무시에로, 즉
말하자면 이것은 전후 고도성장도 미국에 의해 일거에 재래의 산업편
성을 무시하는 위에 이식되었다는 것을 말하는 것이다. 이것은「냉전
식민지적 사물 컬쳐(문화)」라고 불려질 정도의 중화학 공업화밖에 없
었던 것에 대해 무시에로 귀결하는 수밖에 없었다는 것을 의미한다.

이러한 점에서 小野 비판자로서 나타났던 上田도 약점을 보이고 있
었다. 上田는 식민지 종속론을 비판하였다는 점에서 평가할 수 있지만,
제국주의 부르주아지 내에서의 이분화와 그 한편이었던 対美 종속적
자본의 현시점에서 압도적인 것을 보이고 있다고 주장하는 것에 지나
지 않았다. 이 두 견해는 받아들여야 할 정책으로서 小野의 경우는 제
국주의 사이의 모순을 이용한 중립화와 구조개혁적이고 잠시적 변혁에
대한 가능성을, 上田의 경우는 보다 좋은 중립 정부의 가능성에 입각한
「정책 전환을 중심으로 해서 싸운다」는 것이었다. 構改派인 점에서는
양쪽 다 같다. 근본적인 분석에서는 양자는 똑같이 약점을 안고 있었지
만, 자립이냐 종속이냐 하는 판단의 문제에서는 우선 上田 쪽을 평가할
수 있다. 어쨌든 이 자립=종속 논쟁은 構改 이론집단의 2분해에로 나갔
는데, 不破·上田 등의 종속론자와 당을 이탈한 自立論者에의 분해를
지칭하는 것이었다.

두 번째의 논쟁으로서 나라 独資 논쟁이 있었다. 이 논쟁에서의 한편
의 主論者는 今井則義, 井汲였고, 다른 한편에서는 上田였다. 이것도

構改派 내의 논쟁을 계속 이어가는 것이었다.

그런데 전자는 構改論을 선진국=나라 独資의 보편적 전략으로 내걸려는 것이어서 나라 独資 그 자체에 構改를 가능하게 만드는 조건으로 나라 独資論을 전개했다. 그들은 동독의 K·튀선크의 영향을 받아 생산력의 사회화와 조응하는 생산관계에서의 사회화의 발전이라는 논리로부터 나라 独資를 생산관계의 사회화 형태로 파악한다. 여기서 국가는 공적 성격을 확장시킨 것이어서 노동자는 이 공적 성격에 개입하여 자신의 정책적 요구를 실현하는 것으로 받아들였다. 이것에 대한 비판은 不破를 비롯해서 島恭彦·向笠良一 등이 행하고 있었다. 그들은 나라 独資가 전반적 위기를 전제로 하고 있다는 것에 대한 무시, 동시에 나라 独資가 정치 반동으로 그것은 정치 반동과 민족 제압의 체계라는 것 등에 대하여 레닌을 援用한 위에 비판을 행하였다.

그러나 전후 세계적 통합·지배의 시대에 국가적인 테두리 내의 국가 독점 자본주의론으로 현대를 충분히 분석할 수 있는 것인지를 문제 제기해야 하는 것은 아니었을까.

그런데 이러한 자립=종속론과 나라 独資論을 중심으로 이루어지는 構改 논쟁은 전자를 기준으로 해서 정치집단으로서 등장=離党과 構改 이론집단의 분해, 다수의 離党으로 귀결되었다. 이 離党 논쟁에서의 양자는 그 후 어떠한 道程을 걸었을까. 정치적 집단이 된 일본 構改派는 「사회주의 혁신운동」을 결성하여 党에 대한 비판집단으로서의 당초의 자기한정으로부터 사회당에 대한 직접 개입 전술로서, 그리고 「통일사회주의 동맹」이라는 정당에로 변화하였다가, 그 후 분열을 되풀이 하다가 소멸해 갔다. 力石定一나 佐藤昇 등은 이미 마르크스주의 포기를 선언했다. 또한 安東仁兵衛는 사회당의 우파인 社民連에로 참가하였다. 長洲는 社共 중축의 의미를 가졌던 자치제 수장에로 転身해 갔다. 당장 理論誌로서는 제3차『현대의 이론』이 남았을 뿐이어서, 소화36년에 출현한 정치집단 일본 構改派는 기본적으로 해체되었다고 볼 수 있다.

이것은 구조개혁 노선 그 자체의 파산을 의미하는 것일까. 그렇지 않으면 日本型이라 규정할 수 있는 일본 構改派의 파산을 의미하는 것일까. 이미 그러한 현상은 나라 独資論에도 보였기도 하였는데, 構改 이래 오퍼튜니즘(기회주의)은 자신 집단 내에서는 이미 정리되었어야 할 자신을 옹호해 주던 사람들조차 멀어지게 만들었다. 한편 構改派 이론가 집단인 소수파 不破・上田는 자립=종속 논쟁에서 構改 다수파와 헤어져, 「마르크스주의와 현대 이데올로기」로 하는 자기비판 논문을 발표하여 현 党内의 지도자로서 부상하고 있었다. 그들의 자기비판은 종속론이 가지고 있던 약점이나 井汲 塾에서의 그룹주의=당파성 등에도 미쳤던 것이지만, 소위 構改論에 그 영향을 미친 것은 아니었다.

생각해 보면 構改라는 것은 스탈린 비판을 그 전환축으로 삼고 있었다. 러시아 型으로부터의 탈각으로 나타난 선진국 혁명노선으로 등장했다. 혁명 이전의 국민적 다수파를 결집할 가능성과 그 어쩔 수 없는 조건의 발생, 그것을 실현할 수 있는 권력 획득 이전의 여러 민주적=구조적 개량, 그 개량은 권력 획득 이전의 연합정부에 의한 개량을, 혹은 혁신 자치체 형성도 포함되는 것이다. 당장 권력 획득마저 인민에게 그 요구를 연기시키게 할 수는 없었다는 것이 트리아티의 판단이었다. 이러한 다수파 결집의 조직 노선으로서의 통일전선, 그리고 평화 이행의 추구, 더 나아가 제국주의적 혁명 간섭을 배제하고, 국민적 요구로 판단되는 중립 외교 노선, 이렇게 하여 다수파 결집에 의한 일반 민주주의 실현으로 통하는 사회주의의 전망이 내세워진다. 이러한 인식의 배경에는 세계 인민의 성장과 제국주의 전쟁에의 감소라는 인식이 자리잡고 있었다. 그리고 더 나아가 다수파 결집 때문에 형성되어야 할 조직론은 대중적이고 민주적인 前衛党論인 것이다. 이 노선의 총체가 그 이탈리아 공산당 起点의 構改論일 수밖에 없었다. 일본 構改 정치집단에는 인민 세력의 성장과 그것을 중심으로 한 개혁이라는 자세는 보이지 않고, 그러한 불가피성에 대한 物的 토양을 너무 과신한 약점이 도사리고 있었다. (金容権, 構造改革 論争(松本健一 편, 詳解 現代論争事典, 流動出版株式会社, 1980.1 참조))

21. 前衛 短歌 論争

　당연한 것이지만 논쟁이 가지는 의미를 총체적으로 파악하기 위해서는 그 내용 그 자체의 이해 이외에 그것이 어떠한 문학 상황 속에서 어떠한 이념의 대립을 가져왔는지를 명확히 하면서 이루어지는 것이고, 그 결과로서 어떠한 반향을 일으켰는지를 시야에 두지 않으면 안 된다.

　특히 소위 「前衛 短歌 논쟁」은 구태의연한 歌壇 속에 겨우 그 싹을 틔우기 시작한 一群의 신인들을 키워야 할 필요성으로부터 편집자 측에서 의도적으로 企図된 것인 이상, 당시(소화30년 전후)의 歌壇 상황을 무시하여서는 이 논쟁을 생각할 수는 없다. 소화26년『短歌 研究』에서 당시 편집자 中井英夫의 손에 의해 塚本邦雄, 浜田到들 9명의 젊은 歌人을 기용한 「모더니즘 短歌 특집」이 마련되었다. 同年 塚本邦雄의 제1 歌集『水葬物語』이 上梓되었는데, 이들 2개의 前衛 短歌의 싹은 당연한 것이면서도 당시 歌壇으로부터는 완전히 묵살을 당하였다.

그것이 소화29년 제1회 「短歌研究新人会」에 中城ふみ子가 「乳房 喪失」
을, 同年 제2회에 寺山修司가 「체홉 祭」를 가지고 특선이 되면서 갑자
기 꽃을 피우게 된 것은 전후 短歌史의 상식이었다. 동시에 평론 부문
의 신인상을 받은 菱川善夫의 「패배의 서정」(소화29년), 「春の会」「青
年歌人会議」와 같은 젊은이의 연구회 결성(소화31년), 塚本邦雄의 제2
歌集『粧飾 楽句』와 岡井隆의 제1 歌集『斉唱』의 간행(소화31년)과
다음 세대를 짊어지고 나갈 젊은이들의 왕성한 활동이 시작되면서, 때
마침 창간된 『短歌』를 더한 두 개의 잡지에서 신인 발굴 작업이 이루어
졌다. 소화31년 전후는 한편으로는 「難解派」라는 빈축을 사면서도 短
歌 前衛가 무시할 수 없는 반향으로 그 존재가 부각되기 시작한 해라
할 수 있다.

　이와 같은 중에서 당시의 『短歌 研究』 편집자 杉山正樹에 의해 이루
어진 것이 大岡信・塚本邦雄의 소위 「前衛 短歌 논쟁」이라 할 수 있
고, 또한 吉本隆明・岡井隆의 「定型 논쟁」이 있었다. 嶋岡晨・寺山修
司의 논쟁까지 포함하여 소화31, 32, 33년의 1년 마다 전개된 이들 논
쟁을 즐겼던 이들은 새로운 조류로서 부상해 온 短歌 前衛가 처음으로
그 존재기반이 의문시 된 것이라고 자리매김할 수 있다. 그리고 그것이
歌壇의 구세력으로부터의 비판이 아니라, 오히려 논쟁이 일어날 필연성
이 희박했던 현대시 측으로부터 비판이었다는 것이 특이한 점이었다.
그들의 당면한 적은 결코 「嶋岡晨의 보르드 液에 의한 害가 아니고」
(寺山), 아라라기(アララギ) 앙리알리즘으로 대표되는 자연주의적 리얼
리즘 만능의 소위 歌壇 세력이었던 것이다. 그와 같은 정세 속에서 「굉
장히 친근감을 느낀다」(塚本)는 현대시 측으로부터 비판의 화살을 피

할 수 없게 된 것이다. 예를 들면 塚本의 말투에 그 이전에도 이후에도 끊임없이 변명 같은 말이 나온 것도 그와 같은 사정을 생략하고서는 생각할 수 없다.

「難解派」라는 말을 듣고 있던 一群의 젊은 歌人들의 작품을 어떻게 보는가 하는 테마가 부여된 大岡信의 문장 「상상력과 운율과」와 그것에 대한 塚本의 반론이었던 「걸리버에의 献詞」는 소화31년 3월호의 『短歌 研究』에 동시에 게재되었다.

大岡는 상징주의를 통과했는가 아니면 통과하지 못했는가를 기점으로 현대시와 短歌의 분기점을 찾는다. 葛原妙子는 「難解派」 歌人 내부에서 비평이 얼마나 통절하게 자신과의 투쟁과 관련하고 있는 가에 그 분기점을 찾았다. 그들 작품에 나타나는 공통적인 패턴으로 가락의 파괴와 上句・下句의 명확한 분리, 上句로부터 下句에의 転調에 작자의 심리가 상투화하고 있다는 것을 지적하고 있다. 그들 작품에는 무엇보다 감동이 보이지 않고, 또한 歌人의 악전고투도 이 詩型 속에서만 이루어지는 한, 결실이 없는 것이라고 결론지었다. 더욱 短歌에서의 상상력의 회복은 새로운 가락과 관련되는 것이어서 가락이 독자에게 시간의 의식에 대해 강조하고 있는데, 이 문제가 이후 발전해야 할 최대의 쟁점이 된 것이다.

한편 塚本는 이 오래된 冠鶴(短歌)에 모든 수단과 방법이 강구되었는가 하고 의문을 던지고 있는데, 短歌의 르네상스는 자신만이 할 수 있다는 자각 하에 魂의 리얼리즘을 발표하기에는 당연히 메타파나 알레고리(비유) 등의 직접적인 효과가 필요하다고 지적했다. 가락에 대해서는 大岡가 최후에 斎藤茂吉와 窪田空穂의 고명한 2首를 들고 있다.

그 실례로 들고 있는 것에 대해 강한 의문을 표명하면서도 기분 좋은 리듬을 대신하여 강렬한 굴절을 만들기 위한 上下句의 구분을 중시하는 새로운 가락의 조감도를 보였다. 양자의 논점에서의 차이는 大岡의 「단적으로 말하자. 塚本 씨는 혼의 리얼리즘이라고 말하고 있다. 한편 나는 말하자면 혼을 이라고 말하였다」는 발언에 보이는 바와 같이, 감동의 경우도 가락의 경우도 한편의 What이라는 관념에 대해 또 다른 한편의 How라는 시점의 차이와 같은 것인데, 그것은 또 短歌에서의 局外者와 실작자의 차이라도 해도 좋다.

大岡의 3번째의 문장 「円環的 세계로부터의 탈출」에서 그가 구체적으로 塚本의 제2 歌集 『粧飾 樂句』를 들어 시작된 논쟁은 나름대로 방법 논쟁으로서의 발전을 보인 것이었다. 大岡는 塚本의 「われ(나)」를 받아들이는 방법을 지적하고 있는데, 그것은 塚本의 심리와 歌의 상호 충족관계를 유지한, 말하자면 円環이 닫힌 세계라고 단정했다. 그리고 「이와 같은 円環的 포에지(시)의 세계를 어떻게 해서 깨트릴까」 「끊임없는 자기 혁신, 그것과 동시에 획득한 이마쥬(이미지)로부터의 끊임없는 이탈이야말로 시인에게 필요한 행동이 아닌가」 하는 것으로부터 보면 페티시즘(물신 숭배)에 속하는 정신적인 경향을 강하게 경계했다.

그것에 대해 塚本는 그것은 단순한 물신 숭배가 아니라, 「자신의 상황이나 사물에 대한 극복은 어디까지나 고독을 참으면서 인간에 대한 집요한 응시와 철저한 확인이 이루어져야 할 것이다」고 대답했다. 塚本는 더욱 현대시에 있어서 리듬에 대해 고찰하고 있는데, 거기에도 결국 볼만한 새로운 가락을 발견할 수 없었고 그런 까닭으로 역으로 文語 定型詩가 담당해야 할 역할의 중요성을 재확인할 수 있었다는 형태로 문장을 맺고 있다.

각각 3篇씩의 문장으로 이루어지는 大岡·塚本 논쟁은 2사람이 두어져 있던 상황, 입장, 詩型에 대한 차이를 강하게 인상짓고 끝났다. 거기서 문제가 된 것은 현재라는 지점에서 되돌아 보아도 전부가 또한 절실한 문제뿐인 것이다. 그러나 그럼에도 불구하고 大岡가 지적한 정당성은 이런 것이다. 마음을 찬찬히 기다리는 것이라는 소박한 감상은 당시 이 논쟁에 공을 들였던 몇 개의 문장을 봐도 알 수 있다.

큰 쟁점이 된 가락의 문제점에 대해서도 실체는 명확하게 밝혀지지 않는 채로 끝나버린 감이 강하다. 예를 들면 만일 1년 이후 舎本·岡井의 「定型 논쟁」과 순서를 바꾸어 생각해 본다면, 이 문제에 대해서 어떠한 식으로 論의 전개가 예상될 것인가 하고 생각해 보는 것은 단순한 흥미에 그치는 것이 아니라, 현재의 시점에서 운율을 생각해 봐도 유효한 방법인 것이다.

嶋岡晨와 寺山修司 사이에 교환된 소화33년『短歌 研究』誌上에서의 논쟁은 寺山의 「날개 있는 種子」 48首에 대한 비평이라는 형태로 출발했다. 嶋岡의 비판은 寺山 작품에서의 「다양한 상황 설정 속에로 옮겨진 <나>라는 것이 픽션의 기능 하에 얼마나 진실된 자아를 살리고 있는지에 대해서는 의문이다」고 말하고 있기 때문에 「비극은 그가 短歌 형식으로부터 구원을 받을 수 있는 포에지의 소유자에 그치고 있는 것이다」고 지적한 것이다. 이것을 발단으로 해서 두 사람의 논쟁은 양식과 자아라는 문제에 집중되었다. 嶋岡는 어디까지나 양식에 의거해서 작품을 만드는 것에 대해 불결한 안주라고 간주하면서도 포에지의 결여를 지적한 것에 대해, 寺山는 양식 중에 하나의 유희성을 인정하고 있는데, 유희야말로 부조리 극복의 한 방책이 될 수 있다는 입장을 명확히 했다. 그리고 短歌 형식에서의 자아라는 것은 만들어진 작품의 문제가 아니라, 「단가라는 형식에 자신의 감동을 제어해서 부르려는 気性 자체의 저변에 자아의 문제가 있다」고 하여 그 근원에 여러 장면에서 自己劇化를 희구하는 인간의 극적 성격에 두고 있었다.

각각 두 번씩의 그것도 비교적 짧은 문장에 의한 논쟁이었지만, 이것이 제기한 「私」性의 문제는 이후 岡井나 寺山들을 중심으로 해서 계속 논의가 이루어지게 되었다. 「나의 확산과 회수」라는 테마는 소화30년대 후반에서 무엇보다도 주요한 문제였다고 해도 과언이 아니었다.

그러나 이 嶋岡·寺山 논쟁 자체에 한정해서 말하면, 양식 혹은 型을 받아들이는 방식에 대해서 嶋岡에게는 너무나 소박한 이해밖에 없었다는 것이 내용의 심화를 一步 저해한 원인이라고 생각된다. 短歌 定型이 그와 같이 고정된 테두리로서 존재하는 것이 아니라는 것은 이미 소화 31년에 씌어진 岡井의 「반주 악보」 속의 「안으로부터 밖으로 향하는 정신—포에지의 원심력과 밖으로부터 안으로 향하는 詩型의 구심력이 일순 균형을 유지하고, 이 백열하는 역학적 평형을 定型이 되게 한다」는 요구에도 분명하다. 양식에 대한 불신을 표명하는 것이라면 嶋岡는 적어도 이 정도의 歌人들에게 定型에 대한 인식정도는 염두에 두었어야 했을 것이다.

이상의 두 개의 논쟁은 문제제기를 위한 논쟁이라는 느낌이 강한데, 미해결인 문제가 산더미인 채로 끝났던 것인데, 어쨌든 겨우 싹을 틔웠다고 하는 상태였던 前衛 短歌가 당장 전후 短歌史 위에 무시할 수 없는 족적을 남길 수 있었던 큰 기초가 실로 3개의 논쟁과 그것을 기반으로 한 소화30년대 후반의 활발한 논의와 관련하고 있다고 위치지어도 결코 과장된 표현이라고 할 수 없다. 그리고 그것들이 필드의 다른 분야로부터의 비판에 의해, 문제가 詩型의 근원에로 수렴될 수 있었던 것도 첨가해 두면 좋을 것이다.

그들 前衛 기수들이 「前門의 호랑이」에 대응하여 한편에서는 과격하기까지 「後門의 돼지」(「短歌 批評의 可能性」)의 기분을 배려하지 않으면 안 되었던 사정은 지반이 약한 곳으로부터 분출하는 지하수와 같이, 그 후 진저리나게 나타나는 前衛 부정론을 보고 또 그 말살론을 보면 용이하게 납득이 될 것이다. 지금 그 전형으로 玉城徹과 菱川善夫에 의한 소위 「호랑이 돼지 논쟁」을 보자.

이것은 玉城徹가 前衛는 결국 意匠의 문제에 지나지 않는 것이고 원래는 기본적인 문학사상 또는 방법론 등이 없었기도 하지만 前衛 작품은 그 희소가치를 잃어버림에 따라 그 존재이유가 없어졌다고 단정한 것에서 시작된 것이다. 議論은 玉城의 이와 같은 学史를 묻는 「文学史」觀 논쟁으로 발전했다. 그 성과는 「비평가는 문학사에서 누구보다도 미래를 열렬하게 살아가지 않으면 안 된다」는 마니페스트(선언) 하에 문학사에서 비평가의 책임을 엄격하게 따지는 菱川善夫의 문학사론에서 알 수 있는 것이다. (永田和宏, 前衛短歌 論争(松本健一 편, 詳解 現代論争事典, 流動出版株式会社, 1980.1 참조))

22. 제1차 戰後文学 論爭

소위 「戰後文学」 논쟁이라 불려지는 것은 1960년 안보투쟁 이후의 환경 속에 이미 행해지고 있던 「純文学 논쟁」의 과정에서 「戰後文学」의 이론적 지도자였던 平野謙의 발언—「純文学」 변질설과 「문학 엑추 얼리티」說—에 대해, 平野와 같은 잡지 『近代文学』의 제1차 同人이었던 佐々木基一가 그 平野 說을 「俗化의 위험이 있다」고 論難하였다. 그러한 平野 說이 나온 배경으로 당시의 野間宏, 埴谷雄高, 椎名麟三들 「戰後文学」者들의 문학적 침체를 들 수 있다.

「戰後文学」이라는 이름 하에 유통되어 온 작품군에 대한 비판은 「戰後文学」 논쟁 이전에도 많이 존재해 왔다. 吉本隆明의 「戰後文学은 어디에 갔는가」, 혹은 花田清輝의 「戰後文学 大批判」도 각각 소화32년, 33년에 발표된 것이어서 佐々木의 「전후문학은 幻影이었다」(소화37년)보다 앞서고 있다. 그러나 잡지 『近代文学』에 의한 비평가와 그 주변 작가들(「戰後文学者」들)에 대한 비판으로써 일본 공산당의 문화 정책적 비판을 보더라도 花田淸輝의 「椎名麟三論」(소화32년), 혹은 中村光夫의 「독백의 벽—椎名麟三 씨에 대해서」(소화23년) 등이 그 선구적인 것이라 할 수 있다.

中村光夫는 거기서 「내가 씨의 관념적인 독백 같은 소설수법 속에 느끼는 것은 평범하고, 재기가 부족한 자연주의 이래 서민의 마음과도 통하는 선량한 청년의 마음인 것이다. 그것이 허무하다든가, 영원하다든가, 생활의 優劣 등이라는 철학 청년 같은 잠언으로 장식된 씨의 문체의 기교와는 괴리가 있다는 것은 보기에도 참을 수 없는 陰慘한 희극이라 생각됩니다」고 말하고 있다. 椎名뿐만 아니라, 다른 전후문학자들도 비판하고 있다. 花田淸輝는 「椎名에게는 사상이 없다. 그도 또한 荷風와 같이 一介의 아르치찬(직인)에 지나지 않는다. 단지 노인과 다른 것은 진짜 절망을 하고 있다는 점을 들 수 있는데, 그 절망도 결국 시인의 절망이기 때문에 서민적이면서도 서민의 절망을 느낄 수 없다는 것이다. 따라서 작품 속의 서민의 그로테스크한 모습은 모두 시인의 자화상이 된다는 것이다」고 서술하고 있다.

花田와 中村라는 일견 대립적인 두 사람의 비평가, 거의 동시기에 거의 같은 문맥에서의 椎名麟三 비판, 전후문학 비판을 행하고 있다는 사실은 실은 극히 중요한 문제제기를 하고 있는 것이다. 단지 여기에서 대상으로 삼고 있는 전후문학 논쟁의 주변에 형성된 여러 언설이 패전 직후에서 花田淸輝나 中村光夫의 言說의 콘텍스트(문맥)와는 다른 차원에서 형성되고 있다는 것을 지적해 둔다. 그리고 여기서 대상으로 삼고 있는 전후문학 논쟁은 전후문학이라는 이념 속에서 싸워 온 것들이다.

吉本隆明의 「戦後文学은 어디에 갔는가」는 그 題名이 단적으로 나타내고 있듯이, 여기에 있어야 할 전후문학이 어디에 가버린 것인가 하고 묻는 것이다. 「만일 野間나 椎名나 埴谷들이 전후 급히 만든 혁명운동을 한 것과 상관없이 저 동란 속에서 내재하고 있던 전쟁시기에서의 자신의 내면을 도려내는 것으로부터 출발하고 있다. 그 도려내기에 가치가 있는 내면세계를 전쟁에로 대치가 가능하다면, 전후문학은 또 별개의 길을 걸어갔을 것이다」고 말하고 있는 것으로부터 여기서 吉本는 항상 현재 여기 있어야 할 전후문학을 상정한 것이다. 만일을 전제로 하고 있는 것이다. 그리고 花田清輝의 「전후문학의 大批判(두 개의 그림)」에서도 이러한 사정이—앞의 「椎名麟三論」과는 약간 달라서—변하지 않는다는 것은 이미 알 수 있다. 말할 나위도 없이 이 吉本와 花田의 전후문학 비판에서 그들의 전후문학관이나 더 나아가서는 문학관을 직선적으로 인용한다는 것은 불가능하고 무의미할 것이다. 그러나 어쨌든 이 시점에서 전후문학의 이념이 吉本나 花田에 있어서도 그러한 생각을 받쳐 주고 있는 것임에 주목하지 않으면 안 된다.

그리고 이 논쟁의 발단이라고 불려지는 佐々木基一의 전후문학=幻影説로 인한 이유 때문이기도 하겠지만 결코 전후문학에 대한 대립적 비판이 아니라, 오히려 1960년 안보 이후의 정치적·사회적 여러 상황에 어떻게 전후문학자가 대처해 갈 것인가 하는 일종의 状況論的인 것이라 해도 좋을 것이다. 佐々木가 「전후문학은 幻影이었다」는 말미에 「그들은 전쟁에 의해 非常時를 日常時로 보는 난세의 눈을 가졌지만 非常時 속의 日常時를 취하든가 혹은 日常時 속에 非常時를 발견하는 혁명의 눈을 갖지는 못했다. 중국 혁명의 벡트르를 사회주의의 방향에 두는 것이 아니라, 오직 민족주의 방향에 둘 때 음으로 양으로 전후문학이 얼마나 큰 굴절을 보이게 되었는가 하는 그 궤적을 추적하는 것도 또한 전후문학의 幻影이라 해야 할 근대의 개념을 분명히 하는 일과 함께 앞으로의 중요한 과제일 것이다」고 쓸 때,—여기에 花田淸輝로부터의 영향을 볼 수 있다—말할 나위도 없이 전후문학에서의 근대문학성의 극복이 문제가 되는 것이다. 吉本나 花田를 포함해서 佐々木에 이르는 이 전후문학에 대한 이념과 현실의 괴리는 六全協으로부터 스탈린 비판, 헝가리 사건을 거쳐 1960년 안보에로 이르는 공산당 신화의 붕괴라는 現象과 완전히 相即하고 있다는 것을 확인해 둘 필요가 있다고 생각된다. 오늘날 埴谷 등이 말하는 「전후문학의 당파성」의 이념이 어떠한 성질을 갖고 있는가 하는 것은 이 相即性을 보는 것에 의해 그 一端은 이해할 수 있는 것이다.

그리고 佐々木의 「전후문학은 幻影이었다」에 대한 비판으로 씌어진 本多秋五의 「전후문학은 幻影인가」를 보면, 오늘날 이것을 읽어보면 佐々木의 言説과 거의 같은 구조를 가지고 있는 것이 분명하다. 本多는 佐々木가 말하는 전후문학의 俗化를 인정하면서도 「전후문학의 이상에 대해 오늘날 양보하지 않는 문학자」로 埴谷와 島尾敏雄을 들고 있는데, 그 후계자로서는 吉本隆明와 江藤淳의 이름을 들고 있다. 여기에서 佐々木와 本多의 차이는 거의 없어졌다고 할 수 있지 않는가. 그들 두 사람은 이념과 현실의 괴리라는 인식을 공유하고 있고, 그 차이라면 그 어느 쪽에 무게를 더 두고 생각하는가 하는 정도에 지나지 않는다.

그리고 또한 礒田光一나 奧野健男에 의해 행해진 「전후문학」에 대한 비판은 「전후문학—그것은 모든 중세적인 것을 악으로 보는 근대

휴머니즘의 문학이었다」고 지적하면서 전후문학에서의 리얼리즘의 思惟를 넘어서는 작품을 칭찬한 礒田光一만 보더라도 「정치와 문학」이론의 파산을 선언하고 있었다. 平野謙의 행동설이 진행되는 전후문학의 60년 안보 이후의 상황에서 그 위치를 부정하고 있던 奧野健男만보더라도 그것은 전후문학 비판이라기보다는 오히려 전후문학이라는이념을 재확인하는 것처럼 보였다.

本多秋五가 전후문학의 이상을 아직도 가지고 있는 者로써 埴谷와島尾敏雄를 들고 있었는데, 奧野나 礒田가 그 옹호자라는 사실을 우선차치하고 생각해 보더라도 礒田가 말하는 「자신을 넘어서려는 정신 운동」이 과연 근대 휴머니즘의 범주 밖에 있는가, 또는 奧野가 말하는 것처럼 정치와 문학 이론을 부정하여 「우리들은 마르크스와 같은 정신적차원에로 도스토옙스키와 같은 정신적 차원에 서서 문학 문제를 가지고 정치를, 세계를 생각하는 창조적 입장에 서 있는 것이다」고 선언하는 것에 의해 전후문학을 비판할 수 있을까.

전후문학은 礒田가 말하는 것과 같은 「자연주의 이래의 개인주의적인간관」에 입각한 리얼리즘 문학이 아니라, 오히려 礒田가 전후문학의안티테제로 대치시키고 있던 로만주의도 포함시키고 있는 것이어서 여기에서 전후문학의 성립은 일본에서의 자연주의 성립과 거의 相即的이라 할 수 있다. 이후에 『風俗小說論』에서 그 연유를 풀이하게 되는 中村光夫는 앞의 「독백의 벽」에서 이미 「소위 전후문학은 외견적인 의상의 새로움과 상관없이 그 자질에서는 자연주의 이래의 낡은 낭만주의의 잔루인 것입니다」고 서술하고 있는데, 이것은 역설적으로 礒田가 말하는 로만주의적 반리얼리즘론이 오히려 전후문학적인 것이라는 것을 증명하는 것은 아닐까.

그러니까 奧野와 같이 정치와 문학 이론을 전후문학의 중심적 이념으로 설정하는 것에 의해 전후문학을 비판하려고 해도 그것은 끝내 전후문학의 권역으로 흡수되어 가는 것일 수 밖에 없었다는 것이다. 전후문학 비판을 정치와 문학 이론 비판으로서 설정하는 것 자체가 전후문학 장치의 틀에 구속받는 것이 된다. 이것은 奧野가 「『戰後派』 문학 비판」(소화38년 5월)이라 제목이 붙은 一文에 있어서조차 끝내 埴谷의 『死靈』에 대해 「도스토옙스키를 느끼면서 모방을 초월한 소설의 재미와 대단한 박력을 느꼈」다는 곳에 전형적으로 나타나고 있다.

奧野의 「정치와 문학」 이론에 대한 비판은 필연적으로 武井昭夫들 新日本文学系의 비평가와의 논쟁을 야기시키게 되는데, 여기에서 武井는 「奧野가 여기서 날조하는 것 같은 조잡한 정치와 문학 이론으로 무슨 주장을 할 수 있는가, 기껏 藤原惟人든가 津田孝라는 공산당의 문화관료를 찾아낼 정도인 것이다」(「전후문학 비판의 시점」 『文芸』 소화38년 9월)고 말하면서 「정치와 문학」 이론을 단순히 정치의 우위성으로서밖에 파악할 수 없는 奧野를 비판한다. 그러나 여기에서 武井와 奧野의 논쟁은 정치라는 개념을 학문적으로 받아들였던 것이고, 문학 개념을 낙천적으로 비대화시켜 생각하였기 때문에 논쟁으로서는 적절했는지도 모른다.

이와 같은 논쟁 속에서 비밀스러운 속에 임팩터가 있었던 것으로 大岡昇平의 「전후문학은 부활했다」(『群像』 소화38년 1월)가 있었다. 이것은 일견 大岡의 전후문학 옹호라고도 할 수 있는 것인데, 사실 奧野도 포함하여 대략 그렇게 이해하고 있었다. 그렇게 생각하고 있던 독자는 大岡昇平가 「나는 원래 제1차 전후파를 부정적 매체로 하여 출발하였던 것이다. 단지 결과적으로 봐서 자신이 쓴 것이 전후파 속에도 있었고 그 결함을 인정하는 것에 지나지 않는다」고 말하는 것을 보더라도 자신의 작품을 정당한 의미로 비평하고 있다는 것을 알아야 할 것이다. 전후문학이라는 환경에 살면서도 그것을 부정하는 것—즉 전후문학의 이념을 무력화시키는 것—이 비평이 아니고 무엇인가. (武村健三, 戰後文学 論争(松本健一 편, 詳解 現代論争事典, 流動出版株式会社, 1980.1 참조))

23. 吉本隆明—岡井隆 論争

　전후 短歌는 短歌 부정론 소리에 휩싸여 소화30년대에 그 전환기를 맞이하고 있었다. 주지하는 바와 같이 전쟁 중 前衛文学이었던 短歌는 패전 이후의 도정을 제2 예술론에 의해 短歌 부정을 맞게 되는 것으로부터 시작했다. 臼井吉見나 小野十三郎를 비롯해 많은 短歌 부정론자의 논조는 도식적으로 말하면, 전후 문화의 출발을 전통적인 것을 배제시키는 것에 의해 이루어졌던 것이다. 「지금이야말로 우리들은 短歌에의 애착을 결연히 끊을 때가 아닌가. 이것은 단순히 短歌나 문학의 문제에 그치는 것이 아니다. 민족 지성의 변혁에 관한 문제이다」고 결론짓는 臼井吉見의 「短歌에의 결별」은 당시 정황의 열기에 힘을 받고 있었다. 短歌 부정론을 정형시 短歌의 본질적인 부분과 단절하여 가지 않는 한, 말하자면 情勢論의 범위에 그친다는 것이었다. 즉 短歌에 대한 본질적인 의혹은 후일 定型論에 입각하여 누군가가 담당해야 하는 것으로 남겨진 것이라고 봐도 좋을 것이다.

한편 短歌에 대한 이러한 부정론에 대해 당시 歌人들은 거의 대응하지 못했는데, 그런 중에서 近藤芳美가「새로운 短歌의 규정」에서「새로운 歌라는 것은 무엇인가. 그것은 오늘날 유용한 歌인 것이다. 오늘날 유용한 歌라는 것은 무엇인가. 그것은 오늘날이야말로 현실에 살아가는 인간 자체를 내세울 수 있는 歌인 것이다」고 주장하고 있다. 또 宮柊二는「고독파 선언」에서「歌声은 비록 떨어지더라도 그것은 자신의 노래 소리가 아니면 안 된다」고 주장한 것이 눈에 띤다. 한편 새로운 시대에 맞추어 가면서 歌作을, 다른 한편으로 시대로부터 一步 후퇴한 곳에서 자신 응시를 주장하는 것에 의해 제2 예술론의 와중에 힘들어하던 短歌를 오늘날의 歌로 삼으려고 했다. 그러나 近藤도 宮도 함께 短歌에 임하는 자신의 윤리적인 것에서 벗어나지 못했다. 즉 부정론의 한가운데에 있는 短歌를 개인적인 윤리 부분으로 구제할 것이 아니라, 短歌의 본성인 정형에 입각해서 구제해야 했어야 함에도 불구하고 그러지 못했다는 것이다.

말하자면 短歌에 대한 부정과 옹호가 안에서도 바같에서도 어중간한 곳에서 정세론적 생각이나 느낌 정도로 행해지고 있었기 때문에 논리적으로는 완전히 공백상태인 채로 소화30년대에로 들어갔다고 해도 좋다. 吉本隆明의 論은 직접적인 短歌 부정론은 아니었지만, 岡井隆와의 정형 논쟁은 그런 공백을 메우는 역할을 한 것으로 史的 의미를 가지고 短歌史에 등장한 것이라고 할 수 있다.

短歌史에 입각해서 말하면 短歌에서의 史的 負性이 자신의 윤리적인 측면으로부터 점점 멀어지게 되면서 歌作에로 향한 것이 아니라 歌作

에는 방법론적으로, 문장상에는 定型論의 방법으로 그것을 역전시키고자 하는 것을 소위 前衛 短歌 운동이라 부르는 것이다.

吉本隆明는 소화31년 『문학자의 전쟁 책임』을 발표하여 전쟁 책임 논쟁, 上部構造 논쟁 등 주도적 역할을 담당하고 있었는데, 그의 論은 천황제에로 흡수되어 간 자신 체험을 내재적으로 추구하는 것에 그 기본적 모티브를 두고 있었다. 그런 까닭에 그가 시점을 短歌에서의 定型의 의의에 두었다는 것은 吉本 자세로부터 봐서 당연한 것이었다.

논쟁은 吉本隆明가 소화32년 5월호 『短歌 연구』에 「전위적인 문제」를 발표하였고, 같은 호에 岡井隆가 그 반론으로 「정형이라는 살아있는 것─吉本隆明에게 대답한다」를 동시 발표하면서 갑자기 시작되었다. 그 발단으로부터 봐서 논쟁은 편집자의 의도하는 바가 컸다고 보이지만, 短歌論을 정서적 생각으로부터 문학론으로 승화시키기 위한 불가피한 논쟁이었던 것에는 변함이 없다.

短歌는 음수율 테두리에서 내부 세계와 부딪쳐 가는 것에 의해 성립되는 것인데, 그 테두리가 오늘날 歌人들의 내부세계의 자유를 보증해 주는 것이다. 그런 까닭으로 短歌를 현대화하려는 시도는 반드시 이 음수율과 마찰을 일으켜서 음수율의 테두리를 파괴해 가는 방향으로 가는 수밖에 없었다. 이것이 吉本가 주장하는 골격이고, 그 기반이 되고 있었다. 「5·7의 기본율 테두리가 일본의 사회적인 피라밋 테두리와 같이 하고 있고, 5·7律 감성의 질서와 현실 질서가 대립관계에 있다고 보는 발생사적인 고찰」이라고 봐도 좋을 것이다.

　헝가리 문제로 설득할 수 없는 친구 문제/ 생각하고 있네. / 通夜가 차가

워서. 赤木健介

　밖으로부터 바라보는 우리 밤에 발광하고 안일의 입 터져 무화과　塚本
邦雄

　순백의 내부를 여는 핵 하나 탁상에 보고 되돌아 오네　岡井隆

　吉本는 자신의 주장을 작품에 맞추어 赤木의 작품에 대해「形骸만이
남은 破調와 短歌的 발상」을 타협한 결과로 인해「음수율 테두리로부
터 오는 短歌의 상징적 기능도 퇴색되면서 문학적 내용도 빈약해진 어
중간한 작품이 만들어 졌」다고 서술한다. 또한 岡井隆나 塚本 작품에
대해서도「여기에 예로 들은 작품이 상징과 暗比喩에 있는 것인데, 예
를 들면『안일의 입 터지는 무화과』라든가,『순백의 내부를 여는 핵』이
라든가 하는 관념과 상징의 擬人法이 그 골격이 되고 있는 것은 분명하
다」고 지적한다. 이것은 명치40년대의「口語 自由詩의 세례를 받은 시
인들이 음수율 破調와 내부세계의 주체의 표현을 어떻게 조절해 가는
가에 苦慮한 시기에 慣用된」오래된 수법인 것이다. 그것에 새로움을
덧붙인다는 것은 음수율 테두리를「語格上 교란시키고 있는 곳」이라고
분석한다. 즉 赤木 작품에는 형태만 남은 破調와 短歌的인 발상의 타협
이 음수율 테두리의 기능을 퇴색하게 만들고, 문학적 내용도 빈약하게
만드는 어중간한 것이 되어 버렸다. 岡井나 塚本의 작품은 短歌的인 발
상에 대한 疑念이 詩的 발상으로 傾斜되고 있는 경우인데, 그것이「음
수율 테두리 때문에 상징시 말기와 近似하다는 운명적 사실」에 의해 음
수율과 아무 마찰 없이 문학적 내용의 현대화가 불가능하다는 것을 주
장한 것이다.

岡井의 반론의 중심은 岡井나 塚本의 작품이 상징시 말기와 같은 것이냐 아니냐 하는 곳으로부터 시작된 것이어서 그 결정적인 차이가 定型 의식의 차이에 있다는 것에 두었다. 定型은 「산문적 문맥을 일정한 길이로 裁斷하는 작용을 한다」가 죽은 테두리로 있는 것이 아니라, 「밖으로부터 강한 구심력을 더함으로 해서 일어나는 언어의 조직화」를 의미하는 것이다. 「이 언어의 조직화 과정에서의 외적인 측면에서의 별명」을 定型이라고 말한 岡井의 定型論에서의 정형의 의미는 이와 같은 것이다. 거기로부터 岡井는 상징시 말기의 시인이나 종래의 歌人들과 자신의 차이점에 대해 다음과 같은 점에서 지적한다.

종래의 短歌는 첫째, 감성적 인식으로 표현한 것만 많았고, 둘째, 논리화된 인식으로 승화시킨 표현도 그 고차원적인 인식을 감성적 인식으로 환원하고, 분해하여 암시하거나 상징하거나 하는 것에 그쳤다. 그 이유는 短歌 定型과 감성 언어에 익숙한 면이 있는데, 그것은 「필연적으로 인습화된 句法, 즉 언어 조직방식의 내면적인 고정화와 부패를 낳게 만들었다」. 따라서 定型은 「단순히 관용구를 넣는 死器」일 뿐이다. 이렇게 해서 岡井는 그 시인이나 歌人과 자신을 나누는 것에 대해 「定型을 순수하게 외적인 언어 조직방식만으로 구사하는, 자각한 定型 의식의 有無」로 나누어야 한다고 주장한다.

定型을 이와 같이 언어를 조직화하고 활성화시킨 다이나미즘으로 받아들인 岡井는 당연히 5·7 기본율의 테두리가 사회적 피라밋의 테두리와 구조를 같이 한다는 塚本의 인식에 대한 논증을 요구하는 것은 당연한 것이었다. 이 점에 관해서 塚本는 「내부세계의 구조가 외부 현실과 상호간에 규정할 수 있는 것으로 믿는 한」, 「歌人이 현실사회의 질서에 異和感을 가지지 않을 뿐 아니라, 사회의 역사적 발전과정에 의식적인 비판이 없다면 그는 일본 詩歌의 원시율인 5·7 律의 테두리 내에서 더 나아가 현실 질서와 같은 감성의 질서에서 短歌를 만들어 내는 것이다」고 주장하고 있는데, 이것은 岡井의 요구에는 충분한 응답이 되고 있지 못하다고 본다.

총괄적으로 말하면 吉本는 음수율의 테두리를 둘러싼 그 원시적인 기능에 대해 고찰하고 있는 것에 대해, 岡井는 그것을 실작자로서의 방식 부분에 비중을 두고 고찰하고 있는 것으로 받아들이면 맞을 것이다. 그런 면에서 岡井의 주장을 인정한다 하더라도 그것이 吉本가 고찰하는 테두리를 변경시킬 성질은 아니라고 생각한다.

吉本가 고찰한 기본은 음수율의 테두리는 그 자체에 발상의 단절이 존재하고 있다. 5·7 기본율의 테두리에 현대시 발상을 받아들여 생각한다면 그것은 음수율의 테두리가 語格上의 시도에 의해 교란되거나, 口語的 발상으로 自由律化하는 일이 없이 장래 프로그램의 그러한 시도는 定型詩 短歌를 일정한 定型 短詩에로 바뀔 것이라는 프로그램에 맞추고 있는 것이다. 그것은 岡井의 定型 의식에 대한 고찰을 인정한다 해도 논리적으로는 그것이 무너지지 않는다. 오히려 岡井의 고찰은 定型 短詩에로 이르는 과도기의 필연적인 短歌的 행위로 보는 것이고 吉本의 補強材가 된다고 생각되기도 하지만, 거기에는 岡井가 반복하여 요구하고 있던 5·7 기본율의 테두리가 사회적 피라밋의 테두리와 구조를 같이 하고 있다는 吉本의 인식이 검증을 받을 것을 요구하는 것이다.

吉本는 논쟁 최후의 논문 「番犬의 尻尾」에서 다음과 같이 주장하고 있다. 「일본의 現代詩歌의 과제는 이 근대시와 短歌와 俳句 사이에 있는 발상상의 斷想을 해소시켜 가는 조건을 찾아내는 것과 관련된다. 이 조건이 찾아지면 詩와 短歌와 俳句는 단순히 非定型 長詩와 定型 短詩의 相違에 지나지 않게 되는 것이다」. 여기에 후년의 역작『초기 歌謠論』의 모티브가 있는 것이다. 논쟁 종료 이후도 吉本는 「短歌 命数論」으로부터 「短歌的 喩의 전개」에까지 일련의 定型論을 쓰고 있는데, 거기서 短歌에서의 上句와 下句의 대응이 상호간에 喩的 관계를 가짐으로 해서 短歌에 고유한 「短歌的 喩」의 개념을 정립시켜 定型論 상에서 획기적인 해석을 내놓았다. 그것은 소위 吉本 이론으로 그 후의 定型論의 고찰에 결정적인 영향을 끼쳤다고 해도 좋을 것이다.

岡井도 그 후 「吉本 이론에의 수 개의 註」로부터 「현대 短歌 연습」 「短詩型 문학론」 등을 발표하고 있는데, 吉本의 이론을 歌人 입장에서 보다 정밀하게 분석해 나감과 동시에, 음수율에 과학적인 메스를 가하여 운율적으로 높여갔다.

이 논쟁은 이러한 두 사람의 궤적 속에 이해하지 않으면 안 되는 것이고, 그러한 것에 의해 短歌는 노예의 운율이라는 호칭으로 대표되는 정서적이고 애매한 지점으로 묶어둔 상태에서 해방시켜가는 것이라 해도 좋다.

거친 풀 한가운데에 빛나는 샘 있고 봄의 기운이 있다 생각한다 大谷雅彦

기묘한 것은 최근 歌壇에서는 短歌의 先祖가 되돌아오는 전형적인 것 외에는 볼 것이 없는 이러한 작품들이 신인 작품으로 평가를 받고 있다는 것이다. 5·7 定型律의 그 원형의 완벽한 사용방식과 그것에 가장 적합한 措辭와 자연관 속에 자신을 해소시켜 가는 작품들이다. 定型의식이 결여된 전형적인 短歌를 만들게 하는 이 통절한 야유를 신인의 출현과 착각에 의해 歌壇은 岡井—吉本 논쟁의 성과를 깨끗이 잊어버리려는 것이다. (三枝昂之, 吉本—岡井 論争(松本健一 편, 詳解 現代論争事典, 流動出版株式会社, 1980.1 참조))

24. 花田清輝―吉本隆明 論争

礒田光一는「花田清輝―吉本隆明 論争」에 대해「전후문학상 어떤 것보다 중요한 논쟁의 하나」(『吉本隆明論』)라고 주장하고 있다. 그러나 당시의 論争文을 다시 읽어보면 의외로 無内容인 것에 놀라지 않을 수 없다. 논쟁문 그 자체보다도「花田清輝―吉本隆明 論争」이라는 말이 오늘날까지 기억에 남아 있다고 말한 것이 도리어 인상에 더 남는다. 발단은 花田清輝의「新人 診断」이라 제목이 붙은 短文에서 였다. 거기서 花田는 당시 신인들을 극히 가벼운 마음으로 비평하였다. 지금 읽어보면 거의 戲文 정도의 이 短文이 논쟁의 발화점이 되었다. 무슨 계기로 논쟁이 일어났는가는 예측하기 어렵지만, 이 논문을 쓴 시점에서는 아마 花田는 논쟁을 예상하지 못했던 것 같다.

어쨌든 花田는 吉本의「転向論」(소화33년 11월)에 대해 언급하면서 후진국 일본의 혁명방식을「부르주아 민주주의 혁명」이라 규정한 것이다. 「新人 診斷」이라 제목이 붙은 戲文에 가까운 短文 속에서도 혁명이 진지하게 논의되는 것을 지금 보면 기묘한 광경이라 할 수 있는데 그 것이 시대의 흐름이었던 것이다. 계속해서 花田는 吉本 개인에 대해서 「전쟁 중의 파시스트가 충분한 자기비판도 없이 전후 자유주의자에로 轉向한 것…」이라 썼다. 논문의 불꽃은 이 數行의 문장에 있었다고 봐 야 할 것이다.

3주 이후 吉本는 「不許芸人入山門—花田清輝 老에 하는 말—」을 쓰 고 그것에 반론했다. 『日本読書新聞』을 무대로 하여 花田·吉本 논쟁 이 여기로부터 시작된 것이다. 花田의 논점은 첫째, 혁명의 문제 둘째, 吉本의 사상적 推移의 문제 이 두 개였다. 첫째에 대해서 吉本는 일본 을 후진국으로 생각하는 花田에 대해서 일본은 「고도의 자본주의 사회」 이고, 따라서 이제부터 일본 혁명은 사회주의 혁명이어야 한다고 반론 했다. 둘째에 대해서는 「나는 전쟁 중 어떠한 우익단체와도 접촉한 적」 이 없고 오히려 花田가 「전쟁 중에 파시즘에 기생하였고, 전후는 민주 주의에 기생하고 있던 쓰레기 당원」이라 주장하면서, 「일관하였던 것 은 그 시대의 첨단사상을 대변하고 있는 점뿐이다」고 하여 花田에게 반론하였다.

그것에 대해 花田는 「반론—吉本隆明에게」(소화34년 1월 26일)를 쓰고 「前衛党의 존재를 무시하고서는 어떠한 혁명도 실현될 수 없다」, 吉本와 같이 「오직 대중에 영합하려는 녀석을 칭해서 속류 대중 路線 論者」라 비판하는 것이라고 하였다.

吉本는 「『거지 論語』 집필을 장려한다」(소화34년 2월 2일)에서 다 시 花田에게 반론했다. 그 중에서 吉本는 「속류 대중 路線論者」라는 花

田의 규정에 대해 학생운동이 「의식상의 前衛点」에 서 있다고 한 것은 花田가 말하는 것처럼, 허무주의라도 대중단체에서 혁명을 하려 했기 때문이 아니라, 「이와 같이 서서히 빈약해지고 있는 위기 정세에 자주적인 예지를 가지고 즉응하려는」 것이어서 그러한 「반체제 세력의 방향전환」을 이해하지 않으면 안 된다고 주장하였다. 또 둘째의 戰中으로부터 전후에의 사상적 추이에 대해서는 花田야말로 전쟁 중 「東方会」라는 파시스트 단체에 소속하고 있었고, 전후가 되어 저항자 얼굴 행세를 하고 있었던 것이 아닌가 하면서 비판을 더했다.

花田는 제2의 吉本 논문에는 응답하지 않았는데, 양자의 직접적인 응수는 이 논문이 논쟁의 최후가 되었다. 「花田清輝—吉本隆明 論争」의 인용 비율이 실질적으로 적은 까닭은 여기에 있다. 양자의 논문을 보는 한, 혁명 방식에 대한 정치적인 논의와 戰中으로부터 전후에 걸쳐서 양자의 처신에 대해 비난에 시종하고 있다는 인상을 지우기 어렵다. 그럼에도 불구하고 이 논쟁이 그 기대치가 있다고 보는 것은 의미가 있는 것이다. 논쟁 그 자체는 두 사람의 혁명의 차이를 보이는 정도에 불과하지만, 그러한 차이를 통해서 두 사람의 개성의 차이를 발견할 수 있다는 것은 중요하다.

예를 들면 吉本의 제2의 論(소화34년 2월 2일)으로부터 1년 이상 지나서 발표된 花田의 「『慷慨談』의 유행」(소화35년 4월)은 橋川文三를 비판한 것이었는데, 「花田清輝—吉本隆明 論争」의 연장선에 있는 것이라 생각할 수 있다. 여기서 花田는 勝海舟에 대해 논하면서 정치가에 대해 말하고 있다. 거기에는 花田의 정치에 대한 독특한 사고방식을 볼 수 있다. 한마디로 말하면 花田는 정치를 정치의 원칙에 따라 고찰하고 있는 것이다. 정치의 원칙이라는 것은 국가의 존립을 지탱하는 중요한 것이라 봐도 좋은 것인데, 花田는 여기서 勝海舟에 근거하여 정치를 道義의 관념으로부터 논하려는 福沢諭吉들의 정치비평가들을 정치를 개혁할 수 없는 者로 비판한 것이다. 勝海舟나 榎本武揚은 어쨌든 転向者였는 지는 모르지만 시종일관 정치적 책임만은 져 왔다는 것이 花田의 논점이었다. 따라서 정치가에게 필요한 것은 정치적 책임이기 때문에 거기에 道義의 관점을 도입하는 것에 대해 엄격하게 배제하지 않으면 안 된다고 하면서 「오늘날에서의 福沢諭吉의 아류」인 橋川文三도 비판한 것이었다.

이것을 「花田清輝―吉本隆明 論争」의 문맥에서 본다면, 吉本도 또한 福沢諭吉나 橋川文三와 같이 『慷慨談』에로 빠지는 정치 비평가에 지나지 않는다는 것이다. 그리고 橋川는 大正11년 태생이고, 吉本가 大正13년 태생이어서 각각 戦中派인 것을 생각하면 「花田清輝―吉本隆明 論争」은 戦前派와 戦中派와의 戦時, 戦後를 둘러싼 논쟁이었다고 볼 수 있다.

그렇다 치더라도 花田의 정치론이 당시 좌익 사상가 중에서 특이한 위치를 차지하고 있었다고 하는 것을 강조할 필요가 있다. 공리의 원칙과 道義 혹은 심정의 원칙을 峻別하는 花田는 「정치와 문학 논쟁」(소화21~22년) 속에서 「1마리와 99마리와」(소화22년 3월)를 쓰고 있었는데, 그것은 정치와 문학의 이원론을 제시한 福田恒存와 의외로 유사한 곳이 많았다. 그것은 심정의 일관성(非転向)에 어떠한 가치를 부여하려는 사고방식과는 정면으로부터 대립되는 것인데, 그러한 花田의 시각에서 보면, 「転向論」(소화33년 11월) 속에서 완전히 새로운 시점으로부터 전향을 고찰한 吉本도 또한 「심정 일관성」으로부터 자유롭지 않았던 만큼 그도 불철저했다고 말할 수 있다. 『『거지 論語』 집필을 장려한다」의 말미 부분에서 吉本가 花田에 대해 물었던 것은 「東方会」라는 파시스트 단체에 花田가 참가하고 있었던 것에 대한 책임 문제였다는 것은 이미 언급했다. 그리고 「『慷慨談』의 유행」 전체가 분명히 하고 있었던 것은 戰時로부터 戰後에 걸쳐 있던 花田의 전향에 대해 幕末로부터 유신 신제도에 걸쳐 勝海舟, 榎本武揚의 전향과 겹치고 있다는 것은 분명하다. 이 논문을 「花田清輝—吉本隆明 論争」의 연장선상에 위치 부여할 수 있는 이유도 여기에 있는 것이다.

이러한 花田의 전향에 대한 사고방식의 근거를 생각해 보면, 花田의 「私」에 대한 특이한 사고방식으로 귀착될 수 있었다. 花田의 레터릭(수사학)이라 불려지는 것도 요컨대 그의 「私」의 상황 귀결에서 나오는 것이라 할 수 있다. 「群論」(『부흥기의 정신』 소화17년 5월)의 말미에서 花田는 이렇게 쓰고 있다.

「…이미 혼은 관계 그 자체가 되고 있고, 육체는 사물 그 자체가 되고 있고, 심장은 개에게 던져 준 내가 아닌가」. 그러나 花田가 뭐라 해도 심장을 개에게 줄 수는 없는 것이다. 적어도 그 때 인간은 인간이 아닌 것이다. 그러니까 花田가 죽었을 때 平野謙이 「…花田清輝 만큼 타인의 評語에 예민했던 비평가도 드물었다…즉 작자인 자신을 버릴 수 없었던 것이다. …『개에게 주었다』는 작자인 <나>에게 花田만큼 집착한 인간도 드물었다」(「花田清輝의 출발점」 소화49년 12월)고 쓴 것은 花田에 대한 誤評이 아니다. 「심장을 개에게 준다」는 「私」가 존재하는 것만은 부정할 수 없는 것이다.

그러면 花田는 잘못하고 있을까. 그런 일은 있을 수 없다. 심장을 개에게 준다는 것은 있을 수 없지만 그와 같이 욕심은 낼 수 있다.『부흥기의 정신』(소화22년 5월)으로부터 만년까지 花田는「私」를 그와 같이 추구하는 표현자로 계속해서 남아있었다.

그것은「私」를 어떻게 하는가 하는 물음에 대한 하나의 명확한 태도이다. 그러나 또한 논쟁의 상대인 吉本는「私」가「私」인 것을 그대로 정면으로부터 받아들이는 곳에서 계속 표현자이고자 했던 문학자였다. 말하자면 심장을 개에게 주는 것을 완전히 거부해 온 것이 吉本였다고 할 수 있다. 花田에게는「심정의 일관성」으로 보였는지는 모르겠지만, 吉本에게 말할 것 같으면 花田는 無節操한 전향자로 보였을 것이다. 그 정도로 논쟁 당사자 두 사람의 개성은 달라 있었던 것이다. 혁명 방식의 문제와 戰時로부터 戰後에 걸친 전향의 문제를 둘러싸고 논쟁이 행해지고 있었는데, 그것은 거의「극적인 대립」이라 해도 좋았다. 논쟁 그 자체는 수수한 것이었는지 몰라도 그 외연적 넓이가 의외의 곳에까지 미치고 있었다는 것은 그 때문이라고 볼 수 있다. 거기까지 생각하면「花田清輝—吉本隆明 論争」이「戰後文学史上 무엇보다도 중요한 논쟁의 하나」(磯田光一)였던 것도 납득이 가는 것이다.

논쟁을 吉本 측으로부터 보면 혁명방식에 대한 논의를 중요한 요소로 포함시켜 진행된 논쟁이 소화33, 34년, 즉 소위「60년 안보」전 해였다는 것에 주목하지 않을 수 없다. 이 시점에서 吉本 측에「総評을 주체로 하는 노동운동」이나,「全学連을 주체로 하는 학생운동」(『不許芸人入山門』)에 대한 일정한 시기가 있었다는 것은 의심할 수 없다. 혁명에 대한 일정한 생각도 없이 혁명방식에 대해 논쟁하는 者는 있을 수

없기 때문이다. 그러니까 안보를 경계로 해서 吉本가 전향했다는 俗說
은 전향이라는 말투의 適否를 별도로 한다고 해도 그것 자체 특별히 다
른 논의는 아니었다. 그것 이후 현재에 이르는 吉本 사이에 일정한 변
화를 읽어낼 수가 없기 때문이다. 그 변화에 대한 구체적인 표출은『試
行』의 창간(소화36년 9월)에서 였다. 그 편집후기에서 그는 다음과 같
이 말하고 있다.

> 『試行』은 여기에 어떠한 기성의 사상, 문화운동으로부터도 자립한 곳에
> 서 창간되었다. (중략) 우리들은 前 운동의 단계로부터, 바꿔 말하면 혼돈
> 의 단계로부터 출발하였다. 同人은 물론 寄稿者도 자기에 대해서 무엇보다
> 도 본질적이고, 무엇보다도 정성을 기울인 작품을 제출하고 있다는 작업에
> 대해 서서히 결정해야 한다는 방책 외에 그 출발점을 추구하지도 않았고,
> 추구하는 것에 그다지 의미도 두지 않았다.

중요한 것은 「서서히 결정한다」는 것이라고 吉本는 말하고 싶어 했
는지도 모른다. 이 연장선으로부터『언어에 대해 美라는 것은 무엇인가』
(소화40년 10월),『共同 幻想論』(소화43년 12월),『心的 現象論』(『試
行』 연재중)이 씌어지게 된다. 논쟁에서 제출된 주제를 狀勢論의 문맥
속에서 해결 할 것이 아니라, 보다 자각적이고 방법적으로 체계적으로
구축하는 방향에로 향하는 것이다. 지금으로부터 생각해 보면, 혁명 문
제와 戰時下를 어떻게 살아갈 것인가를 둘러싸고 논쟁이 행해졌다는
것은 기묘한 것이라 할 수 있다. 1950년대 후반이라는 시대가 그러한
것을 상징하고 있는지도 모른다. 그 후 수년이 지나 이 나라의 戰後는
고도성장이라는 이름 하에 사회적 변동을 맞이하게 되지만, 그 결과 두

사람의 비평가가 쟁점으로 삼아 온 두개의 주제는 風化해 가는 것을 면할 수 없었던 것이다. (菊田均, 花田—吉本 論争(松本健一 편, 詳解 現代論争事典, 流動出版株式会社, 1980.1 참조))

25. 戦後「転向」論争

전후「転向」論은『近代文学』의 同人들에 의해 제기되었다. 그리고 『思想의 科学』의 同人들에 의해『共同研究・転向』(소화34년 1월~37년 4월)에 의해 결실을 맺었다. 그리고 또한 그 改訂・増補版이 소화53년 8월에 간행되었다. 이 사실은 중요하다.「転向」論이『近代文学』의 동인들에 의해「「転向文学」을 평가하는 문제로 제시된 의미는 이 문제가 가진 넓이와 깊이가 소위「戦後 思想」에 균형이 맞는 한, 그 출생에서 母斑으로 가고 있었던 것이다. 그리고 吉本隆明의「転向論」(『現代批評』소화33년 11월)과『共同研究・転向』에 의해「転向文学」論은「転向」論으로서 思想化되어 집약되었다. 이것은『思想의 科学』의 리더인 鶴見俊輔에게도 충분히 이해되는 부분이었다. 鶴見는『近代文学』을「전후 사상사 속에서의 테마・세터」이고,「주제만이 아니라 논쟁의 진행방식도 또한 역시 전후 사상사로서 정통했고, 정통적인 것이 되었다고 생각한다」고 서술하고 있다. 그리고 그 테마로서 主体性論, 世代論, 戰爭 責任, 転向文学, 政治와 文学論, 上部構造論, 小市民 階級評価의 主張, 知識人論, 組織과 個人論, 近代主義의 立場이 있었다고 한다(『전후 일본의 사상』 소화41년 3월). 따라서 「転向」論 자체도 전후 사상 전체의 틀 속에 평가하지 않으면 안 된다는 발상을 가지고 있다. 특히 戰爭 責任論, 知識人論, 主体性論 특히 주체성론과의 관계에서 평가되어야 할 것이다.

思想의 科学研究会의 활동으로 전향 문제가 최초로 취급된 것은 소화29년 5월 機関紙『芽』에 있어서 였다. 이 기획에서 중심이 된 것은 京都・大阪의 그룹이라 할 수 있는데, 10월에는 東京에도 연구 그룹이 생겼다. 그 이전『近代文学』에는 杉浦明平의 「転向論」(소화23년 7월), 荒正人의 「제3의 길」(소화26년 2월), 좌담회 「나르프 해산 전후와『전향의 문제』(출석자 亀井勝一郎, 中野重治, 林房雄, 山田清三郎, 平野謙, 荒正人, 佐々木基一, 本多秋五)」가 게재되었다. 그리고 그 중에서도『近代文学』동인이었던 本多秋五는 「転向文学論」(岩波講座『文学』소화29년 2월)을 발표하고 있었는데, 전향의 관념으로서 다음의 세 개를 들고 있었다. 즉 제1에는 「공산주의자의 공산주의 포기를 의미하는 전향」, 제2에는 「일반적으로 진보적 합리주의 사상을 포기하는 전향」, 제3에는 「左右 어느 쪽의 방향에 들었는가를 묻는 것이 아니라, 사상적 回転 일반을 가리키는 전향」의 세 개를 들고 있다. 여기로부터 부연하는 그의 転向論은 이후 転向論의 이론적 기초가 된다. 말하자면 「크게 바라보면 전향 문제는 결국 이 수입 사상의 일본 국토화의 이입 과정에서 생기는 알력으로 볼 수도 있을 것이다」. 「똑같은 인간이 어떤 경우에는 강하고, 어떤 경우에는 약할 수밖에 없다는 사실이 있는 것이다」고 하였다. 「전향의 내적 素因은 일반적으로 말해서 두 개―운동 이론의 관념성과 대중 그 자체의 전향을 들 수 있다」고 지적하였다.

吉本隆明의 「転向論」에 대해서는 새삼스레 서술할 것까지도 없을 것이다. 吉本에 있어서 「転向」 개념은 「일본 근대사회의 구조의 총체를 비전으로 제시하지 못했기 때문에 인텔리겐차 사이에 일어난 사상 변환」이라고 정의된다. 이 정의로부터 本多와 같이 「転向文学」 속에서 中野重治의 『마을의 집』을 높게 평가하는 이유도 또한 잘 알려진 사실이다. 그런데 이와 같은 吉本의 転向論이 전쟁 책임론이나 知識人論이라는 전후 사상을 전제로 하고 있다는 것도 새삼스레 지적할 필요도 없을 것이다. 이와 같은 전후 사상의 조건 하에서 『共同研究·転向』이 만들어진 것이다.

그런데 『共同研究·転向』에 대해 다음과 같은 것을 말할 수 있다. 하나는 중심적 문제가 사상의 継受라는 것이다. 이 共同研究 속에는 「차후 세대의 者」가 이전 세대의 사상을 어떻게 継受해 가는가 하는 문제를 명확히 자각하는 것이고, 方法論化해 간다는 것이다. 이러한 점이 이 연구에서 전후 사상과 『近代文学』을 연결시켜 간다는 점에서 사상사적으로 최대의 공적으로 꼽을 수 있다. 또한 동시에 거기에 좌절도 있었다. 이 사상의 継受에 대한 자각과 方法論化는 鶴見의 논술 속에서 明確化되고 있었는데, 요컨대 양심의 문제와 正·悪이라는 역사 평가를 우선 괄호 속에 넣어두는 것이라 할 수 있다. 鶴見의 논술은 이 共同研究에서 발표된 문제의식과 방법론인 「序言 転向의 共同研究에 대해서」로부터의 인용이다.

이와 같은 문제의식은 책을 기획하는 데에 있어서도 「第四篇 토론
Ⅰ. 日本思想史와 전향 <共同 討論>(출석자 小田切秀雄, 久野収, 平野
謙, 本多秋五, 松本三之介, 吉本隆明, 전향연구회) Ⅱ. 현대세계와 전향
<共同 討議>(출석자 荒正人, 猪木正道, 加藤周一, 久野収, 古在由重,
竹内好, 本多秋五, 丸山真男, 南博, 転向研究会)」에서 충분히 활용될
수 있었다고 본다. 그러나 이 토론에서 전후 사상, 즉 스스로의 체험(전
쟁 체험)을 思想化해 가는 시도에 중점을 둔 사람들(吉本를 포함해서)
과 「주로 전후 세대」로부터 형성되는 『사상의 과학』 同人들에게 전후
사상이 어떻게 継受되어 가는가 하는 것에 중점을 둔 사람들과의 괴리
는 선명한 것이었다. 여기는 후자가 괄호에 넣은 것, 즉 전향에서의 양
심의 문제나 正·惡의 역사적 평가가 浮上하여 「권력에 의해 일방적으
로 이루어진 것이기 때문에 일어나는 사상의 변화」라는 전향의 定義
자체가 문제가 된다는 것이다.

本多秋五는 다른 곳에서 괄호에 넣어진 두 개의 문제를 「윤리의 탈
색」 「혁명의 탈색」이라 부르고 있었고(「書評 共同研究 『転向』」 『思想』
소화34년 7월), 또한 이 토론에서도 『사상의 과학』에서의 전향 논의는
마치 百物語의 이야기를 너무 많이 예로 들어서 오줌을 누러 가지 못하
는 어린이가 생겼다는 사례가 없도록 해달라는 것입니다」고 야유하고
있다. 이것에 대해 鶴見는 吉本의 転向論과의 차이점에 대해 「우리들
전향 연구가 吉本의 전향 연구와 다른 방법을 가지고 있다는 것은 우리
들은 전향을 우선 이해하려 하였고, 전향 책임에 대한 추구─전향 변혁
의 일─를 고려 대상 외로 생각하였기 때문에 생긴 것이다」(「転向論의
전망─吉本隆明·花田清輝」)고 하여 전후사상에 대한 継受의 방법론

화가 전향 개념의 차이라는 것을 암암리에 암시하고 있다.

또한 共同研究에서 鶴見와 함께 나란히 지도적 역할을 다한 藤田省三도 「전체의 상황을 파악해서 그것과 맞춘 형태로 전향을 논하라는 비판과 또 하나 자신이 나아가야 할 길에 대한 문제가 있는 것은 아닌가 하는 지적이 있었습니다만 나는 인생관을 구별합니다. 전향을 기술적으로 취급한다는 것은 전향과 맞서지 않는다는 것이 아닙니다. 전향과 직접 대결하는 태도로 인식 방법의 문제라든가, 기술적인 문제라는 것에 한정시킨 사고방식이 전향문제에 관한 일본사회에서의 하나의 실천적 태도라고 주장하는 것으로 보는 것입니다」고 말하고 있는데, 이것은 사상 継受를 方法論化하고 있다는 것을 의미한다.

그러나 이 『共同研究・転向』으로부터 자각되어 方法論化된 사상 継受의 방법도 한편으로는 그들의 전향을 하나의 型으로 파악하려는 전향 研究上의 방법론 때문에, 다른 한편으로는 전후 사상의 담당자들이 이 점에 대한 자각 부족 때문에 결국은 『사상의 과학』 同人들의 片想으로 끝났다고 말할 수 있다.

그런데 다음에 『共同研究・転向』에서 또 다른 하나의 의미는 공동연구라는 연구의 실상이다. 이 점에 대해서 吉本가 토론 속에서 언급하고 있는데, 그것은 一派의 최대공약수적인 모음, 혹은 표현 매체에 의한 결합, 혹은 선전에로의 집합 등과는 달리 연령, 직업, 직장을 달리하는 사람들에 의한 전향이라는 하나의 테마로, 학습에서 발표과정까지를 포함하는 「共同研究」가 가진 방법의 매력을 의미하는 것이다. 이러한 점은 「전향 연구에 대해서」라는 코멘트가 『共同研究・転向』 속에 포함되어 있기도 하고, 또한 『사상의 과학』 자체의 성격부여가 문제가 되기 때문이다. 이것은 山田宗睦의 「전후사상에 있어서 『사상의 과학』」(『현대의 이데올로기』 5권, 소화37년 3월)이 도움이 되었다고 본다.

『共同硏究·転向』은 한편으로는 전후사상의 継受를 자각하고, 方法論化해 가면서 다른 한편으로는 「일본 사상사」의 재구축에로 눈을 돌리고 있었다. 이것은 이 연구회의 발단으로부터 이미 성격이 부여되어 있었던 것이다. 이 두 개의 빈틈을 『共同硏究·転向』은 용이하게 메우고 있었다. 이것은 이 연구회 멤버가 「대학 소속의 전문적 연구자」나 「직장이 있는 副業的 연구자」라는 연구자적 성격을 지니고 있는 까닭 때문이기도 하고, 또한 型에 의한 인생관과는 구별된 해석학을 지향하려는 그 방법론에도 원인이 있는 것이다. 그러나 이것을 초월할 수 있었던 것은 두 개의 점에서 현재에 대해 충격력을 잃어버리고 있다는 것이다. 그 하나는 전향 개념을 소화 초기의 역사적 定在를 가진 것으로부터 역사 벗어나는 것에 의해 전후사상의 継受라는 역사적 定在의 과제를 퇴색시켜 버린 것이다. 그 둘째에는 역사 벗어나는 것에 의해 이후 세대에의 전후사상의 継受를 게을리 하게 되는 결과를 초래하였다는 것이다. 예를 들면 改定·増補版에 부친 토론, 「『전향』 이후의 전향관 <공동 토의>」는 이전 세대나 이후 세대를 덧붙이는 것을 게을리 하였기 때문에 동인들의 「술집에서의 술주정과 비슷한 것」이 되어 버렸다는 것이다. 물론 이미 세대론이 無用이었다면 그런 부분은 사상화되지 않으면 안 되었을 것이다.

그러나 한편으로는 역사를 벗어나는 것에 의해 일본 사상사에서의 재구성의 모색, 혹은 전향에 대한 비교연구에의 길이 열려진 것이라 할 수 있을지도 모른다. 사실 しまね·きよし의 여러 저서인 『민권사상과

전향』, 『전향—명치유신과 幕臣』, 『명치 사회주의자의 전향』(소화51년 2월), 혹은 後藤宏行의 『전향과 전통사상』(소화52년 8월), 山嶺健二의 『전향의 시대와 지식인』(소화53년 8월)이 가장 늦게 출판된 것들이다. 이들 업적에는 큰 문제는 없지만 『共同研究·転向』이 가지고 있던 사상의 継受라는 사상은 이미 많이 잃어버린 것 같은 느낌을 받는다.

이와 같은 상황 속에서 새로운 세대들의 전향 개념은 더욱 사상 개념으로서의 내용을 無化하고 있는 듯이 보인다. 그 최대의 원인은 전후사상을 고유명사로 괄호를 치는 것이고, 基層이 붕괴하고 있었던 것이다. 이 基層의 주요한 支柱는 知識人論이라 할 수 있는데, 대중이나 前衛라는 의존 개념의 용해와 함께 지식인 개념이 이데올로기화되어 가는 것이다. 그것은 외부에서는 고도성장에 의해서, 내부에서는 「知」의 근거부여가 게을리 된 것에 帰因한다고 추찰할 수 있다. 그것은 마침 藤田가 「評伝에서 만든 사상사라는 점에서는 나름대로 새로움이 있었고 사상사적으로 만든 것이지만, 사상 그 자체의 역사라는 것을 버리는 것이기 때문에 생활사적 관념이 들어있지 않는 사상사라는 것은 정말로 종이로 만든 장난감 상자와 같은 것입니다. 버려야 하는 것입니다」(改定·增補版 <공동 토의>)고 하는 것과 어딘지 통하고 있는지도 모른다. (山泉進, 「転向」 論争(松本健一 편, 詳解 現代論争事典, 流動出版株式会社, 1980.1 참조))

26. 「安保」論争

1960년 日美 안보조약과 안보투쟁을 둘러싼 논쟁의 특징은 日共을 축으로 하는 「기성 좌익」과 共産主義者同盟(부트)을 축으로 하는 「新左翼」의 대립이라는 구도가 명확했던 점일 것이다. 물론 이 두 개의 조류 내부에는 각각 나름대로 모순은 있었다. 예를 들면 新左翼 내부에는 분트 외에 혁명적 공산주의자 동맹 関西派, 同 전국위 등이 있어 투쟁 종결 이후에 대립이 노출되었다. 또한 日共 내에서 그 후 분열하는 構造改革派가 있었는데, 全学連 반주류파(全自連)로서 학생 전선에 큰 영향력을 가지고 있었다.

日共과 新左翼 여러 파와의 대립은 일본 제국주의, 미국 제국주의의 평가와 그 관련성, 거기로부터 나오는 혁명노선의 차이라고 말할 수 있다. 예를 들면 日共은 제7회 대회(1958년 7월~8월)에서 다음과 같은 중앙위 보고를 승인한다.

그런데 오늘날 일본 독점자본은 사회주의 체제의 진보와 발전 속에서 이 정책(제국주의적 부활)을 独力으로는 달성할 수 없는 약점을 가지고 있다. 그들 제국주의로서 강력한 군사력과 군사산업을 발전시키려는 기도는 인민의 강한 저항을 받고 있다. 더구나 아시아 정세는 시시각각 변하고 있다. 여기에 일본 독점자본이 제국주의적 부활의 야망을 가지고 철저한 군사주의를 추구하면서 미국에의 종속 상태를 이용하려는 근본적인 원인이 있었고, 또한 일본 독점자본이 민족 이익을 배반하는 제국성의 특질이 있었다. (『前衛』145호)

이러한 상황인식에 선 日共은 護憲 중립을 내걸면서 전면 군축, 비핵무장 등 평화를 축으로 한 슬로건을 내걸고 있었다. 그리고 안보투쟁에서는 安保改定沮止国民会議(社, 共, 総評이 중심)라는 「국민적 통일전선」을 중시하여, 국회와 미국대사관 등으로부터 향을 태우는 데모라고 야유를 받은 請願 데모를 조직했다.

한편 분트는 日帝 자립론을 주장했다.

제2차 제국주의 전쟁 패배의 과정으로부터 생겨난 지배의 위기를 부르주아지의 두터운 원조와 노동자 계급의 지도부의 浚巡과 배반에 의해 그것을 극복하고, 소화57~58년에는 神武 경기의 파도 속에서 놀랄만한 속도로 부활 강화해 간 일본 독점 자본주의는 당장 세계적 불황 속에서 재차 동요와 혼란의 와중에 서게 되었다. (중략) 이렇게 해서 일본 독점자본의 경제 정책은 분명히 제국주의적으로 수행되고 있었고, 일본 제국주의의 완전한 부활은 의심할 여지가 없는 현실이 되었다. 이와 같은 일본 독점자본의 제국주의적 여러 정책, 그 해외진출의 방향은 필연적으로 한편으로는 열강 독점자본, 그 중에서도 미국 자본과의 모순을 드러내게 되었고, 다른 한편으로는 국내의 계급대립을 격화시켜 갔다. (『프롤레타리아 通信』2호)

일본 제국주의에 대한 이러한 분석은 日共의 안보투쟁과는 큰 노선의 차이를 보이게 된다. 그것은 단순히 데모의 목표를 국회(일제)로 할 것인가, 미국대사관(美帝)으로 할 것인가 하는 전술적 수준의 문제만이 아니라, 안보투쟁이라는 것은 무엇인가 하는 전략문제와도 당연히 대립점이 생기게 되었다. 분트는 이렇게 주장한다.

우리들은『침략전쟁 반대!』『핵무장 반대!』등의 민주주의적 요구를 내걸면서 改定에 반대하는 광범한 사람들을 적극적으로 싸움판으로 끌어들였는데 그 과정에서 일본 제국주의와 그 정치위원회 岸 정부를 폭로하고, 그들이 준비하는 공세의 계획을 폭로하고, 전 투쟁으로 일본 제국주의 부르주아지와의 투쟁에로 이끌어, 맹렬하게 싸우지 않으면 안 된다는 것이다.(중략) 우리들이 이 투쟁 속에서 이겨 쟁취해야 할 것은 改定의 저지와 동시에 무엇보다 노동자 앞에 제국주의의 본질을 남김없이 폭로하고, 그들 제국주의 부르주아지의 타도와 프롤레타리아 권력에의 강고하고 명확한 의지를 확인하는 것이다.(大瀬振「안보개정 반대 투쟁과 학생운동」『理論戰線』소화59년 6월 1일호)

안보와 안보투쟁을 둘러싼 여러 조류의 논쟁은 機関紙・紙上이든가, 그리고 중앙 수준에는 국민회의의 석상에서 행해졌다. 그리고 모든 면에서 의견 대립이 선명하게 된 것은 소화59년 11월 27일의 국회 돌입 투쟁에 대한 평가와 그 이후의 투쟁방침을 둘러싼 논쟁이었다. 국민회의의 제8회 행동통일이 있던 이 날은 노동자, 학생의 총파업이 행해질 예정이었다. 19, 20일의 総評 임시대회에도「총파업으로 안보개정 저지」가 결의되었지만 社共들「既成 좌익」은 조직이 늦어진 것을 이유로

해서 그 직전이 되어서야 총파업을 제9차 통일행동인 12월 10일로 연기하는 형태로 투쟁에 나서고 있었다.

일부 지방조직의 저항이 있었다고는 하나, 11·27은 지도부의 생각대로 온건한 전술로 시종하는 것처럼 보였다. 단지 분트의 지도하에 있던 全学連만은 「11·27 10만 노동자와 함께 국회 포위!」 「11·27, 노동자 학생의 총파업을!」이라는 슬로건을 내걸고 임하고 있었는데, 「前夜 서기국회의에서는 국회 돌입을 한다는 방침 하에 부대 배치가 결정되었는데, 그것 이상의 전술·행동방침은 검토되지 않았다」(蔵田計成 『新左翼運動全史』)는 이 날 국회 주변에는 챔페르 센터 앞, 人事院 빌딩 옆, 특허청 옆에 각각 数 万의 부대가 모여 있었는데 학생을 선두로 하여 데모를 행하면서 정문 앞으로 나아갔다.

이미 일순의 주저도 필요 없었다. 『자본가나 국빈이 자동차로 다니는 길을 노동자가 데모로 통과하는 것이 무엇이 나쁘냐』 정문은 개방되었고 노동자·학생들은 깃발을 흔들면서 지그재그로 데모를 하며 構内에로 돌입했다. 국회 옆에 도달해 서 있던 노동자들은 다음 행동의 목표가 주어지면서 다음의 행동에로 옮기고 있었다. 깜박할 순간에 국회 構内는 数 万의 노동자·학생들로 가득찼고, 의사당 정문의 대리석 계단에는 질서 정연한 대열이 형성되었다. (全学連 제21 中央議案)

분트에 있어서 11·27의 싸움은 분명히 승리였다. 清水丈夫, 葉山岳夫들이 체포되어 매스컴으로부터 비판을 받아도 그것들은 올바름의 逆証明일 수는 있어도 노선을 변경하는 이유는 되지 못했다.

首都의 노동자로서 안보투쟁의 새로운 돌파구를 여는 것은 우리들의 임무이자 그리고 우리는 그것을 다했다. 노동자 계급의 힘이야말로 모든 것을 개혁하는 유일한 길이라는 것을 만인 앞에 그 사실로 보이는 것이 증명되었다. (중략) 이번 국회 점거는 노동자의 피 속에 흐르는 혁명의 에네르기를 재차 끌어내려고 한 것이다.

권력을 무서워하지 말고 타협하지 않고, 단지 투쟁, 그리고 이기는 것만이 노동자 계급들이 가야 할 길이라는 혁명의 鉄理가 국회를 메우는 赤旗의 파도가 되어 지금 首都의 3만 노동자 속에 새롭게 주입되었던 것이다. 이것은 페스트보다 빨리, 그리고 넓게 전국 노동자에게 확장되어가고 있고, 확장되지 않으면 안 된다. (『프롤레타리아 通信』 27호)

분트는 계속되는 제9차 행동통일의 국회 데모를 제기하였고, 단숨에 투쟁의 앙양을 상승시키려고 하였다. 이러한 분트主義의 철저화에 대해 全学連 소수파였던 革共同의 2派는 11·27에 대해서 높은 평가를 하면서도 그 후의 방침에 대해서는 큰 차이를 보이고 있었다.

革共同 関西派(제4 인터)는 종래부터 같은 시기에 싸워왔던 炭労(三井三池)의 투쟁을 중시하는 입장을 취하고 있었다.

당장 혁명적 프롤레타리아트의 임무는 명백한 것이다. 부르주아지의 공격에 직면해서 프롤레타리아트는 선두에 서서 그 진지를 사수하지 않으면 안 된다. (중략)

『국회 데모 사건』으로부터 정확한 교훈을 배우지 않으면 안 된다. 이미 사태가 명백해진 오늘날 재차 같은 길을 걷는 일, 그것은 단순한 가두의 비무장 전투로 승리를 거두려는 것은 다음에는 분명히 혁명세력이 중대한 타격을 입을 것이다. 만일 이 길을 걸으려면 청년 학생의 순진함은 최악의 모험주의로 변할 것이다. (중략)

炭労를 축으로 하여 투쟁은 반격을 지향한다. 우선 12월 10일을 그 結集
点답게 하라! (『세계혁명』 号外, 11월 28일)

同派는 炭労를 중심으로 하는 노동자의 투쟁을 발전, 결집시키지 않
는 한 안보투쟁의 승리는 있을 수 없다고 주장하고 있는데, 그 주장은
학생을 주력으로 하는 분트에게는 받아들이기 어려운 것이었을 뿐 아
니라, 「右翼的」으로조차 비추어졌을 것이다. 한편 革共同全国委의 평
가는 「11·27 투쟁보다 12·10 전투에 이르는 안보개정 저지 투쟁의
전개가 훨씬 우리 일본 노동운동의 고뇌하는 모습을 콘트라스트 속에
잘 그려내는 것이다」(『前進』 제4호)고 약간 객관주의적으로 평가하고
있다. 단지 関西派의 주장에 대해서는 「日共과 함께 국회 포위망 데모
에는 반대한다」고 비판하고 있었다. 日共은 즉시 「국회 돌입은 트로츠
키스트의 음모」라는 캠페인을 벌임과 함께, 「여러 세력과 힘 관계, 정
치적으로 성숙되지 못한 노동자」(神山茂夫『안보투쟁과 통일전선』)인
관계로 인하여 사회당과 함께 12·10의 억제를 꾀하고 있었고, 국민회
의는 중앙집회와 데모를 중지시켰다.

가두 투쟁의 高揚을 배경으로 한 분트와 다른 당파의 대립은 해를 넘
겨 1월 15, 16일의 岸 수상 渡美 저지 투쟁에서도 그것은 재현된다. 羽
田 데모에 대해서 全学連 외에 東京地評 상임간사회 有志(全金, 全自
労 등)에서 실행위원회가 한번은 결성되었지만 곧 日共의 방해로 붕괴
된다. 따라서 분트는 단독으로 羽田에로 향하게 된다.

이렇게 해서 초기 안보투쟁은 분트와 日共의 방해를 뿌리치지 못하
는 한, 투쟁다운 투쟁이 이루어질 수 없다는 것을 명확히 하고, 1960년

4~6월을 준비해 간다. 이러한 현실에 대해 비판이 있었는데 그것에 대한 反批判이 있을 수 있다는 정통파적인 논쟁은 이루어지지 못했다. 분트에 대해 日共은 비판적인 존재지만, 日共에 대한 분트는 배반자의 트로츠키스트에 지나지 않았다.

안보투쟁의 총괄에서도 두 개의 조류의 접점은 이루어지지 못했다. 日共은 전국에 2천의 통일전선이 결성되었고, 하가치 투쟁 등을 높게 평가하였고, 「인민의 두 개의 적을 분명히해 가면서 인민의 단결을 내세울 수 있는 방향으로 당의 적극적 활동에 의해 발전해 갔다」고 하였고, 美帝와 일본 독점에 큰 타격을 입혔다고 총괄했다(제8회 대회 중앙위 보고). 이것에 의해 분트의 중앙 지도부는 해체 상황에 이르게 되었고, 1960년 7월 하순의 제5회 대회 이후 안보투쟁과 그 총괄을 둘러싸고 분열하게 된다. 분트주의를 부정하고 革共同에의 조직적 합류의 길을 걷던 「戰旗派」, 중간파라고도 말할 수 있는 「프로 通派」, 星野 이론으로 이론 무장을 하고 있던 「革通派」, 그리고 독자적인 政治過程論을 제기한 関西派 등으로 나누어지고 있었는데 사실상 분트는 붕괴하기에 이른다. 말하자면 가장 의미 있게 투쟁했던 者의 총괄이 없는 형태로 1960년대의 고도성장 시대를 맞이하게 되는 것이다.

일본 정부가 신안보 조약 초안을 발표(1959년 10월 8일)한 8일 뒤인 16일 동경에서 日経連의 임시총회가 열렸다. 안보에로 향한 자본가들의 총결기 대회였다. 이 때 前田 전무이사는 안보 개정의 成否는 「자유인가 독재인가」의 기로에 서는 것이라고 말하고 있었는데, 그 結語로서 다음과 같이 진술하고 있었다. 「전후 15년은 노조 약진의 시대였고, 노동운동 독주의 시대였다고 말할 수 있는데 금후의 15년은 경영학자의 시대가 될 것이다」(『日本経済新聞』10월 16일). 1960년 안보투쟁으로부터 시대가 바뀐 이후 이러한 분석은 예언이 벗어난 것이라고 할 수 없을 것 같다. (穂坂久仁雄, 「安保」論争(松本健一 편, 詳解 現代論争事典, 流動出版株式会社, 1980.1 참조))

27. 近代化 論爭

　근대화 논쟁은 일본 근대화에 대해 日美 학자가 1960년 여름 箱根에 회합을 가졌을 때 보고의 일절에서 출발하고 있다. 이 회합은 소위 「箱根회의」로서 유명하다. 이 때 이후 근대화라는 말이 일본의 사상계에 정착했다 해도 좋을 것이다. 기묘한 것은 근대 백년의 일본 思想史上 근대나 근대화 혹은 「근대의 超克」이라는 용어는 사용되어 왔지만, 근대화라는 용어가 특히 의식적으로 사용된 것은 아니었다. 따라서 이 「箱根회의」의 의미는 그러한 진용에서 보면 정치적인 의미라 해도 좋을 것이다.

　덧붙여 「箱根회의」는 포드 재단의 자금에 의해 미국의 아시아 학회에 속하는 「近代日本硏究会議」가 기획한 것이었다. 이 회의는 R·P·도어, M·B·잔센, W·W·로크우드, D·H·워드, J·W·홀 등의 소위 주로 일본연구의 제2 세대에 의해 운영되고 있었다. 이 회의는

日美 학자가 5회 정도의 토론을 열었는데, 1950년 8월 말부터 9월 상순에 걸친 「箱根회의」는 그 준비적 회합이었던 셈이다. 일본 참가자의 주요한 얼굴은 丸山眞男, 古島敏雄, 川島武宣, 大內力, 金井円, 高坂正顯, 堀江保蔵, 市古宙三, 中野卓, 沼田吉雄, 大久保利謙, 大来佐武郎, 加藤周一, 遠山茂樹 등이었다. 예일 대학의 존·홀이 의장역을 맡았는데, 冒頭에 내건 一文은 이 「箱根회의」의 모습을 전하는 그의 논문 「일의 근대화에 관한 개념의 변천」(『일본에 있어서 근대화의 문제』 岩波書店, 소화43년) 속의 一節이다. 이 「箱根회의」의 내용 및 사회적 의미에 대해 서술하기 전에 근대와 反近代와의 抗爭史를 먼저 생각해보자.

전통적인 문화의식 속에서 이상화된 타자로서 중국밖에 몰랐던 일본인에게 있어서 이상화된 강렬한 타자를 의식할 수 있었던 것은 19세기 전반이었다. 그리고 나서 반세기, 근대 여명기에서의 일본인은 이 타자에 대한 자기의식을 기본으로 유교 윤리, 천황제 윤리 등을 가지고 무장하였다. 동시기 국내의 재통일을 둘러싸고 다투었던 내란에서 천황제 윤리가 우선 反幕 세력의 모티브가 되어 승리를 거두게 되자, 명치에서의 근대파와 반근대파 입장에서의 천황제 윤리파와의 대결은 명백해졌다. 무엇보다도 명치로부터 백년에 걸치는 근대 일본에서 근대파가 반근대파를 누를 수 있었던 것은 명치 초기까지였다. 근대파는 이 때 이후 부국강병, 脫亞入歐를 서두르지 않으면 안 되었는데, 근대파 자체가 급속히 반민중적으로 바뀌고 있었다. 이 때 이후 반근대파는 그 때의 민중사상과도 연결되었고, 또한 당시 근대파의 강권체제를 지탱하는 역할을 다할 수 있게 되었다. 명치10년 西南戰爭에서 西鄕軍과 민권파의 결탁은 근대 일본에서의 반근대파의 복권을 말하는 것이기도 하고,

이러한 양상은 소화 초기의 皇道派 청년장교와 東北 농민에까지 연결되어 갔다.

그러나 근대파가 스스로를 근대파로 칭하고 있었던 이유는 반근대파와는 자각적으로 형성한 관계가 아니었기 때문이다. 따라서 반근대파는 무자각적인 반항으로 반서구주의, 전통주의, 아시아주의, 때로는 민중주의의 형태를 띠게 되었는데, 근대파와는 어떤 경우에는 서로 대결하기도 하고 때로는 유착해 온 것이었다. 아마 반근대파가 근대파의 立脚点에 대해 비판하면서 자신들이 서야 할 입각점은 무엇일까 하는 자각이 생겨난 것은 겨우 대정시대로부터 소화에 걸친 시기였다. 마르크스주의도 본래는 일부 반근대적인 요소를 가지고 있었다. 그러나 戰前의 마르크스주의는 아프리오(선천적인) 사회주의를 근대일본에 대치시키는 것뿐이어서 근대파를 극복하자는 시각을 보인 것은 아니었다. 더구나 사태는 군부 통제파와 근대적 신관료에 의해 강제적으로 추진되고 있었다. 불행한 것은 근대일본에 대한 자각적 반성은 일본 로만파 플러스 西田 철학에 의해 「근대의 超克」(소화17년)이라는 형태로 나타나고 있었다는 것이다. 이러한 자각적 반성은 결국 시국에 대한 정신적 지원으로 변모되었지만, 결과적으로는 근대파에 대한 패배로 끝났다.

물론 전후 근대 찬가의 풍조 속에도 민족, 때로는 반근대적 相貌를 고집하던 竹內好와 같은 사람이 없었던 것은 아니었다. 그러나 반근대, 혹은 「근대의 超克」이라는 테마는 그 戰中의 무참한 정신적 패배가 되살아나는 것이 될 수도 있었기 때문에 禁句 취급하는 형상이었다. 더 나쁜 것은 전후 마르크스주의는 정치적으로는 근대파를 이용하면서도 내부적으로는 근대파를 비판하는 시각을 함께 가질 수는 없었다. 기껏

戰前부터 「부르주아적」 내지는 「반동 부르주아」 「양심적 프티·부르주아」 등이라는 조잡한 형태가 붙은 정도밖에 되지 못하였던 것이다. 1960년대 들어갈 무렵 전후의 혼란기도 안정되고, 고도성장기에로 들어가던 시기에 전후 근대파는 자신에 넘쳐 근대화를 추진하게 된다. 이때 미국 측도 미국 대외정책, 특히 발전도상국까지 포함한 대외정책의 필요상, 일본에서 근대화를 백업하게 된다.

60년 안보라는 전국이 데모와 집회로 휩싸였던 정치의 계절 직후, 「箱根 회의」는 방대한 예산과 日美의 제1선급 학자들이 모여서 개최되었다. 여기서 토론된 내용들은 어디까지나 학술적인 것이었지만 그러나 그 결과는 여실히 정치적 의도가 드러났다. 우선 이 「箱根 회의」의 의장역을 맡은 존·홀의 주장으로부터 보자. 그는 우선 幕末로부터 제2차 대전 이후에 이르기까지 일본 평가가 너무나도 다양하고, 多極的 가치관으로 뒷받침되고 있다는 것을 주장한다. 거기서 근대화는 무엇인가를 「보편적 용어로 記述的 정의를 내리는 노력」으로부터 시작할 필요가 있다는 것이었다. 그러한 노력의 결과 얻어진 記述的 정의의 일람표는 다음과 같은 것이었다.

1) 인구가 도시에의 고도 집중과 사회 전체의 도시 중심적 경향의 증대
2) 무생물적 에네르기의 고도 사용, 상품의 광범위한 유통 및 서비스 기관의 발달
3) 사회 성원의 광범위한 횡단적 접촉, 경제·정치 문제에의 그들의 참여 확대
4) 환경에 대한 개인의 비종교적 태도의 확대와 과학적 지향의 증대, 그것에 동반하여 진행되는 읽고 쓰는 능력의 보급

5) 외연적·내포적으로 발달한 매스컴의 네트 워크
6) 정부, 유통기구, 생산기구와 같은 대규모적인 사회 여러 시설의 존재
   와 이들 시설이 차츰 관료적으로 조직화되어 가는 경향
7) 큰 인구집단이 차츰 단일 통제(국가) 하에 통합되어 이와 같은 단위
   사이의 상호작용(국제관계)이 차츰 증대한다

이것은 너무나도 미국 사회학적 사고성이라 할 수 있고, 미국적 낙천주의의 산물이라 할 수 있다. 예를 들면 4)의 문제만 생각해 보아도 알 수 있을 것이다. 환경에 대한 과학적 지향의 증대라고 말하고 있는데, 여기에는 공해문제나 원래부터 과학적인 환경에 대한 반성적 지향 등은 전혀 보이지 않는다. 6)의 문제도 그러하다. 이전 맥스·웨버도 관료제를 근대의 추세의 하나로 예를 들고 있었다. 그러나 그 때 조차도 웨버는 패시미즘(염세주의)을 넘어서 관료제에 대해 말한 것이다. 그러나 여기서는 아무런 주저도 없이 관료제에로 조직화되어 가는 것이 서술되고 있다. 아무리 옛날 토론이라 해도 너무도 낙천적이지 않는가.

그런데 이 「箱根 회의」에 참가한 한 사람에 라이샤워(하버드 대학)가 있었는데, 다음 1961년 4월 그는 駐日大使로 취임한다. 「箱根 회의」와 그것에 계속되는 여러 토론은 그에 의해 구체적인 정책으로서 浮上하게 된다. 구체적으로 그것은 라이셔워=로스토프의 「근대화 노선」이라 불려지게 되고 다방면으로 파문을 던지게 된다. 淸水幾太郎가 「테이크·오브」(離陸)論을 내걸고 논단을 뜨겁게 만든 것도 결국은 이 「근대화 노선」의 의도에 따른 것이었다. 그것만이 아니다. 미국은 1962년 이후 동남아시아, 특히 당시 남베트남에 대해 군사원조를 강화하고, 베

트남 戰爭에 개입하게 된다. 이 때 미국측 정책의 방침이 동남아시아의 근대화였는데, 그것에 의해 공산주 세력의 침투를 막자는 것이었다. 그러나 거의 10년 베트남 戰爭의 결과는 주지하는 대로이다.

미국에서 일본을 포함한 아시아 연구자들 사이에서도 이 베트남 전쟁에 대한 반대의 소리가 분출했다. 물론 그것은 단순한 정치운동으로서의 반대에만 그치는 것이 아니었다. 미국의 일본 연구자들에게 있어서 제3 세대라 칭해야 할 사람들은 무엇보다 저 「箱根 회의」에서의 내용을 문제로 삼았다. 미국에서도 이 1960년대에는 공해문제의 심각화, 공민권 운동의 격화, 반관리 사회를 슬로건으로 내거는 서브·컬쳐의 진보라는 50년대에는 볼 수 없었던 現象이 나타난다. 일본연구의 제3 세대는 이와 같은 시대를 충분히 받아들일 수 있는 세대였다. 1960년대의 이와 같은 여러 현상이 저 「箱根 회의」에서의 근대화의 지표에 도전할 수 있었던 것은 말할 나위도 없다. 「箱根 회의」 보고자의 한 사람이었고, 또한 이 회의의 보고를 정리했던 인물인 M·B·잔션 등은 일본 잡지에 「箱根 회의」가 어떻게 당시 아시아에 대한 미국 정부의 「지적 원폭」이 되어 갔던가를 술회하기에 이르게 된다.

그렇다고 해서 이 「箱根 회의」를 묵살, 내지는 슬로건으로 비난하였던 일본의 좌익 진영이 올바른 것만은 아니었다. 당시 중국은 紅衛兵 문제로 시끄러웠기도 하고, 東歐는 제2차 동란으로 소연한 상태였다. 旧形의 좌익이 아닌 사고성·운동체라면 근대화가 누락된 함정으로부터 벗어날 수 있을 것이라는 얕은 희망이 당시 청년학생 사이에 넘쳐나고 있었던 것도 반드시 잘못된 것만은 아니었다. 그러나 1970년대 중엽에 들어갈 무렵 중국은 「4개의 근대화」를 내세웠고, 통일 베트남은 제3

국가들은 도저히 이해할 수 없는 抃 캄보디아, 抃 중국 전쟁에 대처하게 되는 등, 旧形의 좌익으로는 근대화의 함정으로부터 벗어날 수 없다는 사고가 얼마나 천박하였던가를 생각하게 만드는 사태의 한가운데에서 있었다.

최후에 日美의 이와 같은 근대화에 대한 문제제기는 단순히 日美 사이나 日美 抃 아시아 여러 나라의 문제에 그치지 않고, 서구 문제에로 되돌아오는 것에 대해 덧붙여 둘 필요가 있다. 서구의 경우는 일본과 같은 파시즘 체험을 거친 서독의 경우가 그 현저한 예로 들 수 있다.

일본에서도 저 「箱根 회의」의 근대화론 등 넌센스라고 비난하였던 그룹, 묵살하였던 그룹은 많았다. 미국 자체도 반성하고 있는 이상, 그들의 태도 자체는 칭찬받아도 좋을 것이다. 그러나 그것은 「箱根 회의」에서의 근대화를 지칭하는 것은 아니다. 근대화에로 대치하자는 것인지, 아니면 바보스러운 사회주의 구상이 아닌 것으로 근대화에로 대치하자는 것인지, 이 물음에 대답하지 않는 한, 근대화론에 대한 일본 좌익의 패배는 결정적인 것이 될 수밖에 없었다. 선천적인 프로 独이든, 민주통일전선이든, 노동자 자주관리이든 근대화론이 제기한 문제에 대답하지 않는 한, 바보스러운 구상인 것에는 변함이 없다. (淸水多吉, 近代化 論争(松本健一 편, 詳解 現代論争事典, 流動出版株式会社, 1980.1 참조))

28. 純文学 論争

1) 문제 제기

어떠한 시대에서도 항상 그 시대를 지탱하는 대전제라는 것이 있다. 문학 논쟁도 또한 그 대전제 위에서 행하지는 것에 지나지 않는다. 그러나 대전제 그 자체가 회의의 대상이 될 경우, 논쟁은 어떠한 형태를 취하게 될까. 순문학이 문단문학으로 자리잡는 한, 순문학이 문단 내부에서 회의의 대상이 될 수 없다. 따라서 순문학 그 자체에까지 쟁점이 미친다는 점에서 이 논쟁은 종래에 없던 성격을 지녔다. 극언하면 이 논쟁에 의해 순문학이라는 신념은 크게 흔들리지 않을 수 없었던 것이다.

소화36년 『群像』 창간 15주년에 즈음하여 씌어진 平野謙의 발언에서 시작되어 많은 파란을 불러왔던 이 논쟁은 지금 생각해 보면, 문단 이외의 사람들은 이해할 수 없는 부분이 너무 많았다. 그것은 외측 사회로부터 보면「컵 속의 태풍」일 뿐이었다. 그러나 私小説에 대한 비판자이면서도 私小説 정신이 뼈 속까지 깊숙이 스며들어 있던 平野謙이 「순문학은 역사적 개념이다」는 주장을 하기 시작한 것은 적어도 私小説的인 자기표현이 이미 절대화될 수 없던 시대에 접어들었다는 것을 의미하는 것이다. 원래부터 私小説을 부정하여 허구로서의 자기표현으로 그 활로를 찾는다면, 이미 中村光夫의『風俗小説論』에 그러한 주장을 볼 수가 있어야 한다. 그러나『風俗小説論』에 담겨진 中村의 꿈은 과연 문단에서 생각하는 것을 찾을 수 있었을까. 中村가『風俗小説論』로부터 10년이라는 세월을 거치면서『다시 정치소설을』을 쓰지 않으면 안 되는 사태는 역사의 아이러니라 하지 않을 수 없다. 어떠한 문학이론도 실작자에게는 그렇게 큰 도움이 되지 않는다. 작가가 자신의 감수성에 따라 양식을 선택하는 한, 이론이 작품의 리얼리티에 영향을 미치는 분량은 실제로는 극히 적다고 볼 때, 문학이론이나 문학 논쟁의 의미도 스스로 제한을 받게 된다는 것이다.

아마 平野謙이 순문학 변질설을 제기했을 때 거기에는 旧私小説 계열의 작품 정체와 추리소설을 포함한 능동적인 사회소설이 활발해 졌다는 현실이 가로놓여 있었다. 전자는 이미 고전적인「私」의 잔상밖에 남아 있지 않았다. 그러나 후자는 적어도 작품의 리얼리티만은 남아 있었다. 여기서 작품의 리얼리티에 의미를 두려고 할 때, 平野는「액추얼리티」라는 애매한 개념에 기대는 한편, 순문학을 역사적 개념으로 규정짓지 않을 수 없게 되었던 것이다. 소화36년 12월 문예시평에서 平野는 다음과 같이 말한다.

> 기성문단에 한정해서 말하면 소설 액추얼리티 說, 소설 재미 說, 소설 순수설이라는 가능성에 대해 차츰 자기에 제한함으로써 소설 순수설 이콜 私小說이라는 방향으로 스스로를 한정시켜 간 것이다. 여기에 이르러 비로소 순문학 개념은 역사적으로 정착하게 된다. 거의 그것과 때를 맞춰 프롤레타리아 문학도 신감각파 문학도 출발 당초와는 달리 역시 차츰 자기를 한정해 갈 수밖에 없었던 것이다. (중략)
>
> 그러나 그 新機運은 전쟁에 의해 중단되었고, 변질되어 전후에로 올 수밖에 없었다. 오늘의 사태는 그러한 역사의 총결산에 직면한 현대소설의 운명일 수밖에 없었다.
>
> 거기서 다시 되돌아와서 대정 말기의 소설을 다시 한번 되돌아보면, 나는 소설은 능동적인 것이 아니면 안 된다는 說에 의미를 두려고 생각한다.

이러한 주장에 대해서 旧文壇 측으로부터 반발이 일어나게 된 것은 상상하기 어렵지 않다. 그러나 그 반발이 高見順에 보이는 거의 반론이 없었다는 것에 역으로 平野가 낸 문제의 크기가 네거티브적으로 부상하게 되었다는 것을 상징한다.

2) 사회화와 공리성의 계기

平野의 문제제기가 애매하였다는 것은 高見의『순문학 공격에 대한 항의』(『群像』소화37년 1월)에서 그 심정적 반발이 거의 히스테릭하게 느껴진다는 것을 말한다. 이 高見 논문에 대한 반론으로 더 나아가 平野의 『再説·순문학의 변질』(『群像』 소화37년 3월)이 발표되었는데, 양자 사이에는 거의 이야기가 통하지 않았다. 어느 쪽의 명분도 곤란한 면이 있었겠지만 그러나 굳이 어느 쪽이냐 하면 礒田光一는 平野의 주장에 공감한다고 하였다. 그렇다는 것은 平野는 旧来의 순문학이 믿을 수 없는 불안을 고백하고 있는데에 비해, 高見는 이러한 불안에 대해 눈을 감았던 것이 아니라 그 불안을 은폐하려고 전력을 다하고 있었기 때문이라고 하였다.

아마 高見가 문학적 출발을 하였을 때, 『故 旧友 잊을 수 없어라』라는 작품은 반드시 쓰지 않으면 안 되었을 것이다. 饒舌体에 의해 自虐을 나타낸다 하더라도 私小説이라는 양식은 高見에 있어 절대 불가결한 것이었다. 전향자의 내면에는 세상의 상식과는 어울리지 않는 심연이 있었는데, 그것이 高見에게는 별이었다. 그리고 스스로 운명의 별을 믿을 수 있는가 하는 것에 대해서 高見는 고고의 文士라는 것을 증명해 준다. 그러나 전후의 高見에게 과연 그러한 고고함이 남아 있었을까. 『생명의 나무』 등에 보이는 세속을 외면하고, 생명에 충실하려고 하면 할수록 高見의 포즈는 묘하게 연기 비슷하게 되어버린다. 또 만일 연기를 그만두게 되면, 高見 자신을 세속으로부터 나눌 수 있는 것은 무엇 하나 남아있지 않는 것이다. 그것을 자각하는 것이야말로 당시의 高見에게는 순문학이라는 비단길이 필요했던 것이다. 이 논쟁이 일어날 당시 高見에게는 장편 『싫은 느낌』을 연재 중이었는데, 이것은 뛰어난 작품이었다. 高見의 마음으로는 『故 旧友 잊을 수 없어라』에 대한 향수가 사라지지 않았다는 것이다. 礒田는 만일 순문학이 부정된다면 서야 할 자리가 없어진다는 불안이 高見로 하여금 오만한 논쟁자로 내세우게 한 것 같다고 말하는 것이다. 高見의 주장도 平野의 주장도 그 뿌리에 있는 감정에까지 거슬러 올라가면 두 사람의 사이가 그 정도로 멀어진 것은 아니었다. 단적으로 말하면 전후 사회의 현실을 직시하여 보면, 이전 순문학의 幻影을 믿으려는 듯한 연기는 할 수 있어도 아무래도 속마음은 편치 않았던 것이다. 高見가 그 기분이 좋지 않았음에도 불구하고 믿고 싶다고 하였던 것은 平野가 액추얼리티에 거는 것에 의해 그러한 기분을 극복해 가려는 것에 지나지 않는다는 것을 말하는 것이다.

그렇다면 平野가 말하는 액추얼리티 說은 어떠한 성격을 가졌던 것이었을까. 이것을 사건소설에 대한 긍정론으로 받아들여서는 안 된다는 점에서 사실은 미묘한 문제라 할 수 있다. 그렇다고 하는 것은 문예시평(소화37년 1월)에서 平野는 高見를 論難하였지만, 다른 한편으로는 佐伯彰一의 발언(『文学界』 소화37년 1월)을 인용하면서 「佐伯彰一는 磯田의 제안을 제대로 이해한 위에 이것을 『문학에서의 공리성 회복』이라고 결론짓고 있다」고 서술하고 있기 때문이다. 적어도 현재 시점으로부터 이 논쟁을 되돌아 보았을 때, 그것이 문학의 공리성을 둘러싼 논쟁으로서의 일면을 가졌다는 것을 磯田는 지적하고 있는 것이다.

적어도 근대 이전 사회에서는 문학이 어떤 공리성을 가진다는 것은 자명한 일이었다. 그것은 오락적 효과를 의미하기도 하고, 또한 도덕적 教導 기능을 의미하기도 하였다. 명치의 정치소설이 문학은 정치라는 목적의 효용만은 잃어버리지 않았던 것을 보면 알 수 있다. 이와 같은 시대에서 文学自효論이 의미가 없는 空論이었던 것은 말할 나위도 없다. 작가는 전통적인 규범에 따라 창작하는 것이고, 더 나아가 작품은 독자 때문에 만들어지는 것이다. 정치적인 목적이든, 도덕적 목적이든 작가가 독자를 감동 내지는 설득할 수 있을 때 비로소 작품의 효용이 얻어지는 것이다. 이러한 작가 対 독자의 균형은 그러나 곧 깨트려지게 이른다. 逍遙・二葉亭로부터 北村透谷에 이르러 문학은 스스로 외계와의 접점을 상실하게 되고, 자신의 목적을 이루게 된다. 이러한 형태로 성립된 文学自효論은 자연주의・白樺派를 통해 전후파에 이르기까지 몇 개의 굴절을 경과하면서도 일관되게 계속되어 왔다고 볼 수 있다.

그러나 자신의 목적을 가진 문학이라는 것은 어떤 것일까. 마치 「대학의 자치」가 외계로부터 격리를 통해 空転의 운명에 빠지게 되는 것처럼, 스스로 자립론도 외부사회와의 접점을 상실하는 것에 의해 스스로 自転 운동을 지녀가게 된다. 물론 그러한 경향에 대해 반항이 없었던 것은 아니다. 이러한 문제를 해결하려는 작업은 순문학 논쟁 이전에는 蔵原惟人의 「혁명을 위한 문학」이라는 사상과 대중문학의 오락적 효용 이 두 개 이외에는 존재하지 않았다. 전자는 정치적 유효성이라는 점에서는 유일의 본질적인 이론이 되었는데 이 蔵原 이론을 넘어설 수 있는 이론은 현재에도 또한 존재하지 않는다고 단언할 수 있다. 또한 후자 즉 대중문학 영역에는 적어도 「타자라는 독자」의 의식은 완전히 회복되어 있다.

그런데 平野 발언의 전제에는 폐쇄적 私小説의 쇠약과 사회파 추리소설의 융성이라는 현실이 존재하고 있었다. 만일 후자 속에 平野가 작품의 리얼리티만을 보는 것이라면, 사태는 그 정도로 혼란이 일어나지 않았을 것이다. 그러나 平野가 말하는 「私의 사회화」라는 주장에는 적어도 3개의 계기가 내재되어 있다고 볼 수가 있다. 하나는 독자와의 상관성이라는 점에서의 사회화라 할 수 있고, 또 하나는 사회적 현실을 작품의 소재로 삼고 있다는 의미에서의 사회화이고, 남은 하나는 사회비판의 계기를 가진다는 의미에서의 사회화이다. 이렇게 생각해 볼 때, 平野의 액추얼리티 說은 蔵原 이론과 橫光利一의『순수소설론』을 止揚한 소산이라 할 수 있다. 平野의 3파 정립설로부터 말하면, 3파 중 旧私小説이라는 一派가 쇠퇴하게 되면 남은 2파의 결합으로부터 문학이론이 나오는 것은 필연적인 귀결이었다. 小林秀雄의『私小説論』에 대한 독자적인 해석도 또한 여기에 胚胎하는 것이었다.

그러나 사회비판의 계기를 가진 사회소설이라는 형태로 제출된 액취얼리티 說은 당연한 결과로 광의의 앙가쥬망 사상의 변형이라는 뉘앙스가 있다. 광의라고 礒田가 말한 것은 실천 활동을 직접적으로 매개하지 않아도 사상의 비판성에 의해 문학 유효성이 보증된다는 전제로부터 平野가 끝내 벗어날 수 없었기 때문이라는 것이다. 도대체 사회비판의 有無가 과연 문학에서의 공리성의 회복을 의미하는 것일까. 여기에는 아마 지식에 대한 平野의 과대한 환상이 내재되어 나타난 것으로 보인다. 그리고 이 환상에서 脱却할 수 있다면 문학에서의 공리성 회복은 두 개의 極에로 환원되어야 할 것이다.

그 하나는 蔵原 이론의 전후 계승자라 할 수 있는 花田清輝의 생각인 것이다. 花田의 예술이론이 현실적으로는 실현되기가 어렵다 하더라도 예술을 혁명과 직결시켜 주관적 환상을 전부 부정한다는 사상은 적어도 액추얼리티 說보다도 정치적인 유효성에 대한 정당한 인식을 가지는 것이다. 이 線에 따른 발언으로 佐々木基一의『전후문학은 幻影이었다』(『群像』 소화37년 8월)를 들 수 있다. 花田・佐々木와는 반대로 예술의 향수자 입장에서 본 공리성의 회복이라면, 문단적 제약을 破却한 福田恒存의 예술이론에로 갈 수밖에 없는 것이다. 순문학 논쟁에 야유를 보내고 있던 福田가 이윽고 수년 후에『일본문단을 비판한다』(『三田文学』소화43년 2월),『문학을 의심한다』(『文学界』소화43년 9월)를 쓰기에 이르게 된 것도 이미 이 시점에서 예상된 것이라 해도 좋다. 그리고 이어서 말하면 지식인의 반체제 사상이 사실은 온실 속의 환상이었던 것을 명료하게 증명해준 것은 누가 무어라 해도 대학 분쟁이었다고 할 수 있다.

3) 현재의 문제

순문학 논쟁과 대학 분쟁을 결부시키는 것을 기묘하다고 생각하는 사람이 있을지도 모른다. 그러나 일본에서 순문학의 성립과정은 그대로 문단 성립과정과 표리일체라 할 수 있는 것이었다. 또한 사회의 아웃사이더 왕국으로서의 문단 성립은 동시에, 대학 자치의 사상과 等価의 의미를 지니는 것이다. 그리고 대학 지식인도 문단인도 자치 공간 속에 살고 있는 한에서는 어떠한 放恣한 환상에도 빠질 수 있다는 것이다. 平野의 액추얼리티 説은 자치 공간에서의 空転에 대해 자각하고 있던 平野가 외계를 회복하려 한 몸부림의 표현인 것이다. 그러나 平野가 말하는 사회라는 것은 무엇이었던가.

平野의 사회 개념과 현실 사회와의 斷層에 논쟁 당시 가장 깊게 파고들었던 論은 吉本隆明의 『전후문학의 전환』(『文芸』 소화37년 4월), 『전후문학의 현실성』(『文芸』 소화37년 8월)과 江藤淳의 『청춘의 황폐에 대해서』(『群像』 소화37년 4월) 및 『작가의 「생활」』(『群像』 소화37년 7월)이었다고 할 수 있다. 吉本 논문이 堀田善衛의 『바다 우는 속으로부터』를 비판하고 있는데, 그러나 제3의 신인 작품 중 시대 변모의 본질을 발견할 수 있다는 것은 상징적이라 하였다. 즉 그는 사회 비판의 각도보다도 오히려 이데올로기 색이 없는 생활자의 의식 속에 오히려 현실의 본질이 발견된다는 것을 말하고 있다. 또한 江藤의 『작가의 「생활」』에서는 자아의 孤塔이 외부 현실 때문에 짓밟히게 되는 것에 의해 즉, 작가의 내부의식에 개념이 아닌 현실적인 타자를 포섭하는 것에 의해 「私」의 사회화가 달성된다는 관점이 제출되고 있다. 여기에 말하는 사회가 사회과학적인 뉘앙스를 가진 平野의 사회와는 다른, 타자의 集合体로서의 사회라는 것은 말할 나위도 없다.

본래부터 인간이 타인과 연관을 맺고 살아가는 한, 이러한 의미에서의 타자의 침입은 현실에는 항상 生起하는 사항인 것이다. 그러나 그것이 작품 내부에로 포섭할 수 없다는 것은 즉 자기가 보이지 않는다는 것이기도 하다. 바꿔 말하면 문학에 대한 환상이든, 지식인의 역할에 대한 환상이든 환상은 항상 현실인식을 흐리게 만드는 것이다.

이전에 대학이 기회주의적 천국인 것처럼 문단도 또한 천국이었다. 그런 면에서 천국의 住人은 자신의 소질에 따라 뛰어난 작품을 쓸 수 있었다는 것이다.

그러나 순문학 논쟁 이후 8년에 걸치는 세월은 이 천국을 지옥처럼 만들 수 있는 충분한 세월이었다. 「이번은 문단이 지옥이 된다」고 伊藤

整에게 말한 것은 平野謙이었다. 그러나 문단이 지옥이 되어도 또한 사람들은 지옥의 危害를 방지하는 천국을 가지고 있었다. 그것이 대학임은 말할 나위도 없다. 교사 작가·교사 비평가의 증대는 그러한 상황의 표출이라 할 수 있다. 그러나 여기서 다음과 같은 역설적인 사태를 礒田는 지적하고 있는 것이다. 즉 나이 많은 세대들에게 저널리즘의 명사는 바로 명사가 되기 위한 학내 잡무로부터의 도피가 암묵리에 용인되고 있었던 것이다. 中村光夫도 근대문학파의 비평가도 이러한 점에서는 완전한 생활 도피자일 수밖에 없었다고 하였다. 그러나 30대 이하의 세대에게는 이미 이런 형태의 도피는 생각할 수 없다. 즉 助手·講師에게 잡무 부담이 맡겨지는 한, 타자를 침범하지 않고서는 생존이 불가능하기 때문이다. 그런 것을 좋아하지 않는다면 사임 이외의 길밖에 없는 것이다. 이러한 지점으로부터 볼 때, 지금 老大家級의 교사 비평가가 예를 들면 어떤 사상을 말하든 그 생활의식의 맹점이 밑의 세대에게 그대로 드러나고 있는 것은 명료할 것이다.

島崎藤村의『破戒』가 3 자식의 病死 위에 씌어졌다는 것을 지적한 이는 平野謙이었다. 또한 자신의 버릇없음에 대해 유일의 윤리로 설명한 이는 中村光夫였다. 그러나 中村光夫들의 생활이 30대 교사 위에 부과된 학내 잡무의 과잉 때문에 지탱되고 있다는 사실은 모르는 것 같다. 혹은 알아차린다 하더라도 그것을 인정하려고 하지 않을 것이다. 대학 분쟁 이후의 현실을 직시할 때, 과연 이런 문제를 회피해서 비평이 성립될 것인가. 그러나 한편으로 당시 30대의 교사 작가·교사 비평가들은 그러한 가혹한 조건하에 있으면서 그 현실을 작품 속에 이입할 수 있었을까. 礒田는 여전히 의문을 품지 않을 수 없었다고 말하고 있다.

예를 들면 入江隆則의 『前衛의 패러독스』(『季刊 芸術』 12호)라는 에세이가 있다. 이것은 통렬한 伊藤整 비판의 좋은 논문으로 논지 그 자체에는 礒田도 찬성하고 있었다. 그러나 礒田가 이 논문에 일종의 異和感을 느꼈다는 것은 入江가 진보적인 문학관의 맹점을 지적하면서, 또는 小林秀雄의 『심리소설』이나 프루스트의 작품에 언급하면서 내적인 시간의 지속성에 대해 설명하고 있는 점을 보면 알 수 있다. 20세기 문학이 자기해체를 구원해야 할 내적 지속을 추구한 것은 사실이다. 그러나 젊은 교사 비평가로써 로망스를 연구하고 있던 入江에 대해 만일 入江가 내적 지속성을 회복하고 싶었다면 가혹한 조건하에서 문학을 연구하기보다는 근무를 잠시 쉬고 여행이라도 하는 편이 훨씬 자기 회복에 도움이 된다는 것은 자명한 일이기 때문이다.

또한 근대주의 비판으로부터 土着主義나 共同体論이나 言語論의 부흥이 엿보인다. 그러나 토착에의 回帰에 인간 구원이 있다고 한다면, 그러한 論者는 왜 강단을 떠나 深沢七郎와 같이 帰農하려 하지 않았을까. 만일 그러한 것이 싫었다면 福田恒存나 礒田와 같이, 문학과 정치의 이원론을 근본적으로 추구했어야 했다. 현실적으로 無機的으로 근대 도시의 쾌적함을 느끼면서도 더구나 공업사회의 인간 소외를 설명한다는 것은 골계에 가깝다. 反近代를 설명한다면 사실은 근대에 기분좋음을 느끼고 있는 자신의 실체를 직시하는 것으로부터 비평이 태어날 가능성이 생기는 것이다. 그러나 근대보다도 反近代 쪽이 새로운 것이고, 또는 순간보다도 持続 쪽이 새롭다는 차원에서 신비주의적인 言語論을 설명하는 곳으로부터 문학이 생겨날 여지는 전혀 없는 것이다. 이런 종류의 通弊는 교사 비평가보다도 일본 문학자에게서 더욱 현저하다는 것이다. 순문학 논쟁으로부터 뭔가의 교훈을 이끌어내려는 환상을 하루라도 빨리 破却해서 자신의 발밑을 보는 것이 더 나을 것이다. 현대에서 순문학 문제가 시작된다는 것은 앞으로 일인 것이다. (礎田光一, 純文学 論争(国文学 解釈と鑑賞436, 近代日本文学論争の系譜, 至文堂, 1970년 6월 참조)

29. 歷史小説 論爭

역사소설의 방법과 개념을 둘러싼 논의는 세계사가 근대의 시대에로 들어가고, 個가 역사 참가의 의식을 획득한 때로부터 되풀이 되던 것이었다. 서구에서는 프로벨의 「살람보」가 쓰여지고 있었고, 톨스토이의 「전쟁과 평화」를 거친 이후 마르탄·듀·걸의 「치보의 집 사람들」, 토마스·만의 「붓덴부르크의 집」의 성립과 계보 속에서 논의가 전개되어 왔다. 또한 조르쥬·루카치에 의한 「역사소설론」 등이 씌어졌다.

일본에서도 森鴎外의 「興津弥五衛門の遺書」, 「大塩平八郎」 등과 같은 일련의 작품으로부터, 島崎藤村의 「새벽」, 本庄陸男의 「石狩川」, 江馬修의 「산의 농부」, 西野辰吉의 「秩父困民党」, 井上靖의 「天平の甍」, 大岡昇平의 「天誅組」를 거쳐 辻邦生의 「安土往還記」를 비롯한 일련의 작품의 계보가 있었고, 또한 吉川英治, 菊池寛, 司馬遼太郎로 연결되는 一群의 작품들이 있었다.

그러나 역사소설에서 항상 문제가 되고 있는 것은 史実 변경이 허용될 수 있는 수치의 문제와 史料의 취급을 둘러싼 문제라 할 수 있다. 이미 대정4년 森鴎外는 역사소설에 대해 말할 때, 반드시 인용되는 「역사 그대로와 역사 떠남」 중에서 다음과 같이 서술되는 부분이 있다.

나는 史料를 조사해 봐서 그 중에 추구할 수 있는 자연을 존중하는 마음을 나타내었다. 그리고 그것을 멋대로 변경하는 것을 싫어했다. 이것이 하나이다. 나는 또 현존의 사람들이 自家의 생활을 있는 그대로 쓰는 것을 보고, 현재 있는 그대로 써서 좋을 것이라면 과거도 써도 좋을 것이라고 생각했다. 이것이 둘이다. (「전집」 26권)

이 相対효하는 방법과 태도를 둘러싼 分岐는 말하자면 역사소설의 숙명으로써 몇 번인가 논의와 논쟁을 거쳤다. 여기에 취급하려는 「『푸른 狼(이리)』 논쟁」도 또 그러한 논쟁의 하나이다.

「『푸른 狼(이리)』 논쟁」은 井上靖의 成吉思汗을 취급한 소설 『푸른 狼(이리)』(『文芸春秋』 소화34년 10월~35년 7월 연재)에 대해, 그 역사소설의 방법과 개념을 둘러싸고 논쟁이 전개되었다. 잡지 『群像』에 연재된 大岡昇平의 「상식적 문학론」이 그 제1회였는데, 「『푸른 狼(이리)』는 역사소설인가」(소화36년 1월호)에서 『푸른 狼(이리)』의 非歷史小說性을 지적하였고, 곧 이어 井上靖가 다음 2월호에 「自作 『푸른 狼(이리)』에 대해서─大岡 씨의 『상식적 문학론』을 읽고」를 쓰고 그 반론을 서술한 것에서 발단이 되었다. 논쟁은 그 후 大岡의 「『푸른 狼(이리)』는 상징인가」(『産経新聞』 同 1월 14일), 山本健吉의 「역사와 소설

」(『読売新聞』1월 18일), 大岡의 「成吉思汗의 비밀」(『群像』3월호), 大岡의 「『푸른 狼(이리)』는 서사시인가」(『読売新聞』1월 24일), 山本健吉의 「大岡昇平 씨에게 대답한다―재차『역사소설』에 대해서」(『読売新聞』1월 31일), 海音寺潮五郎・本多秋五 외「좌담회・역사와 역사소설」(『産経新聞』2월 7일~8일)로 전개되어 갔다. 大岡昇平는『푸른 狼(이리)』가 史実을 반영해야 한다고 주장하는데 반해, 山本健吉는 소설이니까 史実에 굳이 고집할 필요는 없다고 하면서 叙事詩性을 강조하였다.

이 논쟁은 다른 수많은 문학논쟁과 비교해 보면, 몇 개 특이한 相貌를 가지고 있다는 것을 알 수 있다. 그 종결 방식도 그러하지만 논쟁 진행 중에도 서로 각각 상대측의 주장과 논쟁을 끊임없이 정리하면서 진행되었다는 특징이 있었다. 그것은 이『푸른 狼(이리)』논쟁이『푸른 狼(이리)』라는 井上靖의 작품평가를 축으로 하면서도 그 역사소설의 방식, 더 나아가 문학 그 자체의 근본적인 상황을 추적해 가는 것이 목적이었기 때문이다.

大岡昇平의 「成吉思汗의 비밀」에 의하면 논쟁 발단에서의 논점은 다음과 같이 정리될 수 있다.

　　大岡昇平 一, 成吉思汗의 출생의 비밀이라는 소재를 몽골에서 伝乗하는 『푸른 狼(이리)』로부터 영감을 받아 이리를 이상상으로 그려 저 대정복을 이뤘다는 흔적은 보이지 않는다는 것이다. 따라서 이것을 역사소설이라 말할 수 있는지는 의문이라는 것이다. 二, 역사소설이라 칭하면서도 여러 인물을 그리는 방법, 전투의 묘사 그 밖, 미국의 스펙타클 영화와 같이 제멋대로여서 대중의 입에 맞도록 요리된 것에 지나지 않는다는 것이다.

井上靖 一, 역사소설은 역사 그 자체를 쓰는 것이 아니기 때문에 역사를 벗어나는 것이 문제인가. 역사소설이 어떠한 것인가에 대해 누가 멋대로 결정하는 것이 아니라, 작자가 각각 멋대로 생각하고 있을 뿐이다. 二, 大岡 는 『元朝秘史』를 역사라고 잘못 생각하고 있다. 史書라기보다는 叙事詩에 가깝고, 文学書이니까 그 중에 이리에 대한 記述이 있을 거라고 생각하는 것은 작자의 자유이다. 三, 나는 어떠한 이유에서든 역사를 改変하고 싶지 않다. 四, 大岡는 成吉思汗라는 리얼리스트가 抒情家의 一面도 보이지 않는다고 말하고 있다.

이 논쟁은 그러나 소화36년 2월 1일 深沢七郎의 「風流夢譚」(『中央公論』 소화35년 12월호)에서 기인하는 테러 사건과 国語審議委員会 改選을 앞두고 「현대 가나츠카이(가나 사용법)」 논쟁, 「오쿠리가나(한문을 훈독하기 위하여 한자의 오른쪽 아래에 다는 가나)」 논쟁에서의 山本 健吉와 입장을 같이 하고 있던 大岡昇平 측으로부터 停戦이 제창되면서 종결을 보게 된다.

大岡昇平는 「国語問題를 위해—山本 씨에게 停戦을 제창한다」(『読売新聞』 2월 6일) 속에서 다음과 같은 문구를 보이고 있다.

状勢는 우리들이 싸우고 있는 사이에 변화했다. 하나의 문학작품을 위해 잡지사 사장의 가족들이 殺傷되는 이런 세상 속에 작품 평가 상의 微細한 점에 대해 논쟁을 계속할 本意는 없다. …이번 福田恒存의 『나의 国語教室』 이 読売文学賞을 수상하게 된 것은 우리들 주장이 매스컴 一角에 받아들여 진 획기적인 사건이라 할 수 있다. 文部 관료와 그 외부 단체의 우익적 폭 도를 저지할 수 있는 최후의 기회이다. 『현대 가나츠카이』는 10년의 실적 이 있는데, 잘못된 원리에 의한 개량이라는 것이 일반인에게 받아들여진다면 적절한 타협점을 발견할 수 있을 거라고 생각한다. 우리들 의견이 영원히 소수 의견으로 남을 것인지에 대해서는 그 경계선이 될 것이다. 그렇게 말하면 井上靖 씨와 同志였다는 것을 福田의 수상 소식에서 듣고 생각해 낸 사정이다. 지금은 분열하고 있을 때가 아니다.

『푸른 狼(이리)』를 둘러싼 논쟁은 이렇게 해서 우선은 종결을 보게 되는데, 역사소설을 둘러싼 논쟁은 그러나 어떠한 형태로든 종결된 것은 아니었다.

이후에 福田宏年는 「역사소설의 진실성이라는 것은?—『푸른 狼(이리)』 논쟁에의 私見」(『図書新聞』 소화36년 2월 25일호)을 쓰고 있는데, 이 논쟁에서의 쌍방의 논점을 요약하면서 총괄적으로 다음과 같이 정리하고 있다. 「原文의 改竄」이라든가, 「역사의 改変」이라는 비난에 대한 쌍방의 주장을 제외하면 「양자의 주장에는 원칙적으로 相異는 없다. 즉 史実을 존중하고 그 위에 서야 한다는 것이 역사소설의 마지막 원칙이라는 점에서 양자의 의견은 일치하고 있었다」고 한다.

더 나아가 福田는 슈타이거가 말하는 운문의 기초개념—즉 叙事的, 叙情的, 劇的의 3개의 개념, 기능적으로는 각각 보고, 느끼고, 실증하는 —을 소개하면서 「현대 소설은 각각 3개의 근본적인 스타일에 관한 성격을 몇 개씩 함께 가지고 있다」고 하여 다음과 같이 私見을 기록하고 있다. 「현대의 이기적인 소설이 일종의 쇠퇴 現象이라 한다면, 그것은 이 서정적, 즉 고백적 요소가 너무 강해졌기 때문일 것이다. 역사소설도 그러한 세례를 받았지만 여기서 역사소설에 서사적 스케일을 가진 특성, 즉 形象的·병렬적·현세적·남성적 요소를 회복해 가는 문학의 현대적 요청을 무시했다고 생각하는 것이다」(「역사소설의 진실성이라는 것은?」).

그런데 역사소설의 방법과 개념을 둘러싼 논의 중에 오래된 것은 森鷗外로부터 本多秋五의 「역사문학론」(소화8년), 小林秀雄의 「역사와 문학」(소화16년), 岩上順一의 「역사문학론」(소화17년) 등의 발언이 있었고, 일본 문학자나 실작자 측으로부터의 발언도 많았다. 예를 들면 大岡昇平도 또한 『文学界』에 「現代小説作法—문학이라는 것은 무언가」를 연재(소화38년 6월~39년 11월)하고 있었고, 그 이후 역사소설을 쓰고 있었다. 또한 「역사소설이라는 것은 무언가」(『産経新聞』 소화38년 11월 4일), 「왜 『天誅組』를 쓰는가」(『週刊読書人』 소화39년 9월 14일), 「역사소설의 현대적 의미」(『朝日新聞』 소화40년 3월 8, 9일), 「역사소설의 가능성」(『サンケイ新聞』 소화40년 3월), 「역사소설론」(『現代文学의 発見』(12권, 学芸書林, 소화43년) 외의 논문, 비평도 同列로써 들 수 있을 것이다.

한편 역사가 측으로부터의 발언도 津田左右吉의 「일본 문학사에서의 역사문학」(『文学』 소화26년 10월), 服部之総의 「青山半蔵」(「새벽」의 비판, 소화29년)가 있었고, 근년에 이르러서는 和歌森太郎의 「역사소설과 역사—사학자의 입장으로부터」(『朝日新聞』 소화48년 3월 26일), 菊地昌典의 「역사소설이라는 것은 무언가」(『展望』 소화49년 2월~4월)가 발표되었다.

이들 和歌森, 菊地 논문에 대해 예를 들면 大岡昇平의 「역사소설의 방법—문학자의 입장으로부터」(『朝日新聞』 소화48년 4월 9일) 및 大岡의 역사소설의 집대성이라고 해야 할 「역사소설의 문제」(『文学界』

소화49년 6월호)와 부응하고 있는데, 여기에 이르러 역사소설의 방법
은 재차 무대에 오르게 되었다.

菊地昌典는 그 논문「역사소설이라는 것은 무언가」속에서 작가의
창작태도로서의「史觀」과「視座」의 필요성에 대해 서술하고 있는데,
「역사소설과 대중소설의 경계는 森 이후 분명히해 가기는커녕 더욱더
애매모호하게 되었다」고 지적하고 있다. 현대 역사소설가를 대표하는
司馬遼太郎, 松本淸張라는 2대 유행작가의 작품에 대해 역사에 借景한
현대 대중소설이라 해도 좋을 것이라고 쓰고 있다.「내가 이와 같은 借
景小說을 역사소설이라 부르지 않는 것은 당연하다. 역사로부터 교훈
을 끌어내는 이와 같은 안이한 관념의 놀이로서는 도저히 역사소설이
라 부를 수 없다. 과거는 과거로서 그대로 두고 기술해 가는 것에 의해
현재와의 대화가 성립되는 것이다. 과거의 의상을 두른 현대인의 설법
이라는 것은 단지 현대의 흔해 빠진 설교에 지나지 않는 것이다」고 하
였다.

여기서 菊地昌典는 작가는 역사가와 비슷하게 史料에 임함으로 해서
역사를 올바르게 나타낼 수 있는 것이라 하였고, 大岡昇平는 작가와 역
사가의 차이는 역사적 상상력과 소설적 상상력에 지나지 않는다고 지
적하고 있다. 또한「아마 소설가에게 있어서 역사가들에게 발견할 수
없는 것은 현실적인 사물의 회화적인 묘사정도일 것이다」고 하였다(大
岡昇平「역사소설의 문제」). (高沢皓司, 歷史小說 論争(松本健一 편,
詳解 現代論争事典, 流動出版株式会社, 1980.1 참조))

30. 初期 마르크스 論争

「초기 마르크스」를 둘러싼 논쟁의 출발점에 「객관주의」 対 「인간주의」라는 뛰어난 이데올로기적 대립이 있다. 사람이 마르크스를 말할 때 마르크스에 가탁해서 자신의 사상을 말하는 것이 보통인데, 마르크스学은 현재에 이르기까지 이 번역학과 사상을 말함에 있어 너무 복잡하여 그 혼란상을 벗어날 수 없을 정도였다.

1926년 라자노프에 의한 『독일・이데올로기』 제1장 포이엘바하의 公刊, 1932년 『경제학・철학 手稿』와 『독일・이데올로기』 全文의 刊行—백 년에 가까운 「鼠牙의 비판」으로부터 다시 되살아난 젊은 마르크스 두 개의 草稿가 러시아・마르크스주의에서의 물신화된 객관주의에 대한 비판서인데, 사상가들의 典拠가 된 것은 필연적인 経緯였다고 할 수 있다.

1932~33년 마르크제의 『経哲 手稿』 연구의 두 논문을 효시로 하여

사람들은 젊은 마르크스 속에 疎外論을 축으로 한 「人間存在論」으로 해석하였다. 「소외의 철학」 「노동의 철학」 그리고 「주체성의 철학」─ 일본에서도 梅本克己, 田中吉六들의 업적이 있었다. 그 중에서 「疎外論」 은 고도성장기 속에서 시민사회를 전제로 한 일종의 유행어조차 남아 있지 않는 실정이다. 이와 같은 풍속화 외에 거기에서 추구된 것은 이 집적된 불만을 표현하는 回路가 되었는데, 疎外論으로부터 해석해 낸 일종의 해방론은 인간 전체성의 復權을 겨냥하는 급진주의가 되어 社 青同 解放派의 감성주의로부터 全共闘 운동까지 通底하고 있었다. 현 재 이들 사조에서의 마르크스 해석학의 수준을 왈가왈부한다는 것은 무의미한 것이고, 인간주의는 바로 시대적인 문제, 사고를 둘러싼 문제 라고 말하지 않으면 안 된다.

확인해 두어야 할 불행은 黑田寬一나 梯明秀의 작업을 따로 진행한 다면 마르크스 전체상이 그 자체로서 매장되는 일은 일어나지 않을 것 이라는 마르크스學의 풍토이다. 경제학들은 후기 마르크스를, 철학자나 사상가들은 초기 마르크스를, 떡은 떡집에서 라는 식으로 분업하게 되 었는데, 마르크스의 사상적인 생성의 구조가 문제가 되는 일은 없었던 것이다.

논쟁의 국면이 일변하게 된 것은 1960년대 중엽부터였다. 문헌학적 검토가 생성의 구조가 거론될 것을 강요하고 있었는지에 대한 형태로 回転하게 된 것이다.

코르냐나 마크레런의 마르크스 연구의 소개, 라빈論이나 細田 논문 에 의한 『経哲 手稿』의 문헌학적 재검토, 또한 『経哲 手稿』와 병행해 서 씌어진 『경제학 노트』 중에서도 특히 『밀 評注』의 평가, 杉原四郎

에 의한 그 邦訳(일본어역), 그러나 문헌적으로 최대의 사건은 시대는 바뀌어도 『경제학 비판 要綱』의 公刊(53년)과 邦訳(61년)이라 할 수 있다. 『경제학 비판 要綱』은 초기 마르크스와 후기 마르크스를 연결하는 원으로 하여 다시 이 양자의 접속과 『資本論』의 논리적 성층에 관한 문제를 제기하였다.

이러한 일련의 움직임 속에서 충격적 데뷔를 한 것이 1965년 『唯物論 研究』에 게재된 広松渉의 「『독일·이데올로기』 編輯의 문제점」이었다(『마르크스주의의 성립과정』 수록). 그 속에서 広松는 종래 「유물사관 확립의 書」라고 불려지던 『독일·이데올로기』의 流布版(아드러트키 版)을 「僞書와 같은 것」이라고 지적한 것이다. 이후 広松의 활약은 가치 형태론으로부터 인식론에서의 『세계의 共同主義観的 존재구조』까지 多岐에 걸쳐 있는데, 「초기 마르크스 논쟁」에 중요한 영향을 준 주장은 다음의 3점이라 할 수 있다.

첫째, 아드러트키 版을 비판하여 『도·이데』의 広松 編輯長案을 제시한 것이다. 「아드러트키 版에서는 草稿를 일단 따로따로 자른 위에, 말하자면 풀과 가위로 이은 것이다」고 지적받은 아드러트키 版은 실제 편집자들이 欄外로 써넣었던 것을 근거로 하여 자의적으로 편집한 것이다. 마르크스 章句의 금과옥조와 같은 인용이 실린 마르크스의 사상과 無縁하게 성립되던 시대를 가장 상징적으로 보여주는 것이라고 말할 수 있다. 広松의 지적은 당초에는 묵살되었지만 소련 新版(버가드리어 版, 花崎皋平에 의해 邦訳), 新MEGA 시행판에 의해 広松의 예견이 정확하다는 것이 傍証된 이래 누구도 무시할 수 없는 것이 되었다(그런데도 大月·岩波·国民 등의 현행판은 비판을 받았던 아드러트키 版을 지금도 底本으로 삼고 있다). 広

松 편집장은 1974년 広松 판『도·이데』에로 결실하게 된다.

둘째, 유물사관 성립 때에「엥겔스 主導説」을 제시하였고, 持分 문제를 제기하였던 것이다. 종래『도·이데』제1장 포이엘바하(특히 A章)가 浄書稿가 아님에도 불구하고 엥겔스의 筆跡이 된 것은「마르크스·엘겔스 一体説」신화 때문에 고의로 무시되면서「口述 筆記説」이 되었다는 바보스러운 説이 유포되었지만, 広松는「口述 筆記説」을 뿌리치고 초기 마르크스·엘겔스의 사상 형성사를 뒷받침하는 것에 의해 엥겔스 주도설을 내세웠던 것이다. 이렇게 해서『도·이데』에서 마르크스·엘겔스의 持分 문제가 논쟁에서의 초점이 되었는데, 지분 문제는『도·이데』에 그치지 않고 마르크스와 엥겔스의 사상적 交錯과 이질성에 대해 전체적으로 제기하지 않고서는 안 될 정도의 質을 가진 것이었다. 또한 広松의 지적은 마르크스주의에서의 객관주의적 왜곡을 엥겔스 一身에 물으려는 것에 의해 인간주의적으로 마르크스 사상을 教授하려는 발상에 대해 던진 강렬한 펀치였다.

셋째, 초기 마르크스로부터 후기 마르크스에의 이행=생성의 논리를「자기 소외론으로부터 物象化論에로」라는 成句로 제창한 것이다. 인간주의적 조류가 초기 마르크스 소외론의 후기에로 관통하고 있는 것에 대해 広松는 마르크스의 소외론을 헤겔주의적인 흐름—주체가 자신을 外化시키고 자기에로 還帰하는 변증법— 위에 자리잡게 된「자기 소외론」이라는 것을 규정하고 있는데, 그것은「사상적인 게슈탈트」의 변환을『도·이데』로부터 시작되는 物象化論으로서 상징화시킨 것이다.

広松가 말하는「物象化」는 단순히「物神的인 錯視」라는 허위 인식의 수준에 그치는 것이 아니라, 후기 마르크스가 획득한 논리적 지평을 근대적 세계관의 기본인「주체—객체 도식」과 대비시키는 것에 의해 対目的으로 포착하려는 것이고, 객관성이 존립할 수 있는 근거 그 자체를 분명히 하려 한 것이었다. 종래의 객관주의가 인간에게 외재적인 법

칙으로 객관성을 생각하였는데 그런 면에서 주관주의적인 환상과 相補
的이었던 것에 비해, 広松 物象化의 논리는 여러 개인의 사회적 활동이
자기 膠着하여 그 산물이 물상적인 힘이 되는 것, 즉 그 결과적 여러
개인의 관계가 자립적인 자세를 취하는 것이 객관성 혹은 역사가 될 수
있는 존립 근거라 하였다.

또한 이것은 여러 개인 그 자체가 이와 같은 관계 속에서 成型되어
간다는 「주체―객체」의 지평을 포기한 것으로 보인다. 이 후기 마르크
스 논리구조 속에서 広松는 「관계의 일차성」을 슬로건으로 내거는 존
재론적 세계상으로 이해해 간다. 그러는 중에서 여러 개인 즉 종래의
주체는 「변증법적 동력학의 項」에 지나지 않았던 것이고, 근대적인 주
체 개념과는 완전히 異質的인 것으로 생각하게 되었던 것이다. 이와 같
은 広松 사상은 새로운 객관주의로 나타나 「여러 개인은 『사회성의 囚
人』(코직)이라 불려지는 관계성에로 해체되어 가는 느낌이 있다」(花崎
皋平)는 비판을 받게 되는 것도 필연적이었다. 그러나 広松에 대한 주
요한 비판은 『마르크스 · 콘멘탈』 『현대의 이론』에 의한 市民派=構改
派 측으로부터 이루어졌다.

그 중에서도 가장 주목을 받았던 것은 望月清司이다. 望月는 広松의
「持分 문제」에 대한 제기 형태로 분업을 포지(적극적인 것)라 보던지,
아니면 네거(부정적인 것)로 보던지를 기준으로 삼아 『도 · 이데』를 마
르크스의 사상과 엥겔스의 사상으로 나누어 마르크스의 史観―「보편적
인 교통의 완성=분업의 전개」라는 시민사회의 적극성을 인정하는 「분
업 展開史観」―과 엥겔스의 史観―분업에 곧 네거를 보고 시민사회를
국가와 短絡해 가는 「所有 形態史観」―이 『도 · 이데』 欄外의 해석에

근거하여 엥겔스가 쓴 필적의 대사문을 마르크스와 엥겔스로 分断하고 있다.「구술 필기설」을 부활시킨다는 방법론적 杜撰은 두고라도 望月를 필두로 하는 시민파=構改派의 기본적인 視座는 스탈리즘의 근거를 「生産諸力」에서의 구조의 미성숙」=「시민사회의 미성숙」에로 추구하려는 平田淸明의「市民社会論」과「共同体論」의 문제의식을 계승하여『経哲 手稿』로부터『경제학 비판 要綱』까지를 마르크스의「市民社会観」의 성숙=경제학의 확립의 道程으로 파악하려는 것이었다.

이와 같은 관점으로부터『밀 評注』에서「시민적 생산=교통 여러 관계」에의「마르크스 인식의 原型」으로 파악이 되었고(森田桐郎)「활동하는 주체의 대상적 자기 전개=자기 산출로 세계의 발전과정을 체계적으로 서술하려는 방법적인 자세는 1845년 이후에도 마르크스는 조금도 굽히지 않았다」(沖浦和光), 즉 소외론은 관통되고 있었다고 주장하고 있다.『경제학 비판 要綱』에서 시민사회론과 중층적인 세계사의 단계설(望月—소위 의존 関係史観)이 말해지는 원인이 되는 것이다. 이와 같은 시민파=構改派의 사상은 엥겔스의 계급론을 버림으로 해서 시민사회적 현실성에의 해체에로 연결되어 갔고, 시민사회적 휴머니즘이라는 인간주의적인 마르크스 해석학을 보게 된다. 望月는 바로「엥겔스 愚者說」을 부활시켰던 것이다. 시민사회에 긍정적인 것이 없으면 거기에는 이전「주체성 논쟁」에서 보였던 사상적 깊이도 없이 경박한 마르크스 図式만이 눈에 띨 뿐이다.

인간주의적 해방을 직접으로 원하는 사람들은 마르쿠제가 상징적으로 체현하고 있듯이 벌써 마르크스주의로부터 멀리 달아나 버렸다. 그런 중에 공식적 의미와는 반대의 정통적인 마르크스주의자였던 広松

마르크스주의의 지평을 옹호하려는 악전고투가 이상하게 눈에 띠게 된 것이다.

그러나 시민파=構改派에서 하나의 업적을 든다고 한다면 마르크스 사상의 中層性—그것은 나이나믹한 언밸런스라고도 말할 수 있다—을 부각시켰다는 것이고, 『経哲 手稿』—『도·이데』—『경제학 비판 要綱』을 통일해 가려는 시야에 두고자 한 것이었다. 広松 「物象化論」의 취약점도 또 일찍부터 맥크란에 의해 지적받았던 『경제학 비판 要綱』에서 疎外論的 문맥의 부활에 있었다. 広松 자신은 「物象化論은 소외론을 포함한다」고 주장하고 있지만 소외론과 物象化論의 중층적인 논리구조는 아직도 논의되고 있다고 말하기는 어려운 것이다. 広松 物象化論은 후기 마르크스의 논리적 지평을 근대적 세계관과 대질시키려는 나머지, 그 일면성에서 벗어나지 못하고 마르크스 사상의 동적인—반드시 정합적이라고는 말할 수 없다—전체성을 파악하였다고는 말할 수 없다. 이러한 점에서 花崎의 「『경제학 비판 要綱』 등에서 생생한 노동과 대상화된 노동이라는 이항대립을 거쳐 労働力能, 労働力의 개념이 차츰 彫琢되어 갔다. 그것을 가치관의 全構成이 가로막고 있을 때, 마르크스의 사색과 발상은 広松 씨가 整序할 수 있도록 소외·外化·대상화의 발상에서 벗어나지 못하고, 오히려 가능성과 현실성·생생한 것과 응고한 것의 대립 개념을 축으로 하여 움직이고 있다는 시야로부터 벗어나서는 안 될 것이다」는 지적도 성립한다.

문제는 마르크스 서술에서의 전체성 속에 가치 형태론에 보이는 논리와 労働過程論, 계급론과의 관련에 긴장이 생기는 것이고, 또한 마르크스 사상의 언밸런스가 포함된 풍부함과 애매함—그리고 時代 思想性

을 우리들의 말로서 記述하는 것이고, 그렇게 시작해야 마르크스의 사
상적 전체상을 얻을 수 있다는 것이다. (小阪修平, 初期 마르크스 論爭
(松本健一 편, 詳解 現代論爭事典, 流動出版株式会社, 1980.1 참조))

31. 三島 事件을 둘러싼 論争

소화45년 11월 25일에 일어난 三島 事件은 하나의 사회적·정치적·문학적 사건으로서의 성격을 강하게 가지고 있었다. 한 문학자가 일으킨 그것이 사회 전체에 이 정도의 반향을 일으킨 것은 일본 近代文学史上 空前의 것이었다는 것은 말할 필요도 없다.

큰 사건이었음에도 불구하고 사건에 관해서는 논쟁다운 논쟁은 일어나지 않았다. 사건을 지지부진하게 만든 것은 일부 우익 때문이었는데, 걱정이 된 同種의 사건도 일어나지 않았다. 사회 전체는 三島의 행동을 입을 맞추어 비난하고 있었기 때문에 거기에 대립이 형성되는 것도 없었다. 왜냐하면 거기에는 논쟁의 기반이 없었기 때문이다.

지금으로부터 생각해보면 모두가 멋대로 말을 맞추고 있다는 인상이 짙다. 의기양양한 얼굴로 三島를 비난하던 인간이 흥미의 한가운데 서 있었기도 하였는데, 무엇보다도 사건 충격이 여러 논의를 자제시키고 강렬했다고 보는 것이 정확할 것이다.

사건 특징의 하나는 단순한 문학상의 사건이 아니라, 문학자에 의해 행해진 정치적·사회적 사건이었기 때문이다. 반향이 컸던 것도 三島由紀夫라는 고명한 작가가 자위대라는 일본사회의 한 부분을 둘러싼 형태로 사건이 일어났기 때문이라 생각된다. 그것은 일종의 자살이었지만 하나의 사건으로 받아들여졌다. 자위대를 포함시켰던 것도 사건의 성격을 크게 확대시켰던 것으로 보인다. 이후에 자위대(陸上 自衛隊 제1사단 제32 普通科 聯隊)와는 관계가 없는 것으로 밝혀졌지만, 三島가 이 부대의 결기를 완전히 기대하지 않았다고는 볼 수 없는 것이다. 당시 방위청 장관이었던 中曾根康弘의 발언(『每日新聞』 소화45년 11월 25일 夕刊)을 冒頭에 소개한 것도 그 때문이었다.

中曾根 발언의 근저에 있었던 것은 三島들의 행위가 민주적 질서에 대한 반역이었다고 보는 시각이었다. 쿠데타는 자위대 정규의 행동에서는 있을 수 없었고, 당연한 것이지만 헌법에 저촉되는 행위였다. 민주적 질서라고 中曾根가 말했을 때, 그는 전후 헌법을 옹호하는 입장에 서 있었던 것이다. 그리고 전후 헌법이 전후 민주주의를 제도적으로 보장하는 것이라면, 三島 사건은 민주주의에의 도전이 된다.

물론 이것은 中曾根 개인적인 사고방식을 의미하는 것은 아니다. 당시 일본의 국가적 질서를 대표하는 견해로서의 의미를 가지고 있었던 것이다. 그러한 점에서 三島는 민주주의의 적으로 치부되어, 당시 新左翼 운동과 等価的인 것으로 인식되고 있었던 것이다. 全共鬪 운동이라 불려지던 당시 대학투쟁을 주도하고 있던 것은 新左翼 운동이었는데, 거기서는 전후 민주주의에의 극복이 성급하게 주장되고 있었던 것이다.

檄(격문) 속에서 三島는 전 해(소화44년) 10월 21일의 「국제 반전 데모」를 新宿에서 보고서는 자위대의 치안출동이 없을 것이라는 것을 알아차렸다고 쓰고 있다. 경찰력(기동대)만으로 충분히 대응할 수 있는 이상, 자위대가 출동하는 일은 없을 것이라는 것은 당연한 것이었는데, 그 점으로부터 봐서 1960년대 후반부터 1970년대 초기에 新左翼 운동은 치안출동이 진지하게 검토된 1960년 안보 당시부터 對국가권력에의 투쟁이라는 국면으로부터 봐서 훨씬 약체였다는 것을 알 수 있다. 三島는 그러한 一点에서 절망했던 것이고, 그것을 하나의 이유로 해서 사건은 일어났던 것이다.

사회 일반의 사건에 대한 반응과 비교하여 문학자들이 특별한 반응을 보였던 것은 아니었다. 그 주요한 것을 써 보면 다음과 같다. 어느 쪽도 사건 당일부터 수일 이후에 신문지상에 발표된 코멘트이다.

石原慎太郎 「나로서는 현대의 광기로서밖에 생각할 수 없다」(소화45년 11월 25일 『東京新聞』)

武田泰淳 「아직도 이런 사태가 일어난다는 것이 믿기지 않는다」(소화45년 11월 25일 『東京新聞』)

礒田光一 「三島 씨에 대해 전후가 공백과 함락의 시대였던 것처럼 자위대도 또한 함락된 군대를 상징하는 것으로 보였을 것이다. 그것에 대한 전후의 저항이 오늘날과 같은 사태를 초래했다고 생각한다」(소화45년 11월 25일 『東京新聞』)

福田恒存 「三島와는 완전히 입장은 다르지만 나는 왜 그러했는지 알지 못하겠다. 나로서는 아마 장래도 영원히 알지 못할 것이다」(소화45년 11월 25일 『東京新聞』)

開高健 「뉴스를 들은 순간의 감상은 三島 씨는 진실이었다고 생각되는

것이다. 이제까지의 행동이 정상이었는지, 미쳤던 것인지는 어쨌든 자기 자신에게 충실하고 언행을 일치시킨 것만은 틀림없다」(소화45년 11월 25일 『朝日新聞』)

いいだ・もも 「三島 씨가 최후의 연기로 나타내 보였던 것은 전후 특이한 한 시대의 종언일 수밖에 없다는 것이다. 70년대 격동의 予兆입니다」(소화45년 11월 25일 『毎日新聞』)

山崎正和 「문학과는 완전히 관계가 없는 난센스인 것이다. 이런 바보스러운 행위는 三島 씨의 이제까지의 예술적 태도나 업적과는 윤리적으로 신경적으로 완전히 관련이 없다는 것이다」(소화45년 11월 25일 『毎日新聞』)

サイデンステッカー 「그의 행동이 사회적으로 영향을 끼치는 것이 너무 없었다는 것이다. 만일 三島 씨가 이것으로 군국주의의 부활을 바라고 있었다면 결과는 그 반대일 것이다」(소화45년 11월 26일 『毎日新聞』)

신문에 써 둔 数行의 코멘트에 제각각 문학자들의 본심이 어느 정도 나타나고 있는지는 알지 못한다. 더구나 여기에 인용한 것은 극히 一端에 지나지 않지만, 거기에 사건에 대한 어떤 각도가 보이는 것은 확실하다. 여기서 石原, 福田, 山崎가 사건에 대해 해석을 내리고 있는데, 그들도 또한 해석에 선행하여 사건이 不可解한 것이라 보는 것은 아니었다.

주목할 만한 것은 平野謙의 입장이었다. 平野는 생애의 원리 중에 三島 사건을 훌륭히 담고 있었다. 당연한 결과로 여기에는 平野 특유의 견해가 짙게 투영되어 있지만, 그것을 平野의 한계만은 아니었던 것이다.

平野는 三島 만큼 열광주의와 관련이 깊었던 사람도 없었다고 생각한다. 그것이 三島 사건으로 동요된 것이라고 고백하고 있다. 三島도 또한 情死한 太宰治나 拷問死한 小林多喜二와 같이, 伊藤整가 말하는 「실생활 演技説의 한 전형」을 나타낸 것이라고 생각하는 것이 平野의 사고방식이었다.

여기에는 사건에 대한 성급한 평가는 인정할 수 없다는 것을 느낄 수 있다. 平野의 논문을 읽고서도 사건을 긍정해야할지 어떨지는 알 수 없었다는 것이다. 平野가 三島의 반드시 좋은 독자만은 아니었다는 사실로 봐서도 사건을 긍정적으로 바라보는 것은 아니었지만, 그렇다고 사건을 적극적으로는 부정하는 것도 아니었다. 이러한 곳에 이 비평가의 애매함이 드러나는 부분이라 할 수 있다.

그와 반면에 사건을 명쾌하게 부정한 것은 江藤淳이었다. 江藤는 사건을 백일몽과 같았다고 술회하고 있다. 三島 사건이 太宰治 情死 사건과 비슷하다고 지적하는 부분에서 江藤 説은 平野 説과 많이 유사하지만, 그 행위에서의 리얼리티의 결여를 발견하였다는 점에서 平野 説과는 정반대의 입장을 취하고 있었다. 三島에게 결여된 부분은 현실적인 면이라는 것이 江藤 説이었다. 그러한 관점은 三島에 대한 최초의 論이었던 「三島由紀夫의 집」(소화36년 6월) 이래 일관되고 있었다.

中村光夫와의 대담 중에서 江藤는 三島에게 壯年의 부재를 지적하였다. 소년과 청년을 三島는 기꺼이 그려내었다. 만년의 三島가 보이고 있었던 것은 분명히 老年이었지만 소년·청년과 노년을 결부시키는 것, 즉 壯年이 三島에게 결여되어 있었던 것이 아닌가 하고 江藤는 말하고 있다. 그것은 성숙의 부재라고 바꾸어봐도 괜찮을 것이지만, 그 성숙이

江藤에게 기본개념인 것을 생각한다면 江藤의 三島에 대한 엄격한 태도가 보여지고 있다는 것은 분명할 것이다.

약간 예외적인 위치를 점하는 것이 小林秀雄였다. 小林는 「뭔가 대단히 고독한 것이 이 사건의 본질에 내재하고 있다」(「感想」『三島由紀夫読本』)고 말했다. 小林는 사건을 결코 긍정하는 것은 아니었지만, 사건에 대해 비난 같은 것은 한 마디도 하지 않았다. 오히려 三島 사건은 시간을 갖고 천천히 받아들여야 할 것이라고 말하고 있는 것이다. 그러한 점에서 小林의 발언은 확실히 눈에 띠는 것이라고 생각해도 좋다.

小林는 「뭔가 대단히 고독한 것」만 말하고 있었는데, 그 내용에 대해 구체적으로 언급한 것은 아니었다. 言外에 보인 것은 右에서 左까지 騷然했던 三島 비판에 대한 異化感의 표명이었다. 그런 점에서 小林는 江藤淳과의 사이에 대립을 형성하고 있었는지도 모른다. 三島 사건에 대한 논쟁은 이루어지지 못했지만, 사건 후반부를 지나서 小林·江藤의 양씨가 대담이 이루어졌을 때는 양자 사이에 예리한 대립이 생겼다.

三島 사건의 리얼리티의 부재를 파고들었던 江藤에 대해, 吉田松陰과 같다고 해서 小林는 三島를 옹호한다. 전체적으로 부드럽게 이루어지고 있던 이 대담은 이 부분에서만은 격렬하게 대립하게 되었고, 두 사람은 이후 교차하는 일은 없었다. 두 사람의 문학자가 서 있던 기반의 차이가 이후 두 사람 사이에 사건에 대한 평가를 둘러싸고 대립이 형성되도록 만든 것은 아니었다.

사건 이후 10년 가까이가 지났지만 충격이 컸었던 것에 비해, 여파는 의외로 적었다고 할 수 있다. 그것보다도 사건 이후 10년의 시간의 경과가 사건을 잊게 해버릴 정도로 격동에 가득 찼다고 하는 쪽이 설득력이 있을 것 같다. 지금 되돌아보면 三島는 죽음을 너무 서둘렀지 않나 하는 기분이 드는 것도 어쩔 수가 없다.

지금으로부터 생각해 보면 三島 사건은 전후에 대한 告発死라는 의미를 가지고 있었다고 본다. 행동이 너무 갑작스럽게 이루어졌기 때문에 일반 국민대중으로부터는 반발을 사게 되었지만, 행동의 갑작스러움에 비교해서는 三島 戦後論으로서 그렇게 부자연스러웠던 것만은 아니었다. 三島를 빼고 생각해 보아도 전후를 戦後 知識人들과 같이 규정하지 않으면 안 되는 이유가 어디에도 없었기 때문이다.

아이러니하게도 三島가 목숨을 걸고 제기하였던 戦後論은 사건을 백일몽으로 치부하면서 비판하였던 江藤淳에 의해 계승되어 갔다. 두 사람 문학자 사이에는 직접적인 연관은 비록 없었지만, 「전후와 나」(소화 41년 9월) 이후의 江藤와 三島가 전후에 대한 異化를 공유하고 있었던 것만은 확실한 것이다.

소화53년에 本多秋五 사이에 행해졌던 「무조건 항복 논쟁」이 전후를 어떻게 받아들일 것인가를 둘러싸고 일어났던 적이 있었다. 江藤는 三島와는 완전히 다른 각도로부터 시작하였는데, 전후를 다시 물으려는 역할을 자신에게 부과되기를 원했다. 『또 하나의 전후』라는 제목이 붙은 대담집은 그 동안의 성과로 볼 수 있다. (菊田均, 三島事件을 둘러싼 論争(松本健一 편, 詳解 現代論争事典, 流動出版株式会社, 1980.1 참조))

32.「内向의 世代」論争

「純文学 論争」(소화36년～37년)이나「戦後文学 論争」(소화37～38년)이라는 대논쟁과도 필적할 만한 논쟁이 소위「内向의 世代」를 둘러싸고 행해졌던 논쟁을 비유하는 것은 아니다. 작은 응수가 있었던 것에 불과하였다.「満洲事変으로부터 40년 문학의 문제」(소화46년 3월 23～24일)라는 제목이 붙은 小田切秀雄의 문장이 발단이 되었다면 그것이 발단이었다. 그것에 대해 柄谷行人이 小田切秀雄 논문을 직접 비판한 것은 아니었지만 결과적으로 小田切에 대한 반론이 되었던「내면에의 길과 외계의 길」(소화46년 4월 9～10일)을 발표하였다. 이어서 小田切가 그것에 대해 직접 응답한 것은 아니었지만 전체적으로 柄谷에 대한 반론의 형식이 되었던「현대문학의 쟁점」(소화46년 5월 6～7일)을 발표하게 된다. 小田切의 두 번째 論에 대해서는 柄谷는 응답하지 않았다. 반년 후에 씌어졌던「자연적인 너무나 자연적인…」(『日本読書

新聞』소화46년 11월 1일)에서는 간접적으로 小田切에 대해 언급하면서 비판하고 있다.

그러나 그것은 논쟁이라 부르기에는 박력이 부족했었다. 두 사람 사이에 직접 들어가서 논쟁에 기름을 붓는 者도 없었다. 그렇다고 해서 「內向의 世代」의 문제가 중요하지 않다는 것은 아니다.

지금으로부터 생각해 보면, 小田切 최초의 논문의 기조를 형성하였던 것은 일종의 위기감과 같은 것이었다. 「滿洲事變으로부터 40년 문학의 문제」라는 최초의 논문 타이틀 그 자체가 論의 성격을 잘 말해주고 있다. 따라서 小田切 논문은 「內向의 世代」에 대해 논하는 것이 주요한 목적은 아니었다. 한 마디로 말하면 이 논문은 소화10년대가 소화46년 현재로 다시 되돌려서 지적한 것이어서 그 문학적 표출이 「脫 이데올로기」적인 성격을 가진 「內向의 世代」였다는 것에 小田切의 역점이 있었다. 이 논문이 씌어진 것은 三島 사건이 있은 4개월 후였던 것을 첨가해도 좋다. 논문 말미는 三島 사건이 가진 정치적 의미를 제대로 이해하지 않으면 안 된다고 그 결론을 맺고 있다.

「內向의 世代」라는 문학사적 위치부여가 「脫 이데올로기」라는 形容句와 함께 이루어진 것에 주목할 필요가 있다. 小田切에 있어서 「脫 이데올로기」는 마이너스 이미지를 나타내는 것일 수밖에 없었기 때문에 「內向의 世代」라는 문학상에서의 1세대는 처음부터 부정적 대상으로 명명된 것이다. 그 이후 「內向의 世代」는 반드시 부정적 이미지로 받아들여지는 것이 아니라, 그것(그것에 대해서는 小田切가 「內向의 世代 ―근거와 타개와―」(『早稻田文學』 소화51년 7월) 속에서 비판을 가하고 있다) 하나만으로 문학적 세대와 연결시켜 가는 것에 문제가 있다는 것은 어디까지나 부정적 존재로 봤다는 것을 의미한다.

小田切 논문 앞에 있었던 것은 「내부 계절의 풍요」(『文芸』 소화45년 12월)라 제목이 붙었던 川村二郎의 논문이다. 거기서 川村는 「내면에의 길」이라는 말로 이 해의 문학상황의 특징을 묘사했다. 그것을 상징하는 것이 古井由吉의 「杳子」(『文芸』 소화45년 8월)일 수밖에 없었다. 그것은 「内向의 世代」라는 호칭이 古井에 대해서도 잘 맞고 있는 듯이 보였다는 것이다. 이후 「杳子」는 芥川賞을 수상하게 되는데 그것에 대해 芥川賞의 選考委員이었던 石川達三가 몽롱파라 불러 이 작품의 난해함을 지적하고 있는데, 끝내 選考委員을 사임(소화46년 7월)하였다. 몽롱파라는 명칭은 거의 사용되어지지 않았지만, 이것이 「内向의 世代」라는 명칭과 함께 古井를 비롯해 이 시기부터 문예잡지에 등장하기 시작한 작가들의 윤곽을 선명하게 비추어 낸 계기가 된 것도 사실이었다. 小田切로부터 「脱 이데올로기」라고 비판받게 되었고, 石川達三로부터는 「알지 못하는 소설」이라고 비판을 받았던 것이 「内向의 世代」였던 것이다. 小田切, 石川 論의 交点에 이 派의 문학적 성격을 읽을 수 있다.

그러면 「内向의 世代」라 불려지는 작자는 누구일까. 小田切는 柄谷의 論을 받아 쓴 제2의 논문 「현대문학의 쟁점」 속에서 그 작가로서는 古井由吉, 後藤明生, 黒井千次, 阿部昭, 柏原兵三, 小川国夫를 들고 있고, 비평가로서는 川村二郎, 秋山駿, 入江隆則, 饗庭孝男, 森川達也, 柄谷行人을 들고 있다. 小田切 論으로부터 7년 이상 지난 뒤에 적어도 阿部昭, 柏原兵三, 入江隆則, 柄谷行人은 「脱 이데올로기」라고는 하나, 「内向의 世代」라고 말하기 어려운 측면이 있다. 「内向의 世代」라는 규정 그 자체보다도 「脱 이데올로기」라는 측면에 역점을 두었던 人選이었기 때문이다. 이러한 것에 小田切 論의 상황론적 성격을 읽을 수 있다.

그래도 「内向의 世代」라는 명칭은 정착했다. 福田宏年이 「『内向의 世代』라는 말은 하나의 문학 그룹을 가리키는 말로 현재에는 이미 정착했다는 느낌이 있다」(「현대문학과 내재성」『文学界』)고 쓴 것은 소화 49년 11월이었다. 小田切의 최초 발언으로부터 3년 반이 지나, 또는 川村二郎의 「내부 계절의 풍요」로부터 헤아리면 약 4년이 지나고 있었다.

그럼에도 불구하고 「内向의 世代」를 둘러싸고 논쟁다운 논쟁이 일어나지 않았다고 하는 것은 「内向의 世代」 작가들 자신이 비판자에게 적극적으로 반론을 하지 않았기 때문이었다. 그것만이 아니라 川村二郎, 秋山駿이라는 비평가도 「内向의 世代」 작가들이 내향적이라는 것을 적극적으로 평가하여 그 위치를 부여하려고 하지 않았던 것이다. 생각해 보면 그렇게 이해해도 무리가 없다는 것은 「内向의 世代」라는 규정 자체가 외측으로부터, 그것도 더구나 부정적인 의미를 담고 있었기 때문이었다. 제8차 『早稲田文学』의 復刊 2호(소화51년 7월)는 「内向의 世代」의 특집을 내고 있었는데, 그 중 좌담회(黒井千次, 後藤明生, 坂上弘, 古井由吉, 高井有一가 참가) 내용을 읽어 보아도 당시 그들이 「内向의 世代」라는 것을 충분히 자각하고 있었다고는 생각할 수 없다. 小田切나 松原新一(「문학자의 현실 참어」『群像』 소화46년 3월), 거기에『「鎖国」의 문학』(소화50년 6월)을 쓴 小田実들의 비판자에 대해 「内向의 世代」 측이 거의 대응다운 대응을 하지 않았던 것이 이 派의 성격과 이 派를 둘러싼 논쟁의 質을 결정하고 있었다고도 말할 수 있다.

그것과 동시에 「内向의 世代」라는 규정이 「脱 이데올로기」라는 形

客句와 함께 이루어졌다는 것이 당시「内向의 世代」작가들의 강한 관심을 끌지 못했다는 것도 지적해야 할 대목이다. 잘 생각해 보면「内向」이라는 것과「脱 이데올로기」라는 것은 직접 연결되지 않는 개념이라는 것을 알 수 있다.「脱 이데올로기」가 곧「内向」이라고 말할 수 없다는 것에 사태의 복잡함이 있었던 것이다.「内向의 世代」속의 대체로「内向」과 비슷하지 않는 작가, 비평가들이 포함되지 않았다는 사실이 곧 그것을 증명해 주는 것이다. 그렇다고 한다면, 일부의 이데올로기派, 혹은 사회파의 작가를 제외하고는 모두「内向의 世代」라고 말할 수 있다는 것이 된다. 그럼에도 불구하고 古井由吉들과 같이「脱 이데올로기」와「内向」이 직접적으로 연결된 例도 있었는데, 그들은 이 시기 이후 수년 간 문단의 중심적인 형태를 만들었다는 사실에 대해서는 부정할 수 없는 것이다. 일정한 不備를 가지고 있었기는 하지만 어쨌든「内向의 世代」라는 규정이 정착된 것은 그러한 이유 때문이었다.

小田切 최초의 논문으로부터 7년이 지난 뒤「内向의 世代」는 문학사상의 호칭으로 완전히 정착하게 되었다. 그것은 그들의 역할이 우선 종료되었다는 의미로 본 것이었다. 小田切로부터「内向의 世代」비평가로 규정되었던 川村二郎가「70년대 가장 대표적이고 혹은 전형적인 소설가로써 전반에는 古井由吉, 후반에는 中上健次…」(대담「70년대의 문학이라는 것은 무언가」『カイエ』소화53년 7월)라고 말하고 있듯이,「内向의 世代」는 1970년대 전반 세력의 중심을 형성하였다고 할 수 있다.「『内向의 世代』이후의 문학」(『解釈과 鑑賞』소화53년 8월)이라 제목이 붙은 특집이 만들어 졌다는 사실도 덧붙여 지적해 두면 좋을 것이다.

그 특집호의 卷頭 논문 「『內向의 世代』論의 결산」 속의 松原新一는 「內向의 世代」에 대해 개괄하면서 小田実의 「內向의 世代」 비판을 옹호하고 있었다. 「內向의 世代」를 「정치와 문학」이라는 수준에서 비판하는 것은 불가능하지만, 小田의 『「鎖国」의 문학』은 그러한 旧来의 공식을 초월한 곳으로부터 발표된 것이다. 그와 같은 비판에 대해 「古井由吉이든 柄谷行人이든 대수롭게 보지 않았던 것이 아니었을까」하고 쓰고 있다.

선입관 없이 『「鎖国」의 문학』을 읽어보는 한에서 小田는 「정치와 문학」 도식의 수준을 무엇 하나 넘어서지 못하고 있었다. 비록 意匠은 새로울지 모르지만, 論의 골자 부분은 너무나 낡았기 때문이다. 小田의 그러한 부분을 그는 결코 보려 하지도 않았기 때문에, 일방적으로 「內向의 世代」 측을 비판하고 있던 松原의 論은 부분적 실수라 하지 않을 수 없다.

「內向의 世代」 문학이 일반적으로 自己完結的이고, 閉鎖的이라는 것에 대해서는 부정할 수 없을 것이다. 거기에는 구체적으로 무엇이 결여되어 있는지는 모르겠지만, 정치나 사회, 혹은 이데올로기라는 外在物을 도입하게 되면 곧 밖으로 향해 열려지게 된다고 보는 것은 성급한 논의라 하지 않을 수 없다. 「內向의 世代」라 불려지는 하나의 층이 나타나게 된 것은 그 나름의 이유가 있었지만, 비판자는 그것을 보려고도 하지 않았다는 것이다.

「內向의 世代」의 출현 이유에 대해서는 여러 요소를 생각할 수 있다. 그 하나는 모든 사물에 대해 명쾌한 태도를 취할 수 없었다는 상태를 생각할 수 있다. 모든 작가가 小田実나 松原新一와 같이 깃발이 선명하게 세상을 건널 수 있는 것은 아니었다. 또 하나의 요소로서는 그러한 상태에 두어져 있었음에도 불구하고, 일상생활만은 당사자의 의지와는 상관없이 진행되고 있었다는 것을 생각할 수 있다. 그것은 표현에 가치가 있는 현실이 아니라고 생각한 것은 그들로서도 어쩔 수 없는 일이었다. 외계의 모든 사물에 대해서 확실한 입장을 낼 수가 없었던 채로 일상생활만 가만히 받아들일 것을 강요받게 되었던 것이 「內向의 世代」 작가들이 아니었을까.

논쟁으로부터 8년이 지난 뒤 「內向의 世代」라 불려진 작가들 대부분이 문단의 중견작가로서 지위를 차지하기에 이르렀다. 지금 논쟁으로부터 되돌아보면, 小田切가 「內向의 世代」에 대해 품었던 異化感 그 자체는 사실 정직했다는 것을 알 수 있다. 그것은 작가들에게 무엇이 결여되어 있고, 그 결과 그들에 의해 씌어진 작품들은 부담스러웠다고 생각되어지기 때문이다.

단지 小田가 오해한 것은 그들의 內向性을 「脫 이데올로기」의 결과로 이해했다는 점에서이다. 너무나도 그들에게는 小田切 流의 「이데올로기」가 결여되어 있었다. 그것을 도입하라고 小田切는 주장하게 되지만, 그러한 外在物로서의 이데올로기 부재를 직시한 것에 그들 문학이 성립되고 있다는 것을 인정하려 하지 않았다.

논쟁은 내향성인가 이데올로기인가 하는 형태로 행해지게 되었지만, 한편의 당사자인 柄谷行人의 대응에 열의가 없었다는 것도 포함하여 논쟁은 일단 꼬리를 자르고, 다시 제자리로 되돌아왔다. 전체적으로 「內向의 世代」가 아니라 한 사람 한 사람의 작가가 문제였다고 생각이 된다. 그것과 동시에 「內向의 世代」는 文学史上의 용어로 정착이 되었다

고 본다. (菊田均, 「内向의 世代」論争(松本健一 편, 詳解 現代論争事
典, 流動出版株式会社, 1980.1 참조))

33. 제2차 戰後文学 論争

　　여기서 말하는 제2차 戰後文学 論争은 우선『群像』소화49년 신년
호의 좌담회「전후문학을 생각한다」에서 柄谷行人 발언을 계기로 하
여, 그것에 대한 埴谷雄高의 비판이라 할 수 있는「전후문학의 당파성」
(『群像』소화49년 2월)이 나타났다. 그것을 발단으로 하여 1953년에
江藤淳과 本多秋五들 사이의「무조건 항복 논쟁」까지를 일괄적으로 가
리키는 것이다.

　　佐々木基一의「전후문학은 幻影이었다」로 시작되는 이른바 제1차
전후문학 논쟁은 전후문학이라 불려지는 이념을 재건하려는 의도가 근
저에 있었다. 전후문학에 대한 전면 부정은 결코 아니었지만, 이 제2차
전후문학 논쟁에서 전후문학의 이념 등이 운운 되는 것이 아니라—더
구나 재건 등이 아니라—그 이념이 전면적으로 부정당한 江藤淳들과
戰後派나 그 후계자들 사이의 논쟁이라고 말해도 좋을 것이다.

말할 나위도 없이 전후문학에 대한 전면적인 부정을 주장한 中村光夫의 「점령하의 문학」 등이 있었고, 그러한 연장선에서 1960년 안보 이후 江藤淳의 전후문학에 대한 비판(『小林秀雄』「청춘의 황폐에 대해서」「문단의 私鬪를 배척한다」 등)이 있어 왔다고 생각되어진다. 그러나 근년 江藤淳의 전후문학에 대한 비판의 문맥은 약간 이전의 그것과는 다르게 행해지고 있었는데, 이 점으로부터도 전후문학을 둘러싼 논쟁을 제1차, 제2차로 二分한 이유가 있는 것이다.

논쟁의 발단이 된 柄谷行人의 발언은 약간 준비 부족이라 할 수 있는데, 埴谷의 「전후문학의 당파성」에 의하면 柄谷가 援用하고 있던 埴谷의 전후파 비판적 言說은 新宿 부근의 술집에서 柄谷가 언뜻 듣고 곡해했다는 것이었다. 당시 이것을 둘러싸고 발표된 몇 개의 익명 비평의 대부분이 柄谷의 성급한 오해에 대한 비난과 埴谷에 대한 賞讚이었던 것은 말할 것도 없다. 埴谷는 이 柄谷 비판에 이어서 더 나아가 「전후문학의 당파성・補足」(『群像』 소화49년 3월)을 쓰고서는 柄谷를 추격해 가게 되는데, 柄谷로부터의 反批判은 「전후적 규범의 붕괴―埴谷雄高 씨의 『전후문학의 당파성』 비판」(『日本読書新聞』 소화49년 12월 16일)까지 기다리지 않으면 안 되었다.

여기에서 柄谷는 「전후 일본문학, 사상을 암묵리에 규제해 온 테두리 그 자체가 나는 의심스럽게 생각된다. (중략) 사물을 경험하기 이전에 있던 테두리―그것을 부정하는 者야말로 확실히 있는 것이다―하지만 그것은 서서히 봐 온 것 같은 기분이 들었다. 그러나 그것에 의해 보여진 것은 단지 사실 그 자체인 것이고, 새로운 사상과 같은 것은 아니었다」고 말하고 있다. 이전 좌담회에서의 발언은 아직 평가의 대상이 되고 있던 埴谷雄高를 포함하여 戰後派의 테두리를 비판하고 있었다.

이 柄谷의 轉回는 처녀작『畏怖하는 인간』으로부터 제2 평론집『의미라는 병』에로의 전환과도 相即하는 것이고, 柄谷가 자주 사용하는 용어로 말하자면 소외론적 발상으로부터의 전환이라고 할 수 있는 것이었다.『畏怖하는 인간』에서 아직 전후파나 그 후계자에 대해 그 나름대로 평가를 하고 있었고, 스스로도 그 문맥 속에 있던 柄谷 비평의 전환은 당시『群像』에 연재를 시작한「마르크스 그 가능성의 중심」을 준비해 가는 과정에서 서서히 이루어졌다고 말하고 있다.

그리고 埴谷의「전후문학의 당파성」과 柄谷의「전후적 규범의 붕괴」사이의 1년(소화49년) 사이에 거의 같은 문맥으로 入江隆則와 中野孝次・桶谷秀昭 사이의 논쟁이 이루어졌던 것이다. 그 발단은 入江가「나는 전후 문학을 읽으면서 그것이 너무나도 전후 사회적 심리의 움직임을 정확히 반영하고 있다는 것을 알고, 자주 唖然해 질 때가 있었다. 우리들이 살아온 이 30년간은 卑劣漢이나 脱落者가 감사하게 느껴지고, 인간으로서의 자연스러운 자부심이나 예절이 경멸되면서 새디즘과 마조히즘을 함께 하고 있는 것 같은 떠들썩하던 시절은 아니었다」고 말하는 것으로부터 성립되고 있다.

이 入江의 전후문학 비판은 入江의 문단적 마니페스트(선언서)인「奇怪와 幻想의 저쪽에로」(『新潮』소화46년 10월) 이후부터 일관된 것이었다. 전후문학으로부터 野坂昭如에 이르기까지「奇怪와 幻想」의 문학을 広津柳浪 이래 일본적 기괴 환상소설의 문맥에 의해 거기에서의 생활적・문학적 규범의 해체와 그것으로부터 나오는 그로테스크한 幻想性을 비판하고 있다.「그로테스크를 넘어 서려는 뭔가의 내적 가치」를 획득하려는 세마(도식)를 가지고 있었다고 본 것이다. 이것에 대해서 우선 최초에 전후문학 전면적인 擁護風으로 中野孝次가 반론을 쓰고 있었는데(『東京新聞』 4월 8일 夕刊), 그것에 의해 入江의 反批判(『東京新聞』 4월 22일, 23일 夕刊), 中野의 再批判(『東京新聞』 5월 6일 夕刊)이라는 논쟁이 이루어지게 되었다. 또한 잡지 『文芸』 7월호 誌上에서도 桶谷秀昭의 상대적이지만 전후파 옹호 입장으로부터의 入江 비판(「전후라는 시간」)이 나타나게 되면서, 『文芸』 誌上에서 3회에 걸쳐 入江와의 사이에 논쟁이 이루어졌다.

이 入江와 中野·桶谷 사이의 논쟁에서 분명해진 것은 中野이든 桶谷이든 전후문학을 계승하려는 者들의 네거티브적인 수동적 몸짓이라 할 수 있는데, 내용이 없는 전후파를 옹호하는 것에 지나지 않는 익명 칼럼 등의 入江 비판에도 불구하고 入江의 적극적이고 즐겨 하는 모습이 인상적이었다. 그 이유로서 中野나 桶谷들의 비평이 전후파를 경유한 小林秀雄라는 전통적인 스타일 속의 연장선상에 이루어지는 것에 비해, 入江는 어쨌든 그와 같은 전통을 재검토하고 있었다는 것에 있었다. 中野나 桶谷는 入江의 데뷔작이었던 「小林秀雄論」과 왜 江藤淳의 「小林秀雄」를 비판하지 않으면 안 되었는지에 대한 것을 끝내 이해하지 못한 채로 단순히 入江와 江藤를 同類項으로 보고 논쟁하고 있었던 것이다.

이와 같은 와중에 1960년 이후 일관하여 전후문학에 대한 비판자였던 江藤는 『毎日新聞』의 문예시평을 담당하면서 그 때마다 전후파 비판을 써 왔는데, 이 시기에 가장 스캔들이 된 것에는 우선 「死霊」 제5장 「夢魔의 세계」(『群像』 소화50년 7월호)에 대한 전면적 부정이었을 것이다. 미완성인 채로 중단되었던 전후문학 최대의 기념비적인 작품이 많은 세월을 거쳐 재게재되었다. 놀람과 함께 대다수의 작품, 비평가가 최대급의 오마쥬(모방해서 차용하는 것)를 내거는 속에서 江藤가 그것을 人工 言語로 씌어진 작품이라 하여 그 학문적인 성격을 지적하였고, 또한 부정하였다는 것이 큰 충격을 불러 왔다. 이전에 「작가는 행동한다」에서 「死靈」에 대해서—제5장 발표할 때에 많은 비평가와 같이— 장대하고 또한 공허한 오마쥬를 내걸고 있던 江藤는 여기에 이르러 전면적으로 埴谷에 대한 대립을 분명히 했다고 말할 수 있다.

물론 이 인공 언어라는 규정은 江藤가 「리얼리즘의 源流」(『新潮』 소화46년 10월)에서 내렸다. 문체론 위의 자기 轉回로부터 내려지는 것이고 큰 마이너스로 杜撰한 개념이지만, 「死靈」 5장의 발표라는 대대적인 전후문학의 왕위 청구운동 속에서의 이 발언은 상대적으로 보면 정당한 비평이었다고 생각된다.

그런데 「死靈」 5장 발표에 의해 하나의 정점을 맞이한 전후문학의 왕위 청구운동은 野間宏나 大江健三郎들에 의한 소화51년의 岩波講座 『文学』 완결과 그것으로부터 출현한 大江의 「현대문학 연구자에게 무엇을 바라는가」(『海』 소화52년 2월)에 의해 더욱 증폭되었다.

이와 같은 문맥 속에서 전후문학자 武田泰淳의 죽음이 있었고, 그것과 관련한 開高健와의 대담(『文学界』 소화52년 1월)에서 江藤는 전후문학자=白樺派를 들고 나왔다. 즉 전후파는 모두 良家의 출신으로 전후에도 먹는 것에 곤란을 느껴 본 적이 없었던 사람들뿐이었다는, 꽤 세속적인 부분도 포함된 발언이었다. 이것에 대해서 本多秋五(「新春試筆」 『文学界』 소화52년 3월), 埴谷雄高(「江藤淳의 것」 『文芸』 소화52

년 4월)로부터 맹렬한 반론이 일어났다. 직접적인 비판을 받았던 埴谷雄高의 江藤 비판만 보더라도 「어둡고 내심에서의 怨恨의 격렬한 토로」였다는 식이었다. 이전에 그는 「작가는 행동한다」의 後書에서 「진정을 담아 私에게 깊이 감사했다」는 것에 대해 江藤는 「오직 말살하고 싶지 않았을 것이다」는 것이 그의 논지였다. 여기서 江藤가 이전의 埴谷에 대한 공감을 없애는 등, 「작가는 행동한다」가 그 後書도 포함하여 지금 역시 유통되고 있는 이상은 어쩔 수 없다는 것이다. 주의해야 할 것은 이 江藤 비판에서 埴谷가 自作을 누구도 그렇게 생각하고 있지 않음에도 불구하고 「난해 작품」이라고 스스로 말하고 있었는데, 江藤에게 「「死靈」에 대해서 지금 생각해 봐도 놀랄 정도로 치밀하고 문학적인 문체론을 다름 아닌 江藤 자신이 쓰고 있음을 생각할 때 충실한 자신의 시간에 대해 江藤 자신이 잘 상기해 보라」고 말하고 있었다.

이것은 埴谷의 과장된 말을 다 감안하지 않는다 해도 약간 오만한 비판이 아닌가. 충실한 시간이 완전히 바보스러운 짓으로 보였다는 것을 누구도 비난할 수 없음에도 불구하고 埴谷가 이와 같은 비판을 江藤에게 하게 된 것은 自作 「死靈」이 너무 난해하고 뛰어난 작품이라는 자부심만은 아니었을 것이다. 여기에서 상대에 대해 「어두운 내심의 怨恨」을 품고 있다고 말한 것은 반드시 江藤만이 아니라, 왕위를 위협받고 있던 埴谷 쪽이 아니었을까. 그런데 江藤의 전후문학 비판은 対談集 『또 하나의 戰後史』(소화52년)에 의해 새로운 단계를 맞이하게 된다. 이 敗戰時에서 일본 위치를 당시 정치의 핵심에 있던 사람들과의 대담에서 분명히 하려고 했던 것인데, 이 저서의 모티브인 「전후 역사의 막다른 골목의 타개」로부터 江藤는 포츠담 선언이 결코 무조건 항복만을 의미하는 것은 아니라고 서술하고 있다. 무조건 항복을 전제로 하여 전후 문학사를 기술한 平野謙(筑摩書房版『日本文学全集』別卷, 『日本文学史』의 소화편)이나 그것을 답습한 松原新一(『戰後文学史・年表』)를 비판하고 있었던 것이다.

江藤가「청춘의 황폐에 대해서」에 서술하였던 것과 같은 전후가 여기서 역사적으로 개시되었다고 보았지만, 과연 그것이 어떠한 방향을 가지고 있었는지에 대해서는 여기서 분명히 알 수가 없다. 왜냐하면 그것에서 전후와 문학이 어떠한 연관을 맺고 있었는지는 아직 충분히 제시되고 있지 않았기 때문이다. 그러니까 江藤에 대한 비판자였던 本多秋五도 끝내 江藤의 条文 해석을 그 비유로서밖에 비판하는 것이 전부였던 것이다.

그러나 여기서 분명해진 것은 江藤가「리얼리즘의 源流」에 의해「작가는 행동한다」를 초월할 수 있는 지평을 열면서 여기에서 전후문학적인 전후 신화—그것을 埴谷는「전후문학은 당파성」이라 한 —에 대한 또 하나의 신화를 그 나름대로 완결시켰다고 할 수 있는 것이다. 江藤의 전후 비판, 전후문학 비판은 또 하나의 전후사를 만들어 가는 것에 의해 드디어 그 신화 비판의 기능을 상실해 버렸다고 할 수 있다. (武村健三, 戰後文学 論争(제2차)(松本健一 편, 詳解 現代論争事典, 流動出版株式会社, 1980.1 참조))

34. 「푸른(青) 世代」 論争

村上竜의 「한 없이 투명에 가까운 블루」(『群像』 소화51년 6월)의 등
장과 그 파문은 굉장했었다. 저미를 걷고 있던 당시의 문단과 주변 저
널리즘은 대출판 자본의 철저한 선전에 의해 일거에 활황을 드러내고
있었고, 村上와 같은 신인들의 작품을 계속해서 출판해 내었다. 각 문
학상에 스포트가 주어지면서 그것으로부터 쇼의 주역인 「어른이라니!」
를 되풀이 하였고, 또한 절창하던 상대적 「소년·소녀」가 나타났던 것
이고 그리고 그 대부분이 재빨리 퇴장해 갔다. 무엇보다도 당시 몇 사
람은 지금도 작품을 내고 있는 것이다.

이러한 전후적 문예부흥기라고 해야 할 문단의 획기적인 「한 없이
투명에 가까운 블루」는 확실히 이후 여러 작품에 공통분모를 포괄적으
로 갖추고 있었다고 해도 좋다. 예를 들면 첫째, 로크와 파크(埴谷雄高)
의 범란이다. 둘째, 섬세한 事象의 감각 수준에서의 점묘이다. 셋째, 현

실과의 관련에서 한정시키고 있었다는 것이다. 넷째, 어떻게 하더라도 「私」는 최후까지 불변의 위치를 지킬 것을 확신했다는 것이다. 다섯째, 「私」의 내부는 1970년을 정점으로 사회 교란의 壞走가 개입되면서 텅비게 되었다는 것이다. 여섯째, 그 텅빈 것=受容器에 첫째나 둘째를 불어넣게 되는데, 그것을 지속하는 형태로 抒情이 나타나게 된다. 그 서정은 말할 나위도 없이 「私」—관계에서의 무매개적인 긍정·안도를 전제로 하고 있었다는 것이다.

이렇게 해서 「텅빈 것」을 거기에 浮遊시키는 事象을, 그리고 「私」=자립을 그대로 인정하는 것에 작품은 성립하고 있었던 것이다. 역으로 생각하면 그것을 인정하고 표현해 갈 때, 힘이 있는 관계의 죽음에로 유발된 屍姦者의 표정과 서정에 의한 중화가 나타나게 되는 것이다. 불변의 「私」—일상성에 붙여진 「私」의 유일한 해방으로서 「블루」가 되는 것이 서정이다. 그것은 또한 이런 식으로 씌어진 예를 들면 「…그리고 저쪽도 沖 쪽도 마치 여름 한창 때의 바다와 같은 푸름, 푸름. 푸름 또는 푸름—」(山口泉, 「밤이여 천사를 受胎하라」의 결말)과 같은 것이다.

지금 村上의 작품을 例로써 몇 개의 특징을 들은 것이었는데, 그것들은 高橋三千綱, 山川健一, 三田誠広, 高城修三, 池田滿寿夫들의 여러 작품에 모든 것을 채우지 않아도 표면적이고, 잠재적인 차이를 지적할 수는 있다는 것이다. 그리고 그들이 소화20년 이후의 출생이니까 「한 없이 투명에 가까운 블루」에 나타난 곳의 井上光晴가 말한 「푸른(靑) 世代」라는 말은 우선 타당성을 가졌다고 할 수 있다. 더구나 이미 국민의 과반수가 전후 태생인 상태, 더욱 戰後的 이념의 自壞와 위기의 시민사회가 固形한 「텅빈 것」의 수용으로만 있는 이상, 그것들의 문학은 현재를 분명하게 상징하고 있다고 생각되어진다. 이러한 점에 대해 高橋敏雄는 몇 번이나 지적한 적이 있다고 하였다(「상황의 負性과 심리의 문제」, 『現代의 눈』 소화53년 1월. 「지도의 위의 屍姦者」, 『現代批評』 소화53년 6월. 「문학이라는 容器—図形과 해체」, 『早稲田文学』 소화54년 8월). 또한 훨씬 이전부터 이 세대의 문학을 비판해 온 高野庸一는 이들을 포함하여 青野聡의 「愚者의 밤」에 이르는 70년대 문학 총체를 「무국적의 문학」 혹은 「漂白의 문학」이라 규정(『図書新聞』 소화54년 10월 6일)하면서 「푸른(青) 世代」에로 바뀌어 정착해 온 것이라고 주장하였다. 高野가 서둘러 注를 달고 있는 것처럼 「무국적」 「漂白」이 이 시대의 규범인 것을 잊은 것이 아니라면 타당한 지적이라 할 수 있다.

그런데 그러한 「푸른(青) 世代」의 文芸復興的 활황은 긍정·부정의 言説이 뒤섞여 나타나기도 하고, 또한 떠들썩한 분위기를 자아냈다. 단 그 言説은 그 대부분이 2종류에로 정리된다. 그 하나는 埴谷雄高, 江藤淳, 秋山駿들의 비평이고, 또 하나는 同世代로부터 나오는 비평인 것이다.

「한 없이 투명에 가까운 블루」의 群像 신인상의 選評(『群像』 소화51년 6월)에서 埴谷雄高는 「이 작품 전체의 구성이 탄탄하다는 것을 생각해 볼 때, 이 젊음으로 이미 이 작자의 냉정한 반성도 구성력도 갖추어져 있다는 것을 알게 될 것이다」고 쓰고 있다. 또한 같은 곳에서 井上光晴는 「현대에서 청춘의, 그 중에서 가장 현란한 부분을 후회도 비애도 없이 그리는 방법」이라 평가하고 있다. 단 「일상에 유착한 性을 근저로부터 흔들고 있다」는 것과 같은, 좀더 극적인 구성이 부족하다고 지적한다. 이들 評이 한 마디 덧붙인 평가 정도라고 해도 이해하기 어려운 현대를 포착하려고 한 작자에 대한 찬사라는 점에서 遠藤周作, 古島信夫, 福永武彦들 이외의 選者 評과 공통적인 데가 있었다. 大岡信의 「文芸時評」(『朝日新聞』夕刊 5월 26일)도 같은 것이었다.

또한 菅野昭正는 작품을 상세하게 검토한 「『한 없이 투명에 가까운 블루』에 대해서」(『東京新聞』 夕刊 8월 19일~20일)에서 젊은 세대의 사회현상이기도 한 「柔 구조의 사회 앞에 당혹스럽기도 하고, 負의 측면으로부터 자기주장을 하지 않으면 안 되는 세대가 나타났다는 것에 대해 나도 격에도 맞지 않은 어떤 감회를 느끼지 않을 수 없었다」고 쓰고 있다. 「풍속적인 면에 그치고 있지만, 면밀한 図譜를 새기는 것에 고심할 뿐만 아니라, 풍속의 다른 방면에도 뛰어들어 특히 풍속 뒷면에 내재하고 있는 의미를 신중하게 파악하려는 것이 필요하다」는 식으로 정리하고 있었다. 그것을 객관적으로 인정하면서도 더구나 최후에 조금 이상하게 느껴지는, 이러한 사람들의 젊은 세대에 대한 대처 방법은 菅野의 감회 한 마디가 더욱 그것을 잘 나타내고 있었다. 그리고 그것은 「20년대의 작가의 등장」(『読売新聞』夕刊 6월 7일) 등에서 中上健次・高橋三千綱・村上竜들에게 따뜻한 언사를 보냈던 秋山駿의 말도 같은 대응방법이라 해도 좋다.

그런데 한편 압도적으로 부정적인 표현을 한 이는 江藤淳이다(「文芸時評＜上＞」, 『毎日新聞』 5월 27일). 冒頭 末広鉄賜 소설론에서의 志의 높이를 예로 들어 「이래 90년을 경과한 지금 소설이라는 『하나의 고상한 미술』의 現状이 어떠한 것이 되었던가」를 검토하려 한 大上段의 자세로부터 우선 選者들을 향해 「諸氏가 소설에 기대하려는 것은 너무나도 적고 또한 너무 낮은 것에 대해 唖然했다」고 지적하고 있었다. 이 작품에 대해 「마약 환자가 연주하는 모던 재즈와 같이 무의미한 자폐적 모양새를 교착시키는 것에 지나지 않았는데, 이것은 단순히 넌센스인 것이다」, 이전 「소설에서의 이와 같은 風化 뒤에 성립했다. (중략) 오늘날의 荒廃의 처참한 現状」이 나타난 것이라고 보는 것이다. 그것은 「幼児의 妄想」에 지나지 않은 것이라 볼 수 있는데, 참다운 문학은 「어른들의 정신적인 영위」일 수밖에 없다는 것이다. 또한 江藤는 「村上竜・芥川賞 수상의 넌센스」(『サンデー毎日』 7월 25일)에서 그것은 서브・컬쳐의 반영이라 할 수 있는 것이지, 토털・컬쳐(전체 문화)와 관련되는 표현은 아니라고 단언했다. 그리고 江藤는 中上健次의 「岬」(『文学界』 소화50년 10월)나 「枯木灘」(『文芸』 소화51년 10월~52년 3월)을 推賞하였고, 三田誠広의 「나라는 것 무엇」(『文芸』 소화52년 5월)을 「제3의 신인」을 모방한 것이라 평가하였다. 江藤가 근거로 삼았던 토털・컬쳐(전체 문화)의 표현이 단지 対極에 둔 「오늘날의 황폐」를 발판으로 삼아 전체 책임을 지는 국가 관료의 苦闘에로 자신을 同化시켜가는 곳에 그 江藤—本多 논쟁이 일어난 것이라고 볼 수 있다.

村上 작품을 둘러싼 評에는 그 외에 いいだも의 「大批判의 문학이라도 작은 소리에는」(『新日本文学』 소화51년 7월), 遠丸立의 「遠望的 사고, 欠如의 문학」(『読書人』 소화51년 7월 12일) 등이 있는데, 그 후 속속 나타난 「푸른(青) 世代」 작가들에 대한 평가는 이상과 같은 감회와 황폐와 비슷한 색채로 채색되어 있었다. 즉 이들 작품이 나타내는 상황=時空에의 거리감으로부터 나오는 言説로 채워진 것을 의미한다.

그러나 그러한 상황을 출발점으로 하고 있던 同世代의 발언은 긍정적이든 부정적이든 「푸른(青) 世代」 작품과 관련해서 스스로 제자리를 찾아가려는 것이었기 때문에 논쟁적으로 발전할 수 있는 계기는 되었다. 그 인용문으로 高橋敏雄가 들었던 이유는 그러한 곳에 있었다고 한다.

예를 들면 川本三郎는 「『재미있다』는 것」(『동시대를 살아가는 「気分」』 수록)에서 村上들의 「部分」에 대한 고집, 「신변적 집착」에만 주목하다 보니 현재의 전체의 매력을 잃어가고 있는 것에 대해 傍証하고 있는 것이다. 「『좋아하는』는 것에 대한 뚜렷한 존재와 비교하여 『思想』 『批評』이라는 遠望的 사고는 너무나도 불리하다」는 것으로부터 지금은 단지 좋아하는 것에 집중하라고 지적한다. 또한 中島梓는 「문학의 윤곽」(『동시대를 살아가는 「気分」』 수록) 이하의 평론에서 村上・山川・三田・つかこうへい들을 예로 들어 양식이 다양화되고, 체험이 모두 「擬似 体験」으로밖에 없는 현재에 이들 작가의 시도는 그러한 상황에 자각적으로 대처함으로 해서 「문학 変容」의 메르크말(표지, 표식)이 되었다고 적극적으로 지지했다. 이들의 論을 이어받아 「世代」 전체에로 보편화하여 간 것이 菊田均이다. 예를 들면 그는 「戰無派 시대의 작가들」(『早稲田文学』 소화53년 1월)에서 그들 작가들을 「전쟁 체험」 혹은 「전후」라는 극한상황을 내부적으로 안고 가는 것에 대해 불가능하다고 이해하면서도 三田의 「나라는 것 무엇」의 비판자들(『朝日ジャーナル』 소화52년 9월 12일)에서 차용한 「전후」 사상의 소유자로서 단죄하였던 것이다. 「전후의 한 시점」(『文芸』 소화54년 1월)도 같은 主旨를 가진 것이었다.

한편, 이러한 「푸른(青) 世代」 작품에서 그 가능성을 읽고 자리를 잡았던 사람들과, 그 반대로 그것들을 부정적으로 보는 것에 의해 상황과의 拮抗을 역동적으로 포착하려 하였던 것이 高野庸一였다. 예를 들면 「선량한 테롤(공포)」(『新日本文学』 소화51년 7월), 「공허한 일류미네이션(電飾)」(『현대의 눈』 소화52년 12월) 등에서 그것들이 풍속에 모든 것을 전가시켜 포럼(공개 토론회)에 자신의 체험을 정리해 내려는 테러의 구조를 가지고 있다고 비판했다. 高橋敏雄도 여러 논문에서 그것들이 일상성 규범에 固形해 있고, 「텅빈 것」을 그대로 추인하려 하기 때문에, 現 시민사회의 지배적 구도를 그대로 상징하는 것처럼 되었다고 주장하였다.

여기에 高橋敏雄와 菊田均 사이에 논쟁이 일어나게 되는데, 원래부터 『朝日ジャーナル』에서의 三田 비판자의 한 사람이었던 高野庸一는 菊田의 「『戦後』의 変容」을 받아 「不在의 방에서의 정치」(『第三文明』 소화52년 10월)를 발표하였다. 거기서 菊田들의 非社会派가 사실은 사회의 지배적 감성을 대표해 가면서 어떻게 존립할 수 있었던가를 통렬하게 분석해 내고 있었다. 되풀이 말하면 「푸른(青) 世代」가 「텅빈 것」적인 現況으로부터 파생한 것이었다고 한다면, 眼前에 있는 그 현황을 분명히 하여 해체에 대한 방향을 선명하게 하기 위해 이 논쟁을 보다 더 여러 각도로부터 깊게 천착해 갈 필요가 있다. 현재진행형인 이 논쟁은 自戒를 포함하여 그렇게 서술할 필요가 있다고 보는 것이다. (高橋敏雄, 「푸른(青) 世代」 논쟁(松本健一 편, 詳解 現代論争事典, 流動出版株式会社, 1980.1 참조))

35. 「柳田 民俗学」 論争

柳田 民俗学 論争이 테마 자체로서 성립될 수 있는지 어떤지는 심히 의문이다. 그 최대의 이유는 柳田 民俗学의 너무나도 그 장대함 때문에, 그 총체를 평가할 수 있는 단계에 도달하지 못하고 있다는 것에 있다. 말하자면 柳田 民俗学이라는 거대한 정상에로 향해서 여러 방향으로부터 오르려고 해서는 미끄러져 떨어지다 보니까, 지금 확실한 발판을 마련하는 것이 現状의 과제인 것이다. 그래도 지금 柳田 民俗学에로 향한 뜨거운 시선이 있다는 것은 움직이기 어려운 사실이기도 하다. 그 출처는 여러 가지이다. 일본근대에의 진행이 현실화되어 나타난 인간 소외에 대해 인간 原初의 정념을 柳田 民俗学 속에서 찾아내기 위한 양식으로 삼으려는 사람도 있다. 輸入的 사회변혁 이론의 실패, 좌절 끝에 그 결함을 보완해야 할 일본적, 토착적 에네르기를 겨냥하여 또한 그와 같은 정치적, 사상적 지향과는 상관없이 왠지 모르게 柳田 붐에 몸을 맡

겼던 사람도 있다. 어쨌든 여러 의미에서 柳田의 민속학은 현대인에게 있어서 하나의 매력이 되고 있다는 것은 부정할 수 없다. 여러 사람이 여러 생각을 이끌어내면서 柳田와 관련을 맺고 있는 것이다. 그래도 거기에는 완전한 無方向性만이 있는 것은 아니고, 몇 개의 방향성을 엿볼 수 있는 것이다.

鶴見和子는 일본 지식인의 柳田学을 평가하는 구분을 짓고 있는데, 그것은 柳田의 민속학의 유산을 어떻게 이어갈 것인가에 대한 하나의 지침이 되고 있는 것이다. 鶴見는 4개의 型을 예로 들고 있다.

제1은 柳田에게는 체계적인 이론은 없었고, 개개의 가탁에도 결함이 있었다. 그러나 그 연구 성과는 이용할 만한 가치가 있다는 것이다. 이것은 石田英一郎, 家永三郎 등의 평가이다. 제2에는 이론에 대해서는 언급하지 않고, 연구 성과를 실제로 이용하여 창조적인 업적을 들었던 사람들이 있었다. 『근대일본의 정신구조』에서의 神島二郎, 『共同 幻想論』에서의 吉本隆明가 그것이다. 제3은 柳田 이론에 대해 어떤 면에서는 적극적으로 평가하면서, 결정적인 면에서는 결함이 있다고 비판하는 입장이다. 安永寿延은 柳田学에 천황제 비판이 없는 것에 대해, 益田勝実는 柳田의 세상 해설이 『정치적 현실과는 함께 하고 있지 못하는 것』에 대해 그 치명적 약점으로 삼았다. 제4는 柳田 민속학의 연구내용에 그 가치를 인정하는 것만이 아니라, 그 이론의 적극적 의의를 높게 평가하는 태도이다. 橋川文三는 柳田의 방법론을 맥스·웨버의 그것과 대비하여 전자의 철저한 실증주의가 후자의 연역적 비교 종교학보다 적어도 일본을 포함한 아시아 여러 민족의 연구에 관한 한, 훨씬 자유로운 입장으로부터 그 미래에의 전망을 열었다고 평가한다. 花田清輝는 柳田의 『시대와 農政』 속의 「報徳社와 신용조합의 비교」에 언급하여 「나는 거기에 그의 <그 이후의 10년에 걸치는 활동을

관철하고 있는 근본 태도>를—前近代的인 것을 부정적 매개로 하여 근대
적인 것을 넘어서려는 진보적 태도로 보아야 한다고 했다」고 논했다. 綱沢
滿昭의 논문 「柳田国男論」도 이 제4의 범주에 들어간다고 했다. (「우리들
과 함께 되는 원시인」『사상의 과학』소화44년 10월)

물론 이 鶴見의 구분에 의해 柳田의 민속학에 대한 연구방향이 모두
망라되는 것은 아닌 것인데, 무엇보다 불충분한 것은 민속학 연구자의
방향성이 부족하다는 것이다. 그럼에도 불구하고 그러한 이유 때문에
이것은 오늘날 柳田 민속학에 대한 관심이 那邊에 있는가를 상징적으
로 이야기해 주는 것이라고 하였다. 그리고 이들 柳田 민속학에의 접근
방법이 새로운 세대에로 계승되어 가고 있다는 것을 생각할 때, 진실로
柳田 민속학을 계승해 가지 않으면 안 된다는 것은 누구라도 중대한 문
제로 인식해야 한다고 하였다.

米山俊直도 이 점에 관해 언급하면서 다음과 같이 서술하고 있다.

나는 무엇을 機緣으로 해서, 누구를 경유해서 柳田에게 접근했는가 하는
것이 각각의 사람에 있어서 큰 의미가 있다고 생각한다. 橋川文三 경유나,
吉本隆明 경유에 의하는가에 따라, 柳田像에는 미묘한 차이가 있는 것이
아닌가 하고 생각된다. 유감스러운 것은 민속학의 구체적인 사실, 예를 들
면 祭의 현상이나 도깨비의 명칭, 혹은 결혼 예절에 대해 흥미를 가지고 그
곳으로부터 柳田에로 접근하려는 사람 숫자는 오늘날 이들 사상가를 경유
한 사람들 숫자와 비교해 보아도 적은 것이 아니라고 생각된다. 이것은 일
본 민속학의 계몽적 활동이 적다는 것, 柳田 이후의 민속학자의 오만인지,
아니면 민속학이 이미 柳田를 초월한 곳에서 새로운 전개를 하고 있는 탓
으로 柳田에 대해 소동을 벌이는 것을 사상가 손에 맡겨버리자는 것인지,

나에게는 자세한 것은 알 수가 없었다. 「柳(「柳田国男의 세계를 방문하여」
伊藤幹治・米山俊直 編著 『柳田国男의 세계』 소화51년)

　柳田 민속학의 거대함으로부터 오는 것에 또한 그곳에 더해지는 것
도 있어서 논쟁은 민속학 이외의 영역으로부터도 서로 문제를 지적하
려고 아우성이었다는 것이다. 그래도 그중에서도 굳이 논쟁다운 논쟁을
든다면, 우선 家永三郎의 사학적 시점으로부터의 柳田 민속학 비판, 그
것에 대한 花田清輝의 反批判이라는 것을 들 수 있다.
　家永는 「柳田 史学論」(『현대사학 비판』 소화28년,『일본 근대사학』
소화32년) 속에서 柳田 학문이 「사학으로서 어떠한 성격을 가지고 있
었던가」 라는 점에 한정시켜 柳田의 既成 사학에 대한 공헌 및 柳田
민속학이 가지는 사학으로서의 한계점, 그것에 의해 세워져야 할 사상
적 기반에 대해 언급하고 있었다. 家永는 本論文에서 柳田가 기성 사학
이 결락시켜 온 문헌자료에도 있지 않는 민속자료(民間 伝乗)에 접목하
여 새로운 史料에 그것을 첨부한 것만이 아니라, 기성 사학이 만들어
냈던 歷史像의 修正에까지 미친 점에 대해 높이 평가하고 있다. 그것을
가능하게 만든 柳田가 해박한 지식과 대단한 통찰력 및 詩人的 직관의
예리함에 대해 찬사를 보냈던 것이다.
　그러나 家永는 柳田의 史学에 대한 개척 분야를 충분히 인정하면서
도 다음과 같이 말하지 않을 수 없었던 것이다.

　　정말 柳田 史学의 공적은 절대적이라 할 수 있다. 柳田 사학이 기성 사
　　학의 공백을 메운 공헌은 찬미되어야 할 것도 아니지만, 그것은 어디까지

나 기성 사학의 補足으로 칭해져야 할 것이다. 만일 柳田 史学이 진행되어 기성 사학과 사학 체계의 왕좌를 다투려는 태도에로 나왔다면 우리들은 단호히 이것에 반대의 의지를 표명하지 않을 수 없다는 것이다. (『현대사학 비판』 소화28년, 『일본 근대사학』 소화32년)

왜냐하면 「民間伝承이 어디까지나 현재의 사물이지 과거의 사물이 아닐 뿐 아니라, 더 나아가 역사학의 대상이 어디까지나 과거의 사물이 될 수밖에 없다는 근본적 모순」(『현대사학 비판』 소화28년, 『일본 근대사학』 소화32년)이 있는 것이고, 민속자료에 따라서는 「実年代」를 파악하는 것은 불가능하다. 더구나 그와 같은 자료의 문제만이 아니라, 그 자료에 따라서는 인간생활의 평면적 묘사를 하지 않으면, 역사의 발전적 変動過程을 그릴 수 없다는 대상의 한계점도 생겼다고 한다. 더 나아가 家永는 柳田 사학의 사상적 기반, 사회적 성격에 대해 「在村 地主 이데올로기」로 보고 있었는데, 단순한 반동은 아니지만 보수적 색채가 강하고 역사 정체의 害를 적출해 내기보다는 진보의 폐해를 비난하는 경향이 강하다는 것을 지적하고 있었다.

이것에 대해 花田清輝는 「柳田国男에 대해서」(『近代의 超克』 소화34년)에서 家永를 비판하고 있다. 家永가 柳田 史学의 성격에 대해 「在村 地主 이데올로기」라 결정짓는 것은 납득이 가지 않는다는 것이다. 왜냐하면 柳田의 『시대와 農政』 속에서의 岡田良一郎 비판 등은 「그 『在村 地主 이데올로기』에 대한 駁論 때문에 지금 역시 정체성을 면치 못하고 있는」(『近代의 超克』 소화34년) 것처럼 생각되기 때문이라는 것이다. 柳田가 보수적인 색채 때문에 그가 前近代的인 것에 주목하려고 했다는 것은 「前近代的인 것을 부정적 매개로 하여 근대적인 것을 넘어서려고 했다」(『近代의 超克』 소화34년)는 자세와 같은 것이다. 결코 前近代的인 것에 매몰되어 버린 것은 아니라고 花田는 주장하고 있지만, 그러나 구애받았다는 사실은 다음과 같은 이유에서 였다.

> 나는 지금 柳田 史学이나 柳田 민속학을 변호하려고 생각해서 펜을 들고 있는 것은 아니다. 소화 초기의 혁명운동이 일본의 저변에로 도달할 수 없었기 때문에 혁명은 무참하게도 좌절되었고, 혁명가는 전부 실격해 버렸다는 전면 부정을 주장하려는 사람들이 그들 자신, 그들이 내려다보고 있던 혁명가들의 뛰어난 점에 대해서 제대로 취급하지 않다가, 일본의 저변만을 문제 삼아온 柳田国男의 큰 일에 대해 제대로 주목하지 않으려하는 것을 보고 한 마디 말해주고 싶어지는 마음이 들었다. (『近代의 超克』 소화34년)

이 家永와 花田의 논쟁은 지금 그 결착이 났다고는 생각되지는 않지만, 어쨌든 柳田 민속학을 계승해 가는 위에 보편성을 띤 문제로 추궁된 것임에는 틀림없을 것이다. 특히 花田의 「前近代的인 것을 부정적 매개로 삼아 근대적인 것을 초월하려고 한다」는 柳田에 대한 평가는 思想史 측으로부터 柳田에게 접근해 가려는 사람들에게 꽤 큰 영향을 미쳤다고 말해도 될 것 같다. 그와 같은 시점에 서서 思想史 위에서 柳田 접근을 시도하려는 사람들이 나타났다. 그리고 그들은 민중 생활 및 그 생활을 기저로 삼고 있던 心意 世界에의 注視가 결락이 된 채로 일본근대를 내면으로부터 극복하기 위해 많은 에네르기를 柳田 민속학에 힘을 쏟은 것이었다. 거기서는 「높게 비상하여 大観하는 것이 아니라,

땅을 짚고 모든 주름을 찾아낸다」(神島二郎 「柳田国男—일본 민속학의 창시자—」 『朝日 저널』 소화38년 6월)는 방법이 채용되었던 것이다.

그 중에서도 後藤総一郎 등은 그와 같은 시점과 방법을 가지면서도 일관되게 柳田를 인용하면서 오늘에 이르고 있는 것이다. 그러나 이 後藤들의 柳田에 대한 傾斜를 위험시하는 시각도 생겨났다. 예를 들면 橋川俊忠는 後藤의 자세에 대해「최근『柳田国男의 재평가』를 논하면서 화려한 활약을 펼치고 있는 後藤総一郎만 보더라도 어쨌든 마르크스주의를 보완하는 입장에서의『柳田学』을 파악하려는 방법을 취하고 있는 것 같다. 무엇보다도 거기에는 미라 잡기가 도리어 미라가 되기 쉽다는 위험성이 항상 따라 다니고 있다」(「부정적 매개로서의 柳田学」 『현대의 이론』 소화51년 3월)는 것을 전제로 주장하는 것이고, 後藤의「常民」 개념에 대한 애매함과 민중 접근에 대한 경박함을 다음과 같이 덧붙이고 있다.

> 後藤는『人民』을『인터내셔널한 관념 세계에서의 관념』으로 봐서 의미를 부여하고 있는데,『人民』이 바뀌게 되면서『常民』은 모르고 있는 것이 아닌가. (「부정적 매개로서의 柳田学」 『현대의 이론』 소화51년 3월)

이 橋川의 後藤에 대한 비판이 後藤가 생각하는 핵심적인 부분을 제대로 파악하고 있는지에 대해서는 많은 의문이 남지만, 柳田의 유행 붐 일반에 관한 충고라 보인다. 어쨌든 柳田 민속학의 발전적 계승 때문에 谷川健一의 다음의 言辞만은 銘記해야 할 것 같다. 특히「柳田 민속학

이 향수의 학문, 숨은 마을의 학문에 그치고 있는 한, 그것은 나와는 無
緣한 것이다. 양손을 마주치어 불을 지피는 역할을 하도록 시대의 치열
한 燃燒의 장소에 그의 학문을 끌어내지 않으면 안 되는 것이다」(「『海
上의 길』과 천재의 죽음」『論争』소화37년 10월)는 부분은 새겨들어야
할 것이다. (綱沢満昭, 柳田 민속학 논쟁(松本健一 편, 詳解 現代論争
事典, 流動出版株式会社, 1980.1 참조))

36. 제2차 共同体 論争

전후 오랜 세월을 거쳐 일본사회는 큰 전환점에 도달하였지만, 그 전환의 방향을 정함에 있어 共同体論이 큰 문제로서 제기되었다. 재차라고 쓰고 있는 것은 전후 초기도 일본사회의 큰 전환에 즈음해서 공동체가 중요한 문제로 논의되었던 적이 있었기 때문이다. 그 경우 당시 일본사회의 전환이 민주화 혹은 근대화에의 방향으로 나아가고 있었기 때문에, 공동체는 대략 민주화 내지는 근대화에 의해 부정되어야 할 대상이었다고 해도 좋을 것이다. 그러나 현재 共同体論의 대부분은 그것과는 완전히 역의 방향으로 나아가고 있는 것이다. 근대화에 의해 소멸되는 공동체가 도리어 근대화가 가져왔던 해악을 비판하고 그것을 극복하기 위한 근거로써 재평가받을 수 있도록 하고 있다는 것이다.

이 공동체를 둘러싼 논의에서 역전을 가져온 배경에는 다음과 같은 여러 사실이 있었다. 근대화가 산업화와 거의 同義로 받아들여져 산업화가 민주화를 촉진시킨다고 예상을 하고 있었는데, 실제로는 반드시 그렇지만 않았던 것 같았다. 즉 민주주의는 제도적 테두리에서는 우선 정착을 본 것 같지만, 그 실제의 내용을 보면 큰 疑問符를 붙이지 않을 수 없었다는 것이다. 超스피드로 진행된 산업화가 만들어내는 해악을 유효하게 제어할 수도 없었다. 그렇기는커녕 산업화 과정에서 산업화의 해악과 가장 예리하게 대립한 것은 도시의 勞動者群이 아니라, 산업화 과정에서 소멸되어야 할 지역의 공동체적 집단이었던 것이다. 더 나아가 공동체는 공업화와 도시화의 파도 속에서 지역적으로 그 존재 범위가 현저하게 협소해져 갔지만, 인간관계로 추상화된 그것은 기업이나 도시 속에서도 살아남아 경이적인 스피드로 산업화를 달성해 가는 원동력의 하나가 되었다. 이렇게 해서 공동체는 부정되어야 할 과거가 아니라, 현재에도 여러 형태로 기능하여 온 미래를 생각하기에도 이미 무시할 수 없는 존재가 되어 버린 것이다.

이러한 상황 속에서 제기된 共同体論은 단순히 전후 일본사회에서 촌락 공동체 붕괴의 위기의식에서 출발하는 反動的인 논의가 아니었다. 그것은 인간관계의 기본을 다시 묻는다는 의미에서도 근원적인 문제를 제기하고 있는 것이다. 예를 들면 共同体論에 관해 중요한 문제제기를 하고 있던 松本健一는 「공동체는 그 시대 체제에 의해 그 생존을 바꾸어가면서도 그 나름대로의 생존 논리에 의해 생명을 유지해 왔다」고 주장하고 있다. 그러한 주장은 공동체가 특정의 역사적 단계와 결부하는 것이 아니라, 인간관계의 보편적 상황을 나타내는 것이라고 解読할 수 있다. 그 주장의 当否는 별도로 하고라도 여기에 현재의 共同体論 및 공동체와 관련되는 논쟁에서의 제일의 기본적인 특질이 있는 것이다.

새삼스레 말할 나위도 없이 大塚久雄로 대표되는 1950년대의 共同体論은 공동체를 前近代的(前資本主義的) 역사 단계에 있다는 것을 기본으로 하고 있었다. 그런 의미에서 촌락 공동체의 결합을 기초로 한 지배 권력에 대한 저항도 그것이 얼마나 격렬한 것이었든, 그 역사적 단계의 테두리 속에만 의의가 주어졌던 것이다. 말하자면 농민 봉기는 봉건제 하에서만 의미가 있는 투쟁이었다. 그것에 대해 촌락 공동체와 결합을 한 지배 권력에 대한 저항을 특정의 테두리 속에서 파악하려는 것이 아니라, 민중과 지배 권력의 拮抗 관계 속에서 역사 貫通的으로 의의가 있는 것으로 파악하지 않으면 안 된다는 비판이 제기되었다.

그것은 民衆史 내지는 民衆思想史를 주장하는 측의 입장이었다. 羽仁五郎의 人民 鬪争史的 파악은 별도로 친다 하더라도 그러한 비판을 일찍부터 해 온 것은 色川大吉이었다. 色川는「민중 고유의 사상, 천착하는 것, 닦으면 다이아몬드와 같이 빛나는 정신의 힘, 그러한 것이 얼마나 자신의 힘으로 內縛의 논리를 깨트리고 지배 사상과 싸워 이겨서 자립할 수 있을까 하는 그 가능성을 탐색하는 것」을 자신의 민중 사상사 연구의 출발점으로 삼았다. 결국 그는「주체적 인간이 된다는 것과 공동체 존속을 바라는 것과는 결코 모순되는 것이 아니다」는 인식에 도달했다. 色川의 민중 사상사적 문제의식은 1960년대 후반부터 1970년대에 걸쳐 일본 전국 각지에서 분출한 지역주민 운동을 배경으로 일정한 리얼리티를 띰과 동시에, 공동체를 현대적 과제로 浮上시키게 만들었던 것이다. 이러한 역사의 원동력으로서 민중의 에토스(사회적인 습관)를 취하려는 사상적 태도, 이것이 현재 共同体論의 제2의 특질을 형성하고 있다.

이렇게 해서 역사 貫通的 존재가 되고 있는 공동체에 민중사적 시점을 오버랩시키는 것에 의해 고도성장이 한계에 도달하게 되고, 그 폐해가 나타나는 상황 하에 共同体論이 現狀 비판의 論으로 등장하게 된 것이다. 그러나 여기에서 새로운 논쟁이 제기되었다. 즉 공동체를 「躍動期의 공동체」와 「停滯期의 공동체」로 나누어 그 중에서도 「정체기의 공동체」만을 보고서는 공동체를 前近代的인 것, 또는 봉건적인 온상으로 이해하여 近代主義者를 비판하고 있었다. 「躍動期의 공동체」야말로 역사의 원동력으로 참다운 민중의 모습이라는 色川에 대해, 공동체의 새로운 이해에 선 松本가 엄격한 비판을 하게 된 것이다. 松本는 우선 色川와 같이 공동체를 「躍動期」와 「停滯期」로 나누어 그 「躍動期」에 민중의 참다운 모습을 발견하여 그 공동체를 구원하려는 것에 대해 의문을 던졌던 것이다. 松本에게 있어 공동체라는 것은 「민중이 혼자 살아갈 수 없기 때문에 생각해 만들어낸 조직」이라는 것이고, 「공동체의 현황은 민중의 살아있는 모습이다」고 했다. 따라서 「躍動期」에서의 민중 변혁의 에네르기 폭발도 「정체기」의 폐쇄성, 봉건성으로 나누기 어렵게 결부된 공동체의 본질이어서 시기구분에 따라 나누어지는 것은 아니다는 것이다. 공동체는 지배 권력의 態樣에 따라 권력 지배의 培養基가 되기도 하고, 권력에 대한 저항의 근거지가 되기도 한다. 거기에 민중이 살아가기 위한 공동체의 「생존 논리」, 고유의 다이너미즘이 있다는 것이다.

色川와 松本의 논쟁은 이렇게 해서 우선 공동체의 「정체성」을 어떻게 자리매김할 것인가 하는 문제로부터 시작되어졌다. 이 양자의 相違는 주민운동의 평가를 둘러싸고도 나타났다. 色川가 주민운동 중에 그가 말하는 「약동기의 공동체」의 변혁 에네르기를 보고서는 꽤 단선적으로 평가하는 것에 대해, 松本는 주민운동 중에 있는 에고이즘의 発現을 놓치지 않았는데, 그 운동전개 과정에서 「공동체의 転生」=에고이즘의 극복을 추구하려 하였다. 松本는 그 시점으로부터 守田志郎들의 단순한 공동체 찬미론·伝統回帰論으로부터 스스로의 共同体論을 차별함과 동시에, 色川 논의가 守田들의 논의와 혼동되어 받아들여질 위험성이 있다는 것을 지적했다. 이 松本의 지적은 공동체는 해체되어야 한다는 近代主義者에 대해, 공동체와 거기에 決衆하는 민중을 역사 주체로서 받아들여야 한다는 입장으로부터 홀로 논쟁을 배척해 온 色川의 松本에 대한 反批判은 自己辯護的 색채가 짙어 「松本여 너도 그러냐?」는 수준에 그치고 있다. 양자의 논쟁도 지식인 실상의 相違에로 귀착되어 버리는 방향으로 흘러가게 되었고, 共同体論에로 심화되어 가지 못하고 끝나버렸다.

그러나 이 色川·松本 논쟁은 共同体論 자체로서는 크게 볼만한 성과는 없었다고는 하나, 共同体論에 대한 관심을 불러일으키려는 역할은 다했다. 그런 의미에서 공동체를 현대에서의 사상 課題로 再措定하려는 양자의 의도는 우선 달성되었다고 봐도 좋을 것이다. 그런 위에 또한 양자의 논쟁이 왜 더 발전하지를 못하고 끝나버렸는지에 대해 총괄할 필요가 있는 것이다. 그 원인의 하나는 양자가 공동체의 복권을 근대주의에 대한 비판이라는 사상적 수준으로 논하는 단계에 그치고 있었다는 것에 있다. 근대주의가 한 때 盛位를 자랑하였다고는 하나, 아직도 큰 영향력을 행사하는 現狀을 생각해 본다면 共同体論을 돌파구로 해서 근대주의 비판을 전개하려는 양자의 열의는 확실히 평가할 가치가 있다고 본다. 권위의 역사가 아니라, 민중의 역사를 파고들려는 노력은 인정하지 않으면 안 될 것이다. 그러나 금후 共同体論의 전개를 생각한다면 언제까지나 거기에 머물고 있어서는 안 된다는 것도 확실하다.

공동체는 해체되었고 그 이후에 자유로이 자립한 여러 개인의 연합으로서의 시민사회가 성립되었다는 근대주의자의 주장에 대해, 공동체의 복권을 희망하여 대항하려 할 때 공동체에 의해 표현되는 것은 근대 시민 사회와 대비되는 공동체적으로 編制된 여러 사회만을 의미하는 것은 아니었던 것이다. 松本가 「민중의 살아있는 모습의 集積」이라는 문학적 표현으로 제기한 것처럼 역사 貫通的인 인간과 인간과의 관계에서의 양식을 공동체라는 개념으로 표현하려 하였던 것이다. 그리고 그러한 시점에 서서 공동체를 역사적으로 총괄하려 한다면, 공동체의 해체이든, 혹은 공동체의 復權이라 불려지는 現象도 全社会的 여러 관련 속에서 위치를 부여해야 할 것이다. 바꿔 말하면 인간 공동 존재성의 표현에서 어떤 구체적 樣態를 보이는지를 全社会的 여러 관련 속에서 분명히 해 나가는 것이야말로 필연적으로 요구되는 것이다. 그러한 작업이 이루어질 때, 비로소 色川가 말하는 「躍動期」와 「停滞期」라는 現象論的 단계 부여가 아니라, 역사 이론으로서의 공동체 형태학이 성립된다는 것이다. 거기에 松本가 「공동체 문제가 단순히 역사학 과제에만 한정하는 것이 아니라, 오늘날 살아가고 있는 민중의 삶의 문제인 것이다」는 문제를 푸는 열쇠가 될 것이다.

공동체 논쟁은 공동체가 미래의 민중을 주인공으로 하는 사회에 대한 변혁의 근거가 될 것인가, 아니면 파시즘에 대한 위험성을 포함한 변혁 에네르기의 *所在地*인가 라는 식으로 논의되어야 할 문제는 아니다. 본래 인류사의 미래를 어떻게 상정해야 하는가의 문제였던 것이다. 그리고 그러한 문제에서의 공동체가 *論*해지기 위해서는 *前近代的*인 촌락 공동체를 *基底*에 두고 공동체의 부활을 전망할 것이 아니라, 그러한 공동체의 구체적인 양태 속으로부터 인간의 *共同体性* 그 자체를 추출하고, 자본주의 사회에서 소외된 형태로 전개되고 있는 그것을 어떻게 하면 참다운 *実在*로서 회복시켜 갈 수 있는가를 묻지 않으면 안 되는 것이다. 또한 그 문제는 동시에 인간의 사회적 여러 관계를 통해서 *発現*하는 인간과 자연의 *物質代謝*의 과정을 새로이 묻는다는 과제도 안고 있는 것이다.

그러한 점에 관해 말하면 *玉城哲*이 「공동체의 경제학」(『*経済評論*』1979년 8월호)에서 제기한 관점이 극히 시사적인 것으로 *浮上*해 온다. *玉城*는 자본주의의 시장경제가 기본적으로 풀러가 말하는 경제로서의 특질을 가지고 있다. 그것이 인간과 자연의 관계를 인간에 의한 자연파괴라는 관계로서 나타나게 되면서, 인간이 스스로의 존재 기반을 스스로의 손에 의해 옥죄는 결과가 되고 있다는 것을 지적한다. 더욱 *玉城*는 그러한 풀러의 경제에 대해 공동체의 경제가 본질적으로 스톡(재고품) 경제이고, 자연을 인간의 생존을 위해 *改造*시켜 가면서도 인간과 자연의 조화로운 관계를 쌓아 올리는 위에서 중요한 시사를 던져 주고 있다고 주장하고 있다. 이 *玉城*의 제기는 시장을 매개로 한 인간의 사회적 여러 관계를 시장이라는 소외된 교통 형태에 의한 것이 아니다. 진실로 공동적인 인간의 사회적 여러 관계로 *再編*해야 한다는 과제를 안고 있다는 것이다.

色川·松本 사이에 이루어진 논쟁이 玉城가 제기한 시점을 도입하는 것에 의해 더욱 발전하게 된다면 共同体論은 바로 인류의 미래를 묻는 문제로서 충분히 問題提起的인 것이 될 수 있을 것이다. (橋川俊忠, 共同体 論争(제2차)(松本健一 편, 詳解 現代論争事典, 流動出版株式会社, 1980.1 참조))

国文学解釈と教材の研究　第9巻　第12号、学灯社、昭和39.10

瀬沼茂樹『日本文壇社』講談社、昭和53.5

吉田精一『明治の文芸評論』桜楓社、昭和55.9

浅井清外6人共編『新研究資料　現代日本文学』第一巻　小説Ⅰ・戯曲、明治書
　　　　　　　院、2000.3

国文学解釈と教材の研究　第34巻　第4号　臨時増刊号、学灯社、平成1.3

日本近代文学館編『日本近代文学大事典』講談社、昭和52.2

臼井吉見『近代文学論争(上・下)』筑摩書房、1975

土方定一『近代日本文学評論史』法政大学出版局、1973.11

布野栄一『「政治と文学論争」の展望』桜楓社、昭和59.3

松本健一『詳解現代論争事典』流動出版、1980.1

平野謙『現代日本文学論争史(上・中・下)』未来社、1969.6

片岡良一『近代派の文学』白揚社、昭和25

瀬沼茂樹『昭和の文学』河出文庫、昭和31

臼井吉見「近代文学論争」上巻、筑摩書房、昭和31

長谷川泉「方法と様式」至文堂、昭和38

小田切進「昭和文学の成立」勁草書房、昭和40

三木清「現代階級闘争の文学」岩波書店、昭和41

羽鳥一英「新感覚派」明治書院、昭和44

千葉宣一「川端康成とモダーニズム」八木書店、昭和44

浅見淵「散文芸術論争」至文堂、昭和31

中村武羅夫「本格小説と心境小説と」(『新小説』大正13.1)

生田長江「日常生活を偏重する悪傾向」(『新潮』大正13.1)

久米正雄「私小説と心境小説」(『文芸講座』大正14.1～2)

宇野浩二「『私小説』私見」(『新潮』大正14.10)

佐藤春夫「『心境小説』と『本格小説』」(『中央公論』昭和2.3)

小林秀雄「私小説論」(『経済往来』昭和10.8)

中村光夫「風俗小説論」(『文芸』昭和25.2～5)

小笠原克「私小説論の成立をめぐって」(『群像』昭和37.5)

伊藤整『小説の方法』(河出書房、昭和23)

猪野謙二「私小説」(日本近代文学館編、『日本近代文学大事典』講談
　　　　　　社、昭和52)

信夫清三郎『大正デモクラシー史』第2巻(日本評論社, 昭和33)

小山弘健『日本マルクス主義史概説』芳賀書店、大正14. 8

片山伸「階級芸術と問題」(『改造』大正11. 2)

青野季吉「自然生長と目的意識」(『文芸戦線』大正15.9)

小林秀雄「私小説論」(『経済往来』昭和10.8)

蔵原惟人「芸術運動当面の緊急問題」(『戦旗』昭和3.8)

対馬忠行『日本資本主義論争史論』黄土社、昭和5.1

朴時亨『広開土王陵碑』(平壌, 社会科学院出版社)1971

福富正実『アジア的生産様式論争』未来社、昭和44

田中武夫『橋樸と佐藤大四郎』竜渓書舎、昭和50

山田盛太郎『日本資本主義分析』岩波書店、昭和10.10

小島恒久『日本資本主義論争史』ありえす書房、昭和9.12

谷川健一編『方言論争』(叢書『わが沖縄』第2巻、木耳社, 昭和45

神谷忠孝『横光利一論』双文社出版、昭和37.8

正宗白鳥「思想と実生活」(文芸時評)(『中央公論』昭和11.5

平野謙『昭和文学史』筑摩叢書、昭和38

亀井勝一郎『現代史の課題』中央公論社、昭和32

橋川文三『日本浪曼派批判序説』未来社、昭和35

宮川透『近代日本思想論争』青木書店、昭和38

竹内好『日本とアジア』筑摩書店、昭和41

大久保典夫『昭和文学史の構想と分析』至文堂、昭和46

菅孝行『反昭和思想論』れんが書房、昭和52

市井三郎 編『思想の冒険』筑摩書房、昭和49

松本健一『共同体の論理』第三文明社、昭和53

　　　　　『三島由紀夫読本』『新潮』昭和46年 2月 臨時増刊号

大岡昇平『歴史小説とは何か』筑摩書房、昭和54

Ｍ・Ｂ・ジャンセン 編・細谷千博 編 訳『日本における近代化の問題』筑摩書
　　　　　店、昭和43

花田清輝「『慷慨談』の流行」『中央公論』昭和35.4

梅本克己「唯物論と主体性」現代思潮社、昭和32.11

長谷川泉 編『近代文学論争事典』至文堂、昭和37.12

久野収・鶴見俊輔・藤田省三『戦後日本の思想』中央公論社、昭和34.5

本多秋五『物語戦後文学史』新潮社、昭和35.12

山田宗睦 編「講座『現代の発見』」 春秋社、昭和35.3

日高六郎 外『現代日本の思想』三省堂,、昭和42.12

近代文学 同人 編『近代文学の軌跡』豊島書房、昭和43.3

日高六郎 編『戦後思想の出発』筑摩書房、昭和43.7

安田武『人間の再建』筑摩書房、昭和44.10

竹内好『国民文学論』東京大学出版会、昭和29.1

猪野謙二『近代日本文学史研究』未来社、昭和29.1

民科芸術部会 編『国民文学論―これからの文学は誰が作りあげるか』厚文
　　　　　社、昭和 30.10

- 동아대학교 대학원 국어국문학과 박사과정 수료(문학박사)
- 일본 大東文化대학 대학원 문학연구과 박사후기과정 일본근대문학 전공 수료
  (일본문학 박사)
- 일본 筑波대학 대학원 인문사회과학연구과(일본문학박사, 논문박사)
- 문학평론가(「조선문학」 신인상 수상 데뷔)
- 부산광역시문인협회 회원
- 한국문인협회 회원
- 조선문학회회원
- 동아문인회원
- 전 동아대학교 일어일문과 교수
- 전 한국일본근대학회 회장, 자문위원
- 대한일어일문학회 학술이사, 감사, 편집위원
- 일본어문학회 학술이사
- 한국일본어문학회 이사
- 동아시아학회 편집이사, 출판이사, 학술이사
- 한일일어일문학회 학술이사
- 동일어문학회 이사
- 한국일본근대문학회 이사
- 고려대학교 박사학위 논문심사위원
- 경상대학교 박사학위 논문심사위원장
- 부산외국어대학교 박사학위 논문심사위원장
- 동아대학교 일어일문학과장, 대학원 일어일문학과장, 교육대학원 일어교육전공
  주임교수
- 동아대학교 교수업적 평가 최우수 교수
- 동아대학교 최우수 강의 교수
- 2007년도 대한민국학술원 선정 최우수 학술도서(일본 명치기 문학논쟁사) 수상
- 2008년도 대한민국학술원 선정 최우수 학술도서(1910·20년대 한일근대문학
  교류사) 수상
- 경상남도, 부산광역시 지방공무원 임용시험 문제 출제위원
- 소방위·지방소방위 승진시험 필기시험 면접위원
- 관광통역안내사 국가자격 시험 면접위원

현대 일본 문학논쟁사

초판인쇄 2010년 9월 17일
초판발행 2010년 9월 30일

저   자 정인문
발 행 인 윤석현
발 행 처 제이앤씨
등록번호 제7-220호

우편주소 132-702 서울시 도봉구 창동 624-1 현대홈시티 102-1206
대표전화 (02) 992-3253(대)
전   송 (02) 991-1285
홈페이지 www.jncbms.co.kr
전자우편 jncbook@hanmail.net

ISBN 978-89-5668-812-1 93830   **정가** 16,000원